Michael McBride

Legionen des Todes

Buch

Unter großen Opfern ist es Phoenix und seinen Gefährten gelungen, dem personifizierten Krieg und seiner Armee des Schreckens zu widerstehen – ja, sie konnten sie im legendären Sturm der Seelen sogar zurückschlagen. Doch nun sieht es ganz so aus, als hätten sie einen viel zu hohen Preis für ihren Sieg bezahlt, denn für die letzte Schlacht stehen kaum noch ein Dutzend Menschen bereit. Aber auch wenn ihre Lage vollkommen aussichtslos scheint, treibt etwas in ihrem Inneren diese letzten Überlebenden an, trotzdem weiterzukämpfen und nicht aufzugeben.

Auch Phoenix selbst kann spüren, dass er sich verändert hat, dass er längst nicht mehr der unschuldige Junge ist, der er einst – bevor die Apokalypse über die Menschheit gekommen ist – war. Stattdessen ist da nur noch eine ungeheure, kaum zu bändigende Wut.

Aber auch das wird ihm und seinen Getreuen nichts nützen, denn jetzt nähert sich ihnen der vierte Reiter der Apokalypse. Und er ist der Reiter, den niemand besiegen kann, der Reiter, dem sich am Ende jeder Sterbliche ergeben muss – der Tod!

Autor

Michael McBride lebt mit seiner Frau und ihren vier Kindern im Schatten der Rocky Mountains.

Von Michael McBride bei Blanvalet lieferbar:

Reiter der Apokalypse (26611)
Sturm der Seelen (26612)

Michael McBride

Legionen des Todes

Roman

Aus dem Englischen
von Michael Pfingstl

blanvalet

Die Originalausgabe erschien unter dem Titel
»God's End 03. Trail of Blood« bei Snow Books, London.

MIX
Papier aus verantwortungsvollen Quellen
FSC® C014496
FSC
www.fsc.org

Verlagsgruppe Random House FSC-DEU-0100
Das FSC®-zertifizierte Papier *Holmen Book Cream* für dieses Buch
liefert Holmen Paper, Hallstavik, Schweden.

1. Auflage
Deutsche Erstveröffentlichung Januar 2011
bei Blanvalet, einem Unternehmen
der Verlagsgruppe Random House GmbH, München

Umschlagmotiv: © Artwork HildenDesign unter Verwendung eines
Motivs von nmedia / Shutterstock
Redaktion: Werner Bauer
UH · Herstellung: sam
Satz: KompetenzCenter, Mönchengladbach
Druck: GGP Media GmbH, Pößneck
Printed in Germany
ISBN 978-3-442-26613-5

www.blanvalet.de

Für alle meine Fans.
Dafür, dass ihr mir auf dieser Reise bis zu ihrem Ende treu geblieben seid.
Nichts von alledem wäre ohne euch möglich gewesen.

Der Acker ist die Welt; der gute Same sind die Kinder des Reichs;
das Unkraut sind die Kinder des Bösen.

Der Feind, der es hat gesät, ist der Teufel; die Ernte ist das Ende
der Welt, und die Schnitter sind die Engel.

Und wie das Unkraut wird gejätet und im Feuer verbrannt,
so wird es auch sein am Ende der Welt:

Des Menschen Sohn wird seine Engel senden,
und sie werden sammeln aus seinem Reich alle Gesetzesbrecher
und die da Unrecht tun,

und werden sie in den Feuerofen werfen; dort wird sein Heulen
und Zähneknirschen.

Alsdann werden leuchten die Gerechten wie die Sonne
in ihres Vaters Reich.

Wer Ohren hat, zu hören, der höre!

Matthäus 13, 38–43

BUCH EINS

I

MORMON TEARS

Die Zeit verging, aber nicht die Angst. Mit jedem neuen Tag, an dem die Sonne am Ufer des Großen Salzsees versank, rückte die letzte, alles entscheidende Konfrontation ein Stück näher, auch wenn sie nicht wussten, wann sie stattfinden würde, und jeder Sonnenaufgang schürte von neuem ihre tiefsitzende Angst, dass es heute so weit sein könnte. Zwei Tage waren vergangen seit der Schlacht mit dem Schwarm, mit Krieg und seiner Reptilienarmee. Zwei zermürbende Tage, während deren sie ständig den Horizont nach dem kleinsten Anzeichen von Bewegung abgesucht hatten, nur um sich alle paar Sekunden umzudrehen und nachzusehen, ob sich nicht irgendwer oder irgendetwas von hinten an sie heranschlich. Sie führten ein Leben unter den schwersten aller möglichen Bedingungen, und dennoch war es weit besser als die Alternative. Nachdem der erste Tag ereignislos vorübergegangen war, hatten sie mit dem Versuch begonnen, so etwas wie Normalität wiederherzustellen, auch wenn diese Normalität eher einem Theaterstück glich, das sie für sich selbst und für die anderen aufführten.

Adam stand auf dem weißen Strand neben Phoenix, der nach Osten schaute, wie er es immer zu tun schien. Die Sonne hatte dem nuklearen Winter ein Ende gesetzt, und an den Sturm erinnerten nur ein paar kümmerliche Reste Schnee in den Felsspalten, wo die warmen Strahlen sie nicht erreichen konnten, und ein paar kleine Eisschollen, die noch vereinzelt auf dem See trieben. Es war alles andere als warm, aber zumindest hatte es aufgehört zu schneien, und auch der peitschende Wind schien sie vorübergehend in Ruhe zu lassen. Die Sonnenstrahlen auf ihren Gesichtern fühlten sich einfach göttlich an – dabei hatten sie bis vor kurzem noch befürchtet, den wärmespendenden Himmelskörper nie wiederzusehen.

»Was wird jetzt als Nächstes geschehen?«, fragte Adam. »Wir wissen, dass noch mehr von diesen Wesen da draußen sind …«

»Diesmal warten sie darauf, dass wir zu ihnen kommen.«

»Und wenn wir ihren Wunsch einfach nicht erfüllen? Von mir aus können sie bis in alle Ewigkeit warten.«

»Hier zu bleiben wäre Selbstmord. Zumindest dessen bin ich mir sicher.«

»Wie lange bleibt uns also noch?«

»Ich … ich weiß es nicht«, sagte Phoenix, und es war die Wahrheit. Seit der Schlacht hatte er nicht mehr geträumt, und seine Visionen waren sehr unklar und verschwommen gewesen. Phoenix wusste natürlich, warum, doch war er noch nicht bereit, es vor den anderen einzugestehen, denn die Veränderung, die mit ihm stattgefunden hatte, drohte ihn innerlich zu zerreißen. Er spürte natürlich, wie sehr sein Schweigen Adam beunruhigte, aber mit der Wahrheit würde er noch viel weniger zurechtkommen.

Adam ging an den Rand des Sees, dessen Pegel wegen des geschmolzenen Schnees und Eises ein ganzes Stück angestiegen war, sodass die Wellen schon fast über ihren Deich, von dem es nur noch ein paar Meter bis zum Eingang der Höhle und ihrer unterirdischen Behausung waren, hinwegrollten. Wie tote Muscheln schwemmte die Brandung kleine Knochen heran, die letzten Überreste des Schwarms, deren Kadaver die geflügelten Pferde in die Tiefen des Sees hinabgezogen hatten. Jene Geschöpfe, auf die Adam und Phoenix jetzt warteten.

Draußen auf dem See konnte er sie bereits sehen, wie sie mit ihren langen, stacheligen Hälsen die Wasseroberfläche durchstießen und verstohlen wie Seeschlangen immer näher kamen. Es war an der Zeit, nach Salt Lake City aufzubrechen, aber den Weg zu Fuß zurückzulegen kam nicht in Frage. Evelyns Pick-up war ohne Hinterräder zu nichts mehr zu gebrauchen, außerdem war der Tank vollkommen leer. Der Truck, den sie als Fundament für ihre brennende Straßensperre verwendet hatten, um den einzigen, von Westen durch die Berge führenden Zugang zu blockieren, war vollkommen ausgebrannt und lag unter einem riesigen Haufen verkohlten Holzes begraben. Sie konnten es sich nicht leisten, mehrere Tage wegzubleiben, schon gleich gar nicht, wenn die Zukunft so ungewiss war, also blieb ihnen nichts anderes übrig, als zu hoffen, dass sie die Amphibienpferde ein weiteres Mal als Reittiere benutzen konnten. Wie Phoenix es geschafft hatte, sie zu rufen, war ihm ein Rätsel, aber das traf auf so vieles in dieser neuen Welt zu, dass es leichter war, die Tatsachen einfach zu akzeptieren und zu tun, was zu tun war.

Der Strand glich immer noch einem Schlachtfeld, vor allem da, wo sich unter Kriegs Todeszuckungen die Erde zu gähnenden Spalten aufgetan hatte. Nur ganz allmählich füllten sich die matschigen Risse, in denen während der Flut das Wasser stand, mit Sand. Ursprünglich hatten sie vorgehabt, die Speere, auf denen die Angreifer aufgespießt worden waren, die sich von der Klippe über ihnen heruntergestürzt hatten, dort zu lassen, wo sie waren, doch mittlerweile war der Gestank nicht mehr zu ertragen. Außerdem konnten sie jederzeit neue Speere in die

Löcher stecken, zwischen all den Furchen, welche die Kreaturen aufgerissen hatten in dem Versuch, sich von den tödlichen Fallen zu befreien. Es waren die kleinen Sandhügel ein Stück weiter südlich, über die Adam sich keine Gedanken machen wollte. Sechs Stück, einer neben dem anderen. Sechs Mahnmale, die sie auf alle Zeiten an die Schuld erinnern würden, die auf ihnen lastete, und daran, welch unglaubliches Geschenk ihnen gemacht worden war.

Gemeinsam hatten sie Darrens und Aprils zerschmetterte und abgenagte Knochen aufgesammelt und die wenigen Überreste im gleichen Grab beerdigt, aus Angst, sie könnten die Knochen durcheinanderbringen; außerdem war Jill der festen Überzeugung gewesen, die beiden hätten es ohnehin so gewollt. Lindsay, deren Leiche noch fast vollständig gewesen war, da der Schwarm auf seiner Jagd nach frischem, lebendigem Fleisch sich nicht lange mit ihren Überresten aufgehalten hatte, lag gleich neben den beiden. Normans Grabhügel hingegen war weitaus kleiner, denn sein Kopf war das Einzige, was sie von ihm noch gefunden hatten. Grays Asche ruhte gleich neben dem Fleckchen, wo er seine Frau, Carrie, beigesetzt hatte, über dessen provisorisch zusammengezimmertes Kreuz bereits mutierte Kletterpflanzen mit seltsamen roten Blüten wucherten. Das letzte Grab gehörte jenem Mann, der auf der Insel versucht hatte, sie vor Richard zu beschützen, und daraufhin erschossen worden war. Aus Dankbarkeit und Anerkennung ihm gegenüber hatten sie seine Knochen zusammen mit denen von Gray aus den Überresten des heruntergebrannten Feuers gefischt und sie hier, an einem Ort, der ihnen nun als heilig galt, beigesetzt. Hier würden sie sie betrauern und ihnen ihre Dankbarkeit erweisen. So lächerlich diese Geste des Dankes auch scheinen mochte, es war alles, was sie im Moment tun konnten.

Von rechts wehte eine sanfte Brise den Rauch von der Feuerstelle herüber, mit der sie den Seetang am Ufer erwärmten, blies ihn über die Gräber und trug ihn dann hinaus auf den See. Etwas, das beinahe aussah wie ein längliches, gezacktes Stück Felsen, durchstieß die raue Wasseroberfläche und erhob sich aus der grauen Rauchwolke. Eine stachelige Mähne, deren Dornen sich verzweigten wie das Geweih eines Hirsches, verlief über seinen Kopf und Hals. Ganz im Gegensatz zu dem Pferd, das es einmal gewesen war, waren die Konturen des Tieres eher kantig. Straffe, graue Haut spannte sich über die leicht hervorstehenden Knochen und die spitze Schnauze. Seine Augen sahen aus, als wären sie aus Marmor, und Adam spürte, wie das türkis-schwarze Muster ihn zu verschlingen drohte. Mit seinen spindeldürren Beinen stand das seltsame Geschöpf knietief im seichten Wasser, und Adam konnte gar nicht anders, als seine eigenartige Schönheit zu bewundern, die in den letzten beiden Tagen etwas unter der Tatsache gelitten hatte, dass die Tiere jeweils zu Sonnenauf- und -untergang an Land gekommen waren, um sich an den verwesenden Überresten des Schwarms zu laben und dann die ausgeweideten Kadaver dorthin mitzunehmen, wo auch immer sie unter der Oberfläche dieses Binnenmeeres lebten.

Phoenix ging auf das Tier zu und ließ es an seiner Hand schnuppern. Wiehernd schüttelte es seinen Kopf, kam dann noch ein Stück näher heran und drehte sich zur Seite, damit Phoenix seine Flanke streicheln konnte, die sich anfühlte wie faseriges Fleisch, das straff über die dünnen Knochen darunter gespannt war. Phoenix folgte der Aufforderung und arbeitete sich mit seiner Hand langsam bis zu den langen Stacheln auf den Schultern des Tieres vor, dann schwang er sich auf seinen Rücken und hielt sich an der dornigen Mähne fest. Einen Moment lang tänzelte das Tier nervös hin und her, dann hatte es sich an Phoenix' Gewicht gewöhnt und an die Hand des Jungen, mit der er es hinter den aufgerichteten Ohren streichelte.

»Komm«, sagte Phoenix, ohne Adam anzusehen, während er die sanft gerundete Wange seines Reittiers streichelte.

Adam ergriff einen der Dornen, dann schwang er sich hinter Phoenix auf das Pferd und hielt sich mit beiden Armen an dem Jungen fest, als fürchte er um sein Leben. Der Koloss hob seine Flügel, die aussahen wie die Fangarme einer Gottesanbeterin, und breitete sie zu ihrer vollen Spannweite aus.

Der blasse Sonnenaufgang verfärbte sich von Rot zu Gold, und die anderen kamen aus der Höhle, um ihnen auf Wiedersehen zu sagen.

»Sei vorsichtig!«, rief Evelyn, die sich wegen der tiefstehenden Sonne die Hand über die Augen halten musste.

»Mehr als das«, erwiderte Adam und hätte Phoenix beinahe zwischen seinen Armen zerdrückt, als das Pferd plötzlich vorwärtssprang und sich dann mit weit gespreizten Flügeln fast senkrecht in die Luft erhob. Sie flogen hinaus auf den See, und Adam blickte noch einmal zurück über seine Schulter, um zuzusehen, wie sich ihre Freunde über den Strand verteilten und ihnen nachschauten, ohne zu winken, so ängstlich und angespannt waren sie.

Ein Teil von ihm wünschte sich, er hätte dort bleiben können, wo es warm und einigermaßen angenehm war. Auch wenn sie in der Höhle nicht in Sicherheit waren, sie bot zumindest so etwas wie ein Zuhause, was weit besser war, als einfach hinaus ins Unbekannte zu fliegen.

Doch sie mussten es tun. Sie brauchten etwas, wo sie sich besser verteidigen konnten. Und so dankbar er auch für Evelyns Seetangeintopf war, von dem sie sich die ersten beiden Tage ernährt hatten – sie brauchten nahrhafteres Essen.

Er warf einen letzten Blick auf seine Freunde, die unten auf dem Strand immer kleiner wurden, dann schaute er endgültig nach vorn in Richtung der aufgehenden Sonne und zu dem Ort, zu dem sie mussten, der irgendwo darunter lag. Er schickte ein stummes Gebet zum Himmel, dass er und Phoenix zurückkommen würden und die anderen dann noch am Leben wären.

II

Jill ließen die Bilder ihrer letzten Vision von den Gosiute nicht mehr los. Sie waren da, wenn sie aufwachte und wenn sie einschlief, blitzten hinter ihren Augenlidern auf, sobald sie nur zwinkerte. Mit Worten ließ sich die Dankbarkeit gar nicht ausdrücken, die sie den Gosiute gegenüber empfand, dafür, dass sie ihr Leben dem Sturm geopfert hatten, um ihnen eine Überlebenschance zu geben. Sie fühlte sich schuldig, weil sie dieses Opfer auf sich genommen hatten. Schließlich war sie nur ein junges Mädchen, hatte gerade einmal den ersten, kleinen Schritt ins Erwachsensein gemacht. Die Tatsache, dass sie ihrem Leben derart große Bedeutung beigemessen und dafür ihren eigenen Stamm bereitwillig geopfert hatten, war eine schwere Last. Es war nichts Besonderes an ihr, zumindest nichts, das Jill hätte gelten lassen. Es gab so viele andere, die klüger waren, hübscher oder wichtiger für das Fortbestehen der Welt, die sie gekannt hatte. Jill konnte sich nichts vorstellen, was sie hätte dazu beitragen können, den Weg in diese neue, völlig offene Zukunft zu bewältigen, das so viele Tote gerechtfertigt hätte. Aber das war es gar nicht, was sie an ihrer Vision so belastete. Es war das Bild, wie sie ihr eigenes Kind auf den Armen hielt, es waren die letzten Worte ihrer geisterhaften Vorfahrin:

Würdest du alles für dieses Kind opfern?

Wieder und wieder hallten diese Worte durch ihren Kopf und ängstigten sie zu Tode. Was in aller Welt sollte sie für dieses Kind opfern, das noch nicht einmal geboren war? Ihr Leben? Zumindest war das das Einzige, das ihr einfiel. Sie würde ihr Leben für ihr Kind opfern müssen, so wie ihre Vorfahren es für sie getan hatten. Aber war sie auch stark genug, um es tatsächlich zu tun, wenn die Zeit gekommen war? Es war nur wenige Monate her, da hatte sie noch im Haus ihrer Eltern auf ihrem Bett gesessen und mit sich gerungen, ob sie Snuffles, ihren fetten Basset, mit aufs College nehmen sollte. Bei Gott, sie hatte sogar geweint deswegen! Und am Ende hatte sie ihn mitgenommen. Sie war selbst noch ein Kind, sie konnte keine Mutter sein, genauso wenig wie sie sich eine Situation vorstellen konnte, in der sie ihr Leben für das eines Kindes geben würde, das noch nicht einmal existierte. Vielleicht war das egoistisch, aber es war das, was sie fühlte … Und es brachte sie fast um.

Jill wünschte sich, Snuffles wäre hier, damit sie ihr Gesicht zwischen seinen Speckfalten vergraben und einfach weinen konnte, bis alles vorüber war.

Aber nichts würde jemals wieder so sein, wie es einmal gewesen war. Ihre Eltern waren tot. Alle aus ihrer Klasse waren tot. Sie hatte gesehen, wie Tina in der Toilette einer Autobahnraststätte abgeschlachtet worden war, und sie hatte mitgeholfen, das wenige, was von April noch übrig gewesen war, zu begraben. Es gab nichts mehr, woran sie sich festhalten konnte. Sie war allein, eine Verrückte, nur wegen ihrer Visionen überhaupt noch zu irgendetwas zu gebrauchen. Und jetzt, da die Saat der Depression Wurzeln geschlagen hatte, breitete sie sich aus wie Unkraut. Sie konnte sich nicht daraus befreien, wusste nicht einmal, ob sie es überhaupt wollte. Es war weit einfacher, vollkommen in sich selbst zurückgezogen zu leben, als sich Tag für Tag den neuen Herausforderungen ihres Lebens in der realen Welt zu stellen.

»Ich dachte, du würdest dich mittlerweile vielleicht ein bisschen einsam fühlen«, sagte Mare. Sie war so in ihre Gedanken versunken gewesen, dass sie nicht einmal gehört hatte, wie er hinter ihr durch die Dachluke geklettert war.

»Lass mich in Ruhe«, flüsterte sie und wischte ihre Tränen weg.

»Das kannst du komplett vergessen«, meinte Mare nur und hockte sich neben sie. Er legte ihr einen Arm um die Schulter und versuchte, sie näher an sich heranzuziehen, aber Jill schüttelte ihn sofort wieder ab.

Mare versuchte, es sich nicht zu Herzen zu nehmen. Es war so viel Tod um sie herum. Alle ihre Freunde waren jetzt unter der Erde, und doch tat es ihm weh, dass sie ihn ausschloss. Alles, was er wollte, war, dass es ihr ein bisschen besser ging. Kapierte sie denn nicht, dass er sie liebte?

Seine Augen weiteten sich, und Mare hatte das Gefühl,

als würde sein Herz stehen bleiben. Hatte er das tatsächlich gerade gedacht? Er spürte, wie seine Wangen feuerrot wurden, und betete, dass Jill es nicht mitbekam. Sie sah ihn ohnehin nicht an. Stattdessen starrte sie nur auf das staubige alte Skelett, das Jill sie partout nicht beerdigen lassen wollte.

»Wer war sie?«, fragte Mare, der beschlossen hatte, sich für den Moment damit zufriedenzugeben, einfach in ihrer Nähe zu sein.

»Ich weiß nicht über wie viele Generationen, aber sie war meine Großmutter«, murmelte Jill. Sie seufzte und schüttelte den Kopf. »Ich kenne nicht mal ihren Namen.«

»Die anderen meinen, dass sie und ihr Stamm dem Sturm ihre Seelen verkauft haben, damit sie zu diesen großen weißen Vögeln werden konnten.«

»Sie haben ihr Leben freiwillig gegeben. Für mich. Für uns. Für unser …« Jill verstummte.

»Für unser was?«

»Nichts«, flüsterte sie und rutschte noch ein Stückchen weiter weg, als ihre Ellbogen sich berührten.

»Hab ich irgendwas angestellt?«, fragte Mare.

»Was meinst du damit?«

»Hab ich dich mit irgendwas wütend gemacht? Ich meine, seit ein paar Tagen bist du total distanziert, dabei haben wir davor noch … ich hatte das Gefühl, als wäre da etwas zwischen uns …«

Jill antwortete mit Schweigen. Sie wusste ohnehin nicht, was sie sagen sollte.

»Habe ich mich getäuscht?«, fragte er flüsternd.

Sie schüttelte den Kopf.

»Dann sprich mit mir, Jill. Was geht da vor, hinter diesen wunderschönen Augen? Lass mich dir helfen!«

»Niemand kann mir helfen.«

Mare lächelte. »Klingt wie eine echte Aufgabe.«

Zum ersten Mal sah sie ihn durch ihre tränenverschmierten Augen an, und sie konnte einfach nicht anders, als zu lachen, auch wenn es sich mehr wie ein Schluchzen anhörte.

»Du bist ein hoffnungsloser Fall, weißt du das?«

»Das soll heißen ›unwiderstehlich‹, oder?«

Wieder lachte Jill, und sie musste sich die Nase abwischen, damit ihr der Rotz nicht über den Mund lief.

»Sehe ich da etwa ein Lächeln?«, fragte Mare. »Das ist zumindest schon mal ein guter Anfang.«

Er streckte ihr seine Hand hin, und diesmal nahm Jill sie. Ihre kleinen Finger waren eiskalt, und sie drückte so fest zu, dass Mares Knöchel bald zu schmerzen begannen. So saßen sie schweigend da und starrten das Skelett an, dessen windschiefer Kopf zurückstarrte, als warte er darauf, dass etwas passierte. Der Brustkorb darunter war voller Spinnweben, und die Knochen darum herum verfärbten sich langsam zu dem Braun ausgespuckten Kautabaks, aber sie genossen es, einfach nur dazusitzen und die Welt draußen eine Zeit lang ohne sie weiterhasten zu lassen.

Schließlich ließ Jill seine Hand los, zog die Knie an die Brust und schlang die Arme um ihre Beine. Sie zitterte.

»Soll ich dich allein lassen?«, fragte Mare nach einer Weile.

»Nein«, flüsterte Jill, die immer noch alles Mögliche anschaute, nur nicht sein Gesicht. »Bitte ... bleib einfach nur bei mir.«

Er wollte sie in die Arme schließen, um ihr zu zeigen, dass alles wieder in Ordnung kommen und er immer für sie da sein würde, aber für den Moment würde er sich wohl damit zufriedengeben müssen, nur in ihrer Nähe zu sein. Irgendwann würde sie über das sprechen wollen, was innerlich so sehr an ihr nagte, und wenn es so weit war, würde er da sein. Das musste genügen. Er würde sie und das, was sie aneinander hatten, nicht aufgeben.

»Dann erzähl mir doch mal von deiner Großmutter«, sagte er und betrachtete das Skelett, während er sich Jills Gesichtszüge auf dem nackten Schädel vorstellte.

Endlich schaute Jill ihn an, und ein kleines Lächeln umspielte ihre Lippen.

»Ich weiß nur, dass sie ihre Familie sehr geliebt hat und bereit war, absolut alles für sie zu tun.«

Würdest du alles für dieses Kind opfern?

Sie fing wieder an zu weinen und lehnte sich an Mares Schulter, und diesmal ließ sie es zu, dass er sie umarmte und tröstete.

III

»Spürst du schon irgendwelche Superkräfte in dir?«

»Was?« Um ein Haar wäre Ray von dem Fleckchen Felsen, auf dem er neben dem Feuer saß, aufgesprungen. Die Stimme hatte ihn aufgeschreckt; er hatte nicht gehört, wie die Schritte unter dem Prasseln des Feuers näher gekommen waren. Abrupt drehte er den Kopf und schaute mit seinen leeren Augenhöhlen in die Richtung, aus der die Worte gekommen waren, so wie es seine Instinkte ihm noch immer geboten.

»Als Daredevil sein Augenlicht verlor, hat das mit seinen übernatürlichen Kräfte angefangen«, sagte Jake.

Ray lächelte. »Bis jetzt noch nicht. Aber ich verspreche dir, wenn es so weit ist, bist du der Erste, dem ich es erzähle.« Er hatte sich angewöhnt, einen abgerissenen Hemdsärmel über seine Augen zu binden, damit die anderen nicht ständig die gähnenden, schwarzen Löcher und das vernarbte Fleisch um seine Augen herum sehen mussten. Seine Haare ließ er jetzt lose übers Gesicht hängen und machte sich nicht mehr die Mühe, sie ständig mit seiner charakteristischen Geste zurück hinter die Ohren zu klemmen.

»Tut mir leid, das zu hören«, sagte Jake mit einem Anflug von Traurigkeit in seiner Stimme. »Ich habe gedacht, du hättest vielleicht schon was gemerkt.«

Ray hörte Schritte und dann das schabende Geräusch von Jeansstoff auf nacktem Felsen, als Jake sich neben ihn setzte.

»Im Moment würde ich meine übernatürlichen Fähigkeiten ohne zu zögern gegen einen labberigen Burger eintauschen. Einen, der so dick ist, dass du ihn kaum in den Mund kriegst, der bei jedem Bissen Ketchup und Mayonnaise auf dein T-Shirt spritzt.«

»Ich hätte lieber eine Pizza. Peperoni. Die mit Käse am Rand.«

»Halt bloß die Klappe«, erwiderte Ray.

»Du hast damit angefangen.«

»Ja, wahrscheinlich hab ich das«, sagte Ray kichernd. Seine Gedanken flogen davon, und er dachte an das letzte Mal, als er Pizza gegessen hatte. Tina war dabei gewesen. Tina, die immer noch den Großteil seiner Gedanken ausfüllte. Sie waren in einer dieser typischen kleinen Pizzerien gewesen, mit rot-weiß karierten Tischdecken und einer dicken italienischen Mama an der Kasse. Auf den Tischen hatten Schüsseln gestanden, mit frisch geriebenem Parmesan darin und Knoblauch, der in seinem eigenen Saft schwamm. Als Tina auf die Toilette gegangen war, hatte er heimlich etwas von dem Knoblauch unter den Käse auf ihrem Stück Pizza gelöffelt. Er war regelrecht explodiert vor Lachen, als Tina auf den Knoblauch gebissen und – ihr Gesicht feuerrot – in einem Zug zuerst ihre Pepsi und dann ihr Glas Wasser geleert hatte. Als es ihr schließlich gelungen war, ihre Fassung wiederzugewinnen, hatte sie sich die Tränen aus den Augen gewischt und ihn auf diese atemberaubende Weise angelächelt, dass er wusste, sie würde es ihm heimzahlen. Tina hatte es immer genossen, den Tag ihrer Rache so weit wie möglich hinauszuzögern, und stets darauf geachtet, dass sie ihn völlig unvorbereitet traf. Doch dieses Mal hatte sie keine Gelegenheit mehr bekommen, sich für die Extraportion Knoblauch zu rächen.

Bei Gott, wie sehr er sie vermisste.

»Tut mir leid«, sagte Jake.

»Hmm?«, machte Ray, aus seinen Erinnerungen zurückgeholt.

»Es tut mir leid, dass du nicht mehr sehen kannst. Ich weiß, dass es meine Schuld ist.«

Ray hörte die Tränen in der Stimme des kleinen Jungen und den abgehackten Atem, als er versuchte, sie zurückzuhalten.

»Komm her, Kleiner«, sagte Ray, legte ihm einen Arm um die Schultern und zog ihn zu sich heran. »Das war nicht deine Schuld. So was darfst du gar nicht denken. Natürlich macht es mir ganz schön zu schaffen, aber weißt du was? Immerhin lebe ich noch. Zumindest in der Hinsicht hab ich mehr Glück gehabt als die meisten anderen.

Ich hab das nicht immer so gesehen. Selbstmitleid ist eine schöne Sache, und ich habe mich lange genug darin gewälzt, das kannst du mir glauben. Aber letztendlich ist alles, was zählt, dass ich noch am Leben bin. Und solange ich noch lebe, kann ich was dazu beitragen, dass du und die anderen auch am Leben bleiben.«

Jake schniefte. »Der Mann hat dir die Augen rausgeschnitten, weil du so getan hast, als wärst du ich. Und du hast gewusst, dass sie dich wahrscheinlich umbringen werden, und trotzdem hast du's getan. Nur, damit sie mir nicht wehtun.«

»Jeder hätte das für dich getan. Wir sitzen hier alle im selben Boot, oder?«

»Nein. Richard und die anderen wollten mich für sich haben. Ich kann etwas, das sie nicht können.«

»Und was ist das?«

»Ich kann träumen.«

»Jeder hat Träume.«

»Aber in meinen sehe ich die Zukunft. Das ist *meine* übernatürliche Fähigkeit.«

»Dann erzähl mir, was jetzt als Nächstes passieren wird.«

»Wie wär's, wenn ich es dir einfach zeige?«, fragte Jake, stand auf und stellte sich hinter Ray. Er nahm Rays Kopf zwischen seine Hände und legte seine Mittelfinger auf Rays Schläfen.

»Weißt du, kleiner Mann, das mit dem Zeigen könnte schwierig werden …«

Die Dunkelheit um ihn herum wurde ein Stückchen heller. Ray konnte das Feuer vor sich erkennen, zwar nicht als flackerndes Farbspiel aus Orange- und Goldtönen, aber immerhin als hellen Fleck vor einem dunkleren Grau. Das

Zentrum der Flammen leuchtete sogar ein wenig und verdunkelte sich nach außen zu den Spitzen der züngelnden Flammen.

Ray keuchte und drehte den Kopf weg, aber Jake ließ nicht los. Er konnte zwei menschliche Umrisse erkennen, Kopf und Mitte des Brustkorbs etwas heller als der Rest ihres Körpers, der über die Gliedmaßen bis zu den Fingern und Zehen immer dunkler wurde. Dann sah er noch weitere Umrisse vor dem schwarzen Hintergrund, das Pueblo an der Rückseite der Höhle, die Tropfsteine, die von der Decke hingen und Wasser auf ihre Geschwister am Boden tropfen ließen. Es war ein vollkommen anderes Bild als das normale Sehen, das er gewohnt war. Sehen war ein unmittelbarer Prozess: Sein Blick fiel auf etwas, und sofort war es da. Dies hier war eher wie das Wärmebild eines Nachtsichtgeräts. Es war bei weitem nicht so wundervoll wie das normale Sehen, das er ein Leben lang für so selbstverständlich gehalten hatte, aber es war weit mehr, als er jemals für möglich gehalten hätte.

Es war so einsam und kalt in der Dunkelheit. Selbst inmitten der anderen fühlte er sich vollkommen isoliert und allein. In der Höhle herrschte eine eigenartige Akustik, ständig wurden Echos von irgendwo zurückgeworfen, sodass die Worte stets so klangen, als kämen sie aus einer vollkommen anderen Richtung, selbst wenn er seinen Kopf in die Richtung der Person drehte, mit der er sich unterhielt. Immer öfter dachte er daran, wie er wohl aussehen musste, aber noch viel schlimmer war, wie er sich bewegte: Er lief gegen Wände, stolperte über die kleinsten Unebenheiten im Boden, brauchte jemanden, der ihm die richtige Richtung zeigte, machte sich jedes Mal Sorgen, dass er seine Notdurft irgendwo verrichtete, wo alle ihn sehen konnten, oder, schlimmer noch, etwas Wertvolles unter seinen Exkrementen begrub. Zwar wusste er, dass es nicht stimmte, hatte aber trotzdem das Gefühl, als würden die anderen seine Anwesenheit lediglich tolerieren. Er konnte nicht einmal etwas herumtragen, denn er hatte Angst, er könnte stolpern und es dabei kaputt machen. Er hatte versucht, eine Mahlzeit zu kochen, aber der Großteil des Seetangs war dabei in die Flammen statt in den Topf gewandert. Alles, wofür er sich noch geeignet fühlte, war, vor dem Feuer zu sitzen und neues Brennmaterial hineinzuwerfen, sobald er das Gefühl hatte, dass es ein Stück weit heruntergebrannt war. Aber jetzt, da er wieder etwas sehen konnte, könnte auch er etwas beitragen, er könnte …

Jake zog seine Hände weg, und die Grautöne vor Rays Augen wurden wieder zu einem undurchdringlichen Schwarz. Allesverschlingende Dunkelheit schloss ihn in ihre Arme.

»Bitte«, stammelte Ray. »Mach das nochmal …«

»Das kann ich nicht«, erwiderte Jake. »Den Rest musst du selber machen.«

Rays leere Augenhöhlen konnten keine Tränen mehr vergießen – stattdessen brannten sie nur.

»Bitte … ich möchte wieder sehen können … ich muss …«

»In meinem Traum habe ich etwas zu dir gesagt. Ich habe extra geübt, damit ich mir diese Sachen merken kann. Ich habe zu dir gesagt, dass dein Körper immer noch weiß, wie man sieht. Du musst ihn nur daran erinnern. Ich kann dir nur zeigen, dass es möglich ist. Dir Hoffnung geben.«

»Wie soll ich das denn machen?«, fragte Ray flüsternd. »Ich habe keine … ich habe keine Augen mehr.«

»Ich weiß. Du hast sie geopfert, damit mir nichts passiert«, sagte Jake, der sich wieder neben Ray gesetzt hatte und seine Hand hielt. »Meine Mutter hat immer gesagt: ›Keine gute Tat bleibt unbelohnt‹.«

»Unbestraft.«

»Das ist doch Quatsch«, widersprach Jake kichernd. »Man wird doch nicht bestraft, wenn man etwas Gutes tut.«

»Manchmal schon«, sagte Ray und deutete auf den dreckigen Fetzen Stoff über seinen Augen.

»Aber es sollte nicht so sein«, erwiderte Jake in einem so ernsten Tonfall, wie ein Achtjähriger ihn überhaupt nur hinbekommen konnte. »Du hast mir das Leben gerettet. Gott vergisst so etwas nicht.«

Ray versuchte ein Lächeln aufzusetzen, aber es gelang ihm nicht. »Du bist ein guter Junge, Jake, und du bist noch am Leben. Das ist Belohnung genug für mich.«

»Probier es einfach. Du wirst es schaffen.«

Ray drückte Jakes Hand, und der kleine Junge kuschelte sich an ihn. Vielleicht war das, was er zu sehen geglaubt hatte, nur eine Illusion gewesen, ausgelöst von den kalten Händen, die er plötzlich an seinem Kopf gespürt hatte. Er konnte nicht mehr sehen, und das würde auch so bleiben. Er war blind. Das war die Realität. Diese Bilder, die grauen Schatten … sie waren nichts weiter als ein grausamer Scherz seines Bewusstseins gewesen, ein Ausdruck seiner Sehnsucht. Er machte Jake keinen Vorwurf. Jake war noch ein kleines Kind, und er hatte es gut gemeint. Ray wünschte, dieser kleine Vorfall hätte nie stattgefunden, doch tief in seinem Inneren spürte er, wie Hoffnung aufkeimte, und er wusste nur zu gut, dass diese eines Tages zu einem Rosenstrauch erblühen konnte – einem Rosenstrauch mit Dornen, die scharf waren wie Dolche.

Gemeinsam saßen sie vor dem Feuer und hielten sich an der Hand, und beide hatten sie ihr Gesicht den Flammen zugewandt, auch wenn nur einer sie sehen konnte.

IV

»Sie kommen doch zurück, oder?«, fragte Missy.

»Natürlich kommen sie zurück«, erwiderte Evelyn, auch wenn sie die gleichen Zweifel an sich nagen fühlte wie Missy. Keine von beiden hätte auch nur einen Moment lang geglaubt, dass Adam und Phoenix sie im Stich lassen würden, aber da draußen regierte das Grauen. Sie hatten viel zu viel Tod gesehen, als dass sie irgendeinen Ort auf der Welt noch für sicher gehalten hätten. Die Normalität, die sie sich gegenseitig vorspielten, war nichts anderes als eine Verhaltensregel, die sie sich selbst auferlegt hatten. Es war, als würden sie über ein Hochseil balancieren: Solange sie in Bewegung blieben und nicht nach unten sahen, schien alles in Ordnung, zumindest an der Oberfläche. In Wahrheit jedoch war überhaupt nichts in Ordnung.

Schweigend standen sie an der Rückseite der Höhle. Sie hatten eine der Gosiute-Decken aufgetrennt, die dicken Fäden zwischen zwei Felswänden aufgespannt und die langen Seetangblätter daran zum Trocknen aufgehängt. Sie experimentierten mit verschiedenen Zubereitungsarten, denn mittlerweile hatten sie Seetangsalat und gekochten Seetang reichlich satt, auch wenn niemand sich traute, es laut auszusprechen. Vielleicht würden die dicken Blätter, wenn man sie lange genug trocknen ließ, die Konsistenz von Dörrfleisch annehmen. Und selbst wenn es nicht funktionieren sollte, zumindest hatten sie etwas zu essen, was weit besser war, als zu verhungern.

Außerdem hatten sie endlich etwas zu tun, denn ansonsten war ihre einzige Beschäftigung, die Zeit zwischen Sonnenaufgang und Sonnenuntergang totzuschlagen. Hoffentlich konnten sie ihre Energie auf etwas Sinnvolleres verwenden, wenn Adam und Phoenix wieder zurück waren. Sie waren vollkommen wehrlos, kaum geschützt von dem See auf der einen und dem Berg auf der anderen Seite. Solange ihre Straßensperre lediglich aus einem Haufen Asche bestand und sie keine brauchbaren Verteidigungsanlagen gegen einen Angriff von dem mittlerweile aufgetauten See hatten, waren sie weiter diesem Gefühl der Hilflosigkeit ausgeliefert. Doch wenn Phoenix recht hatte – und sie hatten keinen Grund, daran zu zweifeln, denn seine Visionen hatten sich alle bewahrheitet –, würde es keinen weiteren Angriff auf ihren Unterschlupf mehr geben, und sie mussten sich eigentlich keine Sorgen machen. Trotzdem taten sie es. Denn viel schlimmer war, dass Phoenix gesagt hatte, ihre Feinde würden sie aufspüren, wo auch immer sie hingingen, um sich dort die letzte Schlacht mit ihnen zu liefern. Evelyn sah keinen Grund, Mormon Tears zu verlassen. Warum in aller Welt sollten sie losziehen und durch menschenleere Städte und eine lebensfeindliche Wildnis wandern?

Alle ihre Gedanken liefen letztendlich auf diesen einen Punkt hinaus. Keiner von ihnen würde auch nur einen Moment lang Frieden haben, solange das bevorstehende Blutvergießen drohend über ihren Köpfen schwebte. Es hing in der Luft und drang sogar bis in ihre Träume vor. Sie alle wachten regelmäßig mitten in der Nacht auf und hörten jemanden weinen, und oft genug war Evelyn selbst diejenige, die die anderen aus dem Schlaf riss. Die Nächte waren eine Zeit größter Verzweiflung, jeder war dann mit sich selbst allein, hatte niemanden, mit dem er sprechen konnte, um die Bilder von Tod und Zerstörung in zynische Scherze zu kanalisieren und sie dadurch irgendwie im Zaum zu halten. Unweigerlich stiegen die Erinnerungen an geliebte Menschen auf, die sie verloren hatten, Erschöpfung und Frustration darüber, nicht wieder einschlafen zu können, machten alles noch schlimmer. Dass das Echo in der Höhle das Schluchzen und Jammern auch noch verstärkte, machte es nicht einfacher: Die Klagelaute klangen nur noch verlorener, erfüllt von herzzerreißender Verzweiflung hingen sie in der Luft wie die Trauergesänge verlorener Seelen in der Nacht.

Evelyn spürte, wie ihre Gedanken sie in die Depression hinabzogen. Sie musste das Thema wechseln, bevor sie vollends darin versank, auch auf die Gefahr hin, dass sie nur sinnloses Zeug plapperte.

»Also … wie ist das eigentlich mit dir und Phoenix?«, fragte Evelyn. »Ihr beide seid euch in letzter Zeit ein ganzes Stück nähergekommen, oder?«

»Das habe ich auch geglaubt«, erwiderte Missy, »aber seit kurzem … seit kurzem ist er noch distanzierter als sonst.«

»Wie das?«

»Seitdem, du weißt schon, seit der Nacht, in der das mit ihm … passiert ist.«

»Als er zur Supernova wurde und dieses Monster eingeäschert hat?«

»Ja … irgendwie hat ihn das verändert.«

»Kann ich mir gut vorstellen. Das hat uns alle irgendwie verändert. Ich habe noch nie so etwas gesehen. Es war wie eine Explosion in Zeitlupe, dieses Licht, das von ihm ausging. Ich hatte das Gefühl, als wäre es mindestens tausend Grad heiß ... es war beängstigend.«

»Ich glaube, ihm selbst hat es noch mehr Angst gemacht als uns. Und ich bin mir ziemlich sicher, er wusste gar nicht, dass er zu so etwas fähig ist.«

Missy hatte ihre Augenlider fest zusammengepresst gehabt in der Erwartung, jeden Moment von Reptilienklauen aufgeschlitzt zu werden, dann hatte sie das Licht gesehen und die Hitze gespürt, als hätte jemand sie in einen Ofen geworfen. Sie musste auf die Worte der anderen vertrauen, um sich ein Bild von dem zu machen, was tatsächlich geschehen war, von dem gegrillten Monster, das er zwischen seinen Händen gehalten hatte, bis es zu einem Haufen Asche vor seinen Füßen zerfallen war, von dem Ausdruck ungezügelter Raserei in seinen Albino-Augen. Sie liebte ihn für seine Unschuld, für die Art, wie er immer alles sagte, was er dachte, ohne es zu filtern, dafür, wie er mit ihr umging, wie er sie ansah. Und jetzt fürchtete sie, dass dieses eine Ereignis ihn all seiner Naivität beraubt haben könnte, ihn mit Emotionen konfrontierte, die er nicht kannte, mit denen er nicht umgehen konnte, und nichts jemals wieder so sein würde, wie es gewesen war. Er war in vielerlei Hinsicht noch ein Kind gewesen. Ein Kind, das man gezwungen hatte, binnen eines Wimpernschlags erwachsen zu werden. Sie hatte Angst. Nicht vor ihm, sondern um ihn.

»Gib ihm etwas Zeit«, sagte Evelyn. »Er wird damit zurechtkommen.«

»Du hast bestimmt recht. Ich mache mir nur Sorgen um ihn. Er ist der erste Junge, den ich ... du weißt schon ... den ich jemals geliebt habe.«

Evelyn lächelte und umarmte Missy. Sie wusste, was das jüngere Mädchen gerade durchmachte. Sie war selbst einmal in dieser Situation gewesen. Die erste Liebe war immer zugleich das Schönste und das Schrecklichste auf der Welt. Sie verschlang einen vollkommen. Nichts auf der Welt zählte mehr außer diesem einen Menschen. Man verbrachte jede Sekunde mit ihm, sezierte jedes Gefühl wie unter dem Mikroskop. Es war wunderbar und geradezu magisch, es bei jemand anderem zu beobachten. Es selbst zu durchleben war die reinste Qual.

Evelyn wusste nicht, wie sie das bezeichnen sollte, was zwischen ihr und Adam war. Wenn sie ihn ansah, begann ihr Herz zu flattern, und ständig erwischte sie ihn dabei, wie er sie anschaute. Sie küssten sich ab und zu, und oft schliefen sie gemeinsam unter einer Decke neben dem Feuer, aber darüber hinaus war noch nichts passiert. Bei allem, was um sie herum vorging, hatte sie schlichtweg keine Zeit, über ihre Beziehung nachzudenken – falls es tatsächlich eine Beziehung war –, und sie war sicher, dass es ihm genauso ging. Unter normalen Umständen könnten sie vielleicht den nächsten Schritt wagen, aber im Moment war es genug zu wissen, dass er da war und etwas für sie empfand. Es war kein Feuer, das in ihr brannte, aber es war das Einzige, das ihr über die schrecklichen Momente hinweghalf, wenn sie ihren Vater vermisste oder die Angst sie überwältigte. Sie wusste nicht, ob das das Fundament war, aus dem einmal eine Liebe entstehen würde, aber für den Moment war es genau das, was sie brauchte.

Missy rieb eines der Seetangblätter zwischen ihren Fingern, um zu sehen, ob es schon durchgetrocknet war, und sofort rieselten ihr die Krümel auf die andere Hand. Sie zeigte Evelyn den kleinen Haufen, die sich ein kleines braunes Klümpchen herauspickte und es an die Lippen führte.

»Runter damit«, sagte sie und legte es auf ihre Zunge.

»Und?«, fragte Missy, die ihre Krümel immer noch in der Hand hielt und zusah, wie Evelyn zu kauen anfing. Schließlich stopfte auch sie sich etwas davon in den Mund.

»Nicht schlecht«, meinte Evelyn.

»Aber auch nicht besonders gut.«

Evelyn lachte. »Furchtbar, um ehrlich zu sein, oder?«

Missy fiel mit ein, und gemeinsam lachten sie, bis alle in ihre Richtung schauten. Sogar Mare und Jill streckten ihre Köpfe aus der Dachluke des Pueblos.

»Kommt und holt euch auch was!«, rief Missy, die gar nicht mehr aufhören konnte zu lachen.

V

SALT LAKE CITY

Die Wolken hingen tief am Himmel und rasten an ihnen vorbei, während sie darauf warteten, dass die Wärme der morgendlichen Sonne sie auflöste. Die Reiter begannen ihren Sinkflug, der See hinter ihnen wurde immer kleiner, und der salzige Geruch wurde von einem weitaus unangenehmeren verdrängt. Zunächst dachte Adam, der Gestank käme von einer Müllhalde, deren aufgetürmter Unrat sein stinkendes Aroma verbreitete, während der Schnee schmolz und der gefrorene Abfall langsam auftaute, aber von hier oben, Hunderte Meter oberhalb der Stadt, konnte er nur zu deutlich erkennen, dass das nicht die Ursache sein konnte. Riesige Lagerhäuser zogen unter den wirbelnden Hufen ihres Reittiers vorbei. Die Dächer waren teilweise eingestürzt unter der Last des plötzlichen Schneefalls, der immer noch in großen Haufen die in der Dunkelheit liegenden Trümmer bedeckte, und es waren diese eingestürzten Dächer, unter denen der Gestank hervorkroch, der wie Smog über der ganzen Stadt hing.

Der Hengst legte seine Flügel an und tauchte nach unten ab, mitten hinein in ein Industriegebiet, in dem zu allen Seiten nackte, braune Betonklötze aufragten. Die straff gespannte Haut des knochigen Tieres flatterte wie Schiffswimpel in einer steifen Brise, bis seine Hufe klappernd über den mit Schlaglöchern übersäten Asphalt fegten. Auf einer freien Kreuzung kam der Hengst schließlich zum Stehen, begann aber sofort nervös hin und her zu tänzeln, trabte auf und ab und schüttelte immer wieder seinen mächtigen Kopf.

»Es hat Angst vor irgendetwas«, sagte Phoenix und verstärkte seinen Griff mit der einen Hand, sodass er mit der anderen den Hals des Pferdes streicheln konnte, um es, wenn auch nur ein bisschen, zu beruhigen.

»Hast du irgendeine Idee, vor was?«, fragte Adam und bemühte sich, Phoenix mit seiner ängstlichen Umklammerung nicht zu erdrücken.

»Ich weiß nicht …« Phoenix sah sich um. Alles um sie herum war vollkommen still und reglos. Hier und da stand eine Flügeltür oder ein Garagentor offen, doch dahinter waren nur Schatten. Der Wind hatte mitten auf der Straße nasses, braunes Laub zu großen Haufen aufgetürmt. Autos, deren Besitzer geflüchtet waren, standen kreuz und quer herum und würden sich nie wieder bewegen. Einige hatten eingeschlagene Scheiben, bei anderen war die Karosserie von der Schneelast eingedrückt, doch alle waren leer. Diese Stille, das völlige Fehlen jeglicher Bewegung machte die Situation noch unheimlicher, als wenn sie irgendetwas entdeckt hätten. Es war, als müsste jeden Moment etwas Schwarzes, Böses aus seinem Versteck hervorspringen, doch es geschah nichts. Nur der Gestank verrottender Lebensmittel in den Lagerhäusern und aufgedunsener Körper, die unter den Trümmern verwesten, war um sie herum.

Lediglich der Wind heulte, von den Häuserschluchten gebündelt, durch die Straßen. Ihr geflügeltes Seepferd stampfte mit den Vorderhufen auf. Das war das Zeichen zum Aufbruch. Das Tier benahm sich, als könnte es diesen Ort nicht einen einzigen Augenblick länger ertragen. Adam sprang als Erster von seinem Rücken und hatte kaum Zeit, einen Schritt zur Seite zu machen, als Phoenix ihm auch schon folgte. Das wunderliche Geschöpf zögerte nicht länger und raste in die Richtung, aus der sie gekommen waren, die Straße entlang, breitete seine Schwingen aus und erhob sich in den Himmel. Bald war es nur noch ein kleiner Fleck unter den grauen Wolken, der immer kleiner wurde, bis er schließlich gänzlich verschwand.

»Mann, das Biest war ja richtig außer sich vor Panik«, sagte Adam, während er sich im Kreis drehte, um sich umzusehen. Hier draußen fühlte er sich völlig exponiert, umgeben von buchstäblich Tausenden von möglichen Verstecken.

»Spürst du es nicht?«, fragte Phoenix. »Man kann den Tod in der Luft förmlich greifen.«

Adam spürte tatsächlich etwas. Es war, als hätte die Schwerkraft zugenommen, als presse sie den Himmel auf die Erde, um alles darunter zu ersticken. Selbst die tote

Stadt um sie herum schien den Atem anzuhalten. Adam konnte die Blicke unsichtbarer Augen regelrecht spüren, obwohl er instinktiv wusste, dass nichts um ihn herum mehr am Leben war. In seinem Bewusstsein verwandelte sich der Verwesungsgestank zusehends in den Geruch, den er aus dem Flüchtlingslager im Irak noch lebhaft in Erinnerung hatte: die Fäulnis, die jedes Mal in ihre Zelte kroch, wenn der Wind die Richtung änderte und sie auf diese Weise an den immer weiter fortschreitenden Zersetzungsprozess der in ihren seichten Gräbern verwesenden Leichen erinnerte. Er verspürte denselben Impuls wie wenige Momente davor das Pferd. Der Drang, so schnell wie möglich von hier zu verschwinden, war überwältigend. Sein Puls spielte verrückt, und seine Beine begannen zu zittern. Er schaute in den Himmel hinauf, in der Hoffnung, das fliegende Pferd wäre bereits auf dem Weg zurück zu ihnen, aber er sah nichts als das gähnende, leere Firmament.

»Lass uns einfach holen, weshalb wir hier sind, und dann abhauen«, sagte er schließlich und ging los. Zunächst mussten sie einen fahrtüchtigen Laster auftreiben, am besten einen Sattelschlepper mit Anhänger. Als Nächstes würden sie ihn so schnell wie möglich mit allem vollladen, was sie brauchen konnten …

Eine Bewegung in Adams Augenwinkel zog seine Aufmerksamkeit auf sich.

Er drehte sich um und starrte nach links die Straße hinunter. Zunächst sah er nichts Besonderes: ein Hotel, das einer mittelalterlichen Burg nachempfunden war. Es war ein Gebäude, wie er schon viele gesehen hatte, graue Mauersteine und rote Zinnen, drei Stockwerke hoch. Das erste ungewöhnliche Detail, das seine Neugier weckte, war die Tatsache, dass alle Fenster mit Brettern vernagelt waren. Nicht dass die Maßnahme irgendetwas genützt hätte. Die zersplitterten Bretter hingen lose herab, torkelten im Wind und schlugen klappernd gegen leere Fensterrahmen und geborstene Scheiben. Der schmiedeeiserne Zaun, der das Grundstück begrenzte, war mit Stacheldraht umwickelt. Zwei Trucks standen schräg vor dem Haupteingang.

»Hier sind sie gestorben«, flüsterte Phoenix, der Adams Blick gefolgt war. »Sie hatten nicht die geringste Chance.«

Adam nickte. Sie hatten immer noch gehofft, dass die anderen den Angriff des nach Westen walzenden Schwarms überlebt haben könnten, doch tief in ihrem Inneren waren sie sich immer bewusst gewesen über das Schicksal, in das die anderen sich unwissentlich ergeben hatten, als sie mit Richard von Mormon Tears aufgebrochen waren. Jetzt, da sie die Auswirkungen mit eigenen Augen sahen, würden sie mit ihren Gefühlen zurechtkommen müssen, mit dem Wissen, dass sie die anderen davon hätten abhalten können, ihren Unterschlupf in die Stadt zu verlegen – und mit den verheerenden Auswirkungen ihres Versagens.

»Die Trucks fahren bestimmt noch«, sagte Adam. »Sie werden sie gebraucht haben, um all das Holz und den Stacheldraht hierherzubringen.«

»Das stimmt wahrscheinlich, aber willst du wirklich dorthin gehen?«

Adam antwortete nicht. Er konnte es nicht. Angst lähmte seine Stimmbänder, doch leider nicht seine Beine, die ihn wie von selbst die Straße hinuntertrugen. Die Burg wurde immer größer, bis sie hoch über ihm aufragte. Einige der Fenster waren immer noch vernagelt und intakt, andere hingegen völlig zerstört. Fetzen von schwarzer, geschuppter Haut hingen an den scharfen Dornen des

Stacheldrahts, dessen ehemals perfekte Spiralform jetzt eher einem zerfetzten Wollknäuel glich. Ein einzelner schwarzer Arm steckte in dem metallenen Wirrwarr, die gebogenen Krallen Richtung Himmel deutend. Das Einfahrtstor hing schief in seinen Angeln; nach innen gekippt und schräg nach oben geneigt, sah es eher aus wie eine Rampe. Die Schneeflecken, die im Schatten des Gebäudes noch ausharrten, waren überzogen mit einer eitrigen, weißen Flüssigkeit.

Der Geruch wurde immer stärker, je näher sie herankamen, aber er veränderte sich auch etwas. Es roch nicht mehr nach verrottenden Lebensmitteln und Müll. Der Gestank stammte eindeutig von Leichen.

»Ich glaube, ich kann da nicht reingehen«, sagte Phoenix, als er Adam eingeholt hatte. »Es war so viel Schmerz, so viel … Leid in diesem Gebäude. Sie hatten keine Chance zu entkommen, und das alles ist immer noch … so präsent.«

»Dann warte einfach hier, während ich den Truck hole.«

Phoenix sah sich um. Keine der beiden Möglichkeiten war besonders verlockend. Aber wenn er bei Adam bliebe, wäre er zumindest nicht allein.

»Ich komme mit«, sagte er und nahm wie ein kleines Kind Adams Hand.

Manchmal vergaß Adam, wie wenig Erfahrung Phoenix mit dem Leben außerhalb seines Kellerverlieses hatte. Seine Visionen verliehen ihm eine Aura von Reife und Selbstsicherheit, doch gleichzeitig war er immer noch so unglaublich naiv, auch wenn Tag für Tag ein weiteres Stück dieser Naivität von ihm abfiel.

Als sie die Zufahrt zum Eingangstor erreichten, ließ Phoenix Adams Hand los. Er lehnte sich gegen das Tor und drückte es so weit auf den Boden, dass Adam darüber hinwegsteigen konnte, dann folgte er ihm. Der Parkplatz dahinter war übersät mit sternförmigen Flecken von einem dunklen Rot, und sie gaben beide ihr Bestes, nicht hinzusehen. Sie wussten, dass jeder dieser Flecken für ein Leben stand, das vor der Zeit beendet worden war, doch es waren zu viele gewesen, die nach Mormon Tears gekommen waren, als dass sie sich an ihre Gesichter erinnern und ihren Tod hätten betrauern können. Es waren allesamt anonyme Seelen, denen nur ein kurzer Moment des irdischen Daseins vergönnt gewesen war, und doch trugen Adam und Phoenix einen Teil der Verantwortung dafür, dass ihr Leben ein so schnelles Ende gefunden hatte.

Als sie den ersten Sattelzug erreichten – eine weiße Zugmaschine mit ebensolchem Anhänger, beide verschmiert mit braunem Matsch und Straßendreck –, kletterte Adam auf das Trittbrett neben der Fahrertür und spähte in die Kabine. Der Schlüssel steckte noch im Zündschloss, wie er gehofft hatte, doch der Schnee im Fußraum, den die Sohlen des Fahrers zurückgelassen hatten, war immer noch gefroren, scheinbar unbeeindruckt von dem Tauwetter, das in der Welt darum herum eingesetzt hatte. Auf dem Armaturenbrett stand eine leere Kaffeetasse, dahinter konnte Adam durch die Windschutzscheibe hindurch die Überreste der gläsernen Eingangstür des Hotels erkennen. Die Bretter, mit denen sie hätte zugenagelt werden sollen, lehnten immer noch im Foyer dahinter an der Wand. Glassplitter lagen um den metallenen Rahmen herum verstreut und funkelten wie kleine Spiegel aus diesen grauenvollen dunklen Pfützen am Boden.

»Komm schon, steig ein«, sagte Adam. »Ich komme gleich nach.«

»Geh da nicht rein, Adam … bitte.«

»Ich muss es wissen.«

»Du weißt es bereits.«

»Vielleicht«, erwiderte Adam, »aber falls es irgendwelche Überlebenden gibt, können wir sie nicht einfach hierlassen.«

»Adam … es gibt keine Überlebenden.«

»Dann bin ich nicht lange weg.« Er ging um die Motorhaube herum und blieb vor dem gähnenden Eingang des Hotels noch einmal stehen. Tod blies ihm ins Gesicht wie ein stinkender, septischer Atem. Er zog sich den Kragen seines Pullovers über die Nase und hielt den Stoff mit seinen Zähnen fest, dann stieg er durch das Loch in der Bretterbarrikade. Seine Stiefel knirschten auf den Glassplittern, die den blutverschmierten Boden zumindest ein wenig griffiger machten. Die gesamte Eingangshalle war bis hinter zur Rezeption mit Werbeprospekten für die örtlichen Sehenswürdigkeiten übersät, die aus dem umgestürzten Regal an der Rückwand gefallen waren. Sämtliches Papier am Boden war mit einer klebrigen, roten Schicht überzogen. Adam stapfte über das Durcheinander hinweg, warf einen Blick hinter die Rezeption und schwenkte dann nach links in die Lobby.

Bei dem Anblick, der sich ihm dort bot, schnappte er unwillkürlich nach Luft. Der Pullover rutschte von seiner Nase und ließ den Gestank ungehindert in seine Atemwege dringen.

»O mein Gott«, stöhnte er und drehte sich weg. Er musste sich die Hände vor den Mund halten, um sich nicht zu übergeben.

VI

MORMON TEARS

Sie saßen zu sechst um das Feuer herum und genossen den ersten Moment ohne Anspannung seit langem, und das nur, weil sie gerade herausgefunden hatten, welches die am wenigsten geeignete Art war, Seetang zuzubereiten. Sie waren zusammengekommen, und jeder von ihnen probierte. Kauend standen sie da, lächelten und nickten, während sie versuchten, irgendetwas Positives zu finden, das sie sagen konnten, und die Nachteile tunlichst zu ignorieren. Mare war der Erste, der sich nicht mehr zurückhalten konnte.

»Hmm. Lecker«, sagte er, während sich bereits Lachtränen in seinen Augen bildeten. »Wenn ich gewusst hätte, dass verschwitzte Socken so gut schmecken, hätte ich meine schon längst aufgegessen.«

Das spontane Gelächter, das folgte, war eine willkommene Erleichterung von ihrer ständigen Anspannung und gestattete ihnen, wenn auch nur für kurze Zeit, die Schrecken um sie herum zu vergessen. Wie sich herausstellte, nahmen die Blätter, wenn man sie nach dem Trocknen eine Weile in kochendes Wasser legte, die Konsistenz von Trockenobst an, was gar nicht so schlecht war. Mit den richtigen Gewürzen würde es vielleicht sogar ganz gut schmecken.

Mare saß mit dem Rücken zu dem Pueblo und warf Brocken eines phosphoreszierenden Mooses, das er von den Höhlenwänden gekratzt hatte, ins Feuer. Sobald sie in Berührung mit den Flammen kamen, sprühten sie Funken wie kleine Silvesterknaller. Jill saß neben ihm, wenn auch mit so viel Abstand, dass es jedem auffiel. In den letzten

Tagen hatte sie nicht viel gesprochen, und es war wunderbar, das Leuchten in ihren Augen zu sehen, während sie das kleine Schauspiel beobachtete. Evelyn und Missy kicherten, als würden sie sich schon ihr ganzes Leben lang kennen. Der einfache Umstand, dass sie das Essen komplett ruiniert hatten, schien sie irgendwie zusammengeschweißt zu haben. Jake saß rechts neben Missy und hielt seine Füße ins Feuer. Das tat er so lange, bis der Gummi an den Sohlen seiner Stiefel zu schmelzen begann, dann zog er sie gerade lange genug wieder heraus, dass seine Zehen etwas abkühlen konnten, und begann die Prozedur wieder von vorn. Auch er kicherte die ganze Zeit. Nur Ray schien irgendwie abgelenkt, als wäre lediglich sein Körper anwesend. Manchmal fiel er zwar in die Konversation mit ein, aber die meiste Zeit saß er stumm dem Feuer zugewandt da, die Stirn mal in Falten gelegt, mal entspannt, kaute auf seiner Unterlippe herum und spannte sichtbar seinen ganzen Körper an in dem Versuch, die Flammen erkennen zu können, so wie es ihm zuvor mit Jakes Hilfe gelungen war. Die Hitze auf seinem Gesicht konnte er spüren, aber er sah absolut nichts.

Schließlich drang die Realität wieder zu ihnen durch, das Gelächter verebbte nach und nach, Schweigen breitete sich aus.

»Würmer«, sagte Mare plötzlich. Der Klang seiner Stimme zerriss die Stille beinahe wie eine Explosion. »Ich wette, jetzt da der Schnee weg ist, könnten wir nach Würmern graben.«

»Warum?«, fragte Missy. »Seetang ist mir hundertmal lieb…«

»Nein, nein«, fiel Mare ihr ins Wort. »Ich könnte mir eine Angelrute basteln und einen aufgebogenen Ohrring oder so was als Haken verwenden. Ich habe nur überlegt, was als Köder geeignet wäre.«

»Das klingt großartig«, meinte Ray. »Nimm's nicht persönlich, Evelyn, aber von Seetang allein kann ein Mensch nicht überleben.«

»Du brauchst dich gar nicht bei mir zu entschuldigen. Ich glaube, für ein schönes, saftiges Steak würde ich ...«

Jill beugte sich vornüber, das Gesicht in ihren Händen vergraben, und ihre Unterhaltung verstummte. Unerträgliche Kopfschmerzen breiteten sich in ihrem Schädel aus, und sie spürte, wie ihr übel wurde. Sie fragte sich gerade, ob es ihr helfen würde, wenn sie sich erbrach, da wurde sie in die Dunkelheit hinabgezogen.

Schweißüberströmt stand sie da, an einem Ort, den sie nicht kannte. Ihre tropfnassen Brauen konnten die salzige Flüssigkeit nicht mehr von ihren Augen fernhalten, ihr Haar haftete wie mit Gel nach hinten gekämmt an ihrem Kopf, und auch ihre Kleidung klebte an ihrem schweißnassen Körper. Dicker, schwarzer Rauch hing in der Luft und drang mit jedem Atemzug in ihre Lunge, trotz des Stoffs, den sie sich vor den Mund hielt. Sie hustete, ihre Luftröhre fühlte sich vollkommen ausgedörrt und brüchig an, und sie schrie beinahe wegen des Schmerzes, der ihr wie Feuer in Hals und Brustkorb brannte.

Flammen tanzten hinter den wabernden Rauchwolken, und Jill hörte ein Knistern, während das Feuer die ganze Welt um sie herum zu verschlingen schien. Jedes Fleckchen Boden, das sie sehen konnte, war zu schwarzer Asche verbrannt, Ruß haftete an ihren Schuhsohlen, während sie langsame Schritte machte, die erdig-braune Spuren hinterließen. Um sie herum ragten zu Kohle verbrannte Baumstümpfe auf, lugten nur kurz zwischen den dichten Rauchschwaden hervor und wurden dann sofort wieder von der undurchdringlichen Schwärze verschlungen. Sie roch die verschiedenen Aromen eines Buschfeuers: den beißenden Geruch von brennendem Harz, den fast süßen Duft von Kiefern und verschiedenen Straucharten, Ruß und Asche. Es fühlte sich anders an als ihre sonstigen Visionen, als hätte die Erschöpfung sie übermannt und in die Tiefen eines Traums hinabgezogen.

Bis sich etwas zwischen den Rauchschwaden bewegte.

Schwerfällige, schwarze Schatten zeichneten sich in dem dunklen Qualm ab. Riesige Gestalten, wie Jill noch nie in ihrem Leben eine gesehen hatte. Mit ihren überbreiten Schultern und stämmigen Gliedmaßen sahen sie aus wie genmanipulierte Menschen. Es waren drei oder vier, die sich schnell wieder hinter den Flammen versteckten, als Jill sie erblickte.

»Wo sind sie hin?«, schrie jemand mit vor Panik zitternder Stimme.

»Ich kann sie nicht sehen!«, brüllte jemand zurück. »Sie könnten überall sein!«

Jill spürte ihre eigene Angst, fühlte, wie ihr rasender Puls sich in einem Schrei Bahn brechen wollte. Sie wollte sich umdrehen und weglaufen, aber der Rauch war überall um sie herum. Sie hörte, wie hinter ihr jemand eine Patrone in einen Gewehrlauf legte.

Ein donnerndes Brüllen zerriss die Luft, als rolle eine Lawine einen Abhang hinunter auf sie zu.

Jill schrie, und ihre Schreie hallten immer noch durch die Höhle, als sich der Rauch des Waldbrandes wieder in den ihres Kohlefeuers verwandelt hatte. Sie hustete.

Jills Hände und Wangen waren nass von Tränen, und ihr Atem ging stoßweise. Sie nahm die Hände vom Gesicht und sah, wie alle sie erwartungsvoll anschauten und darauf warteten, dass sie etwas sagte.

Warum weint sie?

Hatte sie wieder eine Vision?

Ist alles in Ordnung mit ihr?

Sie fragten nur mit ihren Augen, aber Jill konnte ihre Gedanken hören. Sie hatte es satt, diese Visionen zu ertragen und die Art, wie die anderen sie jedes Mal danach anstarrten. Sie wollte sie vom Hals haben, normal sein wie der Rest der Gruppe. War das so viel verlangt? Warum musste es ausgerechnet sie treffen? Sie hatte schon genug damit zu schaffen, mit der anderen Vision zurechtzukommen, die verlangte, dass sie ihr eigenes Leben für das ihres Kindes opferte. Und jetzt noch diese neue Vision … Es war einfach zu viel für sie. Jill wollte schreien, sich den kranken Gehirnteil aus dem Schädel reißen, der sie dazu zwang, diese Dinge zu sehen. Es war keine Gabe. Es war ein Fluch, und sie konnte es nicht mehr länger ertragen.

Ihre Schultern bebten, und Jill begann zu schluchzen.

»Alles ist gut«, sagte Jake und umarmte sie von hinten. »Ich sehe auch immer solche Dinge.«

Jill blickte den Jungen durch tränennasse Augen an.

»Meine Mama hat immer gesagt, wenn du einen schlechten Traum hast, dann musst du ihn einfach ändern«, redete Jake weiter.

»Das kann ich nicht. Ich habe keine Kontrolle darüber. Alles, was ich sehe, wird wahr.«

»Okay, wenn du deine Träume nicht verändern kannst, dann musst du eben die Wirklichkeit ändern.«

Jills Tränen versiegten. Konnte die Lösung tatsächlich so einfach sein? Sie hatte ihre Visionen immer als unabänderlichen Ausgang der Ereignisse angesehen, nie als Ausgangspunkt. Sie wusste, dass sie irgendwann einen Waldbrand erleben würden, in dessen Rauch sich fürchterliche Kreaturen versteckten, aber sie wusste auch, dass sie zu einem anderen Zeitpunkt ihr Kind auf den Armen halten würde. Wenn dieses Feuer vor der Geburt ihres Kindes ausbrach, dann hieß das, dass sie überleben würde. Und wenn sie überleben konnte, dann konnte sie auch den anderen helfen, es zu schaffen. Außer ihr selbst waren mindestens noch zwei andere in der Vision gewesen. Sie hatte definitiv zwei verschiedene Stimmen gehört. Alles, was sie tun musste, war, die Vision noch einmal zu durchleben. Wenn es ihr gelang, möglichst viele Details zu isolieren und zu untersuchen, konnte sie vielleicht einen Weg finden, sie alle zu retten, bevor das Feuer überhaupt ausbrach.

Es lag eine seltsame, paradoxe Logik in diesem Gedankengang, die mit einem Mal einen Sinn ergab.

Sie mochte von schrecklichen Visionen geplagt werden, aber irgendwo in diesen Visionen, verborgen hinter dem Rauch und den Bestien, lagen die Puzzlestücke für ihre Rettung.

VII

SALT LAKE CITY

Adam konnte einfach nur reglos dastehen, geschockt und voll Abscheu. Er wollte sich wegdrehen, irgendwo anders hinsehen, aber er konnte es einfach nicht. Er musste das hier sehen. Noch nie hatte er ein Schlachthaus besucht oder eine Bärenhöhle von innen gesehen, aber das hier sah aus, wie er sich eine Mischung aus beidem vorgestellt hätte. Spritzer braunen, getrockneten Blutes hingen an der gewölbten Decke wie Miniatur-Tropfsteine, derselbe Anblick rostroter Flecken bot es sich an den Wänden, durchsetzt mit Blutfäden, auf die Wand geklatscht und dort festgetrocknet. Auch der Boden war damit bedeckt, so dick, dass das Blut an manchen Stellen noch feucht war. Schmatzend und spritzend stapfte er mit seinen Stiefeln hindurch und hinterließ rote Fußabdrücke, die langsam gerannen, während er auf die Mitte der Lobby zuging, wo sich der bizarrste Anblick von allen bot.

Zu seiner Rechten konnte er durch die offene Tür ins Restaurant sehen, wo zwischen den verfaulenden Überresten ihrer letzten Mahlzeit, auf denen mittlerweile flauschiger, grünlich-weißer Schimmel spross, umgestürzte Tische und Stühle verstreut lagen. Im Speiseraum war weit weniger Blut, sodass die Fußabdrücke der Reptilienmonster auf dem grauen Schieferboden gut zu erkennen waren – außer in der Mitte, wo sie sich anscheinend wie eine Büffelherde in den Raum gestürzt hatten. Selbst an den Wänden waren ihre Abdrücke zu sehen, und auf den umgestürzten Tischen, an den Stellen, wo das Holz von scharfen Klauen aufgerissen worden war. Doch es lag keine einzige Leiche in dem Restaurant, nur zerfetzte Kleidungsstücke.

Alle Knochen waren fein säuberlich vom Fleisch befreit und in der Mitte der Lobby zu einem Haufen aufgestapelt worden. Der abscheuliche Hügel ragte beinahe doppelt so hoch auf wie Adam. Der schieren Menge von Blut am Boden nach zu schließen, hatten sie die meisten ihrer Opfer schreiend und strampelnd in die Vorhalle geschleift, um sie dort abzuschlachten. An den langen Knochen hingen noch die angenagten Sehnen, die schlanken Schäfte aufgebrochen, um an das Mark darin zu kommen. Er sah zerschmetterte Rippen und herausgerissene Wirbelkörper sowie abgerissene Schädeldecken, um die darunterliegende zarte graue Masse freizulegen. Zähne und Handwurzelknochen lagen über den Boden verstreut wie Popcorn. Anscheinend hatte der Schwarm in seiner Eile, den See zu überqueren, die zäheren Körperteile verschmäht, vielleicht auch für später aufgehoben, wenn sie zurückkehrten: Knorpel, Bänder und Sehnen an Knien und Fußgelenken waren noch intakt, nur das Blut hatten sie bis auf den letzten Tropfen abgeleckt. Adam hatte sich nie darüber Gedanken gemacht, wie groß ein Haufen von über neunzig Skeletten mindestens sein müsste, aber der Ausdehnung des Berges vor seinen Augen nach zu schließen, mussten es wohl alle aus der Gruppe sein.

Er wollte sich die Schmerzen, die diese bedauernswerten Männer und Frauen hatten ertragen müssen, gar nicht ausmalen, die Qual, bei lebendigem Leib das Fleisch von den Knochen gerissen zu bekommen, das Bewusstsein noch wach genug, um die entsetzliche Marter zu spüren. Er hoffte, dass sie wenigstens schnell gestorben waren, denn schmerzlos war ihr Tod mit Sicherheit nicht gewesen.

»Ich habe dir gesagt, du sollst da nicht reingehen«, sagte Phoenix hinter ihm.

»Ich musste es sehen«, stammelte Adam. Als er sich umdrehte, strömten Tränen über seine Wangen. »Ich hätte es verhindern können. Ich hätte sie davon überzeugen müssen zu bleiben.«

»Es gab nichts, was du hättest tun können.«

»Das glaubst du doch nicht im Ernst«, zischte Adam.

»Ich hätte sie dazu bewegen können, bei uns zu bleiben, und ich habe versagt. Diese Menschen – jeder einzelne von ihnen – sind einen schrecklichen Tod gestorben, weil ich versagt habe.«

»Sie wären ohnehin gestorben, Adam. Es war ihr Schicksal.«

»Ihr Schicksal? Bei lebendigem Leib in Fetzen gerissen zu werden? Ich weigere mich, das zu glauben.«

»Ob auf die eine oder die andere Art, sie wären alle gestorben.«

»Und was ist unser Schicksal? Werden wir auch einfach sterben? Wozu dann das Ganze? Warum erledigen wir es nicht gleich selbst, so wie es uns passt? Wozu dieser ganze Durchhaltekampf, wenn wir ohnehin genauso enden werden wie sie?«

»Weil so das Leben ist«, sagte Phoenix nur mit einem Achselzucken.

»Erzähl das denen«, gab Adam zurück. Er verließ den Schauplatz des Gemetzels und ging an Phoenix vorbei, ohne sich noch einmal umzudrehen. Links von ihm lagen noch weitere umgestürzte Tische, die Gegenstände, die darauf bereitgelegt worden waren, kreuz und quer am Fuß der Wand verstreut: Jagdjacken, Schrotflinten und Gewehre, Patronen und Munitionsschachteln. Sie hatten nicht einmal genug Zeit gehabt, um sich zu bewaffnen.

Adam zog eine der größeren Jacken heraus, wickelte ein halbes Dutzend der Schrotflinten darin ein und hob das Paket an den Ärmeln hoch. Schwankend unter der Last der ungewöhnlichen Fracht, durchquerte er das Foyer und ging nach draußen an die frische Luft. Gierig saugte Adam den Sauerstoff in seine Lunge, der wenigstens nicht bis zum Rand mit Tod gesättigt war. Dann hielt er auf den

Truck zu, riss die Beifahrertür auf und schob die Gewehre in den Fußraum. Ohne innezuhalten, ging er zurück und stopfte so viele Munitionsschachteln in die Jacke, wie nur hineinpassten, lief wieder zu dem Truck und warf das Paket auf den Haufen Stahl und das polierte Holz vor dem Beifahrersitz. Er schüttelte immer noch den Kopf, als er auf den Fahrersitz kletterte und die Tür hinter sich zuschlug.

Ganz egal, was Phoenix glaubte, er hätte sie retten müssen. Und diese Last hatte er für den Rest seines Lebens zu tragen. Ihr Blut klebte an seinen Händen.

Phoenix kletterte durch die offenstehende Beifahrertür ins Führerhaus, zog die Tür leise zu und setzte sich neben ihn. Die Wunden, welche die Vögel ihm am ganzen Körper beigebracht hatten, waren vollkommen verheilt, als wären sie nie da gewesen. Der Anblick erinnerte Adam an die Bauchwunde, die Krieg ihm zugefügt hatte. Auch er hatte davon nur eine kaum sichtbare Narbe zurückbehalten. Phoenix hatte zweifellos sehr besondere Fähigkeiten, doch jetzt schienen sie – zum ersten Mal, seitdem Adam ihm begegnet war – schwer auf ihm zu lasten. Seit der Nacht ihrer Belagerung waren Phoenix' Lächeln und seine staunenden Kinderaugen verschwunden, doch die eigentliche Veränderung reichte weit tiefer. Etwas fraß den Jungen von innen her auf, und er schien nicht gewillt, sich so weit zu öffnen, dass irgendeiner aus ihrer Gruppe ihm hätte helfen können.

»Es geht mir gut«, sagte Phoenix.

»Kannst du jetzt auch schon Gedanken lesen?«

»Ich habe es an deinem Blick gesehen.«

»Du bist ein schlechter Lügner.«

»Und du bist nicht der Einzige, der eine Last zu tragen hat.«

»Du hast mir mit meiner sehr geholfen. Es wäre nur fair, wenn ich den Gefallen erwidern könnte.«

»Es gibt nichts, mit dem irgendjemand mir helfen kann«, sagte Phoenix, der immer noch die Dunkelheit in sich spürte, die er so bereitwillig eingelassen hatte. Die Kreatur, die einmal der Priester und Anführer des Schwarms gewesen war, hatte Missy angegriffen, aber es war weit komplizierter als das. Er war bereit gewesen zu bereuen, selbst in seiner Reptiliengestalt, aber Phoenix hatte ihn mit dieser neuen Gabe, die seine Wut in ihm erweckt hatte, kaltblütig eingeäschert. Und dieser schwarze Samen war nicht nur weiterhin in ihm – er begann zu keimen und streckte seine Wurzeln aus, sogar bis in Phoenix' Gedanken. Seine Visionen waren nie besonders heiter gewesen, aber jetzt waren sie regelrecht finster und verschlagen.

»Wenn du reden willst, ich bin da«, war alles, was Adam als Antwort einfiel. Er wusste, dass die Dämonen, mit denen Phoenix rang, weit jenseits seines Verständnisses lagen. Er hatte gesehen, was der Junge getan hatte, wozu er fähig war. Adam war entsetzt darüber, und er konnte sich nur ansatzweise vorstellen, wie sehr es den Jungen belasten musste.

Phoenix nickte beschwichtigend, was Adam als Hinweis nahm, das Thema auf sich beruhen zu lassen.

Beim zweiten Versuch sprang der Motor an, und Adam fuhr rückwärts auf den blutverschmierten Parkplatz hinaus. Er brauchte ein paar Versuche, um den Anhänger in die Richtung zu rangieren, die er wollte, aber er bekam den Dreh schließlich raus, dann jagte er die Maschine hoch und brach durch das verbogene Gittertor, das krachend hinaus auf die Straße schlitterte. Den Hinweisschildern der Großhändler folgend, machten sie sich auf den

Weg zu den großen Lagerhäusern. Der Umweg über das Hotel hatte sie ihren Zeitpuffer gekostet, und sie mussten sich beeilen. Sie brauchten Essensvorräte und ausreichend Holz, um ihre arg mitgenommenen Verteidigungsanlagen wieder instand zu setzen. Der wichtigste Teil ihrer Ausrüstung lag jedoch schon klappernd zu Phoenix' Füßen.

Eine Einfahrt links von Adam zog seine Aufmerksamkeit auf sich. Er trat auf die Bremse, und sie blieben stehen.

Sie würden nur noch mehr kostbare Zeit verlieren, aber sie mussten hier Halt machen. Adam blickte zu Phoenix hinüber.

»Es ist das Richtige«, sagte der Junge.

Adam setzte den Laster wieder in Bewegung, fuhr die kurze Auffahrt entlang durch das offenstehende Tor hindurch und hinein in einen Ozean aus weißem und grauem Marmor.

VIII

IN DEN RUINEN VON DENVER, COLORADO

Tod ritt in der Mitte der Straße durch die verwüstete Stadt. Trümmer lagen zu beiden Seiten aufgetürmt, dort, wo die Gebäude in sich zusammengestürzt waren, zerbröselt zu einem Wirrwarr aus Betonbrocken und verbogenen Stahlträgern, während der Wind Zementstaub über den Asphalt blies, als wäre es frisch gefallener Schnee. Luxus- wie Billigläden teilten dasselbe Schicksal, und ihre Auslagen verrotteten unter dem gleichgültigen Gewicht von

Ziegeln und verbranntem Holz. Ampelanlagen waren aus ihren zerstörten Fundamenten gekippt und versperrten, umgeben von roten, gelben und grünen Splittern geschmolzenen Kunststoffglases, die Kreuzungen, deren Verkehr sie einst geregelt hatten. Die Druckwelle der Explosion hatte Autos in alle möglichen Richtungen geblasen, die verbeulten Wracks lagen auf der Seite, manche auf der Motorhaube, andere standen noch mit den Reifen nach unten, von dem geschmolzenen Gummi am Boden festgeklebt. Brücken waren zu gigantischen Vs eingestürzt – geborstener Beton, die Stahlarmierung freigelegt wie Knochen bei einem offenen Bruch. Fahrbahnen waren in die darunterliegende Kanalisation und Tunnel gestürzt und hatten gähnende Schluchten aus gezacktem Stein und zerfetztem Asphalt hinterlassen.

Er konnte jene riechen, die darunter eingeschlossen waren, wo der Schwarm sie nicht hatte erreichen können und ihre Leichen sich langsam verflüssigten. Zusammen mit den auf den Straßen verteilten Fäkalien des Schwarms roch die Luft wie in einem Zoo, nachdem eine Seuche sämtliche Tiere dahingerafft hatte.

Das Geräusch von Botes klappernden Hufen hallte durch die menschenleeren Straßen, während das skelettierte Pferd sie unter der Mittagssonne nach Osten führte. Die Reittiere von Pest und Hunger, die Tod flankierten, folgten mit gebührendem Abstand und etwas weniger geräuschvoll. Ihre Reiter waren in Kutten gekleidet, deren Kapuzen tief ins Gesicht hingen und nichts als die darunterliegenden Schatten erkennen ließen. Hunger krallte sich mit seinen weißen Fäusten in Geißels Stachelmähne fest, während Pest den schlangenartigen Tentakeln, die sich von Ernters Hals erhoben, gestattete, unter die Ärmel ihrer Kutte zu kriechen und sich um ihre Handgelenke zu wickeln. Tod hingegen war es müde, sein Gesicht vor dem Herrn zu verbergen, und ritt unverhüllt, sodass der Göttliche die schwarzen Schuppen auf seinem breiten, vipernähnlichen Kopf sehen konnte. Die Vernichtung des Schwarms, seiner Armee, machte ihn rasend. Die letzten Überlebenden der Menschheit hätten leichte Beute für sie sein sollen. Stattdessen fand er sich jetzt in einer Lage wieder, die er niemals auch nur in Betracht gezogen hatte. Er hatte eine Niederlage erlitten, und jetzt blieb ihm nichts anderes übrig, als noch einmal von vorn zu beginnen.

Eigentlich hätte die Schlacht jetzt vorüber sein sollen. Jeder seiner Reiter hatte die ihm bestimmte Aufgabe erfüllt. Tod hatte seine Mitstreiter erschaffen und seine Armee aufgestellt. Pests Moskitos hatten die Seelen der Erretteten von denen der Verdammten getrennt, und Hungers Heuschreckenschwärme hatten das Ihre getan, um sie wiederzuerwecken. Krieg hatte den Schwarm, das Racheheer Gottes, gegen die Überlebenden geführt und die ihm zugeteilte Aufgabe vollbracht, auch wenn er dabei getötet und seine Armee vernichtet worden war. Sie hatten die Schlacht geschlagen, für die sie erschaffen worden waren – und ob gewonnen oder verloren, das Gottesurteil hätte damit vollstreckt sein sollen. Doch Tod konnte nicht zulassen, dass es so endete. Gott hatte sich eingemischt und ihn betrogen. Er hatte die Regeln geändert, und deshalb war es nur gerecht, wenn Tod nun nach seinem eigenen Gutdünken verfuhr. Er würde aus seinen Fehlern lernen.

Die Tiere halfen den Überlebenden. Also mussten alle niederen Lebensformen restlos aus der Gleichung entfernt werden. Er wusste von den fliegenden Pferden, welche die Männer am Ufer des Sees in letzter Sekunde gerettet und über den halben Kontinent gebracht hatten. Durch Kriegs Augen hatte er auch die weißen Falken gesehen, wie sie sich auf den Anführer seiner Armee gestürzt hatten, hatte seine Schmerzen gespürt, als sie mit ihren Schnäbeln und Klauen und dem Blut seines Gegenspielers Kriegs Rüstung zerstört und sein Fleisch in Fetzen gerissen hatten. Dank des Schnees hatten sie sich unter freiem Himmel versteckt halten können. Die Vögel und der Sturm waren jetzt zwar nur noch eine Erinnerung, doch wenn er in die Zukunft blickte, wusste er, dass etwas Ähnliches nie wieder geschehen durfte. Die Zeit war gekommen, seinen Plan in die Tat umzusetzen und diese Variable zu eliminieren, jegliche Einmischung von außen von jetzt an zu verhindern.

Sich dem Herrn zu widersetzen und seinen Einfluss zu unterbinden.

Die Bestien, die sie in den Kellern ihres dunklen Turms erschaffen hatten, brüllten in Erwartung der vor ihnen liegenden Aufgabe, während sie die Stadt hinter sich ließen und hinaus Richtung Osten in die Prärie marschierten, den Fußspuren des Schwarms folgend, flankiert von den Schädelfackeln der Toten, die ihren Brennstoff – menschliches Fett – längst aufgebraucht hatten und erloschen waren. Wo einst ein goldenes Meer aus Getreidefeldern wogte, spross jetzt undurchdringliches Gestrüpp mit Dornen, die so scharf waren, dass sie mit Leichtigkeit bis auf den Knochen schnitten, wie an den Fetzen vom Fell mutierter Tiere, die überall hingen, und den verrottenden Kadavern, welche die bösartige Vegetation mit ihrem Blut nährten, zu erkennen war.

Krieg erklomm eine Anhöhe und ließ Bote im Kreis gehen. Überall am östlichen Horizont hatte das Gestrüpp das Farmland und die zugehörigen Häuser überwuchert, bedeckte Holzwände und Dächer und ließ nur hier und da ein paar Dachschindeln und Schornsteine frei als Zeugnis, dass sie überhaupt einmal existiert hatten. Es war eine aggressive Pflanzenart, aus deren dicken Stämmen spiralförmig ineinander verknotete Zweige mit ausladenden Blättern und rasiermesserscharfen Dornen wuchsen, die sich jetzt, nach nur wenigen Tagen, mehr als mannshoch über den Boden erhoben. Im Norden und Süden fochten die Vorstädte einen aussichtslosen Kampf gegen die näher rückende Vegetation, die bereits Zäune und Gärten der Miniaturanwesen verschlang. Im Westen ragte der schwarze Wolkenkratzer über der grauen Asche der Innenstadt auf, und auch hier war der Rand des Explosionskraters schon von mutiertem Gestrüpp bedeckt. Tod konnte nur rätseln, welche Tierarten es geschafft haben mochten, sich an das Leben in dem unwirtlichen Unterholz anzupassen, und jetzt unter der dicken Decke aus Nesseln verborgen umherhuschten. Doch letztlich war es egal, denn schon bald würden sie alle tot sein.

Seine Untergebenen folgten Pest und Hunger die Anhöhe hinauf, schossen dabei immer wieder nach links oder rechts und schnappten selbst nach Pflanzenranken, die sich im Wind bewegten. Sie waren wie tollwütig, kannten kein Zögern, bei weitem mehr Tier als Mensch. Ihre Leiber von drahtigen Haarbüscheln bedeckt, die sich auf den breiten Köpfen zu einer langen Mähne erhoben, liefen sie, den Schädel tief zwischen die grotesk verrenkten Schultern gesenkt, dahin, wobei ihre langen, klauenbewehrten Arme so weit nach unten hingen, dass sie beinahe den Boden umgruben. Mit schwarzen, blinden Augen und bebenden Nüstern rannten sie und nahmen gierig jede Witterung auf. Der Schopf langen, schwarzen Haares verbreiterte sich unterhalb des Halses und ging über die Schulterblätter bis hinunter zu ihren schmalen Hüften. Den Oberkörper nach vorn gebeugt und den Rücken derart abgeflacht, als hätten sie kein Skelett, stießen sie ihr grauenerregendes Brüllen aus, das fürchterliche Maul so weit aufgerissen, als würde der Schädel zerplatzen. Zähne mit Widerhaken ragten aus ihren Kiefern, und dort, wo sie aus dem grauen Zahnfleisch ragten, quoll Blut hervor. Ihre ehemals zartrosafarbene Haut war von einem feinen, braunen Flaum bedeckt, was die Haut aussehen ließ, als wäre sie von der Sonne gebräunt.

Was Tod beim Anblick der Rotte am meisten erfreute, war jedoch der Eine, die Bestie, die den anderen als Letzte folgte wie ein wahres Monster von einem Rudelführer, der seine sabbernde Meute vor sich hertreibt.

Nichts an diesem Wesen, das einst Richard Robinson gewesen war und jetzt auf den Namen Leviathan hörte, war noch menschlich, bis auf den Hass, der in dieser neuen Gestalt genauso heiß brannte wie in der alten. Sein Körper war mit dicken Schuppen bedeckt, nicht so glatt und geschmeidig wie die Schlangenhaut von Tod, sondern kantig wie ein grobes Kettenhemd und von einem matten Schwarz, sodass er aus einer gewissen Entfernung so gut wie unsichtbar war. Sie schimmerten leicht im Licht der Sonne, blieben aber trotzdem stumpf wie die Farbe eines Blutergusses. Die Silhouette der Kreatur leuchtete von kleinen Flammen, einer lebendigen Schicht aus Feuer, die um ihren Körper züngelte.

Die drei Reiter saßen auf ihren Pferden und wandten sich nach Osten in Richtung des endlosen Ozeans aus Gestrüpp, während die von ihnen geschaffenen Monster sich vor ihnen versammelten. Tod nickte, und das Rudel, wie er selbst sie nannte, stieß wie aus einer Kehle einen Schrei aus, der selbst Tods Sinne erschütterte. Reglos standen sie da, nur ihre Köpfe schwenkten hin und her, während sie mit ihrem sonarartigen Ortungssystem ihre Beute lokalisierten, ganz egal wo sie sich in dem undurchdringlichen Dickicht versteckt halten mochte. Eine der Kreaturen hob ihre flache Schnauze in die Luft und schnüffelte, um festzustellen, ob das, was sie »gesehen« hatte, korrekt war, dann stieß sie ein weiteres Brüllen aus. Der Leviathan stand daneben und folgte ihrer Blickrichtung ins Unterholz. Er erhob sich zu seiner vollen Größe und blähte seine Brust, dann beugte er sich nach vorn und schoss einen Magmastrahl aus seinen ausgestreckten Armen. Die gebündelten Flammen brannten sich in das Unterholz, das sofort Feuer fing.

Etwas, das sich unter dem Dornengestrüpp versteckt gehalten hatte, stieß einen kreischenden Schrei aus, und die fledermausartige Kreatur neben Leviathan sprang vorwärts, jagte durch den flammenden Korridor, den sein Herr freigemacht hatte. Als der Jäger wieder aus dem Rauch auftauchte, hielt er ein Tier zwischen seinen Klauen, das aussah wie eine Kreuzung aus einem Hasen und einer Schildkröte. Das zappelnde Geschöpf hatte kein Fell, stattdessen war der ganze Körper bedeckt von Panzerplatten, die exakt dieselbe Farbe wie die Vegetation hatten. Die Bestie hielt ihre Beute hoch und stieß ein weiteres Brüllen aus, während das angesengte Tier strampelte und zappelte in dem Versuch, sich zu befreien. Mit seinen Krallen zerkratzte es zwar die Unterarme seines Peinigers, doch es war zwecklos. Lange Klauen drangen durch die Spalten zwischen den Panzerplatten, dann riss die Bestie den Panzer mit beiden Händen auseinander, legte das ungeschützte Fleisch darunter frei und schlug ihre Zähne hinein. Sie schüttelte den kreischenden Hasen wie ein Hund, bis das Tier keinen Laut mehr von sich gab, und warf die abgerissene Hülle beiseite. Als sie ihren Herrn wieder anblickte, war sie über und über mit Blut beschmiert.

Tod nickte zufrieden, und wieder begann das Rudel zu heulen, nur dass Leviathan diesmal nicht wartete, bis seine Artgenossen ihre Beute lokalisiert hatten. Stattdessen schleuderte er seine Flammenstrahlen in alle Richtungen, bis der ganze Planet um sie herum in Flammen zu stehen schien. Tod riss an Botes Feuermähne und wendete seinen Hengst nach Westen, während er sich an dem beinahe menschlich klingenden Schreien der brennenden Tiere weidete.

Verbrennt es, dachte Tod, während er donnernd zurück nach Denver ritt. *Verbrennt alles.*

Als er sich noch einmal umdrehte, war der gesamte östliche Horizont schwarz von Rauch, den die Feuer, die sich ausbreiteten wie die aufgehende Sonne, immer höher hinauf in den Himmel trugen.

BUCH ZWEI

I

MORMON TEARS

Die Sonne war vor beinahe einer Stunde untergegangen, aber Adam konnte den Torbogen neben dem Highway, der nach Mormon Tears führte, dennoch erkennen. Er sah aus wie zwei Kinder, die einander zugewandt auf den Knien beteten. Adam lenkte den Sattelzug durch die Felsformation hindurch und fuhr hinaus auf die salzige Ebene. Alle Spuren, die dort einmal zu sehen gewesen waren, hatte der schmelzende Schnee mit sich genommen, aber Adam konnte die Berge, die jetzt ihr Zuhause waren, deutlich am Horizont erkennen. Es hatte länger gedauert, als sie geplant hatten, den Anhänger mit ihren Vorräten zu beladen. Er war jetzt bis oben hin voll, und dennoch hatten sie das Gefühl, die Hälfte vergessen zu haben. Keiner von beiden freute sich darauf, ihn zu entladen, aber zumindest würden die anderen ihnen bei der Schinderei helfen.

Ihre Nerven waren die ganze Fahrt über angespannt gewesen, und erst jetzt, als die felsigen Hügel in Sicht kamen, entspannten sie sich etwas. Die Reise über den ausgestorbenen Highway war die reinste Tortur gewesen, ständig waren am Rande ihres Blickfelds unidentifizierbare Schatten aufgetaucht, nur um sofort wieder zu verschwinden oder von einem Baumstamm zum nächsten zu huschen, oder sie sahen weit vor ihnen auf der Fahrbahn, dort, wo die Scheinwerfer die dunkle Nacht gerade noch ein wenig erhellten, kurz etwas aufblitzen. Die Geschöpfe waren ihnen allesamt unbekannt und erinnerten nur vage an die Tiere, die sie einst gewesen waren. Sie kannten kein einziges davon in dieser neuen, mutierten Welt, und selbst die kleinsten wirkten ausgesprochen bedrohlich. Gott allein wusste, was diese Dinger fraßen. Und ob sie ihnen gefährlich werden konnten.

Der Truck kam vor dem Aschehügel, der von ihrer Straßensperre übrig geblieben war, zum Stehen. Nur die verkohlte Motorhaube und die zersprungene Windschutzscheibe der Zugmaschine waren unter dem geschwärzten Holz zu sehen. Adam seufzte erleichtert und schaltete die Scheinwerfer aus.

»Nun ...« Er blickte hinüber zu Phoenix. »Ich schätze, wir fangen besser mal mit dem Ausladen an.«

Adam stieß die Tür auf und kletterte hinunter in den nassen Sand.

»Wird aber auch Zeit«, rief Evelyn von dem verkohlten Hügel herunter.

Als Adam ihr Lächeln sah, wollte er losrennen und sie in die Arme schließen, unterdrückte aber den Impuls und wartete, bis sie zu ihm herunterkam. Missy war direkt hinter ihr, während ihr Bruder und Jill gerade erst die andere Seite des zerklüfteten Hügels erklommen.

»Was hast du mir mitgebracht?«, fragte Evelyn. Sie schlang ihre Arme um Adam und zog ihn an sich, genoss es, seine Umarmung und die Wärme seiner Brust an der ihren zu spüren.

»Nichts Besonderes, fürchte ich.«

»Ich bin so froh, dass ihr es wohlbehalten geschafft habt«, erwiderte Evelyn und legte ihre Stirn auf seine Schulter, damit er die Tränen, die zu ihrer eigenen Überraschung aus ihren Augen quollen, nicht sehen konnte. Sie hatte geglaubt, sie hätte ihre Gefühle unter Kontrolle, wäre zufrieden mit dem, was zwischen ihr und Adam war, doch sie konnte nichts daran ändern, was sie im Moment fühlte. Sie biss sich auf die Unterlippe und hob den Kopf. Als sie Adam losließ und sich aus seiner Umarmung löste, waren ihre Tränen verschwunden. »Habt ihr irgendjemanden … oder irgendetwas gesehen?«

»Nur das, was von den anderen noch übrig war.« Adam senkte den Blick. »Sie hatten nicht die geringste Chance.«

»Du musst aufhören, dir die Schuld daran zu geben.«

Adam rang sich ein Lächeln ab, aber nur ihr zuliebe.

»Wir laden besser den Anhänger aus«, sagte er schließlich, drehte sich um und ging zur Ladeklappe.

Evelyn holte ihn ein und nahm seine Hand. Gemeinsam gingen sie zu den anderen, die bereits auf der Ladefläche standen und mit der beschwerlichen Arbeit begannen. Der vordere Teil des Anhängers war vollgestopft mit Decken und Kleidung. Mare stand auf der einen Seite, Phoenix auf der anderen, und beide warfen sie Teile der Ladung in den Sand. Es gab Jacken und Schneehosen, T-Shirts und Jeans, noch ungeöffnete Packungen mit Socken und Unterwäsche. Weiter hinten sahen sie einen Stapel Holzpflöcke von der Art, die sie angespitzt und benutzt hatten, um sich gegen den Schwarm zu verteidigen. Es gab batteriebetriebene Laternen und ganze Kisten mit Ersatzbatterien sowie einen Stapel aufgerollter Schlafsäcke, hinter dem sich eine Wand aus Kartonkisten erhob.

»Mein Gott«, sagte Mare aufrichtig ergriffen. »Ist das etwa das, was ich denke?«

Er zog eine der Kisten heraus und riss den Deckel auf, dann griff er hinein und holte eine kleine, rechteckige blaue Schachtel heraus. Seine Augen begannen zu leuchten. Bei dem, was er da in den Händen hielt, hatte es sich einmal um die normalste Sache der Welt gehandelt, doch jetzt war es eines der wertvollsten Luxusgüter überhaupt.

»Makkaroni mit Käse«, flüsterte er.

»Es kommt noch besser«, rief Adam zu ihm hinauf, während er ein Bündel Kleidung vom Boden aufhob und sich auf den Weg zur Höhle machte.

»Cheetos!«, hallte Mares Stimme über die Straßensperre hinweg.

Es war genau die Reaktion, die Adam sich erhofft hatte. Die Stunden, die sie sich durch Lagerräume gewühlt hatten, die psychische und physische Anstrengung, das ganze Zeug auf den Anhänger zu schleppen und dann von dort in die Höhle, die schier endlose Fahrt ... es hatte sich alles gelohnt. Keiner von ihnen wusste, was der Morgen bringen würde, aber heute Nacht würden sie feiern. Sollten sie alle ihr eigenes Körpergewicht in Form von Fertig-Nudeln und Junkfood verspeisen und sich dann in ihre gefütterten Schlafsäcke verkriechen. Endlich hatten sie eine Gelegenheit, sich daran zu erinnern, was es bedeutete, am Leben zu sein – und wenn es nur für diese eine Nacht war.

Adam stellte seine Fracht an der Rückseite der Höhle ab, dann ging er hinaus auf den Strand. Der Himmel war klar, und über ihm leuchteten die Sterne. Es war wie ein Blick ins Paradies. Nach allem, was sie durchgemacht hatten, nach all dem Tod und Leid, fühlte sich die Welt in diesem einen kostbaren Moment wieder in Ordnung an, als hätte sich das Leichentuch, das so lange über ihnen geschwebt hatte, wieder gelüftet. Lächelnd blickte Adam hinauf zum Orion und folgte der Deichsel des Großen Wagens bis zum Polarstern. Zweifellos standen ihnen weitere schwere Tage bevor, nicht zuletzt diese allerletzte Schlacht, von der Phoenix gesprochen hatte, aber in diesem einen Moment schien die Zeit stillzustehen, und Adam hatte das Gefühl, als würde Gott selbst ihnen zulächeln.

»Waffmassuda?«, fragte Mare, den Mund voller Käsekringel, die Lippen voller Brösel. Obwohl seine Arme über und über mit Decken und Kleidung beladen waren, weigerte er sich, seine Tüte Cheetos auch nur eine einzige Sekunde aus den Händen zu geben.

Jetzt tauchten auch die anderen hinter ihm auf, sogar noch schwerer beladen als Mare, ihre Finger orange-gelb gesprenkelt.

»Ich schaue die Sterne an«, erwiderte Adam. »Ich kann mich gar nicht erinnern, wann ich das zum letzten Mal gemacht habe.«

»Na ja, eure Ladung trägt sich nicht von allein in die Höhle, weißt du?« Mare setzte sein typisches schiefes Grinsen auf und legte sein Bündel neben Adams ab. Später konnten sie es immer noch bis zum Pueblo tragen, Hauptsache, es war erst mal in der Höhle und in Sicherheit vor den Elementen.

Adam klopfte Mare auf die Schulter, und gemeinsam gingen sie zurück zum Truck, wo Phoenix immer noch Kiste für Kiste hinunter in den Sand warf.

»Wartet auf mich!«, rief Missy, die hinter ihnen angelaufen kam. »Hast du Adam schon von Jills Vision erzählt?«

»Hat sie schon wieder eine gehabt?«

»Sie sagte nur etwas von einem großen Feuer und Gestalten, die sich durch den Rauch bewegten.«

»Wo war das?«, fragte Adam.

»Sie kannte den Ort nicht. Sie sah nur jede Menge Bäume, wahrscheinlich Kiefern.«

»Dann sollten wir uns wohl ab jetzt von Wäldern fernhalten.« Mare lachte, auch wenn Adam diesen Vorschlag nicht als Witz gemeint hatte.

»Jetzt kommen gleich die schweren Sachen«, sagte Phoenix, als er ihre Stimmen hörte. Der größte Teil ihrer Fracht türmte sich bereits in chaotischen Haufen aus Kartons und Kleidung über dem Sand auf, so hoch, dass sie bis weit über die Stoßstange des Anhängers reichten.

»Das hier sind noch gar nicht die schweren Sachen?«, fragte Missy, die unter dem Gewicht eines Kartons voll Dosen ächzte. Sie schaute zu Phoenix hinauf und zwinkerte ihm zu – ihr Atem blieb stehen, der Karton entglitt ihrem Griff, fiel krachend auf den Boden und platzte auf. Dosen rollten in alle Richtungen. Als sie wieder Luft bekam, begann sie lauthals zu schreien.

Hinter Phoenix, in den Schatten am Ende des Anhängers, sah sie ein Gesicht. Es blickte sie direkt an.

II

Ray hatte keine Ahnung gehabt, wie sehr seine Definition von Bewusstsein mit seinem Gesichtssinn verbunden gewesen war. Wenn er aus einem Traum erwachte, öffnete er die Augen, wenn er in den Schlaf hinüberglitt, schloss er sie. Jetzt entdeckte er verschiedene Ebenen von Bewusstsein, Arten der Wahrnehmung, von denen er bisher gar nicht gewusst hatte, dass sie überhaupt existierten. Früher war er entweder wach gewesen oder er hatte geschlafen, doch jetzt erforschte er die verschiedenen Grauzonen, die zwischen diesen beiden Zuständen lagen. Was für ihn die

Schlaftrunkenheit nach dem Aufwachen gewesen war, lernte er nun als eine ganz bestimmte Art von Wachsamkeit kennen. Es war ein eigenartiger Moment, in dem er Kontakt sowohl zu den rationalen als auch zu den irrationalen Anteilen seines Denkens hatte, wie auf einer beleuchteten Straße, die darauf wartet, dass die Laternen erlöschen, während die Sonne langsam am Horizont aufsteigt. Traum und Wirklichkeit waren eine nicht unterscheidbare Überlagerung verschiedener Bewusstseinsebenen, innere Bilder und Empfindungen nicht zu trennen von den Reizen der Außenwelt.

Das dröhnende *Plipp … Plipp …* des von der Decke herabtropfenden Kondenswassers sagte ihm, dass er sich noch in der Höhle befand, genauso wie das Prasseln des Feuers, die Wärme der Flammen auf seinem Gesicht, der Geruch von alter Erde und abgestandenem Wasser. Doch im selben Moment saß er im Wohnzimmer seiner alten WG, Tina neben ihm, und hielt still ihre Hand. Hätte er noch seine Augen, müsste er sie nur öffnen, um eines der beiden Bilder zu verscheuchen, zwischen den Bewusstseinsebenen zu wechseln, als betätigte er einen Ein/Aus-Schalter. Ohne seine Augen war er jedoch gezwungen, die beiden mit seinem Geist zu unterscheiden, Schicht für Schicht die Gerüche und Geräusche um ihn herum zu untersuchen, um danach zu entscheiden, wo er sich befand. Auch wenn es ihm die größten Schmerzen bereitete, musste er zulassen, dass das Bild von der Liebe seines Lebens sich langsam auflöste und von dem Geruch des Rauches, der von dem Feuer vor ihm aufstieg, verdrängt wurde, dessen graue Flammen aus einer weißen Mitte züngelten …

Als hätte jemand ihn geohrfeigt, war Ray mit einem

Mal hellwach, während das grau-weiße Feuer vor seinen Augen wieder zu einer schwarzen Fläche verblasste.

Er hatte die Flammen genau so gesehen, wie Jake sie ihm gezeigt hatte. Dessen war er sich absolut sicher. Oder war es doch nur ein Traum gewesen? Er biss sich fest auf die Lippen, um sicherzugehen, dass er vollkommen wach war, denn wie sonst sollte er es herausfinden, bei all den verschiedenen Bewusstseinszuständen, die er mittlerweile kannte? Die Augen konnten einen täuschen, aber sie waren auch das Fenster zur realen Welt. Ohne Augen musste sein Verstand die Aufgabe übernehmen, real von irreal zu unterscheiden. Die Bilder aus der Zeit, als er noch hatte sehen können, waren noch so frisch in seiner Erinnerung, dass sie ihm realer erschien als die blassen Schattenzeichnungen, die er in seinem Geist erschuf, um seine Sinneseindrücke in eine Art optischer Wahrnehmung zu übersetzen. Wenn er die Flammen tatsächlich gesehen hatte, müssten sie dann nicht immer noch da sein?

»Du bist eingeschlafen«, sagte Jake, und Ray zuckte zusammen. Er hatte den leisen Atem des Jungen nicht gehört, auch wenn er jetzt, da er es versuchte, die anderen genauso wenig hören konnte.

»Wo sind sie alle hingegangen?«

»Adam und Phoenix sind zurückgekommen. Sie helfen ihnen beim Ausladen.«

»Und warum bist du nicht dabei?«

»Ich wollte bei dir bleiben.«

»Weshalb?«, fragte Ray. Jake war ihm in den letzten Tagen keine Sekunde lang von der Seite gewichen, etwas, worüber Ray sich noch keine Gedanken gemacht hatte, ganz einfach deshalb, weil es so angenehm war, ständig in Gesellschaft zu sein.

»Ich wollte dafür sorgen, dass du bereit bist.«

»Für was?«

»Wir werden bald hier wegmüssen.«

»Und wohin gehen wir?« Ray spürte die Anspannung in der Stimme des kleinen Jungen. Er war nicht sicher, ob er es wirklich wissen wollte.

»Ich weiß es nicht. Nicht genau … Aber unsere Zeit hier wird bald zu Ende sein. So oder so.«

»Es geht mir gut, und ich werde bereit sein, wenn es so weit ist. Warum gehst du nicht raus und siehst nach den anderen?«

»Sie sind bereit, das weiß ich. Aber wenn du nicht bereit bist, kommen wir nirgendwohin. Du bist am wichtigsten. Ohne dich kommen wir da nicht hin, wo wir hinmüssen.«

»Und das soll ich glauben? Ich halte uns doch nur auf.«

Jake schüttelte den Kopf, auch wenn er wusste, dass Ray es nicht sehen konnte. Es war absolut notwendig, dass Ray bereit war, und Jake musste dafür sorgen. Er wusste noch nicht genau, warum, aber seine Träume ließen keinen Zweifel. Wenn er es nicht schaffte, Ray aus seiner selbstmitleidigen Angststarre herauszureißen und ihn davon zu überzeugen, wie wichtig er war, würden sie alle sterben. So viel wusste er mit Sicherheit. Außerdem hatte er ihm das Leben gerettet, und es war nur fair, wenn er für ihn dasselbe tat.

»Kopf hoch«, sagte Jake. »Das hat meine Mama immer zu mir gesagt, wenn ich traurig war.«

»Danke«, erwiderte Ray und streckte seine Hand in die Richtung, aus der die Worte gekommen waren, um dem Jungen die Haare zu zerzausen. »Was hältst du davon, wenn wir zusammen zu den anderen gehen?«

»Okay.«

Ray stand auf und drehte sich von den Flammen weg. Er versuchte, seine Umgebung in Neunziggradwinkel einzuteilen. Wenn er von der Feuerstelle direkt auf die Treppe zuging, musste er sich nur nach links wenden, dann war er in der richtigen Richtung unterwegs. Routine war der Schlüssel zu allem. Er ging los und spürte, wie Jake seine Hand ergriff; aber der kleine Junge versuchte nicht, ihn zu führen, er ging einfach nur neben ihm, was Ray aufrichtig freute.

»Du musst diese Augenbinde nicht tragen«, sagte Jake, als sie an der Treppe waren. Sie gingen ein Stück nach rechts, damit Ray sich an der Felswand entlangtasten konnte. »Deine Augen sehen gar nicht so schlimm aus, wie du denkst.«

Ray lächelte und drückte Jakes Hand. Zusammen gingen sie die Steinstufen hinauf, bis sie oben auf dem Felssims angelangt waren. Dort konnte Ray den Luftzug des Tunnels spüren, der nach draußen führte, den zarten Atem der Außenwelt hören, und er ging direkt darauf zu. Sechzehn Schritte bis zum Eingang, weitere einundzwanzig bis zur Biegung. Ray fuhr mit seinen Fingerspitzen an der Tunnelwand entlang, ertastete die Unebenheiten, während er die nächsten sechsunddreißig Schritte zählte, die sie bis zur Höhle zurücklegen mussten. Er hörte die Stimmen von draußen, gerade noch so weit weg, dass er die Worte nicht verstehen konnte, fühlte die Kühle der nächtlichen Brise auf seinem Gesicht.

Ray begann zu laufen, aber seine Füße blieben an etwas hängen, und er schlug der Länge nach hin. Er landete auf etwas Weichem und rollte zur Seite.

»Verdammt!«, fluchte er und schlug mit den Fäusten auf den Boden.

»Schon gut«, sagte Jake und versuchte, Ray wieder auf die Beine zu helfen.

Ray zog seine Hand weg. »Ich kann das allein!«

Jake zuckte zusammen und ging einen Schritt zurück.

»Jake ...«, flüsterte Ray, als er das Zittern in der Stimme des Jungen hörte. Er rappelte sich wieder hoch und unterdrückte den Drang, nach dem Haufen Decken zu treten, über den er gestolpert war. »Es tut mir leid. Ich ... ich wollte dich nicht so anschreien. Ich war nur ... wütend auf mich selbst. Ich hätte es nicht an dir auslassen sollen. Aber jedes Mal, wenn ich glaube, ich würde Fortschritte machen, stell ich irgendetwas Bescheuertes an.«

»Es war nicht deine Schuld«, flüsterte Jake. Das Zittern in seiner Stimme schmerzte Ray unendlich viel mehr, als jeder Sturz es vermocht hätte. »Ich hätte dich warnen sollen.«

»Komm her«, sagte Ray leise und kniete sich auf die Decken. Er musste sich kurz mit den Händen abstützen, um nicht das Gleichgewicht zu verlieren, dann streckte er seine Arme nach beiden Seiten aus.

Jake warf sich in Rays Umarmung und hätte ihn beinahe wieder umgestoßen.

»Es tut mir leid«, flüsterte Ray in das Ohr des kleinen Jungen. Er spürte die Tränen auf Jakes Wangen. Sie brannten wie Säure. »Du weißt, dass es mir leidtut, oder?«

Jake nickte und rieb seine feuchte Wange an Rays Gesicht.

»Ich wollte dich nicht anschreien.«

»Ich weiß«, sagte Jake schniefend, »aber das war es gar nicht, was mir solche Angst gemacht hat.«

»Was meinst du damit?« Verwirrt zog Ray seinen Kopf zurück. »Was hat dir denn dann Angst gemacht?«

Er spürte, wie Jake seine Umarmung löste und an Rays Hinterkopf fasste. Die zarten Finger des kleinen Jungen begannen, an dem Knoten seiner Augenbinde herumzufummeln, und Ray senkte seinen Kopf, damit Jake sie ihm abnehmen konnte.

»Hier«, sagte Jake und hielt Ray die Augenbinde hin.

»Was soll ich …?«, begann er, verstummte aber abrupt, als er den straff zwischen Jakes Händen aufgespannten Stoff betastete: Er war warm. Nicht die feuchte Wärme, die von dem Kontakt mit seiner Haut kam, sondern eine trockene Hitze, als hätte er in einem Ofen gelegen. An einigen Stellen war er ausgefranst und brüchig. Versengt.

Ray hob die Hände an seine leeren Augenhöhlen und betastete vorsichtig die vernarbte Haut.

»Was zum Teufel …?«

»Deine Augen …«, sagte Jake, ergriff Rays Handgelenke und zog sie nach unten. »Sie haben gebrannt.«

III

»Phoenix!«, schrie Missy und kletterte hektisch auf die Ladefläche. Das Gesicht war immer noch direkt hinter ihm. Wie konnte er nicht merken, dass jemand direkt hinter ihm …?

Sie hatte ihn gerade erreicht und an der Jacke gepackt, um ihn zur Seite zu stoßen, als sie plötzlich innehielt. Die Schatten hatten sich gerade weit genug zurückgezogen, dass Missy den eingemeißelten Ausdruck der Trauer auf dem von einer steinernen Kapuze umrahmten, leblosen Gesicht erkennen konnte, das sie mit marmornen Augen anstarrte. Die Statue der Frau kniete auf einem rechteckigen, marmornen Podest, die Hände vor ihrer Brust zum Gebet gefaltet. Jetzt wusste Missy, was es war.

»Alles okay?«, fragte Phoenix.

Missy lockerte ihren Griff und ließ Phoenix' Jacke los. »Ich dachte, da würde jemand hinter dir stehen.«

»Und du wolltest mich beschützen?«, fragte Phoenix. Es lag eine zweite Frage hinter dieser ersten verborgen, Missy sah es in seinen Augen, aber sie hatte keine Ahnung, worum es sich dabei handeln mochte.

»Natürlich«, flüsterte sie, schlang ihre Arme um ihn und vergrub ihr Gesicht an seinem Hals. Ein Zittern lief durch Phoenix' Körper.

Er löste sich aus ihrer Umarmung und lächelte sie an, aber sie spürte, dass er das nur ihr zuliebe tat.

»Warum sprichst du nicht mit mir?«, fragte sie flüsternd.

Phoenix nahm sanft ihr Gesicht zwischen seine Hände und küsste sie auf die Stirn. »Nicht jetzt.«

Missy drehte sich weg und schüttelte den Kopf. Sie hörte, wie seine Schritte sich von ihr entfernten, als er wieder nach hinten ging, um die Holzpflöcke von der Ladefläche zu schieben. Sie starrte in die schmerzerfüllten Augen der trauernden Jungfrau, überwältigt von der Ausdruckskraft, die der Bildhauer diesem Stück Stein gegeben hatte. Neben dem Grabstein standen noch andere, deren Farben von poliertem Weiß bis hin zu dem stumpfen Grau eines wolkenverhangenen Himmels reichten. Sie sah einen Engel, der auf einem Fuß balancierte und ein Horn an den Lippen hielt, um das Paradies zu verkünden. Ein anderer stellte den bärtigen Heiland dar, der viel zu große Talar hing in großen Falten von seinem ausgemergelten Körper, die

Hände hatte er zu einer willkommenden Umarmung ausgebreitet. Er stand auf einem Sockel, auf dem ein weiterer Christus abgebildet war, nur mit einem Lendenschurz bekleidet und einer Dornenkrone auf dem Haupt, die Arme zur Seite gestreckt und die Füße übereinander, als hinge er an einem unsichtbaren Kreuz. Missy sah eine weitere Jungfrau Maria. Mit einem in Tücher gewickelten Kind auf den Armen stand sie neben einem großen, gotischen Kreuz. Insgesamt waren es acht Grabsteine. Missy versuchte, die mögliche Bedeutung dieser Zahl zu ignorieren, denn unten am Strand befanden sich nur sechs Gräber.

Sie hörte, wie Schritte sich von hinten näherten.

»Sie sind wunderschön, findest du nicht?«, fragte Adam.

»Ich finde sie eher traurig.«

»Das sollen sie ja auch sein.«

»Ich weiß«, erwiderte Missy. »Aber diese Traurigkeit auf ihren Gesichtern … sie wird nie verschwinden.«

Ein schwaches Lächeln huschte über Missys Gesicht, dann schob sie sich an Adam vorbei. An der Ladeklappe blieb sie stehen und hielt nach Phoenix Ausschau, konnte ihn aber nirgendwo entdecken. Jill und Mare hatten beide Arme voll mit Kartons beladen und waren gerade auf dem Weg zurück zur Höhle. Dann hörte sie, wie sich Marmor quietschend über den Aluminiumboden des Anhängers bewegte – es war Adam, der die Grabsteine in Richtung der offenstehenden Ladeklappe schob.

»Phoenix!?« Es kam keine Antwort. Sie musste mit ihm reden, musste wissen, was da in seinem Kopf vorging. Die Distanz, die er zwischen ihnen aufbaute, machte ihr immer mehr zu schaffen. Sie liebte ihn und konnte es nicht ertragen, wie er sich immer weiter von ihr entfernte. Warum nur fühlte sie sich so vollkommen hilflos? Sie wusste, dass er anders war, etwas Besonderes. Er trug die Last der ganzen Welt auf seinen Schultern, aber er würde dieses Kreuz nicht allein tragen müssen. Nicht, solange er sie hatte. Vielleicht konnte sie auch gar nichts tun, aber sie musste es zumindest versuchen. Wenn er sich doch nur ein bisschen öffnen würde …

Missy sprang von der Ladefläche herunter und sah sich um, aber es war niemand in der Nähe. Sie hörte Stimmen von der anderen Seite der niedergebrannten Straßenbarrikade, also kletterte sie hinauf und schaute von dem Haufen verkohlter Bretter auf den ehemals weißen Sand hinunter. Ihr Bruder verschwand gerade im Eingang der Höhle zu ihrer Linken, um seine Kartons loszuwerden. Die Wellen brandeten lautlos an den Strand und hinterließen schaumige Blasen, während sie sich wieder zurückzogen, über dem Wasser hingen die Rauchschwaden der beiden Feuerstellen. Missys Augen folgten dem Qualm bis zu seiner Quelle, und da sah sie Phoenix neben dem einsamen hölzernen Kreuz an Carries Grab im Sand sitzen, Evelyn direkt neben ihm. Missy beobachtete, wie er eine kleine rote Blüte von den Ranken zupfte, die sich um das Kreuz schlangen. Er musterte sie aufmerksam, dann gab er sie Evelyn.

Fast blieb Missy das Herz stehen. Ihr Magen zog sich zusammen, und eine Träne kroch aus ihrem rechten Augenwinkel. Sie hatte verstanden.

Langsam schloss sie die Augen, wischte sich das Salz von der Wange und drehte sich weg. Es war, als hätte jemand ihr einen Magenschwinger verpasst. Sie ging den verbrannten Hügel hinunter, während die Nacht sich auf sie herabsenkte, als wollte sie Missy zerquetschen. Sie musste sich nur körperlich betätigen – mit etwas Glück würde das auch ihre Gedanken ablenken. Sie wollte aus der Haut fahren, sich irgendwo in einer dunklen Ecke zusammenrollen und weinen, sie dachte an ihr Zimmer im Haus ihrer Eltern, die Fotos von ihrer Mutter an den Wänden und all die Stofftiere auf dem Regal, die darauf warteten, ihre Tränen zu trocknen. Sie hatte es satt, ständig Angst zu haben, und auch den Schmerz hatte sie satt. Ihr Leben war zu einer einzigen Übung in Gleichmut geworden. Für einen kurzen Moment hatte sie geglaubt, sie hätte jemand Besonderen gefunden, jemand, der ihre Welt zusammenhielt, doch sie hatte sich getäuscht, so wie jedes Mal. Ihr Leben war so, wie es immer gewesen war und auch immer sein würde. Die einzige Skala, mit der es sich bemessen ließ, war die Intensität des Schmerzes, den sie empfand.

Missy schaute hinauf in den Himmel, während sie weiterging, aber die Sterne boten ihr keinen Trost. Sie waren nur kalte, weiße Punkte, die aus dem Schwarz der Nacht hervorstachen. Stets hatte sie sich vorgestellt, dass ihre Mutter dort oben irgendwo war und über sie wachte, aber sie spürte nichts dergleichen, keine Güte, keine himmlische Allwissenheit, nur den kalten Wind, der ihr von Süden entgegenwehte.

Sie lud sich einen Stapel der Holzpflöcke, mit denen sie bald ihre Befestigungsanlagen erneuern würden, auf den Arm und machte sich auf den Weg zur Höhle. Missy gab ihr Bestes, nur nicht auf die Gräber zu schauen und darüber nachzudenken, wie vollkommen allein sie sich fühlte.

IV

»Wir sollten den anderen beim Ausladen helfen«, sagte Evelyn, während sie hinter Phoenix den Strand entlang in Richtung des einsamen, behelfsmäßig zusammengezimmerten Kreuzes ging.

»Es dauert nur eine Minute«, erwiderte Phoenix und drehte sich zu ihr um. »Ich möchte das hier erledigen, solange die anderen noch abgelenkt sind.«

Er hatte sie in der Höhle angesprochen, als sie gerade ein Bündel Kleidung abgelegt hatte und er dabei war, das erste Bündel Holzpflöcke aufzustapeln. Ein bestimmter Ausdruck in seinen Augen, ein leichtes Zittern in seiner Stimme unterstrich die Dringlichkeit seiner Worte. Er musste mit ihr reden. Und nur mit ihr. Zuerst dachte sie, es hätte etwas mit Missy zu tun, aber während sie auf den See zugingen, merkte sie, dass das, was ihn belastete, von weit schwerwiegenderer Natur war.

Vorsichtig ging er auf dem flachen Boden zwischen den kleinen Sandhügeln hindurch und setzte sich neben das Kreuz. Er konnte ihr immer noch nicht in die Augen sehen. Evelyn blieb einen Moment lang hinter ihm stehen und wartete darauf, dass er etwas sagte, aber schließlich setzte sie sich neben ihn, als ihr klargeworden war, dass er erst dann sein Schweigen brechen würde, wenn auch sie sich hingesetzt hatte.

»Es ist etwas sehr Spezielles an dir«, flüsterte er, kaum hörbar über dem Zischen des salzigen Schaums der Brandung.

»Phoenix …«

Er blickte zu ihr auf, Tränen standen in seinen Augen, und sie wusste, dass sie ihn zu Ende sprechen lassen musste.

»Was du da mit dem Seetang gemacht hast … du hast eine sehr besondere Gabe.«

»Ich habe nur das Wasser ein bisschen erwärmt, damit die Pflanzen überleben können.«

»Es war mehr als das. Du wolltest mit all deiner Kraft, dass sie überleben, und sieh sie dir jetzt an.«

Evelyn warf einen Blick über ihre Schulter auf die Stellen, an denen sich die beiden Ringe aus rußgeschwärzten Steinen aus dem weißen Sand erhoben. Der Seetang hatte mittlerweile die Wasseroberfläche durchbrochen, wie Buschwerk auf einer Überflutungsebene, und sich über mehrere Meter in alle Richtungen ausgebreitet. Die Pflanzen hatten sich so gut angepasst, dass sie die Abwärme der Kohlefeuer, mit denen sie das Wasser aufheizten, nicht mehr brauchen würden, um zu überleben, so viel war sicher. Dennoch beruhigte es Evelyn, wenn sie von weiter weg auf den Strand hinunterschauen konnte und die dünnen Rauchfahnen aus den Plastikrohren, die aus dem seichten Wasser ragten, aufsteigen sah.

»Es ist eine widerstandsfähige Spezies«, sagte Evelyn und drehte sich wieder zu Phoenix um. »Sie haben nur eine kleine Starthilfe gebraucht.«

»Du hast ihnen weit mehr gegeben als das.«

Schweigend saßen sie da. Phoenix schaute nervös zwischen ihrem Gesicht und seinen Händen auf seinem Schoß hin und her, während Evelyn die anderen dabei beobachtete, wie sie beim Entladen des Trucks immer wieder die Straßensperre hinauf- und hinunterkletterten.

»Über was denkst du nach, Phoenix?«, fragte sie schließlich.

»Ich möchte dir etwas geben.« Er zupfte eine der Ranken von dem Querbalken des Kreuzes und legte sie behutsam auf seinen Schoß. An dem Zweig waren mehrere blutrote Blüten, die Evelyn an eine Kreuzung aus Löwenmaul und Orchideen erinnerten. Sie hatten lange Staubbeutel, die orangefarben leuchteten wie ein Sonnenuntergang und über den Rand der Blütenkelche hingen wie die Tentakel eines Oktopus aus dem Maul eines Hundes. Sanft berührte Phoenix jede der Blüten, feiner Staub bedeckte seine Fingerspitzen, bis er schließlich die fand, nach der er gesucht hatte. Er löste sie vorsichtig von dem Zweig, dann hielt er sie Evelyn auf dem flachen Handteller hin. Evelyn betrachtete die Blüte eine Weile, dann griff sie zögernd danach.

»Phoenix … du bist ein total süßer Junge, aber ich …«

Ihre Stimme erstarb, als sie sah, wie die Ränder der Blütenblätter weiß wurden und dieses Weiß sich über den gesamten Kelch ausbreitete, bis alle Farbe aus der Blüte verschwunden war. Die Staubbeutel entließen ihr goldenes Pulver, das in kleinen Wölkchen wie Rauch aus einer Tabakpfeife von ihrer Handfläche aufstieg und glitzernd über den Sand davonschwebte. Evelyn betrachtete die Ranken an dem Kreuz. Auch sie waren jetzt weiß. Sie wollte Phoenix gerade fragen, was da vor sich ging, als sie plötzlich einen Stich in ihrer Handfläche spürte. Die Farbe, die aus der Blume gewichen war, bildete jetzt eine kleine Pfütze auf ihrer Hand, von der eine seltsame Wärme ausging. Sie versuchte, die Blüte von ihrer Hand zu nehmen, aber sie ließ sich nicht bewegen: Der kleine Stängel hatte ihre Haut durchstoßen und hielt sich wie mit einem Widerhaken fest. Sie konnte nur zusehen, wie die Flüssigkeit sich zusammenzog und die Pfütze immer kleiner wurde wie Badewasser, das aus einer Wanne läuft. Zunächst dachte sie, sie würde zwischen ihren Fingern hindurchrinnen, doch sie spürte keine Tropfen auf ihrem Schoß. Erst als sich eine starke Hitze von ihrer Hand über die Gelenke bis in ihre Arme ausbreitete, verstand sie, was geschah.

Die Adern an ihren Unterarmen schwollen an und zeichneten sich blassgrün unter ihrer Haut ab, bis sie schließlich so dunkel waren wie Palmenblätter. Evelyn schrie auf und schüttelte wild ihre Hand. Die vertrockneten Blütenblätter fielen zu Boden; als sie den Sand berührten, zerfielen sie zu Staub. Der letzte Tropfen scharlachroter Flüssigkeit verschwand in dem stecknadelkopfgroßen Loch in ihrer Handfläche, das sich daraufhin wieder schloss, als wäre es niemals da gewesen. Die Adern, die sich einen Moment zuvor noch so deutlich abgezeichnet hatten, schwollen wieder ab, doch die Wärme strömte ungehindert weiter in ihre Brust, durchflutete ihr Herz und verbreitete sich in ihrem ganzen Körper. Evelyn spürte, wie ihr Gesicht rot wurde und ihre Zehen kribbelten. Ihre Augen brannten …

Und dann war es vorbei.

Ihre Haut prickelte, während die kühle Brise den Schweiß auf ihrer Haut trocknete, dann schloss sich die Nacht wieder um sie.

»Was hast du mit mir gemacht?«, fragte sie stammelnd. Tränen sammelten sich in ihren Augen.

Phoenix antwortete nicht. Er war aufgestanden und hatte sich wieder auf den Weg zu den anderen gemacht.

»Phoenix?«

Sie war sicher, dass er sie gehört hatte, aber er drehte sich nicht um. Schwindelig kam sie auf die Beine und stolperte hinter ihm her, bemerkte gar nicht, wie unterdessen die Ranken von dem Kreuz gefallen waren und sich am Boden in Staub aufgelöst hatten. Schritt für Schritt kehrte ihr Gleichgewichtssinn zurück, und sie fühlte sich wieder wie sie selbst. Das Bild von der Blüte, die in ihre Hand geschmolzen war, verblasste wie ein Traum. Als sie die Spitze des Aschehügels erreichte, konnte sie sich kaum noch an den Schmerz erinnern.

Phoenix und Mare kamen ihr entgegen. Sie trugen etwas, das aussah wie eine Statue, und Evelyn brauchte einen Moment, bis sie begriff, um was es sich bei der grauen Skulptur handelte. Es war ein kunstvoll gearbeiteter Grabstein.

»Phoenix«, flüsterte sie im Vorbeigehen, aber er schaute nur mit unendlich traurigen Augen durch sie hindurch und ging weiter, voll und ganz darauf konzentriert, beladen mit dieser sperrigen Last auf dem unebenen Untergrund nicht die Balance zu verlieren. Sein Gesicht war merklich blasser geworden, die Tränensäcke unter seinen stumpfen, rosafarbenen Augen deutlich dicker.

Missy kam gerade hinter dem Anhänger hervor. Sie hatte ein Bündel der langen Holzstäbe auf den Armen, aber sie sah sie nicht einmal an, als sie aneinander vorbeigingen, wich absichtlich aus, um jeden Kontakt zu vermeiden. Ihre Augenlider waren geschwollen, und ihre Wangen glänzten feucht im Mondlicht.

Evelyn schlitterte den Hügel aus verbranntem Holz hinunter, und als sie den flachen Sand erreicht hatte, ging sie weiter zur Ladeklappe des Anhängers. Adam stöhnte, während er den letzten Grabstein über die Kante schob, der mit dem Gesicht nach unten in den Sand fiel, wo er neben den anderen liegen blieb wie ein weiterer gefallener Engel. Er sprang von dem Hänger und wollte die Skulpturen gerade aufrichten, da begann Evelyn zu weinen.

»Was ist los?«, fragte er, während sie schon auf ihn zurannte.

Sie konnte es nicht länger ertragen. Sie fühlte sich vollkommen allein, während sie versuchte, das zu begreifen, was soeben vorgefallen war. Ihre Tränen flossen in Strömen.

Adam lief ihr entgegen, nahm sie bei den Schultern und schaute ihr fest in die Augen.

»Sprich mit mir, Evelyn. Was ist passiert?«

»Die Blüte … sie … sie … und dann Phoenix und Missy … sie haben so getan, als würden sie mich gar nicht sehen.«

»Komm her«, sagte Adam und schloss sie in seine Arme. »Alles wird gut werden.«

Schluchzend vergrub Evelyn ihren Kopf an seiner Schulter. Sie zitterte am ganzen Körper, während er ihr sanft übers Haar strich. Als sie sich weit genug beruhigt hatte, um sprechen zu können, beugte sie sich ein Stück zurück, damit sie ihm in die Augen sehen konnte, aber nicht so weit, dass sie sich aus seiner Umarmung gelöst hätte.

»Ich begreife einfach nicht mehr, was passiert«, sagte sie schniefend.

»Das gilt für uns beide. Die ganze Welt um uns herum verändert sich, und ich …« Er verstummte abrupt. »Waren deine Augen nicht immer braun?«

»Sie *sind* braun.«

Adam schüttelte nur den Kopf, und Evelyn konnte seine Verwirrung deutlich an den Falten auf seiner Stirn ablesen.

Sie machte sich los – ihre Tränen strömten von neuem – und rannte an dem Hänger entlang vor zur Fahrerkabine. Dort angekommen, sprang sie auf das Trittbrett und riss den Seitenspiegel herum, damit sie ihr Gesicht betrachten konnte … sie schrie.

Ihre Augen waren nicht mehr braun mit einer blassgrünen Korona darum herum, sondern von leuchtendem Grün wie ein irisches Kleeblatt.

V

Rays Hände zuckten von dem Stück Stoff zurück, und Jake ließ die Augenbinde auf den Boden fallen.

»Das ist unmöglich«, stammelte Ray. Er weigerte sich, Jakes Worte zu glauben. Der Junge belog ihn, genauso wie seine Fingerspitzen. Es war vollkommen ausgeschlossen, dass Flammen aus seinen Augenhöhlen gekommen waren.

»Ich habe es gesehen, Ray.«

Ray fuhr noch einmal mit den Fingern über seine leeren Augenhöhlen. Die Hitze war verschwunden, sie waren nur noch warm, normal.

»Konntest du irgendwas sehen, als es passiert ist?«, fragte Jake.

»Nein«, antwortete Ray etwas zu schnell, während er noch in der Dunkelheit seines Gedächtnisses suchte. Er hatte etwas gesehen, oder nicht? Er erinnerte sich, dass er über etwas gestolpert und hingefallen war. Kurz bevor er auf den Boden schlug, hatte er einen grauen Lichtblitz gesehen. Vielleicht war es nur eine ganz gewöhnliche neuronale Reaktion auf einen stumpfen Schlag gegen den Kopf gewesen, aber jetzt, da er angestrengt versuchte, das Bild zurückzuholen, erinnerte er sich, wie er kurz vor dem Aufprall die verschwommenen Umrisse von allen möglichen Gegenständen gesehen hatte, die auf dem Höhlenboden verstreut lagen. Waren das Kleidungsstücke gewesen? Decken? Die scharfen Konturen von Kisten, die wild durcheinanderstanden, die raue Oberfläche des Felsenbodens?

»Du hast nichts gesehen, oder?«

»Vielleicht«, erwiderte Ray. »Ich bin mir nicht ganz sicher. Ich dachte ... Ich weiß es nicht.«

Ein Schrei zerriss die Nacht, und ein Vogelschwarm,

der eben noch dösend auf dem See getrieben hatte, erhob sich kreischend in die Luft.

Ray drehte sich in die Richtung, aus der die Geräusche kamen. Er stand auf, diesmal weit vorsichtiger wegen des Stapels Decken unter ihm und des Hindernisparcours aus Kisten und Kartons, der sich zwischen ihm und dem Strand erstreckte. Er hob seine Füße absichtlich nicht vom Boden und pflügte sich so in einer geraden Linie über den felsigen Untergrund bis zu dem weichen Sand am Strand durch, lauschte dabei aufmerksam, wartete auf einen weiteren Schrei oder irgendein anderes Geräusch, das ihm die Richtung wies. Es hatte geklungen, als wäre der Schrei vom Ufer zu seiner Rechten gekommen, aber Ray war nicht sicher. Unter seinen Füßen hörte er das Schmatzen des von der Flut durchnässten Sandes, was bedeutete, dass er nicht weit genug nach rechts abgebogen war, also ließ er sich von dem schlurfenden Geräusch seiner Schritte weiter nach Süden dirigieren. Jake hatte ihn eingeholt und nahm seine Hand.

»Evelyn!«, rief Jake. Sie stand am Kopfende von Carries Grab, aber entweder konnte sie ihn nicht hören, oder sie ignorierte ihn absichtlich. Phoenix eilte bereits von ihr weg und ging auf die niedergebrannte Straßensperre zu. Evelyn stolperte hinter ihm her, ohne zu merken, dass Jake und Ray über den Strand auf sie zukamen. »Evelyn!«

Sie verlangsamte ihre Schritte nicht einmal und erklomm bereits den verkohlten Hügel.

»Was ist los?«, fragte Ray.

»Sie hat mich nicht gehört«, flüsterte Jake und drückte Rays Hand.

»Warum hat sie geschrien? Ist alles in Ordnung?«

»Ich … ich kann es nicht sagen.« Jake beobachtete, wie

Evelyn hinter dem schwarzen Hügel verschwand. Phoenix und Mare kamen gerade herunter, in der entgegengesetzten Richtung. Sie trugen etwas, das aussah wie eine große Statue. Missy mühte sich mit einem Bündel Holzpflöcke auf ihren Armen ab und folgte ihnen, allein.

Ray sondierte die Geräusche um sich herum. Da Jake ihm entweder nicht sagen konnte oder wollte, was vor sich ging, musste er es selbst herausfinden. Er hörte die heranrollenden Wellen, die gegen den Strand brandeten und sich zischend wieder zurückzogen. Die Schwingen der aufgeschreckten Vögel pfiffen noch eine Weile kreisend durch die Luft, dann landeten sie wieder mit einem gedämpften Platschen jenseits der Brandung. Wie Stoff, der auf einem Cordsofa schabt, näherten sich Schritte durch das Knistern des vor- und zurückwogenden Sandes, und der einzige Geruch, den er wahrnahm, war der des Qualms von den langsam erlöschenden Kohlefeuern in den beiden Gruben, den der Wind ihm mit einer sanften, lautlosen Brise ins Gesicht wehte.

Jake ließ Rays Hand los und kniete sich vor das dünne Kreuz. Die Schlingpflanzen waren verschwunden, ihre vertrockneten Überreste auf dem Sand zu Staub zerfallen. Wie war es möglich, dass sie vor nur wenigen Stunden noch so üppig geblüht hatten und jetzt so tot waren? Er blickte auf und sah, dass Phoenix und Mare schon fast bei ihm waren. Die Statue, die sie trugen, war ein Grabstein. Ächzend unter ihrer schweren Last gingen sie ganz vorsichtig auf den schmalen Streifen ebenen Sandes zwischen den Gräbern hindurch, ohne sie zu berühren. Jake zog das Kreuz aus dem Boden und trat zurück, damit sie die Statue der weinenden Jungfrau Maria an die richtige Stelle setzen konnten. Sie brauchten einen Moment, um den Grabstein auf dem weichen, unebenen Boden auszurichten, dann gingen sie ein paar Schritte zurück, um ihr Werk zu begutachten. Der Marmor verlieh dem Grab etwas Feierliches, eine gewisse Erhabenheit, während das Holzkreuz immer wie ein Provisorium gewirkt hatte.

»Sollen wir ein paar Worte sagen?«, fragte Mare.

»Nein«, erwiderte Phoenix. »Alles Wichtige wurde schon gesagt. Diese Grabsteine sind für jene gedacht, die noch kommen werden, damit sie von den Opfern erfahren, die um ihretwillen gebracht wurden, ganz gleich ob sie Kinder von Menschen sind oder nicht.«

Mare nickte und schüttelte seine Arme aus. »Ich schätze, das heißt, wir sollten gleich den Nächsten holen.«

Ray wollte gerade fragen, warum Evelyn geschrien hatte, als er sie in einiger Entfernung weinen hörte. Er drehte sich in ihre Richtung und ging los. Jakes Hand glitt in die seine.

Zusammen hielten sie auf die verkohlte Straßensperre zu, Ray erkannte es am Geruch. Er hörte knirschende Schritte, als Mare und Phoenix sie überholten, dann das hohle Klappern von Stiefeln auf losen Holzbalken und Evelyns ersticktes Schluchzen …

Ray blieb stehen.

Der Geruch von verbranntem Holz war eindeutig zu stark. Es hatte eine Weile gedauert, bis er es merkte; eigentlich hätte es ihm gleich auffallen müssen. Das Holzgerüst war bereits vor mehreren Tagen niedergebrannt und in sich zusammengebrochen. Der Wind hatte mittlerweile auch den letzten Rest Asche fortgetragen, nur die verkohlten Balken waren noch übrig. Was er da roch, waren nicht verbrannte Holzlatten, sondern brennende Bäume.

Er wandte sich wieder in Richtung des Sees, hielt seinen

Kopf direkt in den Wind, der gerade gedreht hatte und nun landeinwärts über die Wellen wehte. Der Geruch war nur ganz schwach, als käme er von sehr weit her, aber er war unverkennbar.

Der Wind änderte seine Meinung, und der Geruch war wieder verschwunden, als wäre er nur für einen kurzen, kostbaren Moment da gewesen, einzig und allein für ihn bestimmt.

»Was ist?«, fragte Jake.

»Wenn du hinaus auf den See schaust, was siehst du dann?«

»Nur Wasser.«

»Keinen Rauch?«

»Nein.«

»Auch nicht ganz weit weg?«

»Nein … warum?«

Ray schüttelte den Kopf. »Egal.« Doch das war es nicht, und er wusste es. Unter dem beißenden Gestank von kochendem Harz hatte er noch etwas anderes wahrgenommen, etwas, das ihm mittlerweile nur allzu vertraut war.

Den Geruch von brennendem Fleisch.

Und der ängstigte ihn zu Tode.

VI

IN DEN RUINEN VON DENVER, COLORADO

Tod stand ganz oben auf seinem schwarzen Turm und beobachtete, wie die Welt um ihn herum brannte. Hinter ihm standen die sich endlos erstreckenden östlichen Ebenen restlos in Flammen, die Nacht war taghell erleuchtet, nur hier und da waren schwarze Flecken zu sehen, auf denen alles Lebendige bereits verbrannt war und die Erde unter einer dicken Schicht aus Asche und Ruß begraben lag. Es gab niemanden mehr, der versucht hätte, die Flammen zu ersticken, also blieb nur noch Mutter Natur, um die wütenden Brände zu löschen, doch bis jetzt hatte sie noch keine einzige Träne über ihre verlorene Schöpfung vergossen. Die Ruinen der Gebäude im Umkreis des schwarzen Monolithen schwelten vor sich hin und entließen dünne Rauchsäulen in den Himmel, wo sie sich mit dem beißenden Rauch vermischten, der in einem gigantischen Strudel über Tods Haupt wirbelte. Die Flammen drangen nur bis zum Fuß seines Turms vor und erstarben dort, als fürchtete selbst das Feuer sich, in die verfluchte Festung einzudringen. Von hier oben sah es aus, als rage Tods Turm aus einem See flüssigen Feuers. Doch es war weder die Verwüstung, die Hunderte von Metern unter ihm tobte, noch das Schauspiel, wie die Flammen sich immer weiter nach Osten ausbreiteten, was seine Aufmerksamkeit im Bann hielt. Es waren der westliche Horizont und die gezackte Linie der Rocky Mountains, die ihn nicht mehr losließen. Die Gebirgsausläufer leuchteten im Schein der Brände, die sich bis hinauf zur Baumgrenze erstreckten. Er hatte den Weg seiner Untergebenen anhand der Flammenwand verfolgt, die sie vor sich hertrieben, die sich hinter ihnen jetzt auch nach Norden und Süden ausbreitete, genährt von einem scheinbar unerschöpflichen Vorrat an immergrünen Pflanzen. Die Front Range hatten seine Kinder des Chaos bereits überquert, waren weit in die dahinterliegende Wildnis vorgedrungen, wo sie alles auf ihrem Weg einäscherten. Jedes Geschöpf, das sich auf ihrem Weg befand, würde in dem von ihnen entfachten Fegefeuer umkommen oder weiter nach Westen getrieben, bis es seinen eigentlichen Gegnern an den Ufern des Großen Salzsees nicht mehr würde zu Hilfe eilen können. Tod rollte seinen schwarzen Teppich aus, um sie zu ihm zu führen, und sie würden kommen, aber nicht auf dem Rücken ihrer fliegenden Pferde. Nein. Vielleicht gelang es den Amphibiengeschöpfen, sich unter den Wellen des Sees noch ein allerletztes Mal vor den Flammen des Leviathan in Sicherheit zu bringen, aber Tods Plan, sie dauerhaft aus der Gleichung zu entfernen, schritt unaufhaltsam voran.

Pest und Hunger kamen, seinem stummen Ruf folgend, aufs Dach und stellten sich neben Tod. Die Moskitos unter Pests Pergamenthaut summten in aufgeregter Erwartung. Gierig krochen sie unter ihren Lippen hervor, aus ihren Nasenlöchern und Augenwinkeln und bildeten eine wabernde Maske auf ihrem verhüllten Gesicht. Blubbernde Blasen bildeten sich auf Hungers geisterhaftem Antlitz und ließen seine Haut erscheinen, als koche sie. Die Kinder seiner Schwester hatten mit ihren Stacheln das Blut einer jeden Lebensform auf Erden gekostet, bis auf eine, und Hungers Heuschrecken hatten die genetische Information in den toten Körpern verändert, die zurückgeblieben waren.

Als der Rauch die brennenden Berge endgültig vor seinem Blick verhüllte, wandte Tod sich seinen apokalyptischen Geschwistern zu. Die Farbe seiner glühenden Reptilienaugen wechselte von Golden zu Blutrot, und ein Zischen drang zwischen seinen zusammengebissenen Zähnen hervor.

Im selben Moment bogen Hunger und Pest, wie von

einem unmenschlichen Krampf gepackt, ihr Rückgrat nach hinten durch. Ihre Füße lösten sich vom Untergrund, und eine unsichtbare Kraft hob sie zuckend in die Luft. Dann klappten ihre Kiefer auf, als wollten sie aus dem Gelenk springen, und sie stießen ein Fauchen aus wie ein explodierendes Überdruckventil. Millionen von Insekten schossen aus ihren Rachen und schraubten sich in zwei kreischenden Spiralen hinauf in die Luft, das Brummen so laut, dass selbst die Stahlträger des Gebäudes unter dem Druck der Schallwellen erzitterten. Die Insekten-Tornados drehten sich immer schneller, trieben den Rauch zurück, und die Chitinkörper wirbelten hinauf bis in die Stratosphäre, während ihre Herren und Meister unter ihnen durch die Luft zuckten wie Peitschen.

Tod breitete seine Klauen aus und streckte seine Arme zu beiden Seiten. Dann legte er den Kopf in den Nacken und blickte in die wirbelnden Herzen der beiden Stürme, die seine dunkle Festung mit dem Himmel verbanden. Er entließ ein Fauchen aus seiner mächtigen Brust und schlug mit einem Donnern die Hände gegeneinander. Krachend prallten die beiden Windhosen ineinander, Moskitos und Heuschrecken verwirbelten zu einem einzigen tosenden Strudel. Stacheln bohrten sich durch Chitin, brauner Schleim wirbelte durch die Luft und regnete auf die drei Reiter hinab. Das Geräusch der Myriaden von Insektenflügeln knisterte wie Blitze in einem Gewitter, bis der infernalische Wirbel abrupt innehielt und die winzig kleinen Körper zu Boden fielen. Insektenhüllen regneten vom Himmel wie Hagelkörner, bedeckten das Dach und die Straße unter ihnen.

Tod ging in die Knie, und selbst bei dieser kleinen Bewegung knirschte das Chitin um ihn herum. Er schöpfte eine Handvoll der toten Insekten vom Boden, dann erhob er sich wieder, um das Massaker zu begutachten. Die Heuschrecken hatten ihre goldenen Flügel immer noch ausgebreitet, denn mit all den Moskitos auf ihrem Rücken, die ihre Stacheln durch ihre Panzer bohrten, konnten sie sie gar nicht mehr einziehen. Moskitos wie Heuschrecken hielten vollkommen still, über und über bedeckt mit demselben braunen Schleim, der auch zwischen Tods Klauen hindurchtropfte. Er wartete geduldig, während die Rauchglocke, jetzt, da nichts mehr sie aufwirbelte, sich wieder um ihn schloss. Winzige Beinchen huschten über seine Schlangenhaut, bis er schließlich die erste Veränderung sah. Die Heuschrecken schwollen von innen an, als würden sie sich verpuppen, und die Moskitos fielen von ihnen ab. Die ehemals goldbraunen Schalen brachen auf, ihre Exoskelette platzten auf wie die Schale einer Kartoffel im Feuer, und eine klebrige Masse quoll heraus. Eine ockerfarbene Flüssigkeit tropfte aus den Rissen, und mit ihr ergossen sich kleine blaugrüne Kügelchen über den Boden, die sich sogleich ausrollten wie Miniatur-Gürteltiere. Die neue Spezies breitete ihre schmalen Flügel aus und entrollte die dünnen Hinterleiber zu ihrer vollen Länge. Sie streckten ihre sechs Beine, drei an jeder Seite des Rumpfes, und unter der Schleimschicht über ihren Facettenaugen kamen glänzend schwarze, kugelförmige Sehorgane zum Vorschein. Ein leises Summen erhob sich in seiner Hand, und dann überall um ihn herum.

Einer nach dem anderen rollten sie sich aus und streckten sich, verließen ihre ehemalige Hülle. Ihre Flügel zitterten kurz, als probierten sie ihre neuen Gliedmaßen aus, dann erhoben sie sich in die Luft.

Braune Flüssigkeit schlug klatschend auf den Boden, als

Tod die leeren Chitinpanzer beiseitewarf, dann musterte er die neue Spezies, die direkt vor seinem Gesicht in der Luft schwebte wie ein Schwarm Kolibris. Sie sahen Libellen bemerkenswert ähnlich, nur den langen Hinterleib hielten sie nicht gerade nach hinten ausgestreckt, sondern nach unten eingerollt. Die Nacht erwachte zum Leben. Ihre mit Widerhaken bewehrten Stacheln zuckten hin und her wie nach unten gerichtete Skorpionschwänze, zitternd hingen sie in der Luft wie die gespenstische Stroboskopaufnahme eines Schneesturms.

Tods geschuppter Mund verzog sich zur reptilienhaften Karikatur eines Lächelns. Er wandte sich Hunger und Pest zu, beide von Kopf bis Fuß bedeckt mit einer lebenden Schicht dieser neuen Spezies von Gliederfüßern, als versuchten die Tiere, in ihr ehemaliges Heim zurückzukehren. Seine Geschwister wussten, was er von ihnen wollte, und sie hoben ihre Arme in den schwarzen Himmel. Der Insektenschwarm folgte der Bewegung und verdichtete sich zu einem wirbelnden, türkisfarbenen Zyklon, der sich einen Moment lang zu einer dünnen Spindel zusammenzog und dann explodierte. Der schwarze Rauch lichtete sich unter dem Gewitter von Myriaden von Flügelschlägen, und die Kreaturen schossen in alle Richtungen davon.

Tod schritt über den Teppich aus leeren Insektenschalen an den Rand des Daches und beobachtete, wie die winzig kleinen Punkte am westlichen Horizont mit dem Blau der Berggipfel verschmolzen und dann verschwanden. Sobald sie außer Sicht waren, schloss sich der Rauchschleier wieder um sie.

Jetzt musste er nur noch warten, bis seine Beute zu ihm kam. Es waren noch ein paar Vorbereitungen zu treffen, aber bald … bald schon würde der letzte Tropfen menschlichen Blutes in der versengten Erde versickern.

VII

MORMON TEARS

Mare streckte sich, um seine verspannten Muskeln zu lockern, presste seine Hände zu beiden Seiten der Wirbelsäule auf die Schmerzpunkte knapp oberhalb der Hüften. Als er merkte, was er da tat, ließ er seine Arme sofort wieder sinken und richtete sich auf. Er hatte seinen Vater Hunderte Male dabei beobachtet, wie er exakt dasselbe getan hatte, und das Letzte, was er im Moment wollte, war, an seinen alten Herrn erinnert zu werden. Noch viel schlimmer war der Gedanke, so zu werden wie er, und wenn auch nur in einem so scheinbar belanglosen Detail. Mare würde die Schmerzen in seinem erschöpften Körper einfach ertragen müssen.

Soeben hatten sie den letzten Grabstein am Strand aufgestellt, doch es stellte sich keine Befriedigung über die vollendete Arbeit ein, sondern nur noch größeres Unbehagen. Es waren nicht die sechs marmornen Figuren, die vor den Sandhäufchen Wache standen, was ihn so sehr beunruhigte, sondern die beiden anderen, die ganz am Ende der Reihe standen, ohne zugehöriges Grab. Sie waren in genau dem gleichen Abstand aufgestellt wie die anderen sechs, als warteten sie nur darauf, dass auch ihnen die sterblichen Überreste eines Menschen anvertraut wurden. Keiner aus der Gruppe wagte darüber zu sprechen. Alles, was sie taten, schien noch einen verborgenen, zweiten Grund zu haben, also wunderten sie sich auch nicht über acht Grabsteine für sechs Gräber. Dennoch: Keiner wollte daran denken, wer von ihnen bald im Schatten der Christusfigur mit den ausgebreiteten Armen und der Heiligen Mutter mit dem Kind auf ihrem Schoß zur letzten Ruhe gebettet werden würde. Und keiner dachte über die möglichen Gründe nach, weshalb gerade diese Grabsteine ausgewählt worden waren.

»Wo ist Jill?«, fragte Mare plötzlich. Sie war mit nach draußen gegangen, um die Rückkehrer willkommen zu heißen, doch jetzt fiel ihm auf, dass er sie seitdem nicht mehr gesehen hatte.

»Ich … ich weiß es nicht«, erwiderte Adam. Er war vor schierer Erschöpfung einfach zu Boden gesunken. Evelyn saß neben ihm und hielt seine Hand auf ihrem Schoß, ihren Kopf an seine Schulter gelegt. Auch er konnte sich nicht erinnern, wann er Jill das letzte Mal gesehen hatte. Eigentlich hätte er es wissen müssen. Schließlich war er für sie alle verantwortlich, zumindest vor sich selbst.

Mare sah seine Schwester in der Höhle sitzen, seitlich an den Fels gelehnt, das Gesicht in ihren Händen, als döse sie. Ray und sein Schatten, Jake, waren ebenfalls in der Höhle und teilten sich eine Tüte Cheetos. Phoenix hatte seine Schuhe ausgezogen und stand barfuß im seichten Wasser. Mit glasigen Augen blickte er nach Osten. Das tat er in letzter Zeit immer öfter.

»Jill!«, brüllte Mare, und alle Blicke richteten sich sofort auf ihn. Adam stand auf und stellte sich neben ihn, während seine Augen den vom Sternenlicht leicht erhellten Strand absuchten. »Jill!«

Eine ferne Stimme, so leise, dass sie kaum vom Geräusch des Windes zu unterscheiden war, antwortete aus Norden.

»Gott sei Dank«, keuchte Mare. Er rannte sofort los, vorbei an Phoenix zu seiner Rechten und der Höhle zu seiner Linken, ignorierte die Schmerzen in seinem Rücken und den Schultern. Er vergaß alles um sich herum, bis auf den unsichtbaren Punkt in der Dunkelheit, wo er glaubte, dass Jills Stimme hergekommen sein musste.

Nachdem er eine halbe Ewigkeit den Strand entlanggerannt war und seine Beine drohten, ihn im Stich zu lassen und einfach unter ihm einzuknicken, sah er ihren schattenhaften Umriss im Sand sitzen. Sie hatte die Arme um ihre Beine geschlungen, das Kinn auf die Knie gestützt, und begrüßte ihn mit einem matten Lächeln. Dann drehte sie ihren Kopf wieder in Richtung des Sees und starrte hinaus auf den Horizont. Auf ihren Wangen schimmerten Tränen im Sternenlicht.

Eigentlich wollte er wütend auf sie sein, ihr zeigen, wie sehr sie ihn erschreckt hatte. Doch stattdessen setzte er sich schweigend neben sie und schaute gemeinsam mit ihr auf jene dünne Linie, wo der schwarze Himmel das kaum hellere Blau des Sees berührte. Es war die Stelle, an der er sie an jenem ersten Morgen in Mormon Tears, gemeinsam mit April und Darren abseits von den anderen sitzend, gefunden hatte. Mare war sicher, dass das kein Zufall war.

»Hi«, flüsterte Jill schließlich.

Sie fuhr sich mit dem Handrücken über die Wangen und sah ihn an. Einen Moment lang schauten sie sich in die Augen, dann lehnte sie ihren Kopf an seine Schulter und blickte wieder hinaus auf den Großen Salzsee. Stumm saßen sie da, nur der Wind wehte flüsternd um die Felsvorsprünge des Berges in ihrem Rücken. Mare hatte so viele Fragen, aber das Letzte, was er jetzt wollte, war, den Keil zwischen ihnen noch tiefer zu treiben.

Inzwischen hatten die anderen sich alle auf dem Strand versammelt und schauten in ihre Richtung, um sich zu vergewissern, dass alles in Ordnung war. Mare winkte ihnen zur Bestätigung, war aber nicht sicher, ob sie es überhaupt sehen konnten.

»Ich habe wieder eine Vision gehabt«, unterbrach Jill ihr langes Schweigen.

Mare nickte und wartete, bis sie weitersprach, um sie nicht unter Druck zu setzen.

»Alles war schwarz. Verbrannt. Asche fiel vom Himmel wie Schnee. Ich schaute durch eine Art Torbogen. Du warst auch da und hast etwas geschrien, aber ich konnte dich nicht verstehen, weil alles von einem donnernden Geräusch übertönt wurde. Hinter dir stand … stand ein schwarzer Mann. Kein Afroamerikaner … er war einfach schwarz, alles an ihm. Und er brannte. Die Flammen taten ihm nichts, sie gingen sogar von ihm aus. Ergibt das irgendeinen Sinn? Sie loderten immer höher, während er näher kam. Du hast dich umgedreht und in seine Richtung geschaut, dann hörte ich, wie ich schrie. Ich … ich …« Ihre Worte wurden zu einem leisen Schluchzen.

»Schon gut«, flüsterte Mare und legte ihr einen Arm um die Schulter. »Wir haben jede Menge Zeit.«

»Ich will … ich will dich nicht verlieren.«

Jill wandte ihm ihr Gesicht zu, konnte ihm aber nicht in die Augen schauen. Mare berührte sie mit seiner anderen Hand und hob sanft ihr Kinn an.

»Ich gehe nirgendwohin. Du kannst mich gar nicht verlieren, selbst wenn du es versuchen würdest.«

Mare merkte erst, dass er sie küsste, als sich ihre Lippen

schon berührten. Jill drehte sich nicht weg. Mit seinen Fingern folgte er der Wölbung ihrer Wangen und wischte ihre Tränen ab. Jill schob ihre Arme unter seinen durch und umschlang ihn, seine Haut kribbelte überall, wo sie ihn berührte. Dann öffnete sie ihre Lippen, und ihre Zungen berührten sich kurz. Die Luft um sie herum begann zu knistern.

Nach einem Moment, der eine schiere Ewigkeit gedauert hatte und gleichzeitig viel zu schnell vorüber war, zog sie ihren Kopf zurück. Sie blickten sich in die Augen.

»Ich liebe dich, Jill«, flüsterte Mare.

Sie lächelte, auch wenn die Tränen weiter über ihre Wangen flossen.

»Schwörst du es?«

»Bei allem, was mir heilig ist.«

»Ich liebe dich auch«, sagte Jill, dann machte sie sich von ihm los und stand auf.

Mare wollte sie nicht gehen lassen; um ein Haar hätte er geschrien.

Jill streckte ihm eine Hand entgegen. Mare nahm sie und schaute hinauf in ihr Gesicht. Selbst mit vom Wind zerzausten Haaren und nassen Wangen sah sie umwerfend aus.

Sie zog ihn auf die Beine und drehte sich um – nicht dorthin, wo die Höhle lag, sondern in die entgegengesetzte Richtung. Es gab einen Teil in ihr, der die Vision, welche die Gosiute-Frau ihr gezeigt hatte, annehmen wollte. Vielleicht war es auch ihre letzte Vision, von dem brennenden Mann, der sich auf Mare stürzte, die sie so aufwühlte. Alles, was sie wusste, war, dass sie ihn liebte. Und nur Gott allein wusste, was die Zukunft für sie bereithielt. Vielleicht hatte Er ihr ein paar Vorausblicke gewährt, aber das meiste lag immer noch in den Schatten der Ungewissheit verborgen. Es gab keine Garantien im Leben, alles lag im Moment. Vielleicht würde sie ihr Leben opfern für dieses Kind, das noch gar nicht gezeugt war. Vielleicht würde sie auch durch diese flammende, schwarze Gestalt sterben, aber keines von beidem war bis jetzt eingetreten. Dieser Moment war das Hier und Jetzt. Und das Einzige, das im Moment einigermaßen greifbar schien, war, dass sie Mare liebte, und ganz gleich wie sehr sie auch versucht hatte, ihn auf Distanz zu halten, er liebte sie auch. Und er würde bei ihr bleiben, bis zum Ende. Wann auch immer und auf welche Weise auch immer es eintreten mochte.

»Jill«, sagt er flüsternd, während er seinen Schritt verlangsamte. Sie drehte sich zu ihm um.

»Schhhh.« Sie zog ihn sanft weiter und führte ihn unter den funkelnden Sternen über den Strand. Weg von den anderen, dorthin wo sie allein sein konnten. Zusammen.

Jill glaubte, sie hätte in der Ferne den Schrei eines einsamen weißen Falken gehört, sah aber nichts.

Im warmen Mondschein und in der kühlen Brise, die über ihre nackte Haut strich, genossen sie den Moment in vollen Zügen, wie es nur junge Liebende können, und griffen nach der unendlichen, unbekannten Zukunft.

VIII

Alles war still an der Westküste des Großen Salzsees. Tief im Inneren des Berges schlummerten menschliche Gestalten neben einem glühenden Haufen Kohle, nur eine Stunde bevor die ersten Strahlen der aufgehenden Sonne den östlichen Horizont erhellen würden. Es war ein Schlaf wie von Toten, ein Zustand vollkommener Bewusstlosigkeit, wie er auf totale körperliche Erschöpfung folgt. Das letzte Geschenk, das ihnen zuteilwurde, bevor der endgültige Richterspruch fallen würde. Jill döste in Mares Armen, ihr Kopf auf seiner Brust hob und senkte sich sanft im Rhythmus ihres synchronen Atems. Ray lag in einem der neuen Schlafsäcke, Jake neben ihm, ebenfalls in einem Schlafsack – in der gleichen Farbe –, und schnarchte leise. Phoenix hatte der Schlaf, den er so bitter benötigte, direkt auf dem Steinboden übermannt. Adam hatte noch eine Decke über ihn gebreitet und sich dann auf den Weg zu der kleinen Kammer gemacht, die er sich mit Evelyn auf der ersten Ebene des Pueblos teilte – nicht nur der Intimität wegen, sondern weil keiner von beiden sich draußen in der Höhle besonders wohl fühlte, wo jedes Knistern der Flammen und jedes Platschen der Kondenswassertropfen von der Höhlendecke sie aufweckte, und weil keiner von beiden es ertragen hätte, in der Dunkelheit allein zu sein. Jeder hatte seinen eigenen Schlafsack, doch Adam lag von hinten an Evelyn gekuschelt, einen Arm um ihre Schulter gelegt. Nur Missy schlief allein am äußersten Rand des Lichtscheins der Feuerstelle. Sie hatte nicht geglaubt, dass sie überhaupt würde schlafen können, während die rasenden Gedanken in ihrem Kopf lauthals durcheinanderschrien, und sich einen Platz ausgesucht, von dem aus sie im gedämpften Schein der Flammen das Wandgemälde betrachten konnte, um sich ein wenig abzulenken. Es funktionierte sogar, doch in ihren Träumen wurde sie von einem gespenstischen Bild heimgesucht: Phoenix, der in der Luft schwebte, die Arme zur Seite ausgestreckt, die Füße übereinander, vor ihm ein gleißendes Licht, das ihn zu verschlingen drohte. Es war ein unruhiger Schlaf, aber zumindest schlief sie.

Die leisen Schlafgeräusche drangen durch den Tunnel nach draußen auf den Strand, wo der Wind sie hinaus in die Dunkelheit trug bis zu einem Punkt, an dem das sanfte Atmen und Schnarchen sich in ein kaum hörbares Summen verwandelte, das immer lauter wurde, je heller der zunehmende Mond den Eingang der Höhle erleuchtete. Die weiße Scheibe spiegelte sich auf den Wellenkämmen, als eine dunkle Wolke ihn plötzlich verdunkelte; mit einem Seufzen drehte der Wind und blies landeinwärts. Das Summen wurde immer lauter, und die dunkle Wolke, die den Mond vorübergehend verschlungen hatte, explodierte in ein weiß-graues Flimmern. Ein Insekt mit dunkeltürkisfarbenem Panzer setzte sich auf die ausgestreckte Handfläche des marmornen Erlösers, doch es blieb nicht länger als eine Sekunde allein, da rollte schon die Flut seiner Artgenossen über den See heran. Winzige Geschöpfe mit länglichen Körpern bedeckten die Statuen, ließen sie einen Moment lang zu brodelnder Bewegung erwachen, bevor sie wieder zurück zum Wasser jagten. Im Tiefflug fegten sie über den See hinweg, blieben gerade noch außerhalb der Reichweite der Wellen und rollten ihre Hinterleiber aus, sodass nur deren Enden die Wasseroberfläche durchbrachen. Knotige Ausbuchtungen bildeten sich in der Mitte ihres Körpers und wanderten den wurmartigen Fortsatz entlang wie ein Kaninchen den Hals einer Würgeschlange. Als die Verdickungen das Ende der Insektenkörper erreichten, schwollen sie noch mehr an, und die libellenartigen Geschöpfe begannen heftig zu zucken und zu brummen. Dann, wie auf ein gemeinsames Zeichen, schossen die Knoten hinaus ins Freie, hinein in das Wasser des Sees, und überschütteten es mit zappelnden Larven. Kaum hatte das letzte Ei das Muttertier verlassen, erhoben sich die mutierten Insekten wieder in die Luft und setzten ihre Wanderung nach Westen fort.

Mit peitschenden Schwanzschlägen tauchten die Larven tiefer hinab, ihre flachen, blutegelähnlichen Köpfe und Beißwerkzeuge voraus, wuchsen, bis sie fast drei Zentimeter lang waren. Vögel, die eben noch auf dem See geschlummert hatten, reckten aufgeschreckt von dem lauten Brausen wachsam ihre Köpfe in die Luft. Die Beine vom Körper weggestreckt, schaukelten sie auf den Wellen, bereit, sofort die Flucht zu ergreifen. Doch sie rechneten nicht mit einem Angriff von unterhalb des Wassers. Mit den scharfen Dornen an ihren Schwanzenden durchstießen die Insekten die zähe Haut und injizierten ihr Toxin, um dann ihre bezahnten Kiefer zuschnappen zu lassen und ihren Opfern das vergiftete Blut auszusaugen. Flügel peitschten das Wasser auf, als die Vögel versuchten zu entkommen, doch sie schafften es nur ein paar Meter weit, dann fielen sie klatschend zurück auf die Wellen und trieben reglos mit dem Bauch nach oben dahin.

Die Räuber gaben ihre Beute frei, zappelten sich von den Kadavern los und stürzten sich auf Schwärme schillernder Fische. Die giftigen Stacheln durchbohrten ihr Schuppenkleid, als wäre es nasses Reispapier, dann trieben die leblosen Körper nach oben. Noch tiefer tauchten die Insekten, dorthin, wo der Mondschein das dunkle Wasser nicht mehr erhellte. Sanfte Felsformationen erhoben sich aus dem Schlick am Grund des Sees, schattige Öffnungen führten in gewölbeartige Höhlen, in denen die riesigen Amphibienpferde schliefen und sich mit eingerollten Schwänzen an Unterwasserpflanzen festhielten. Die klaren

Lider über ihren Augen geschlossen, fächelten die durchsichtigen Flossen auf ihren Wangen das Wasser. Alle Höhlen waren bis oben hin mit peitschenden, stacheligen Schwänzen gefüllt, bevor der erste Dorn ihre Haut durchstach. Im selben Moment schnappten alle Amphibienaugen auf, wie wild zuckten die Tiere in dem Versuch, den Insekten zu entkommen, die ihre Haut bedeckten. Mit panisch schlagenden Flügeln schossen sie aus ihren Höhlen hinaus und jagten der Wasseroberfläche entgegen, doch es war vergebens. Als ihre Bewegungsenergie sie die Wasseroberfläche durchstoßen ließ, waren sie bereits tot, ihre leblosen Körper ein Spielzeug der Wellen. Die Köpfe unter Wasser, während die Beine bereits steif wurden, trieben die ausgerollten Schwänze an der Oberfläche. Wie Kaulquappen stoben die Insekten davon und jagten spritzend über das Wasser, begierig darauf, ihren einzigen Daseinszweck zu erfüllen, bevor ihre kurze Lebensspanne vorüber war. Sie waren wie Eintagsfliegen, jedoch geboren, um zu töten, nicht, um sich fortpflanzen; schon bald würden ihre toten Hüllen sich zu denen ihrer Opfer tief unten in den dunklen Tiefen gesellen.

Gleichgültig beschien der Mond die Szene und wartete darauf, bald von der aufgehenden Sonne vertrieben zu werden. Er trieb die Flut auf den Strand hinaus, als letzten und einzigen Akt seiner Reue. Doch brachte die Flut nicht das Versprechen von Erneuerung, sondern die stummen Zeugen des lautlosen Überfalls.

Tod.

BUCH DREI

I

WEST-COLORADO

Die westliche Flanke der Rocky Mountains war zu einem Inferno geworden, der Hölle auf Erden. Vögel flogen panisch aus ihren in Brand stehenden Nestern auf, doch mit ihren brennenden Flügeln konnten sie sich nicht lange in der Luft halten und stürzten alsbald zurück auf die versengte Erde, wo sie viel zu langsam vor der heranrückenden Flammenwand davonhüpften. Strohfarbene Hirsche mit goldenen Geweihen und Schwänzen sprangen mit großen Sätzen vor der heranrollenden Flammenwalze her, ihre Weibchen und Jungen im Gefolge, doch auch sie mussten irgendwann rasten, und spätestens dann würden sie herausfinden, wie es sich anfühlte zu verbrennen. Alles Gehölz hallte wider von schmerzerfüllten Tierschreien.

Es war Musik in den Ohren des Geschöpfs, das einmal Richard Robinson gewesen war. Flammen schossen brüllend aus dem schwarzen Körper der Kreatur, Strahl für Strahl feuerte sie ihren unerschöpflichen Vorrat an flüssigem Magma in Dickicht und Unterholz. Sie weidete sich an dem Gestank von brennendem Fleisch und Knochen, an dem Zischen des kochenden Harzes, das durch die Rinde nach draußen explodierte, gefolgt von abknickenden Baumkronen, die krachend zu Boden fielen und dort zu Asche verbrannten. Der Feuertod war ihr Begleiter, und die Bestie schoss ihre Flammen in alle Richtungen, als wollte sie die ganze Welt damit verschlingen.

Ihre behaarten Artgenossen eilten voraus, verborgen unter dem dichten Rauch. Ohrenbetäubendes Gebrüll erschütterte die Luft, während sie mit ihrem Schallortungssystem die schwelenden Trümmer um sie herum abtasteten und kurzen Prozess machten mit den Tieren, die schreiend unter den Ästen eingeklemmt lagen oder sich in ihren Todeszuckungen wanden, während sich die Flammen durch Fell oder Federn bis auf die nackte Haut darunter durchfraßen. Blut tropfte von ihren scharfen Zähnen und lief über den breiten Unterkiefer auf ihre haarige Brust. Ihre Klauen waren mit einer dicken Kruste aus Blut und Ruß bedeckt, die sie in den wenigen Momenten, in denen kein Lebewesen um Erlösung von seinen Qualen kreischte, mit ihren ekligen Zungen ableckten.

Auf dem Gipfel eines steilen Bergrückens blieb der Leviathan stehen und betrachtete das große Tal mit seinen Nadelbäumen und entlaubten Espen. Die spitzen Gipfel der Sangre de Cristo Range ragten vor ihm auf, bereits teilweise verhüllt von den dichten Rauchwolken. Dahinter lag der letzte Teil der Strecke, der sie nach Utah bringen würde, und der Gedanke daran trieb ihn mit neuer Kraft vorwärts.

Er streckte die Arme zur Seite und blähte seine Brust. Mit einem Brüllen warf er den Kopf in den Nacken und spuckte einen Strahl flüssigen Feuers hinaus in den Himmel, von wo er auf den Waldboden hinabregnete und den Weg für ihn und sein Gefolge bereitete. Etliche Tiere flohen über die kargen Wiesen in dem Versuch, möglichst viel Abstand zwischen sich und den unausweichlichen Tod zu bringen, der ihnen auf den Fersen war. Vogelschwärme flogen aus den Bäumen auf, deren Kronen sich in dem todbringenden Niederschlag entzündet hatten, und ein Chor gemarterter Tierseelen erhob sich im ganzen Tal.

Der Leviathan weidete sich noch kurz an der Symphonie des Todes, dann stürzte er sich den Abhang hinunter, schleuderte auch weiterhin sein Feuer in alle Richtungen. Das Rudel stieß seine grauenvollen Schreie aus, ein Geräusch wie das Echo eines Donners zwischen zwei Bergflanken. Felsbrocken lösten sich und rollten als Steinlawinen die Berghänge hinab, zerschmetterten auch die mächtigsten Baumstämme und rissen selbst die übrig gebliebenen Stümpfe samt Wurzeln mit sich.

Ein Keil der Zerstörung fraß sich in die Wildnis, während die ersten Strahlen der aufgehenden Sonne die von Rauchschwaden verdunkelte Welt hinter ihnen in rotes Licht tauchten. So preschten sie vorwärts und brachten über alles Leben, das sich auf ihrem Weg befand, den Namen ihres Herrn und Meisters. Tod.

II

MORMON TEARS

Jill stand vor dem Wandgemälde, das Pueblo zu ihrer Linken brannte. Dichter Rauch hing in der Höhle, nur gelegentlich teilte sich der schwarze Schleier und gab den Blick auf ihre im Feuerschein flackernden Kreide-Doppelgänger frei. Statt Gesichtern hatten ihre Konterfeis jetzt Totenschädel mit leeren, schwarzen Augenhöhlen. Rotgoldene Flammen schlugen aus ihren Körpern. Schreie hallten durch das Felsengewölbe, doch Jill brachte es nicht fertig, sich nach ihnen umzudrehen, denn sie wusste nur zu gut, zu wem die Stimmen gehörten. Sie streckte ihre

Hand aus und wischte die Zeichnung weg, die sie selbst darstellte. Die Wand darunter war schwarz, wie von Feuer versengt. Da hörte sie ein Kreischen, das definitiv nicht von einem Menschen stammte, und schaute in die Richtung, aus der das Geräusch gekommen war. Ein großer weißer Falke saß auf dem höchsten Dach des Pueblos. Die Flammen bogen sich von ihm weg, als säße er in einer Glaskugel. Der Falke kreischte noch einmal, und Jill blickte wieder auf die Wand vor ihr. Ein Wort stand dort in den Ruß geschmiert. Sie hörte, wie sie schrie. Flammen züngelten ihren Rücken entlang und steckten ihre Haare in Brand, und auch die Buchstaben vor ihr verwandelten sich in Feuer.

Flieh.

Jill wachte auf, ein Schrei in ihrer Kehle gefangen. Sie hyperventilierte, konnte ihren Atem nicht beruhigen. Es war ein Traum gewesen. Nicht eine weitere Vision, sondern ein ganz gewöhnlicher Albtraum. Er hatte sich nur irgendwie … anders angefühlt. Sie glaubte nicht, dass sie tatsächlich bevorstehende Ereignisse gesehen hatte, die Bilder kamen ihr eher vor wie eine Warnung. Ob sie aus ihrem eigenen Unterbewusstsein entsprungen sein mochte oder aus einer eher … spirituellen Quelle kam, konnte sie nicht sagen, doch war sie von derselben Dringlichkeit wie ihre Visionen, eine Anweisung, die sie bald würde befolgen müssen, das wusste sie. Vielleicht hatte etwas in ihr sich verändert, möglicherweise etwas … Hormonelles? Konnte es sein, dass sie tatsächlich schwanger war? War es möglich, dass etwas anderes, jemand anderer dies geträumt hatte … in ihrem Körper?

Jill zuckte zusammen, und beinahe hätte sie ihren zurückgehaltenen Schrei doch noch ausgestoßen, als sich eine kalte Hand auf ihre Schulter legte und eine zweite über ihren Mund. Mit weit aufgerissenen Augen wirbelte sie zu ihrem Angreifer herum, dessen schmale Silhouette sich als Schatten vor dem ersterbenden Feuer abzeichnete.

»Schhh«, flüsterte Jake. »Wir müssen die anderen noch ein bisschen schlafen lassen. Sie werden ihre Kraft bald brauchen.«

Langsam zog er seine Hand von ihrem Mund weg und machte einen Schritt zurück. Die kleinen Flammen des ziemlich heruntergebrannten Feuers schimmerten in den verschiedensten Rottönen auf seinen Wangen. Jill schaute zu Mare hinüber, der auf seinem Schlafsack lag, die Decke, die sie sich geteilt hatten, zu einem Knoten über seiner Hüfte aufgetürmt. Er bewegte sich kurz, zog die Decke bis zu seinem Kinn hinauf und rollte sich dann auf die Seite.

»Draußen«, sagte Jake flüsternd und hielt ihr seine Hand hin.

Jill stand auf und nahm seine kleine Hand. Jakes Finger waren kalt wie Eis. Dann gingen sie von der Feuerstelle weg und leise die Steinstufen hinauf. Sie musterte Jake aus dem Augenwinkel, aber er blickte stur geradeaus, der Ausdruck auf seinem Gesicht verriet nicht das Geringste. Als sie den Tunnel erreicht hatten und sich aus dem schwachen Feuerschein in die Umarmung der dunklen Schatten begaben, sagte er endlich etwas.

»Ich hatte einen Traum.« Seine Stimme war so leise, dass Jill ihn nur verstehen konnte, weil der Hall die Worte verstärkte. »Einen, du weißt schon, einen normalen Traum.« Er machte eine Pause, und eine Zeit lang war nur das Geräusch ihrer schlurfenden Schritte auf dem Felsenboden zu hören. »Da war ein großes Gebäude, ein Wolkenkratzer, aber er war so schwarz, so kalt. Alles darum herum war verbrannt, so weit, wie ich sehen konnte. Und es hing immer noch ein Rauchschleier über allem.« Er ging um die Biegung des Tunnels, und seine Stimme wurde noch leiser, sein Tonfall und seine Bewegungen fast so, als würde er immer noch schlafen oder befände sich in Trance. »Ganz oben auf dem Gebäude stand ein Mann. Ich konnte ihn eigentlich nicht richtig sehen, aber irgendwie doch. Er war sogar noch schwärzer als der Wolkenkratzer, nur seine Augen haben geleuchtet wie rote Ampeln. Ich konnte nicht wegschauen. Ich habe es versucht, aber ich konnte nicht. Er … er hat mich einfach festgehalten. Sogar von so weit weg konnte ich spüren, wie er mich festhielt. Ich konnte mich nicht einmal bewegen. Der Boden war heiß, und meine Füße haben gebrannt, aber ich konnte nicht weglaufen.«

Als sie den Punkt erreichten, wo das dämmrige Morgenlicht sich zögerlich in die Höhle tastete und von dort bis in den Eingang des Felsentunnels, blieb Jake stehen. Jill blickte ihn an. Seine Unterlippe zitterte, und an der Oberlippe hing Rotz. Er hatte furchtbare Angst.

»Und dann bist du aufgewacht?«, fragte Jill, dankbar für die, wenn auch schreckliche, Ablenkung, denn zumindest musste sie dann nicht über ihren eigenen Albtraum nachdenken.

»Nein«, flüsterte Jake und schaute an ihr vorbei zum Eingang der Höhle. »Er sagte etwas, und ich wusste, dass ich ihn von so weit weg eigentlich gar nicht hören können dürfte. Es war, als würde er direkt hinter mir stehen und zu mir herunter sprechen, obwohl ich ihn doch genau sehen konnte, dort oben auf dem Dach, so klein und so weit weg.«

»Was hat er gesagt?«, fragte Jill und rieb sich die Gänsehaut, die sich auf ihren Armen ausgebreitet hatte.

Ein Zittern ging durch Jakes Körper, als koste es ihn große Kraft, die Worte auszusprechen.

»Er hat gesagt: ›Und das Meer gab die Toten, die darinnen waren; und Tod und Hölle gaben die Toten, die darinnen waren.‹«

Jill wandte sich ab von den Schrecken, die sich in den Augen des Jungen widerspiegelten, und seine Hand rutschte aus der ihren. Stattdessen schaute sie hinaus auf die Wellen, auf denen das erste Sonnenlicht glitzerte. Doch selbst dieses goldene Funkeln fühlte sich irgendwie kalt und befleckt an von der sich zurückziehenden Nacht.

»Er hat gesagt, dass wir jetzt zu ihm kommen müssen, dass wir den Weg finden würden, wenn wir nur dem Pfad des Blutes folgen.«

Jill schloss die Augen und zwang ihren rasenden Herzschlag, sich ein wenig zu beruhigen.

Flieh.

Ihr eigener Traum war schon schlimm genug. Sie hatte gehofft, dass, so wie der Tag die Dämonen verjagt, die in der Finsternis ihr Unwesen treiben, auch ihr Albtraum etwas von seiner Bedrohlichkeit verlieren würde. Zusammen mit Jakes Traum jedoch war die Botschaft unverkennbar, ihre unbedingte Wichtigkeit nicht mehr zu leugnen.

Jakes eisige Hand kroch wieder in die ihre, und ein Schauder jagte durch Jills Körper. Der Tunnel schien sich plötzlich um sie herum zusammenzuziehen.

Mit zitternden Knien betrat Jill die Höhle. Selbst dieses halb offene Gewölbe schien jetzt nichts anderes mehr zu sein als ein Maul, das nur darauf wartete, sie zu verschlingen. Je eher sie draußen am Strand stehen und frische Luft atmen würden, desto besser. Jill konzentrierte sich auf die endlose Wasserfläche dahinter, um das bedrückende Gefühl loszuwerden, sie würde jeden Moment im Inneren des Berges ersticken. Sie atmete tief ein und …

Ihr Mund füllte sich mit dem Geschmack von Tod, und ihr Bewusstsein registrierte sofort den Fäulnisgeruch, der in der Luft lag. Sie kannte den Geruch nur allzu gut, hatte die ganze Zeit über verzweifelt versucht, ihn zu ignorieren. Es war derselbe, der auch aus den Häusern strömte, in denen die Toten verwesten, derselbe erbärmliche Gestank, der sich hinter den Scheiben der aufgeheizten Autos sammelte, in denen schwarze Leichen leblos über den Armaturenbrettern hingen. Es lag mehr darin als nur der Tod, mehr als nur die Tatsache, dass die Seele den Körper verlassen hatte. Es war der Gestank von dem, was blieb: zerfallendes Gewebe, der Verfall jeder einzelnen Zelle, Fleisch, das flüssig wurde und von den Knochen tropfte.

Jake würgte als Erster, doch auch Jill konnte es nicht länger zurückhalten.

Flieh.

Ihr Blick fiel auf den Strand, und sie musste schnell wieder wegsehen, doch das Bild hatte sich bereits in ihr Gehirn gebrannt, und selbst als sie sich eine Hand über Mund und Nase gepresst hielt und hinauf in den farblosen Himmel schaute, sah sie es immer noch vor sich: Schicht um Schicht von Kadavern in der schäumenden, roten Brandung. Vögel mit Schwimmhäuten an den Füßen lagen über den Strand verstreut, dazwischen Fischskelette, von denen die Schuppen fielen und sich die graue Haut löste. Aufgeblähte Pferdebäuche ragten aus dem Wasser wie Inseln. Leuchtend bunte Vögel stießen ihre langen Schnäbel in ihre eigenen Wunden, aus denen fauliges Blut quoll. Jede neue Welle schwemmte noch mehr Kadaver an

Land, die mit dem Vor und Zurück der Brandung über den Strand schabten.

Flieh!

»Was ist denn hier draußen los?«, fragte Mare mit einem Gähnen. Er schien alle Mühe zu haben, sich den Schlaf aus den Augen zu reiben.

»Es ist Zeit, dass wir von hier fortgehen«, stammelte Jake und riskierte einen kurzen Blick auf das Blutbad am Strand.

Und das Meer gab die Toten, die darinnen waren; und Tod und Hölle gaben die Toten, die darinnen waren.

III

Phoenix saß allein in der Dunkelheit. Die anderen waren alle wach und draußen am Strand, während das Feuer zu einem kleinen Haufen glimmender Asche herunterbrannte. Er musste einen Moment allein sein, allein mit den Gedanken, die wie Gummibälle in seinem Kopf hin und her jagten. Sie waren zu schnell, um sie festzuhalten, gewährten nur kurze Blicke auf den Weg, der vor ihnen lag. Phoenix wusste, dass es an der Zeit war, Mormon Tears zu verlassen und sich auf den Weg nach Osten zu machen, auf eine gefährliche Wanderung, die sie über den Pfad des Blutes ins Land der Toten führen würde. Es war ein Pfad, der sie in das pechschwarze Herz des Bösen bringen würde, und selbst wenn es ihnen bestimmt war zu siegen, würden manche ihrer Spuren dort im Osten enden und nicht wieder zurückkehren. Es war mehr als eine Vorahnung, es war eine Gewissheit. Eine geisterhafte Wolke des Todes hing über ihnen wie Nebel, und sie alle wussten es. Niemand hatte Fragen gestellt wegen der beiden überzähligen Grabsteine auf dem Strand. Sie waren stark. Sie gehörten zu den Überlebenden. Doch wenn sie wüssten, dass ihr Ende kurz bevorstand, würde sie das all ihrer verbliebenen Kraft berauben, und dann wären sie vielleicht nicht in der Lage, das zu tun, was zu tun war, sobald die Zeit dafür kam.

Phoenix wusste nicht einmal, ob er selbst noch über die nötige Kraft verfügte. Es gab so vieles, für das es sich lohnte zu leben, und er hatte gerade erst begonnen, diese Dinge zu entdecken. Zum ersten Mal in seinem Leben hatte er Freunde und eine Familie, die diese Bezeichnung verdiente. Er konnte auf weit mehr hoffen, als lediglich der Dunkelheit zu entkommen, die ihn stets umgeben hatte – er hatte Hoffnung auf eine Zukunft. Er war verliebt, was ein weitaus stärkeres Gefühl war als alles, was er jemals gekannt hatte. Stärker als der Selbsterhaltungstrieb und ein noch größerer Antrieb als Angst. Zwingender als die biologische Notwendigkeit zu atmen. Missy bedeutete ihm mehr als er selbst, und es bereitete ihm körperliche Schmerzen, wie sehr er sie verletzte.

»Bitte, gib mir die Kraft«, flüsterte er in die Dunkelheit und wischte sich die unkontrolliert fließenden Tränen von den Wangen.

Die anderen starrten in diesem Moment auf die Unzahl von toten Tieren, die über den ganzen Strand verstreut lagen, und fragten sich wahrscheinlich, was sie mit all den Kadavern tun sollten. Phoenix wusste es, denn er hatte gehört, wie die armen Geschöpfe in der letzten Nacht gestorben waren; wie Nägel, die jemand durch seine Schädeldecke treibt, hatten sich ihre Schreie in sein Gehirn gebohrt. Dennoch gab es nichts, was er hätte tun können. Er fühlte sich vollkommen hilflos, und einzig und allein die Intensität ihrer gequälten Todesschreie reichte an dieses Gefühl des Ausgeliefertseins heran. Er stellte sich Missy vor, wie sie jedes einzelne der verendeten Tiere beklagte, wie ihr rabenschwarzes Haar im Licht der noch jungen Morgendämmerung glänzte. Alle seine Gedanken führten unweigerlich zu Missy. So wie sie es immer schon getan hatten. Sie war das Licht gewesen, das ihm in seinem Kellerverlies geleuchtet hatte, und jetzt, da seine Wege ihn durch die reale Welt führten, noch umso mehr. Er hasste sich für die Qualen, die er ihr Tag für Tag zufügte, für den Keil, den er jedes Mal, wenn sie miteinander sprachen, noch tiefer zwischen sie treiben musste. Er glaubte, wenn er ihr Tag für Tag noch ein bisschen mehr wehtat, könnte er sie vor dem schrecklichen Schmerz bewahren, der am Ende des Pfads des Blutes auf sie wartete. Aber sie war stärker, als er es sich jemals hätte vorstellen können. Sie liebte ihn. Bedingungslos. Stumm fügte er ihr Wunde um Wunde zu wie mit einer neunschwänzigen Katze, und immer noch hielt sie stand, bewahrte die Hoffnung, dass er sie am folgenden Tag nicht wieder mit voller Absicht verletzen würde, während er sich alle Mühe gab, genau das zu tun.

»Es tut mir so leid«, schluchzte er und vergrub sein Gesicht in den Händen.

»Was tut dir leid?«, flüsterte eine leise Stimme oben auf den Steinstufen, die hinunter zu der Feuerstelle führten.

Auch wenn Phoenix sie nicht sehen konnte, hätte er ihre Stimme immer und überall erkannt. Er war so in seine eigenen Gedanken versunken gewesen, dass er nicht bemerkt hatte, wie Missy die Höhle betreten hatte.

Phoenix schniefte und versuchte sich die salzigen Tränen von den Wangen zu wischen, auch wenn Missy sie in der Dunkelheit ohnehin nicht sehen konnte. Es folgte eine lange Stille, dann redete Missy weiter.

»Ich habe dich mit Evelyn gesehen.«

Phoenix wartete darauf, dass sie fortfuhr. Er hatte den Unterton in ihren Worten gehört, aber ihre Bedeutung entzog sich ihm.

»Liebst du sie?«

»Natürlich«, erwiderte Phoenix leise. Er hörte, wie Missys Atem kurz aussetzte, weil er ihre schlimmsten Ängste bestätigt hatte.

»Das ist alles, was ich wissen wollte«, sagte sie mit zitternder Stimme. Missy erhob sich von ihrem Platz oben auf dem Felssims, und eine Kaskade von Kieselsteinen ergoss sich auf den steinernen Höhlenboden tief darunter.

Dies war die perfekte Gelegenheit, sie zu vertreiben, Missy endgültig dazu zu bringen, dass sie ihn hasste, doch er konnte die Aura des Schmerzes nicht ertragen, die von ihr ausging. Phoenix konnte beinahe spüren, wie ihr Herz brach, und am liebsten hätte er sich dafür in die glühenden Kohlen geworfen. Was war aus ihm geworden, sie derart zu verletzen? Noch bevor er wusste, dass er etwas sagen würde, hörte er, wie seine eigene Stimme von den Felswänden widerhallte.

»Warte.«

Das Geräusch ihrer Schritte verstummte, auch wenn er hören konnte, dass Missy sich nicht umgedreht hatte.

»Bitte«, sagte er flüsternd, »geh nicht ...«

»Was willst du von mir? Hast du mir nicht schon genug wehgetan?«

Ihre Worte schnitten in sein Herz wie Klingen aus Eis.

Es war genau das, was er hatte erreichen wollen, aber es aus ihrem eigenen Munde zu hören, war das Schlimmste, das er jemals hatte ertragen müssen.

Er stand auf und ging auf die Stufen zu, ganz leise, damit er ihre Schritte hören würde, falls sie sich doch noch entschloss wegzurennen, aber sie blieb, wo sie war. Ihr Atem rasselte, vor Tränen, vor Schmerz. Sie war so stark, so unglaublich stark. Als er bei ihr war, wollte er nichts mehr, als ihr zu sagen, wie unendlich leid es ihm tat, doch er hielt seine Worte zurück und blieb stumm.

»Du hättest es mir sagen sollen«, murmelte Missy. »Auf diese Weise wäre es viel leichter gewesen, als euch beide zu sehen ... zusammen. Zu sehen, wie du ihr die Blume gibst. Ich dachte ...« Sie unterdrückte ein Schluchzen, bevor es sich aus ihrer Brust befreien konnte. »Ich dachte, du wärst anders. Besonders. Aber das bist du gar nicht, oder? Du bist genau wie alle anderen. Du wolltest nur mit mir zusammen sein, bis du ... bis dir eine Hübschere über den Weg läuft. Jemand ... der klüger ist als ich.«

»Hübscher?«, sagte er flüsternd. »Du bist das schönste Mädchen, das ich je gesehen habe.«

»Du lügst. Das ist nichts als eine Lüge.«

»Nein«, erwiderte Phoenix und wollte ihre Hand nehmen, aber Missy zog sie weg.

»Ich habe dir alles gegeben. Alles, was ich habe. Alles, was ich *bin*. Aber das war dir nicht genug, richtig?«

»Es war mehr, als ich jemals zu hoffen gewagt hatte.«

»Und trotzdem war es nicht genug. Willst du immer mehr, als du haben kannst? Du hattest *mich*. Mein Herz und meine Seele. Du hattest mich, und dann wolltest du Evelyn. Siehst du nicht, dass sie in Adam verliebt ist?«

»Natürlich.«

»Und? Kannst du es nicht ertragen, dass sie ihn mehr will als dich?«

»In meinem Herzen sehne ich mich nicht nach Evelyn. Ich liebe sie, aber nicht so, wie ich dich liebe.«

»Sag das nicht. Ich hab dich mit ihr gesehen. Ich hab dein Gesicht gesehen, als du ihr die Blume gegeben hast.«

»Es war mehr als nur eine Blume. Es war ein Geschenk, ein sehr wichtiges Geschenk, nur für sie bestimmt. Ich ... ich habe für jeden von euch ein Geschenk. Einen Teil von mir. Einen kleinen Teil meiner selbst, den ich euch gebe.«

»Und was hast du für mich? Kummer? Ist das mein Geschenk?«, fragte Missy höhnisch. »Was hast du Evelyn gegeben?«

Phoenix schwieg einen Moment lang.

»Ich ... ich gab ihr das Geschenk des Lebens«, sagte er schließlich. »Dein Geschenk ist etwas weitaus ... Spezielleres.«

Missy drehte sich um und schaute ihn durch die Dunkelheit hindurch an. »Warum behandelst du mich dann so? Warum schiebst du mich ständig weg, wenn alles, was ich will, ist, bei dir zu sein?«

»Ich möchte dir nicht wehtun.«

»Dafür ist es jetzt wohl ein bisschen zu spät. Ich habe eher das Gefühl, dass es genau das ist, was du willst.«

»Es macht es leichter für dich ... später. Wenn du mich hasst.«

»Glaubst du wirklich, dass es so funktioniert? Glaubst du, Liebe lässt sich einfach abschalten? Wenn du mir wehtust, macht mich das traurig, es geht mir absolut beschissen, aber Liebe ist nicht an irgendwelche Bedingungen geknüpft. Gerade du solltest das wissen.«

»Ich habe dich schon geliebt, als wir uns noch gar nicht

begegnet waren, als ich dich nur in meinen Träumen besuchen konnte. Du warst es – deine Verheißung –, die mich am Leben erhielt, als ich nur Elend kannte.«

»Und du glaubst, indem du mich wegschiebst und versuchst, mich dazu zu bringen, dich zu hassen, rettest du mich vor einem noch größeren Schmerz, der irgendwo in der Zukunft wartet? Willst du mir damit sagen, dass du sterben wirst? Ich sag dir was: Wir werden alle sterben. Vielleicht eher früher als später, aber so ist das Leben nun mal. Möchtest du nicht lieber die Zeit, die noch bleibt, glücklich verbringen?«

»Mein persönliches Glück hat nichts zu bedeuten, wenn es dir nur Schmerz bringt.«

»Bist du jetzt glücklich?«

Phoenix dachte nach. »Nein.«

»Deine Traurigkeit bringt mir all den Schmerz, von dem du mich verschonen willst. Weißt du das?«

Phoenix schwieg.

»Stoß mich nicht weg, wenn ich einfach bei dir sein will für die Zeit, die uns noch bleibt.«

Diesmal war sie es, die nach seiner Hand griff, und die Berührung von Haut auf Haut ließ eine Wärme durch ihn strömen. Er spürte ihren Atem auf seinem Gesicht, die Hitze ihres Körpers ganz nahe an seinem.

»Sag mir die Wahrheit«, flüsterte sie. »Nicht, was dein Kopf dir sagt, sondern was in deinem Herzen ist. Sag Nein, und ich werde es dir leichtmachen. Ich werde dir so viel Abstand lassen, wie du nur willst, und du wirst keine Angst mehr haben müssen, mir wehzutun. Alles, was ich will, ist die Wahrheit. Beantworte mir nur diese eine einfache Frage: Liebst du mich?«

»Mehr als mich selbst«, erwiderte er flüsternd.

Ihre Lippen berührten sich in der Dunkelheit, seine Tränen vermischten sich mit den ihren. Nach einem Moment der Magie trennten sich ihre Münder wieder, aber nur wenige Zentimeter, Stirn an Stirn standen sie da.

»Du wirst mich nicht los, ganz egal wie sehr du es versuchst«, flüsterte Missy.

»Das wollte ich auch nie.«

Er spürte, wie sie lächelte.

»Was ist mein Geschenk?«, fragte Missy.

»Dein Geschenk ist das größte, das ich überhaupt machen kann, das einzig Wertvolle, das ich besitze«, erwiderte er. »Ich habe dir mein Herz geschenkt.«

IV

»Jesus Christus!« Adam kniete sich so nahe vor einen der Pferdekadaver, wie er es ertragen konnte. Als die Flut sich langsam zurückzog, ließ sie knapp einen Meter vor der heranrollenden Brandung große Klumpen verfaulenden Fleisches zurück, dazwischen unzählige tote Fische und verendete Seevögel. Aus der Ferne sahen die Kadaver völlig unversehrt aus, aber aus der Nähe wurde deutlich, dass sie alles andere als das waren. Die Fische hatten keine Schuppen mehr, ganze Stücke von ihren Leibern fehlten. Das Federkleid der mutierten Enten war zwar noch intakt, doch die Augenhöhlen in ihren Schädeln waren leer. Zwischen ihren Schwanzfedern und den skelettierten Beinen gähnte ein großes Loch. Alles, was sich dazwischen befunden hatte, fehlte, als hätte jemand sie ausgenommen wie Truthähne für Thanksgiving. Doch am schlimmsten sahen die Amphibienpferde aus. Vielleicht lag es daran, dass sie so viel größer waren oder ihr Fleisch viel wohlschmeckender, aber in ihren Kadavern wimmelte es immer noch von den Kreaturen, denen sie zum Opfer gefallen waren. Wenn er nahe genug heranging, konnte Adam die kleinen schwarzen Löcher in der zähen Haut sehen, tief und kreisrund wie von einem Bohrer. Es floss kein Blut mehr aus den Wunden, dafür krochen blasse Geißeltierchen aus ihnen heraus, um sogleich in der nächsten wieder zu verschwinden wie eine biegsame Stricknadel, die von einer unsichtbaren Hand geführt wird.

Adam zuckte vor dem Gestank zurück. Das Abendessen von letzter Nacht wollte gerade wieder hochkommen, aber er hielt es zurück und zog sich sein T-Shirt über den Mund. Er beugte sich so nahe heran, wie er konnte, ohne den Kadaver zu berühren, und betrachtete die Augen des Pferdes, dessen gefurchte Schnauze sich in den Sand gegraben hatte. Ein großes, egelartiges Etwas wand sich unter dem durchsichtigen Lid hervor und kroch über den Augapfel. Adam stieß ein paar unverständliche Worte hervor, taumelte nach hinten und fiel schließlich der Länge nach auf den Rücken. Sofort rollte er sich zur Seite und sog die vergleichsweise frische Luft in seine Lunge, bis er schließlich auch das T-Shirt von seinem Mund zog.

Er hatte das Gefühl, als wäre er selbst über und über von diesen Insekten bedeckt, als würden sie über jeden Quadratzentimeter seiner Haut kriechen.

»Übergieß sie damit«, sagte er schließlich zu Mare, der mit einem Reservetank voll Benzin in jeder Hand ein Stück abseits bei den anderen stand. Sie hatten so viel von dem Tank der alten Zugmaschine abgelassen, wie sie konnten, ohne ihn völlig zu leeren, denn es war nur zu offensichtlich, dass der Truck nun das einzige verbliebene Transportmittel für ihren Exodus war.

»Das geht nicht mit rechten Dingen zu«, sagte Mare und ging langsam auf das Wasser zu. »Nichts kann so viele Tiere so schnell töten.«

»Es waren die Moskitos«, sagte Ray. Sein Geruchssinn war als Ausgleich für den Verlust des Augenlichts um ein Vielfaches schärfer geworden und zwang ihn, weit abseits im Eingang der Höhle stehen zu bleiben. »Aber das waren auch keine normalen Moskitos, oder?«

»Es ist eine Botschaft«, sagte Phoenix, der gerade mit Missy an der Hand aus dem Tunnel kam und die Höhle betrat. Ihre Augen waren immer noch ein wenig geschwollen, aber sie hatte es geschafft, wenigstens ihre Tränen wegzuwischen.

»Ich muss zugeben«, meinte Mare, während er die Kanister aufschraubte, »sie ist kaum zu übersehen.«

»Und wie lautet die Botschaft?«, fragte Evelyn, als sie ihre Stimme endlich wiedergefunden hatte. Der Anblick, der sich ihren Augen bot, war zutiefst schockierend und erschütterte sie bis in ihr Innerstes. Es sah aus wie ein Gemälde von Hieronymus Bosch, eine Seelandschaft in der Hölle. Evelyn wusste genau, wie die Botschaft lautete. Es stand überdeutlich in die Gesichter der anderen geschrieben, aber sie brauchte jemanden, der es für sie aussprach, denn die Bedeutung der Botschaft ängstigte sie zu Tode.

»Es ist Zeit, von hier wegzugehen«, sagte Jake. Das schien alles zu sein, was er sagen konnte. Er stand allein, die Arme um die Brust geschlungen, als wäre ihm kalt, obwohl die Sonne bereits über dem See aufgegangen war und den Strand mit ihren Strahlen aufheizte.

Mare übergoss die grauenhafte Ansammlung von Tierkadavern mit Benzin und verband die Scheiterhaufen mit dünnen Rinnsalen. Sie hatten nicht genug Treibstoff, um sie alle zu verbrennen. Bei weitem nicht genug. Die Kadaver erstreckten sich so weit nach Norden, wie er sehen konnte. Im Süden wurden sie von der Brandung gegen die Felsen geschleudert, Welle um Welle wurden sie gegen die scharfkantigen Klippen gedrückt und wieder fortgerissen, nur um sogleich von neuem aufgespießt zu werden. Graues Fleisch trieb auf den Wellen. Es ging eher um die Zeremonie des Verbrennens als darum, ihre sterblichen Überreste restlos zu beseitigen. Zumindest würde es direkt vor dem Eingang ihres Zuhauses keinen Teppich verwesender Leichen geben, der zweifellos die gesamte Höhle mit seinem entzückenden Aroma erfüllt hätte. Selbst der Gestank giftiger Chemikaliendämpfe war weitaus besser als das.

Adam ging zu einer der Gruben, deren Feuer den Seetang erwärmte. Zuvor hatte er den Deckel heruntergezogen und einen der Holzpflöcke in die sterbende Glut gesteckt. Jetzt zog er ihn heraus und hielt das glühende Ende hoch; kleine Flammen züngelten daraus hervor. Adam ging zurück zu dem toten Pferd. Er hielt seine Fackel an die Hinterläufe des Tieres und beobachtete, wie die blauen Flammen sich über den Kadaver ausbreiteten. Die Insekten, die immer noch an dem toten Fleisch fraßen, kreischten eine schiere Ewigkeit, bis sie endlich zuckend und brennend aus den Flammen hervorkamen, in sich zusammenschrumpften und als schwarze Klümpchen im Sand liegen blieben. Das Kreischen erstarb, während das Feuer nach beiden Seiten weiterraste, begierig, die Masse an toten Tierleibern zu verzehren. Dicker, schwarzer Rauch breitete sich über dem Strand aus.

Mare warf die leeren Kanister in Richtung des Höhleneingangs und stellte sich neben Adam, der durch die immer höher werdenden Flammen auf den Horizont starrte. Ganze Schwärme von Aasvögeln zogen über ihnen ihre Kreise wie ein Tornado aus Federn. Einige der bunt gefiederten Tiere stießen noch einen letzten Schrei aus, dann legten sie ihre Flügel an und stürzten hinab auf den Strand. Anscheinend hatten sie nicht nur ihren Anteil Aas abbekommen, sondern auch die bösartigen Egel.

Das Westufer des Großen Salzsees, Mormon Tears, ihre Heimat, bot keinen Trost und keine Rückzugsmöglichkeit mehr. Selbst als sie sich auf den Angriff des Schwarms vorbereiteten, hatten sie das Gefühl gehabt, dass dies der Ort war, an den sie gehörten. Doch jetzt war er befleckt, das Heiligtum entweiht. Es lag nicht einmal an dem furchtbaren Gestank der verwesenden Tiere, der sich allmählich zu dem Geruch von verdorbenem Grillfleisch wandelte, auch nicht an der erdrückenden Gegenwart von so viel Tod um sie herum. Sie fühlten sich wie Magneten, denen sich ein gleichnamiger Pol näherte, der sie mit unweigerlicher Kraft abstieß.

»Ich bin noch nicht bereit für das, was jetzt kommt«, sagte Adam, der das Zittern in seiner Stimme nicht mehr unterdrücken konnte. Er musste stark sein, für sie alle, doch er fühlte sich wie ein verlorenes Kind.

»Ich auch nicht«, erwiderte Mare, in Gedanken immer noch auf der Suche nach einem Scherz, mit dem er Adam ein Lächeln entlocken könnte, aber er fand keine Worte. »Ich auch nicht.«

Evelyn kam heran, nahm Adams Hand und lehnte ihren Kopf an seine Schulter.

»Was machen wir jetzt?«, fragte sie.

Adam seufzte und schüttelte den Kopf, unfähig, seinen Blick von der aufgehenden Sonne loszureißen.

»Wir fangen an zu packen«, sagte er schließlich.

Mare musste wegsehen. Jetzt war es offiziell. Jill saß immer noch im Eingang der Höhle und starrte ins Leere, wie sie es schon die ganze Zeit tat, seitdem er sie vor dem Leichenstreifen stehend gefunden hatte. Ray saß neben ihr, eine Hand auf ihre Schulter gelegt, und drehte sein Gesicht in Richtung der Sonnenstrahlen.

Ray atmete den Rauch ein und hustete ihn sofort wieder aus. Er wusste, dass es unmöglich war, doch zum zweiten Mal innerhalb einer so kurzen Zeitspanne roch er das Harz von Kiefern und brennende Bäume.

Mare ging zu den beiden hinüber und setzte sich neben Jill, den Rücken gegen die Felswand gelehnt.

»Siehst du Rauch irgendwo am Horizont?«, fragte Ray.

»Der ganze Strand brennt«, erwiderte Mare. Er versuchte, die letzten Momente der Ruhe zu genießen, die er in der nächsten Zeit bekommen würde.

»Ich meine, weiter weg.«

»Nein«, sagte Mare und schloss seine Augen, um nicht länger die brennenden Kadaver ansehen zu müssen, doch selbst in der Dunkelheit hinter seinen geschlossenen Augenlidern drängten sie sich sofort in den Vordergrund seines Bewusstseins.

»Aber du wirst ihn sehen«, gab Ray zurück, während sich der Geruch des Waldbrandes wieder verflüchtigte. »Schon bald … wirst du ihn sehen.«

V

Evelyn war ein Stück Richtung Süden gegangen, weg von den anderen, und balancierte auf einem Felsen über ihrem Seetangbeet. Die Überreste der ehemaligen Bewohner des Sees, die an den Strand gespült worden waren, brannten immer noch, Haut und Federn waren vollkommen verkohlt, und die Flammen wurden immer kleiner, während sie den Rest des Fleisches verzehrten. Rauch trieb in ihre Richtung, und eigentlich hätte der Geruch von gegrilltem Fleisch ihr das Wasser im Mund zusammenlaufen lassen müssen; stattdessen wurde ihr speiübel. Aber vielleicht lag es auch an dem entsetzlichen Gestank der Kadaver, die sich in den an der Oberfläche treibenden Seetangblättern verfangen hatten und dort eine schaumig-schleimige Schicht sich zersetzenden Fleisches bildeten, welche das ursprüngliche Blau des Wassers zu einem widerlichen Grau verfärbte. Evelyn konnte die breiten, olivfarbenen Tiere unter der schneematschartigen Masse kaum erkennen. Die Schnauze eines dieser riesigen Amphibienpferde ragte aus dem Wasser wie ein Schnorchel, und ein einzelner Huf lugte zwischen den Wellen hervor. Es kostete all ihre Kraft, ihren Blick von der leeren Augenhöhle loszureißen, die ihr zwischen den wogenden Pflanzen zuzuzwinkern schien.

Die Kohle in den Feuergruben hinter ihr, mit denen sie die Pflanzen gewärmt hatten, war heruntergebrannt. Kein Rauchwölkchen kam mehr daraus hervor. Die vier Abluftrohre draußen zwischen den heranrollenden Wellen strahlten lediglich noch ein bisschen Resthitze ab.

Aber die Pflanzen würden überleben. Dessen war sie sich aus irgendeinem Grund sicher. Dennoch hatte Evelyn nicht vor, auch nur ein einziges weiteres Blatt abzuernten.

Das Wasser war verdorben, und ganz egal wie gründlich sie die Blätter abwuschen oder kochten, der Beigeschmack des Todes würde an ihnen haften bleiben. Vielleicht war es nur Einbildung, aber Evelyn wusste, dass sie nicht einen einzigen Bissen davon in ihren Mund bringen konnte, ohne dabei an das leere, zwinkernde Pferdeauge zu denken, ohne das brennende Fleisch zu riechen oder den Gestank der Verwesung im Wasser darum herum. Gott sei Dank hatten sie vor kurzem erst geerntet und mehrere hundert Blätter in der Höhle zum Trocknen aufgehängt und dann eingewickelt. Doch wie lange würden sie reichen? Nun, es spielte keine Rolle mehr. Es war an der Zeit, ihre Wanderung nach Osten zu beginnen, so wie sie es alle gewusst und sich die ganze Zeit davor gefürchtet hatten. Sie waren gezwungen, alles aufzugeben, wofür sie so lange und hart gearbeitet hatten, den einzigen Ort zu verlassen, an dem sie sich in der letzten Zeit zumindest ein bisschen sicher gefühlt hatten.

Warum mussten sie eigentlich von hier fortgehen? Evelyn sah keinen Sinn darin, aufs Geratewohl nach Osten zu ziehen, um auf halbem Weg ihrem eigenen Tod zu begegnen. Konnten sie nicht einfach bleiben, wo sie waren, und warten, bis der Schlächter zu ihnen kam? Es widersprach Evelyns ureigener Natur – was in aller Welt sollte es ihnen nützen, wenn sie ihren Heimvorteil aufgaben? Hier hatten sie die Möglichkeit, zumindest die Verteidigungsanlagen wiederaufzubauen, die ihnen bei dem Angriff des Schwarms so gute Dienste geleistet hatten. So wie sie es sah, konnten sie den Rest ihres Lebens in dieser Höhle verbringen. Sich mit nichts weiter als dem, was sie tragen konnten, hinaus ins Unbekannte zu wagen war reiner Selbstmord. Sie wussten nicht einmal, was sie dort erwartete, wie viele Fallen und welcher Art. Sie hatte es satt, ständig nur auf irgendwelche Visionen zu vertrauen, sich blindlings auf die Kraft zu verlassen, die die anderen ihren Träumen zuschrieben. Vielleicht wäre es ihr leichter gefallen, daran zu glauben, wenn sie die Visionen gehabt hätte. Warum bekam sie nicht auch einmal von irgendwoher ein Zeichen?

Evelyn lachte. Ein Strand voll verrottender Kadaver dürfte wohl Zeichen genug sein, dachte sie.

Letztlich lief alles auf nichts anderes hinaus als Angst. Sie war starr vor Angst. Sie hatte Angst, aufzubrechen, und Angst, zu bleiben. Angst vor einem anscheinend übermächtigen Gegner, dem sie weder ein Gesicht noch einen Namen geben konnte. Als sie in Mormon Tears angekommen waren, hatte Phoenix so sicher gewirkt, als wäre er in der Lage gewesen, in die Zukunft zu sehen, und hätte gewusst, dass alles gut werden würde. Doch jetzt ... jetzt schien er genauso verängstigt wie alle anderen. Manchmal sogar noch mehr. Und Evelyn betete, dass er doch nicht in die Zukunft sehen konnte, denn falls seine veränderte Ausstrahlung ein verlässlicher Indikator war, stand ihnen allen der sichere Tod bevor.

Ein Schauder lief über ihren Rücken und breitete sich bis über die Arme aus, die Evelyn sogleich um ihren Oberkörper schlang, und sich die Schultern rieb, um das beunruhigende Gefühl zu vertreiben.

Noch einmal warf sie einen Blick auf das Seetangbeet, die Erfüllung ihres professionellen Traums, den Beweis ihrer Theorie, dass die Ozeane durch Unterwasserfarmen gerettet werden könnten, und fragte sich, ob sie die Pflanzen wohl zum letzten Mal sah. Evelyn hatte so viel von sich selbst in diese Pflanzen investiert. Sie im Stich zu lassen, das war so, als ob sie ein Stück ihrer selbst aufgeben würde.

Sie ging in die Hocke und berührte eines der Blätter, das aus dem Wasser ragte – eine unbewusste Geste, eine Art, auf Wiedersehen zu sagen. Ihre Fingerspitzen hatten das Blatt kaum berührt, da begannen die Adern unter der dicken Pflanzenhaut blässlichgrün zu leuchten, als würden sie zu neuem Leben erwachen. Keuchend taumelte Evelyn einen Schritt zurück, ihr linker Fuß rutschte ab und hinab ins Wasser und den darunterliegenden Sand. Das Leuchten verschwand sofort wieder, doch Evelyn war sicher, dass sie gesehen hatte, wie das Blatt sich versteift hatte, als wäre es unter Strom gesetzt worden. Und war es nicht auch … ein Stück gewachsen?

»Wir müssen los«, hörte Evelyn Adams Stimme von hinten und zuckte unwillkürlich zusammen. Beinahe wäre sie kopfüber in den See gefallen.

Sie wirbelte herum und starrte Adam an, ihr Gesicht kreidebleich, die Augen weit aufgerissen.

»Was ist denn los?«, fragte Adam.

»Nichts«, erwiderte Evelyn, kletterte aus dem Wasser und stützte sich auf den Felsen ab, um nicht wieder das Gleichgewicht zu verlieren. »Ich habe nur … ich dachte … Ach, vergiss es.«

»Komm her«, sagte Adam und streckte ihr die Hand entgegen. Er half ihr über zwei glitschige Felsen zurück auf den Strand, unfähig, seinen Blick von ihren beunruhigend grünen Augen loszureißen. Er schlang die Arme um sie und zog sie an sich heran. Evelyn zitterte, aber vielleicht war ihr auch nur kalt. »Rede mit mir, Evelyn.«

»Müssen wir wirklich fort von hier?«, flüsterte sie in sein Ohr.

»Ich fürchte, wir haben keine andere Wahl.«

»Wir könnten hierbleiben.«

»Etwas wartet da draußen auf uns, und wir müssen uns ihm stellen. Spürst du nicht … wie es dich regelrecht anzieht?«

»Dann lassen wir es doch zu uns kommen. Wir haben schon einen Angriff überstanden, wir können auch noch einen weiteren überstehen.«

Adam beugte sich zurück, um ihr Gesicht sehen zu können. In ihren Augen schimmerten Tränen, trotz all ihrer Anstrengung, sie zurückzuhalten.

»Ich fürchte mich auch davor«, flüsterte er. »Die Aussicht, einfach in etwas hineinzumarschieren, von dem wir nicht die geringste Ahnung haben, was es ist, ängstigt mich zu Tode.«

»Dann bleib hier. Mit mir. Nur wir beide, wenn es sein muss. Lass die anderen losziehen und tun, was sie tun müssen.«

»Sie hätten nicht die geringste Chance.«

»Was können wir beide schon ausrichten? Was sollte es bringen, wenn wir dabei sind?«

»Wir müssen zusammenstehen … oder gemeinsam fallen, das ist unser Los.« Adam lächelte dünn. »Es ist alles, was wir tun können.«

»Ich weiß nicht, was ich tun würde, wenn dir etwas zustößt.«

»Dann wirst du eben dafür sorgen müssen, dass es nicht so weit kommt.«

Evelyns Emotionen überschlugen sich. Sie packte Adam und küsste ihn. Selbst wenn alles den Bach runterging, er würde bei ihr bleiben. Was auch immer kommen mochte, er würde es mit ihr durchstehen.

»Ich liebe dich«, flüsterte sie mit ihren Lippen fast noch auf den seinen.

»Ich liebe dich auch. Und ich werde dich mit meinem Leben schützen, wenn es sein muss.«

Gemeinsam wandten sie sich nach Norden und gingen Hand in Hand langsam zurück zur Höhle, wo sie sich darauf vorbereiten würden, den ersten Schritt hinaus ins Unbekannte zu wagen.

VI

IN DEN RUINEN VON DENVER, COLORADO

Alles Brennbare war restlos verbrannt. Asche verhüllte den Himmel wie zuvor der Schneesturm und verdunkelte das Firmament so weit, dass die Sonne nur noch ein blasser Lichtpunkt war. Der Untergrund schien sich zu bewegen und sah aus wie ein anthrazitgrauer Teppich, den der Wind vor sich her trieb. Von den ehemaligen Gebäuden waren lediglich verbrannte Ziegelsteine und verbogene Tragebalken übrig. Der Vorplatz des abstoßenden Turms war ein Hohn seiner selbst. Das Wasser im Brunnen war verdunstet, die Statue oben auf dem Wasserfall lag in tausend Stücke zerborsten in der Asche. Nichts war mehr übrig von den fein säuberlich gepflegten Hecken und den Blumenbeeten, die so angelegt gewesen waren, dass immer mindestens eines davon in Blüte stand. Die eisernen Gestelle der Bänke waren in sich zusammengestürzt, die Holzplanken dazwischen zu Asche verbrannt. Die Straßenlampen, die alten Gaslaternen aus dem achtzehnten Jahrhundert nachempfunden waren, lagen umgestürzt auf dem Vorplatz, das gesplitterte Glas in den Beton hineingeschmolzen. Selbst der Asphalt auf den umliegenden Straßen hatte sich in Schotter verwandelt, während der kochende Teer die Abflusskanäle verstopfte.

Wo sein Blick bis vor kurzem noch von Bürotürmen und großen Apartmenthäusern verdeckt gewesen wäre, würde er jetzt bis zu den Rocky Mountains sehen können – sobald der Rauch und die Asche in der Luft sich erst einmal gesetzt hatten. Die Gebäude waren jetzt restlos zerstört, waren nur noch Mahnmale aus versengtem Ziegel und Betonstein, die an ihre einstige Größe erinnerten. Einer dieser Schutthaufen hatte ihn herausgelockt aus seiner Knochenkammer, in der er in seinem Geist den Fortschritt seiner Untertanen beobachtet hatte. Dieser eine Hügel der Zerstörung hatte ihn nach draußen gerufen – alle anderen Gebäude waren von ihm weg gestürzt und wiesen ihn gleichsam als Zentrum der Welt aus, die ihn umgab.

Tods erste Reaktion war ein Lachen über die seltsame Ironie, doch er wusste, dass noch weit mehr dahintersteckte. Es war eine Botschaft, daran bestand kein Zweifel. Er hatte jetzt schon so lange Ränke gegen seinen Gott geschmiedet, dass er *Sein* Tun nicht mehr als gefährlich wahrnahm und sich für unangreifbar hielt. Seine Aufgabe, die Apokalypse über die Menschheit zu bringen, war vollbracht, und trotzdem war er immer noch hier, verfolgte nicht nur die Auslöschung der Menschheit, sondern die Erschaffung einer neuen Welt in seinem eigenen Abbild. Je tiefer er sich in die Durchführung seines Plans verstrickte und je länger er weitermachte, ohne dass Er ihn zur Strecke brachte, desto unerschütterlicher wurde sein Selbstvertrauen. Vielleicht konnte Gott ihm nichts anhaben, vielleicht wollte er es auch nicht, aber zumindest hatte Er eine Botschaft gesandt, dass Tods Werk nicht unentdeckt geblieben war.

Er verzog den Mund zu einem schlangenhaften Grinsen, aus dem in mehreren Reihen hintereinanderstehende spitze Zähne leuchteten. Er würde Gottes Botschaft benützen, um ihm selbst eine zu schicken. Und sie würde unmissverständlich ausfallen.

Der Wind drehte sich und blies eine Wolke aus Asche von dem Schutthaufen. Ein einzelner Stahlträger ragte senkrecht aus der Kuppe hervor, drei Meter hoch deutete er direkt in den Himmel. Ein zweiter, zwei Meter breit, war waagrecht daran befestigt. Für einen kurzen Moment brach die Sonne durch die alles erstickenden Wolken und schien genau auf das Gebilde herab. Goldene Strahlen gingen von dem Kreuz aus, und es schien aufzuglühen, als wäre es erfüllt von himmlischem Feuer, dann schlossen sich die Wolken wieder.

Wenn dies das Äußerste war, was Gott zustande brachte, dann hatte Er versagt. Tod verspürte keine Angst, er war nicht einmal eingeschüchtert. Seine eigene Botschaft würde weit klarer ausfallen, wenn die Zeit erst gekommen war.

O ja, wenn die Zeit reif war, würden die goldenen Tore erzittern unter den Schreien der Verdammten.

VII

MORMON TEARS

Sie standen auf dem Felssims im Inneren der Höhle und fragten sich, warum sie diesen Ort verlassen mussten und ob sie ihn jemals wiedersehen würden. Sie hatten die Fackeln gelöscht und durch batteriebetriebene Laternen ersetzt, die sie neben den kalten Überresten des Feuers und entlang der Vorderseite des Pueblos aufgestellt hatten. Sie alle auszuschalten, das war ihnen zu endgültig erschienen – ein Gefühl, das sie, jeder auf seine Weise, lieber vermieden hatten, schon bevor sie nach Mormon Tears aufgebrochen waren. Die Lampen brennen zu lassen mochte zunächst nur einen symbolischen Trost spenden, doch sollten sie tatsächlich hierher zurückkehren, würde daraus der Trost eines sie willkommen heißenden Zuhauses werden.

Sie hatten alles eingeladen, was sie für brauchbar hielten, und gerade genug Platz gelassen, dass sie selbst noch mit in den Truck passten. Jeder für sich schickten sie ein Gebet zum Himmel, dass noch genug Benzin im Tank war, um Salt Lake City zu erreichen. Sie wussten, dass sie mit all den liegengebliebenen Fahrzeugen auf den Highways sowieso nicht weiter als bis dorthin kommen würden. Wie es danach weitergehen sollte, wusste keiner von ihnen, doch sie hofften, einen Plan ausgearbeitet zu haben, wenn sie dort ankamen. Phoenix beharrte darauf, dass sie den größten Teil des weiteren Weges abseits der Straße würden zurücklegen müssen, einen Teil davon jedoch motorisiert bewältigen könnten. So war jeder von ihnen in seine eigenen Gedanken verstrickt, hatte mit einer Art Schockzustand zu kämpfen, während sie sich von ihrem Zuhause verabschiedeten und sich darauf vorbereiteten, nach Gott weiß wo auszubrechen, um dort einem gesichtslosen Bösen gegenüberzutreten und wahrscheinlich den Tod zu finden.

»Zeit zu gehen«, sagte Adam, der das Zittern und den Zweifel in seiner Stimme nicht verbergen konnte. Ohne ein weiteres Wort drehte er sich um und verschwand in den Tunnel, der in die Außenwelt führte. Einer nach dem anderen folgten sie ihm; keiner wollte etwas sagen, aus Furcht, womöglich seinen eigenen, wackeligen Entschluss zu gefährden, und damit auch den der anderen.

Sonnenlicht fiel durch den Eingang der Höhle und tauchte den Felsenboden in gelbes Licht, das ihnen wie ein Teppich den Weg zum Strand wies. Die Sonne stand jetzt hoch über dem östlichen Horizont, auf dem See schimmerten die Wellen, und der Tag war viel zu friedlich, um über die dunkle Aufgabe nachzudenken, die vor ihnen lag. Sie vermieden es, einen Blick auf die schwarzen Kadaver am Strand zu werfen. Es war der schönste Tag, den sie seit langem gesehen hatten, fast so, als hätte Gott selbst ihn nur für sie so erschaffen.

Lass uns nicht von hier fortgehen. Bitte … lass uns nicht von hier fortgehen, bettelte Jill in Gedanken, wagte es aber nicht, die Worte auszusprechen, und drückte stattdessen Mares Hand. Als Antwort lächelte er sie matt an, brachte es aber nicht über sich, ihr dabei in die Augen zu sehen. Sie waren hierher geflohen, nach Mormon Tears, an diesen mystischen Ort, in der Hoffnung, dort Schutz und Erlösung zu finden, und jetzt verließen sie ihr Allerheiligstes, um in eine Schlacht gegen einen Feind zu ziehen, der unsägliches Leid über sie bringen würde. Es war wie ein Albtraum, aus dem sie einfach nicht aufwachen konnten.

Aber dies war kein Tag für Trauer oder Klagen, es war ein Tag des Schicksals.

Sie folgten Adam über den Strand und hinein in den Einschnitt zwischen den zwei Bergflanken, wo der Truck auf sie wartete. Ray stolperte und fiel hin, winkte aber sogleich und versicherte mit einem schmerzverzerrten Lächeln, dass ihm nichts passiert sei.

Mare ließ Jills Hand los und kletterte auf die Stoßstange des Anhängers. Eingerahmt von den offenstehenden Türen der Ladefläche stand er da und streckte Jill seine Arme entgegen, um ihr hinaufzuhelfen. Sobald sie oben war, griff er noch einmal nach unten und half auch seiner Schwester. Phoenix kletterte allein hinauf, stellte sich neben Mare und starrte mit traurigen Augen über den Schutt hinweg auf das bläulich schimmernde Binnenmeer.

Jake kletterte durch die Beifahrertür in die Kabine, quetschte sich zwischen den Sitzen hindurch nach hinten und setzte sich dort auf einen der Notsitze. Ray folgte ihm, schob einen verbeulten alten Werkzeugkasten beiseite, damit er sich neben Jake auf den Boden setzen konnte, und zog die Knie an. Als Nächstes kam Evelyn, ließ sich in den Beifahrersitz fallen und zog den Sicherheitsgurt über ihre Brust. Sie schloss die Tür und blickte starr geradeaus auf die salzige Ebene. Adam stieg als Letzter ein, nachdem er noch einmal einen schnellen Rundgang um das Fahrzeug gemacht hatte, um sicherzugehen, dass alles in Ordnung war und auch alle an Bord waren. Er setzte sich auf den Fahrersitz und schlug die Tür zu. Der Knall zerriss die Luft mit einer Endgültigkeit wie von einem Gewehrschuss. Adam klinkte seinen Sicherheitsgurt ein und drehte den Schlüssel im Zündschloss, woraufhin der Motor polternd zum Leben erwachte. Der ganze Truck erzitterte.

Adam blickte Evelyn an, sein Gesicht nervös, auch wenn er noch sosehr versuchte, seine Gefühle zu verbergen, dann griff er nach dem Schaltknüppel. Evelyn legte ihre Hand auf die seine und lächelte ihn gequält an.

»Bist du bereit?«, fragte Adam, als Evelyn ihre Hand wieder zurück in ihren Schoß legte. Misstrauisch beobachtete er, wie die Tanknadel langsam nach oben kletterte und sich schließlich bei einem Viertel des Füllstandes einpendelte.

»So bereit, wie ich nur sein kann«, erwiderte Evelyn und wandte ihre Aufmerksamkeit wieder der glatten Piste und dem endlosen Weiß vor ihnen zu. »Glaubst du, wir werden das hier jemals wiedersehen?«

Adam antwortete nicht gleich, weil er noch damit beschäftigt war, unter lautstarkem Protest des Getriebes den Schaltknüppel nach vorn zu drücken. »Ja«, sagte er schließlich, als der Truck vorwärtsrollte und auf dem harten Sand allmählich Geschwindigkeit aufnahm. »Ich denke, das werden wir.«

Eine Staubwolke wurde von den Hinterrädern in die Luft gewirbelt. Jill machte im Geist eine letzte Momentaufnahme des Sees, bevor die Wolke ihn endgültig verschlang, während sie verzweifelt versuchte, sich irgendwo festzuhalten, doch sie fand nichts außer dem zerkratzten Aluminiumboden und den glatten Seitenwänden des Hängers. Mare nahm ihre Hand, und sie legte ihren Kopf auf seine Schulter. Irgendwann würde sie es ihm sagen müssen. Es schien vollkommen irrational, aber Jill war sicher, dass sie ein Kind erwartete. Es gab keine logischen Anzeichen für ihre Annahme. Ihr Bauch war nicht größer geworden, und sie hatte auch keinen unmissverständlichen Hinweis von einer über ihr stehenden Macht erhalten. Also was? Intuition? Wie auch immer, schon bald würde sie ihm sagen müssen, dass er Vater werden würde. Aber nicht jetzt. Noch nicht. Es gab genügend andere Dinge, über die er sich den Kopf zerbrechen musste. Das galt für sie alle. Unwillkürlich musste sie an die Worte denken, die der Prediger gesagt hatte, kurz bevor sie ihre Mutter in ihr Grab hinabließen.

Muss ich auch wandern in finsterer Schlucht.

Genau so fühlte sich das an, was sie vorhatten.

Jill schloss die Augen, und die Vision, die ihre Großmutter vor vielen Generationen ihr gesandt hatte, erschien. Das Kind in ihrem Schoß blickte zu ihr hinauf, die Augen erfüllt von Verwunderung und Leben. Dann verzog ihre Tochter das Gesicht zu diesem Grinsen, das sie von ihrem Vater geerbt hatte, und Jill spürte, wie ein warmes Kribbeln ihren Körper durchflutete.

Würdest du alles für dieses Kind opfern?, fragte flüsternd eine Stimme im tosenden Fahrtwind, während der Truck sich immer schneller von ihrem Zuhause entfernte.

»Ja«, flüsterte Jill zurück, und der Hauch eines Lächelns huschte über ihre Lippen.

Sie hatte keine Angst mehr.

VIII

An ihn gelehnt schlief Missy ein, nachdem sie den Highway erreicht hatten. Sie kamen nur langsam voran, genauso wie auf der Rückfahrt aus der Stadt am Tag zuvor. Phoenix beobachtete, wie die liegengebliebenen Autos auf dem endlosen Asphaltstreifen hinter ihnen langsam kleiner wurden, während der Truck sich durch den Fahrzeugfriedhof schlängelte. Phoenix fuhr mit den Fingerspitzen über Missys Stirn. Sie war so wunderschön, selbst im Schlaf. Er wünschte, er wäre in ihrem Kopf und könnte ihre Träume sehen, könnte sie so perfekt machen, wie Missy es war. Schließlich reichte es, wenn *er* Albträume hatte. Er wusste, wohin sie unterwegs waren. Er hatte es klar und deutlich in seinen Träumen gesehen, hatte das Böse gespürt, das von dem Ort ausging, noch bevor sie auf ihrem Weg nach Mormon Tears die Berge überquert hatten. Der Mann – wenn man ihn immer noch als solchen bezeichnen konnte –, der dort auf ihn wartete, war einerseits genauso wie er, doch andererseits das genaue Gegenteil. Selbst für Phoenix war diese Vorstellung kaum zu begreifen. Dieser Mann, der jetzt in Tods Gestalt auf Erden wandelte, war wie er selbst für die bevorstehende Schlacht auserwählt worden. Sie waren wie zwei Seiten einer Medaille, so viel wusste Phoenix, aber dahinter lag noch mehr verborgen. Sie waren gleich. Sie waren verschieden. Zwei Schicksale, durch einen verwirrenden Gegensatz miteinander verwoben, als würden sie mit verbundenen Augen zwei Gabelungen desselben Pfads beschreiten; die Entscheidung jedoch, welche Abzweigung jeder von ihnen nahm, hatte ein anderer getroffen, sei es nun Gott oder wer auch immer.

Er fühlte Mitleid mit ihm, aber noch mehr fürchtete er ihn. Fürchtete sich davor, was geschehen würde, wenn sie ankamen. Er ängstigte sich zu Tode, dass er nicht die Kraft haben würde zu tun, was nötig war, sobald die Zeit dafür gekommen war. Sein Herz war sein schwacher Punkt, und in seinem Herzen waren seine Gefühle für Missy, Gefühle, die so stark waren, dass er sich zwischen ihrer Liebe und ihrem Leben würde entscheiden müssen. Und Schmerz. Sein Körper zitterte regelrecht bei dem Gedanken an den puren Schmerz, der jenseits der Berge auf ihn wartete. Bei Gott, der Schmerz könnte schlimmer sein, als er zu ertragen vermochte.

»Was ist los mit dir?«, fragte Missy und schaute auf die Träne, die über seine Wange lief. Er hatte nicht gemerkt, wie sie aufgewacht war.

»Nichts«, erwiderte er und streichelte ihr Gesicht. »Gar nichts.«

Missy setzte sich auf und blickte durch das offene Heck des Anhängers auf den Slalomparcours aus liegengebliebenen Fahrzeugen, in denen vereinzelt noch die schwarzen Leichname derer lagen, die darin gestorben waren. Sie sah Baustellen und dazwischen ein paar Häuser, die ersten Vorboten des westlichen Stadtrandes.

»Du bist ein schlechter Lügner«, sagte sie schließlich und schaute ihn an. Er hatte die Tränen in seinen rosafarbenen Augen bereits weggewischt und wieder den undurchdringlichen Gesichtsausdruck aufgesetzt, den er stets zur Schau stellte.

Phoenix lächelte, nahm ihre Hand und hielt sie auf seinem Schoß ganz fest zwischen den seinen. »Wir alle haben unser eigenes Kreuz zu tragen«, erwiderte er. Dann beugte er sich zu ihr hinüber und küsste Missy auf den Scheitel.

Sie wusste, dass die Unterhaltung damit für den Moment beendet war, aber sie würde darauf zurückkommen. Früher oder später würde sie ihn dazu bringen, sich zu öffnen.

Der Truck schlängelte sich durch das immer enger werdende Labyrinth aus kreuz und quer stehenden Fahrzeugen, arbeitete sich langsam über die rechte Spur bis auf den Seitenstreifen vor. Der Anhänger neigte sich ein wenig, als sie eine Ausfahrt hinauffuhren, die zu beiden Seiten mit Werbetafeln gesäumt war – von Hotels für nur neunundvierzig Dollar die Nacht bis hin zu Autohändlern mit der größten Auswahl im ganzen Westen und den garantiert niedrigsten Preisen. Sie mussten die Fahrbahn verlassen, um an einem unpassierbaren Blechknäuel vorbeizukommen, der Motor spuckte und stotterte, während er den letzten Rest Benzin im Tank verbrannte, dann blieben sie stehen.

»Ich nehme an, das bedeutet, wir sind da«, sagte Mare, rutschte zur Ladeklappe und sprang hinunter. Unten angekommen, streckte er Jill seine Arme entgegen, und sie ließ sich hineinfallen.

Während Missy hinunterkletterte, drängte sich ihr unweigerlich der Eindruck auf, dass Jill sich verändert hatte. Wurde sie krank? Ihre Wangen waren gerötet und ihre Augen heller, irgendwie glasig. Adam kam den Anhänger entlanggelaufen, streckte Arme und Rücken, um die Knoten in seinen Muskeln zu lösen. Von der Beifahrerseite kamen jetzt auch die anderen herbei, und gemeinsam standen sie vor der Heckklappe des Anhängers und schauten zurück nach Westen, wo sie andeutungsweise den Schimmer der blauen Wasserfläche zu erkennen glaubten.

»Und was jetzt?«, fragte Missy.

»Dort drüben gibt es ein paar Autohändler«, meinte Evelyn und deutete nach Süden. »Ich wette, dort könnten wir auch ein bequemeres Transportmittel finden.«

»Nehmt nur mit, was ihr tragen könnt«, sagte Adam und kletterte hinauf auf den Anhänger. Er warf mit Seilen zusammengebundene Decken hinunter, in die Kleidung und Essen eingewickelt waren. Die Bündel – für jeden eines – erfüllten einen doppelten Zweck: Alles, was sie brauchten, war bequem darin verpackt, und außerdem hatten sie etwas Warmes für die Nacht, was sie mit Sicherheit auch brauchen würden. Adam wünschte, er wäre mit genügend Voraussicht gesegnet gewesen, richtige Wanderrucksäcke einzupacken. Darin hätten sie Schlafsäcke und vielleicht sogar ein Zelt transportieren können, aber ein Teil von ihm hatte sich gegen die Einsicht gewehrt, dass sie Mormon Tears tatsächlich würden verlassen müssen. Sie konnten von Glück sagen, dass sie überhaupt eine halbwegs brauchbare Ausrüstung hatten.

Nachdem er das achte und letzte Bündel hinuntergeworfen hatte, machte er sich an die Gewehre.

Es waren nur fünf, vier Schrotflinten und ein Jagdgewehr. In seiner Eile, das Hotel zu verlassen, hatte er sie nicht gezählt. Bei all dem Blut und dem entsetzlichen Knochenhaufen schätzte er sich glücklich, dass er überhaupt daran gedacht hatte, welche mitzunehmen. Fünf mussten genügen. Jake war zu jung und zu klein, um mit einer großkalibrigen Waffe umgehen zu können, und Ray war blind … das machte fünf Gewehre für die verbleibenden sechs, und wenn Adam daran dachte, dass von den Mädchen nur Evelyn und Missy jemals ein Gewehr abgefeuert hatten, besaßen sie ohnehin schon mehr Waffen, als ihm lieb war. Wenigstens hatte jedes der Gewehre einen Schultergurt. Das war so ziemlich die einzige Laune des Schicksals, die ihnen im Moment in die Hände spielte.

Adam hängte sich das Jagdgewehr um. Er war kein besonders guter Schütze, und die anderen hatten noch viel weniger Erfahrung, doch die Streuung der Schrotflinten würde ihre mangelnde Treffsicherheit ausgleichen. *Falls* sie sie überhaupt brauchten, und er betete inbrünstig, dass das nicht der Fall sein würde.

Er schob die Kiste mit der Munition an die Ladeklappe und sprang hinunter.

»Packt so viel von den roten Patronen in eure Taschen, wie ihr nur könnt«, sagte er und stopfte den Rest in die Taschen seiner Tarnhose. Sie hatten nur zwei Schachteln Schrotmunition, eine davon war bereits offen, und es sah so aus, als würden für jeden von ihnen nur sieben oder acht Patronen übrig bleiben. Er wollte gar nicht daran denken, wie wenig das für einen echten Notfall war, doch wenn es wirklich zum Schlimmsten kommen sollte, konnten sie sich glücklich schätzen, wenn sie überhaupt Gelegenheit zum Nachladen bekamen, nachdem sie die drei Schuss im Lauf abgefeuert hatten.

Adam musterte die kleine Gruppe, wie sie alle vor ihm standen, ihr Bündel über die eine Schulter gehängt, die Schrotflinte über die andere. Missy hatte eine davon genommen, weshalb Jill nur ihre Ausrüstung zu tragen hatte. Jake hatte ein wenig Mühe mit seinem Bündel und wuchtete es immer wieder von einer Schulter auf die andere, aber zumindest schien Ray zurechtzukommen. Alle schauten sie ihn an in der Erwartung, dass er etwas sagte. Es war eine Art von Macht, die er nie gewollt hatte, aber ihm blieb gar nichts anderes übrig, als sie widerwillig anzunehmen. Er suchte nach Worten, um sie anzufeuern, wie ein Gruppenführer in der Army es getan hätte, doch ihm fiel absolut nichts ein.

»Nun … ab mit uns«, sagte er schließlich, wandte sich um und ging die Straße entlang. Hinter sich hörte er die knirschenden Schritte der anderen, die ihm auf dem Schotterstreifen folgten.

BUCH VIER

I

HIGHWAY 40, UTAH

Nach zwei Autohändlern waren sie an einem Field&Ski-Shop vorbeigekommen. Adam hatte nur die Jet-Ski und andere Wasserfahrzeuge gesehen und wäre daran vorbeigegangen, hätte Jill nicht hinter dem Showroom einige Chromteile aufblitzen sehen. Adam hatte an einen Geländewagen gedacht, der klein genug war, um damit durch das Blechchaos zu kommen, und war überrascht, als er herausfand, dass fast alle von ihnen ein Motorrad fahren konnten. Hinter den Vitrinen mit den Speedboats und den in mehreren Reihen hintereinanderstehenden Quads fanden sie auf dem riesigen Hof schließlich eine kleine Auswahl alter, gebrauchter Enduros. Jede von ihnen hatte ohne Zweifel schon bessere Tage gesehen, der Lack war zerkratzt, die Tanks verbeult, aber die Motoren sprangen sofort an, und das war alles, was zählte.

Sie kamen langsamer voran, als ihnen lieb war, auch wenn sie es nicht eilig hatten, ihr Ziel zu erreichen, von dem sie nach wie vor nur eine sehr vage Vorstellung hatten. Aus Jakes Träumen und Jills Visionen reimten sie sich schließlich zusammen, dass sie nach einem großen, schwarzen Turm suchten, der allein in der vollkommen verwüsteten Landschaft stand. Das Einzige, was Phoenix beitragen konnte, war, dass der Turm sich auf der anderen Seite des Gebirgszugs befand und sie ihn sofort erkennen würden, sobald sie ihn erblickten. Es war verrückt, dieser Exodus zu einem turmartigen Gebäude, von dem keiner wusste, was darin auf sie wartete, von dem sie nicht einmal wussten, wie sie es finden sollten. Und was sollten sie tun, wenn sie dort ankamen? Einfach durch die Eingangstür stürmen und wild um sich schießen? Das schien nicht sehr wahrscheinlich. Alle spürten, dass Phoenix ihnen etwas verschwieg, aber ganz egal wie sehr sie es auch versuchten, er ließ sich nichts Genaueres entlocken. Alles würde sich von selbst erklären, wenn die Zeit dafür gekommen war, lautete sein einziger Kommentar.

Und bei Gott, Adam hoffte, dass das stimmte.

Sie fuhren in einer Linie hintereinander auf dem Seitenstreifen des Highway 40 Richtung Südosten auf das Vorgebirge der sich dahinter erhebenden blauen Gipfel zu. Es blieben nur noch wenige Stunden bis Sonnenuntergang. Auf einer lindgrünen Maschine mit einer großen *3* darauf fuhr Adam voraus und versuchte, um die auf der Fahrbahn und dem Seitenstreifen kreuz und quer im Weg stehenden Autos und Trucks herumzufahren, ohne die darin verwesenden Leichen anzusehen. Gleichzeitig musste er sich immer wieder umdrehen, um sicherzugehen, dass keiner den Anschluss verlor. Wegen des Plastik-Benzinkanisters, den er mit zwei Expandern hinter sich festgezurrt hatte, musste er unangenehm aufrecht sitzen. Evelyn fuhr knappe zehn Meter hinter ihm auf einer Maschine der gleichen Bauart, und Jake krallte sich von hinten an ihr fest. Er presste seinen Kopf an ihren Rücken und schaute nach rechts, weg von der Fahrbahn auf die Böschung, auf der wesentlich weniger Fahrzeuge herumstanden, dahinter erstreckten sich weite, grüne Wiesen, von Kiefernwäldern begrenzt. Er drückte derart fest zu, dass Evelyn glaubte, ihre Blase müsse bald platzen. Hinter ihnen folgte Mare mit Ray als Passagier. Mare war einmal ein hervorragender Motocrossfahrer gewesen, damals, als seine Mutter noch gelebt und sein Vater sich noch dafür interessiert hatte, mit ihm hinaus in die Hügel zu fahren, um dort gemeinsam über die Schlammpisten zu jagen. Grinsend fuhr er zwischen den Autos hindurch wie über einen Slalomparcours und freute sich jedes Mal diebisch, wenn Ray instinktiv zusammenzuckte und seinen Griff um Mares Bauch verstärkte. Er wusste selbstverständlich, dass er es besser etwas langsamer angehen lassen sollte, aber es machte einfach zu viel Spaß. Ray hatte Mares Schrotflinte über der Schulter, die wegen der dahinter festgezurrten Ausrüstung viel zu hart gegen seinen Rücken drückte. Missy versuchte, direkt hinter ihnen zu bleiben, aber ihr Bruder war einfach zu schnell. Phoenix lehnte sich von hinten gegen sie, und seine langen, dreckigen Haare flatterten im Fahrtwind. Wie ein großes X trug er ihre Flinten auf dem Rücken, die beiden Kolben zwischen seinem Kreuzbein und der dahinter festgebundenen Ausrüstung eingeklemmt. Jill übernahm die Nachhut. Sie saß allein auf ihrem Motorrad und hatte einige Mühe, die leuchtend orangefarbene Maschine, zusätzlich beladen mit dem Gewicht des zweiten Reservetanks und ihres eigenen Bündels, unter Kontrolle zu halten. Sehnsüchtig dachte sie daran, wie viel leichter das Motorrad zu handhaben gewesen war, auf dem sie vor einer gefühlten Million von Jahren Oregon verlassen hatte.

Die Innenstadt verblasste am Horizont, die Überreste der großen Gebäude des Stadtkerns wurden immer kleiner. Die Abstände zwischen den Einfamilienhäusern zu beiden Seiten wurden größer, und die Grundstücke zogen sich immer weiter von der Straße zurück, bis selbst die Vororte nur noch eine Erinnerung waren und sie die ersten Hügel des Vorgebirges erklommen. Sie würden nicht mehr weit kommen, bis sie das erste Mal nachtanken mussten, und in den beiden Reservekanistern waren gerade einmal zehn Gallonen Benzin. Die Berge erhoben sich drohend vor ihnen, und Gott allein wusste, wann sie an der nächsten Tankstelle vorbeikommen würden. Keiner sprach den Gedanken aus, aber sie alle sahen sich schon, wie sie die schweren Motorräder die Steigungen hinaufschoben, um auf der anderen Seite mit stehendem Motor wieder hinunterzurollen.

Adam blickte noch ein letztes Mal zur Sonne hin, die gerade hinter den immer höher werdenden Bergen unterging, dann wurde die Welt um sie herum in Schatten getaucht. Die Straße beschrieb einen Bogen nach links und begann ihren eleganten Anstieg. Die Schatten wurden langsam dunkler, und die Temperatur sank beständig. Der Wald rückte näher an den vierspurigen Highway heran, und der Seitenstreifen wurde immer schmaler. Fremdartige Bäume, bei denen es sich einmal um Kiefern und Zypressen gehandelt haben musste, streckten ihre mal harten, mal weichen Nadeln nach ihnen aus, verbargen seltsame Schatten, die sich wie Nebel um ihre Stämme bewegten. Tiere huschten durch das dornige Unterholz, hetzten am Rand ihres Gesichtsfeldes dahin und hielten nie lange genug still, um sie klar erkennen zu können. Ein Unkraut mit langen, spitzen Blättern, die Adam an Yuccapalmen erinnerten, wuchs aus den Rissen im Asphalt und an einigen der liegengebliebenen Fahrzeuge hinauf, um sie bald voll und ganz zu verschlingen.

Adam schaltete den Scheinwerfer ein, um die hereinbrechende Nacht zurückzudrängen, aber der blasse Strahl erhellte kaum die Dunkelheit vor ihm. Sie würden nicht mehr lange weiterfahren können. Er war erschöpft. Sein

Rücken fühlte sich an, als hätte er Klappmesser in die falsche Richtung gemacht. Seine Beine schmerzten von dem unablässigen Vibrieren des Motors. Sein Magen krampfte sich in einer Mischung aus Anspannung und Hunger zusammen, und seine Blase fühlte sich an wie eine überreife Wassermelone, die von innen gegen sein Becken drückte. Er wollte gar nicht daran denken, wie die anderen sich fühlten. Sie würden bald eine Pause machen müssen, vielleicht sogar ein Lager aufschlagen, um ein wenig zu schlafen, bevor sie weiterfuhren. Sein Bauch sagte ihm, dass sie für das, was vor ihnen lag, all ihre Kraft brauchen würden.

Der ursprüngliche, wenn auch unausgesprochene Plan war gewesen, vor Einbruch der Dunkelheit so viel Strecke zurückzulegen wie möglich, doch Adam hatte nicht damit gerechnet, mehrere Stunden kostbares Tageslicht zu verlieren, weil die Sonne in dieser Landschaft schon so viel früher hinter den Berggipfeln verschwand.

Er blickte über seine Schulter und sah, wie auch die anderen ihre Scheinwerfer einschalteten, und ihm fiel auf, dass die Abstände zwischen den Motorrädern um einiges länger geworden waren. Es sah aus, als wäre Jill eine Viertelmeile zurückgefallen, also verlangsamte er sein Tempo, damit die Reihe sich wieder schließen konnte.

Adam konnte nicht zulassen, dass sie sich bis über ihre Grenzen belasteten. Er hatte nicht die geringste Ahnung, was hinter der nächsten Kurve auf sie wartete. Sie mussten hellwach bleiben, blitzschnell auf jede nur erdenkliche Situation reagieren können. Sobald sie träge wurden, waren sie leichte Beute, und Adam könnte es sich niemals verzeihen, wenn ihnen etwas zustieß, nur weil er sie zu schnell vorantrieb. Diesen Zielort zu erreichen hatte jetzt oberste Priorität, doch wenn sie unvorsichtig wurden, würden sie es womöglich gar nicht erst dorthin schaffen. An der nächsten geeigneten Stelle würde er anhalten und ihnen ein paar Minuten Pause gönnen. Aber Adam kannte das. Aus einer Pinkelpause wurde schnell eine Essenspause, und ehe sie sich's versahen, wäre es stockfinstere Nacht, und sie würden einer nach dem anderen um ein Feuer herum eindösen. Andererseits: Was blieb ihnen schon anderes übrig?

Der Highway schlängelte sich durch die Felsen, die sich ein Stück weiter hinten am Horizont zu einem Tal öffneten, während die Bergflanke direkt zu seiner Rechten immer steiler anzusteigen begann. Ab und zu sah er einen Flusslauf, der sich zwischen den schwarzen Kiefern auf dem Talboden hindurchwand, sah das kurze Funkeln, wenn die untergehende Sonne sich für einen Moment auf den dahinrasenden Wellen spiegelte. Immer höher kamen sie, bis die Straße auf dem Grat des ersten Gebirgskamms wieder eben wurde. Eine Ausfahrt zweigte nach rechts ab und führte zu einer gerodeten und planierten Fläche, auf der sich ein dunkles Gebäude mit einem daran angrenzenden Unterstand befand. Darum herum erstreckte sich ein großer Parkplatz.

Adam tippte ein paarmal kurz auf die Bremse, um den anderen ein Blinksignal zu geben, blieb kurz stehen und zählte die Scheinwerfer, die ihm folgten, dann fuhr er die Rampe hinauf nach rechts auf die große, kreisrunde Asphaltfläche.

Vor dem Bordstein, von dem aus ein breiter, betonierter Weg eine kleine Anhöhe hinauf zum Hauptgebäude führte, standen mehrere Autos in den schrägen Parkbuchten. Eine Luxuslimousine sah aus, als wäre sie von innen aufgerissen worden, die Lederpolster waren zerfetzt, Stücke der eingeschlagenen Scheiben lagen auf dem Asphalt verstreut wie zerknülltes Papier. Die nächste Parkbucht war leer, daneben stand ein weißer Minivan, die Sicherheitsgurte straff gespannt über den schwarzen Silhouetten, die darin verrotteten. Ein paar der dunklen Körper waren noch so klein, ihre Köpfe nur ein winziges Stück höher als die Lehnen der Rücksitze; Adam konnte den Anblick kaum ertragen.

Er fuhr in einem großen Bogen um die Fahrzeuge herum und den rollstuhlgerechten Weg hinauf über die Wiese zu einem überhängenden Vordach, unter dem sich mehrere hölzerne Picknicktische befanden. Neben einem davon blieb er stehen, machte den Motor aus, um das bisschen Benzin, das sie noch hatten, nicht zu verschwenden, und klappte mit dem Absatz seines Stiefels den Seitenständer aus. Als die anderen ankamen, war er bereits abgestiegen. Beide Hände auf seinen unteren Rücken gepresst, ging er auf und ab und versuchte, seine schmerzende Muskulatur etwas zu entspannen.

Die Motorräder waren lauter, als er gehofft hatte. Vielleicht lag es auch an der eigenartigen Akustik hier oben auf dem Plateau, aber es klang fast wie Donner. Adam massierte seine Stirn und ging auf die Baumlinie östlich des Rastplatzes zu, weg von den anderen. Als er zurückschaute, sah er, wie die anderen ihre Motoren ebenfalls ausmachten. Der Boden unter seinen Füßen und selbst die Luft um ihn herum – alles vibrierte. Das Donnern wurde immer lauter, und in der Ferne hörte er Schreie. Adam verlangsamte seinen Schritt und legte den Kopf in den Nacken, ohne dabei die Linie von mutierten Bäumen vor ihm aus den Augen zu lassen.

»Hört ihr das?«, rief er den anderen zu, ohne sich umzudrehen.

Das Geräusch wurde noch lauter und übertönte jede Antwort, die die anderen ihm vielleicht zuriefen.

Eine schwarze Wolke erhob sich aus der Dämmerung und türmte sich über den Baumwipfeln auf, die sich unter dem Druck ein wenig zur Seite zu neigen schienen. Die Wolke schwoll an, viel schneller, als Adam es je bei einem Sturm gesehen hatte.

Die Schreie waren jetzt so schrill, dass sie in seinen Ohren schmerzten, aber sie kamen nicht aus Menschenkehlen. Es klang beinahe …

Dunkle Schatten brachen zwischen den Bäumen hervor und rasten auf ihn zu wie die Trümmer einer Explosion.

Adam riss schützend die Hände vor den Kopf und warf sich auf den Boden. Kreischende Schreie zerrissen die Luft, und ein Windstoß fegte über ihn hinweg, dann begann der Angriff.

II

»Adam!«, schrie Evelyn, aber er konnte sie nicht hören. Was machte er überhaupt da vorne? Sie fühlte sich, als stünde sie in der Schneise eines Tornados. »Adam!«

Sie rannte auf ihn zu, hatte aber gerade erst ein paar Schritte zurückgelegt, als die Bäume vor ihr explodierten. Äste und Nadeln flogen aus dem Unterholz wie Splitter nach einer heftigen Detonation. Kleine, schwarze Punkte jagten über die Wiese. Adam warf sich auf den Boden, nur einen Wimpernschlag bevor Evelyn dasselbe tat, die Augenlider fest zusammengepresst, den Mund zu einem Schrei geöffnet, den die Grasnarbe unbarmherzig erstickte. Im

Geist hatte sie noch das letzte Bild vor Augen, das sie gesehen hatte: eine Wolke, die den halben Horizont zu bedecken schien und den Wald in Stücke riss.

Überall um sie herum erhoben sich Schreie, ein entsetzliches Kreischen, das ihre Trommelfelle wie mit Nadeln traktierte. Sie spürte klatschende Schläge überall auf ihrem Körper, Krallen verfingen sich in ihrem Haar und rissen hektisch daran, um wieder loszukommen. Evelyn schlug nach einem der Angreifer und spürte weiche Federn. Etwas Spitzes hackte mehrere Male schnell hintereinander auf ihren Handrücken ein, bevor sich das Tier aus dem Haarknäuel befreien konnte.

Der Wind zerrte an ihrer Kleidung und blähte sie auf, etwas mit furchtbar scharfen Krallen und wild schlagenden Flügeln geriet in den Kragen ihres T-Shirts, kämpfte und wand sich, bis es am anderen Ende ihres Rückens wieder herauskam. Evelyn rollte sich herum und bedeckte ihr Gesicht in der Hoffnung, damit zu verhindern, dass ihr auch noch der letzte Rest Haare ausgerissen und ihr Rücken weiter zerfetzt wurde. Als sie es wagte, ihre Augen ein Stück weit zu öffnen, starrte sie auf einen sintflutartigen Strom gefiederter Leiber, der über sie hinwegjagte. Es mussten Vögel in den unterschiedlichsten Farbtönen sein, die sich in der Dunkelheit nur schwach voneinander abhoben. Selbst innerhalb ihrer nicht vorhandenen Formation kämpften sie um ihre Position, schlugen mit Flügeln, Schnäbeln und Krallen aufeinander ein. Federn regneten auf Evelyn herab. Sie unterdrückte mit all ihrer Kraft einen Schrei, aus Angst vor dem, was ihr in den geöffneten Mund fallen könnte.

Der brüllende Wind schien nicht mehr enden zu wollen, während Evelyn unablässig die Flügelspitzen beiseitefegte, die nach ihr schlugen, und die hysterischen Vögel von ihrem Körper vertrieb. Und dann waren sie, so schnell wie sie gekommen waren, wieder verschwunden. Das schrille Kreischen verhallte in westlicher Richtung wie das Quietschen eines Güterzugs, der aus einem Tal hinausrollt, und die dunkle Wolke am Nachthimmel wurde immer kleiner, bis sie mit dem schwarzen Firmament verschmolz. Weiche Daunen fielen vom Himmel wie Schnee.

Es dauerte einen Moment, bis Evelyn ihren Puls so weit beruhigt hatte, dass sie aufstehen konnte. Blut lief ihren Rücken herunter. Vorsichtig befühlte sie die Kratzer auf ihren Wangen und drehte sich zu Adam um, der gerade die Wiese um sie herum in Augenschein nahm. Sie war mit kleinen Hügeln übersät, die bewegungslos unter dem Daunenschauer liegen blieben, der sich über einen Teppich aus Nadeln und Zweigen ergoss. Ein paar Nachzügler fegten über ihre Köpfe hinweg. Etwas mit grotesk langen Flügeln schrie wie eine Gans, während eine Handvoll kleiner roter und blauer Vögel an dem Tier vorbeijagte.

»Was um Himmels willen war das?«, keuchte Adam.

»Ich hab so etwas noch nie gesehen«, sagte Evelyn, während sie einen der toten Vögel mit ihrer Schuhspitze umdrehte. »Ich hab noch nie erlebt, dass so viele unterschiedliche Spezies sich zusammenrotten. Das ist vollkommen unnatürlich.«

»Etwas muss sie höllisch erschreckt haben.«

»Und ich bete, dass wir nicht gleich mit eigenen Augen zu sehen bekommen, was es war.«

Adam konnte nur zustimmend nicken. Er streckte seine Hände nach ihrem Gesicht aus und fuhr mit den Fingerspitzen über ihre Wangenknochen. Die Kratzer waren rot und angeschwollen, aber sie schienen nur oberflächlich zu sein.

»Mir fehlt nichts«, sagte Evelyn und schob seine Hände weg. »Ich mache mir eher Sorgen, warum so viele Vögel es so eilig haben, nach Westen zu kommen. Das ist nicht ihre normale Zugrichtung.«

»Ich schätze, wir werden es früh genug herausfinden«, erwiderte Adam.

Evelyn wusste, dass er recht hatte. Was auch immer diese Vögel so erschreckt hatte, befand sich zweifellos direkt auf ihrem Weg. Sie dachte an den schwachen Geruch von Waldbrand und an Jills Vision. Ein großes Buschfeuer konnte durchaus so viele Vögel aufscheuchen, aber Evelyn hatte das bange Gefühl, dass es sich um mehr als nur einen sich unkontrolliert ausbreitenden Brand handelte. Es musste der pure Schrecken sein, der unter dem Rauch lauerte.

Sie zitterte.

»Wir ruhen uns besser ein bisschen aus, solange wir noch können«, sagte Adam, legte ihr einen Arm um die Hüfte und zog sie in die Richtung, in der die anderen gerade unter den Picknicktischen hervorkrochen. »Ich bin nicht scharf darauf, mir darüber den Kopf zu zerbrechen, was der morgige Tag für uns bereithält.«

Evelyn war derselben Meinung. Sie würden etwas Erholung brauchen, wenn sie es schaffen wollten, wach genug zu sein, um den nächsten Tag zu überstehen. Bei der Geschwindigkeit, mit der sie unterwegs gewesen waren, hatten die Vögel vielleicht bereits einige Entfernung zwischen sich und das Feuer gebracht, dachte Evelyn, aber ihren Kopf hätte sie nicht darauf verwettet.

Evelyn machte einen kleinen Bogen um einen der Vogelkadaver herum. Ein langer Flügel deutete senkrecht in den Himmel, der Schnabel stand schräg zur Seite. Das

Gras, das eben noch knöchelhoch gewesen war, reichte ihr jetzt fast bis zu den Knien und wurde erst nach ein paar Schritten wieder niedriger. Nach ein paar Metern drehte sie sich um und betrachtete die Stelle, auf der das lange Gras wuchs. Es lagen keinerlei Äste oder Nadeln zwischen den Halmen so wie auf dem Rest der Wiese, als hätte etwas sie von diesem einen Flecken ferngehalten. Während sie weitergingen, fiel ihr auf, dass die hohen Grashalme eine ganz bestimmte Form bildeten. Lange Extremitäten streckten sich von einem rechteckigen Torso weg, darüber befand sich ein kleiner Kreis als Kopf.

Evelyn schnappte nach Luft.

Das Gras war genau an der Stelle länger gewachsen, an der sie nur wenige Momente zuvor gelegen hatte.

III

Eine Herde von Tieren, die einmal Elche gewesen waren, donnerte den Abhang hinunter. Im Zickzack rasten sie um die Baumstämme herum, die schräg aus dem steilen Hang wuchsen und ihre Wurzeln aus der erodierten Erde streckten wie ein Krake seine Fangarme. Das instabile, mit Steinen durchsetzte Erdreich gab unter dem Ansturm ihrer mächtigen Hufe nach, und sie gerieten immer wieder ins Rutschen, bis sie für den Bruchteil einer Sekunde genug Halt fanden, um sich mit einem weiten Satz auf einen Flecken mit festerem Untergrund zu retten. Goldene Geweihe blitzten im Mondlicht auf, Felle von einer satt pfirsichgelben Farbe jagten durch die Nacht wie Leuchtspurgeschosse, dazwischen Lichtreflexe von Pupillen, die erstrahlten wie Sterne. Sie hatten keine Zeit, ihre Flucht zu verlangsamen. Hinter ihnen fraß sich eine zornige Wolke, schwarz wie Ebenholz, durch die Bäume. Irgendwann würden sie anhalten müssen. Sie konnten nicht ewig rennen.

Ein lautes Krachen von berstenden Knochen ertönte, und eines der Geschöpfe rutschte mit dem Kopf voraus den Abhang hinunter, Hörner brachen, sein verletztes Bein schleifte nutzlos hinter ihm her. Das Tier brüllte vor Schmerz, dann prallte es mit der Flanke gegen einen Baumstamm, und das Geräusch brechender Rippen erschallte. Mit einem verzweifelten Pfeifen, das sich eher anhörte wie ein Schrei, rief es nach den anderen, aber sie rasten nur Erde und Staub aufspritzend an ihm vorbei. Ihre Instinkte sagten ihnen, dass der gestürzte Artgenosse ohnehin schon so gut wie tot war. Er war nicht der Erste, und er würde auch nicht der Letzte bleiben, den sie auf ihrer panischen Flucht zurückließen.

Am Fuß des Abhangs brachen sie durch einen mit Kiefern bewachsenen Streifen, deren Nadeln so scharf waren, dass sie ganze Fetzen aus ihrem Fell rissen, und schließlich hinaus auf eine Wiese. Brusthohes Gras versuchte sie zu packen und ihre Fesseln zu umschlingen, aber sie brachen durch. Ihre Angst trieb sie bis an den Punkt der Erschöpfung und darüber hinaus. Der Himmel über ihnen wurde von einer glutroten Sonne taghell erleuchtet, dann regnete flüssiges Feuer auf die Wiese herab und auf die Kreaturen, die darüber hinwegfegten. Das Gras fing sofort Feuer und spuckte wabernden, beißenden Rauch. Ein Chor von schmerzerfüllten Tierschreien zerriss die Nacht über dem immer lauter werdenden Prasseln der Flammen. Der Geruch von brennendem Fell lag schwer über der Wiese. Brennende Hinterläufe wirbelten den dichten Rauch auf, sprangen auf das andere Ende der Wiese zu, während immer mehr Magma sich über sie ergoss.

Etwas hinter ihnen stieß ein Brüllen aus, als breche der Berg selbst entzwei, und ein weiterer, irgendwo rechts im Seitental, antwortete ihm. Oben auf dem Kamm, von wo sie gerade geflohen waren, schoss eine schattenhafte Silhouette regenbogenförmige Salven glühenden Feuers hoch in die Luft, wo sie sich auffächerten, um dann überall um sie herum herabzuregnen. Eine Rauchwalze rollte über die Wiese hinweg und brachte den sicheren Erstickungstod.

Die Herde durchbrach die Baumlinie auf der anderen Seite der Lichtung, zertrampelte das Unterholz und riss Schneisen in das Dickicht, das seinerseits blutige Linien in ihr Fell schnitt. Nagetiere quiekten und schrien, fegten über das Geröll und verkrochen sich in Erdlöchern und Bauen, die doch nicht tief genug waren. Das obere Blätterdach fing Feuer, flammende Blätter und Nadeln fielen auf den Boden wie brennende Streichhölzer. Flüssiges Feuer fraß sich durch die Rinde bis in die Wurzeln und breitete sich über das Unterholz aus. Die groben Haarsträhnen um die Hufe der Tiere fingen Feuer, und die Flammen züngelten ihre Beine hinauf, die bereits vor Erschöpfung von innen heraus brannten.

Ein weiteres donnerndes Brüllen … noch näher.

Flammen leckten nach den Hinterläufen der Nachzügler, brennende Tierleiber zogen Feuerschweife hinter sich her, als gehe ein Asteroidenschauer auf den Wald nieder, dann erlagen sie der sengenden Hitze und stürzten in vollem Lauf, blieben zwischen den Sträuchern liegen, um endgültig von den Flammen verzehrt zu werden. Die Tiere ganz vorn rannten nur noch schneller, als das Donnern ihrer Hufe weiter nach hinten als Echo zurückgeworfen wurde. Es war ein Geräusch, das sie nur zu gut kannten. Der Wald wurde lichter und hörte schließlich ganz auf, ging über in einen baumlosen Abhang, der an einer Felskante abrupt endete. Dahinter ragten mit spitzen Kiefern bewachsene Hügel vor schneebedeckten Gipfeln auf, der Abgrund dazwischen war von dichten Rauchwolken verhangen. Die Elche streckten ihre Beine nach vorn weg, ihre Hufe gruben sich in den Untergrund, bis sie an der Kante der hohen Kalksteinklippe zum Stehen kamen. Der Abgrund vor ihnen war über dreißig Meter tief.

Der Leitbulle schnaubte und tänzelte nervös hin und her. Sein Fell war von der rechten Schulter über den Hals bis hinauf zu seinem Schädel zu einem spröden Schwarz versengt. Aus einem milchigen Auge tröpfelten Tränen in die blasige Wunde darunter. In dem gesunden Auge spiegelte sich der Waldbrand, zwischen dessen Flammen sich die Umrisse der Bäume abzeichneten. Der Bulle machte einen Satz nach links, und die Bewegung wurde von einem Brüllen beantwortet, das wie ein Überschallknall im Tal widerhallte. Eine weitere schnelle Bewegung zu seiner Rechten, und etwas Großes, Haariges sprintete zwischen den Bäumen hervor. Der Bulle senkte seinen Kopf und röhrte.

Eine schwarze Silhouette, die aussah wie die eines Menschen, schien aus dem Feuer zu wachsen. Unversehrt schritt sie durch die Flammen.

Der Elchbulle erhob sich auf die Hinterbeine, seine Vorderhufe wirbelten durch die Luft, doch hatte die Drohgebärde nicht den geringsten Effekt. Die Kreaturen, die die Herde verfolgten, kamen immer näher.

Der Elch wirbelte herum und preschte los, weg von dem brennenden Etwas, und als er die Felskante erreichte, sprang er hinaus über den gähnenden Abgrund. Die Herde folgte, brüllend und blökend stürzten sie sich ins Nichts und trudelten dem Grund der Schlucht entgegen.

Die Schreie der Tiere wurden als Echo von den Felswänden zurückgeworfen, dann folgte das Krachen von Körpern, die durch das Geäst der unten wartenden Bäume brachen; diese konnten ihren Sturz kaum bremsen. Ihre Körper schlugen auf die Erde, Knochen splitterten und stachen durch das Fell. Organe wurden zu Brei zerquetscht und spritzten in Blutfontänen durch die zerfetzte Haut. Einige kämpften noch, versuchten sich mit ihren mehrfach gebrochenen Beinen ins Unterholz zu schleppen, schoben sich an zerschmetterten und ausgeweideten Kadavern vorbei, schleiften sich durch mit Blut verschmierten Schlamm, bis ein Regen aus geschmolzenem Feuer ihren Leiden ein Ende machte. Fell und Haut knisterten und brannten zwischen Lachen aus kochendem Blut.

Ein triumphierendes Brüllen erschütterte die Nacht. Noch eine Kreatur fiel mit ein … und noch eine … und noch eine, während ein Schleier aus Rauch sich über die brennende Welt legte.

IV

HIGHWAY 40, UTAH

Phoenix stand abseits von den anderen, er hatte die Arme um seine Brust geschlungen, um sich zu wärmen, und starrte hinaus in die Dunkelheit nach Westen. Es war nicht besonders kalt, und dennoch zitterte er am ganzen

Körper. Er konnte seinen Gegner dort draußen spüren, die bittere Eiseskälte, die seine dunkle Festung verströmte. Jetzt, da er begriff, was er fühlte, wusste er, dass dieses Gefühl die ganze Zeit über da gewesen war. Vielleicht hatte die Entfernung es am Ufer des Großen Salzsees etwas abgemildert, aber nichtsdestoweniger war es da gewesen. Als sie mit den Motorrädern in die Berge hineingefahren waren, hatte er es zum ersten Mal bemerkt – eine schneidende Kälte, die er leicht auf den Fahrtwind und die anbrechende Nacht schieben konnte, angekündigt durch den länger werdenden Schatten der Berge, der sich über sie senkte, während hinter den Gipfeln die Sonne unterging. Doch mit jeder Meile, die sie zurücklegten, war das Gefühl stärker geworden. Seine Gänsehaut hatte sich von den Armen bis über seine Schultern ausgebreitet, bis selbst seine Zähne zu klappern begannen. Nicht einmal der unter ihm brummende Motor strahlte noch genug Wärme ab. Doch da war noch mehr gewesen als diese Kälte. Er fühlte sich wie ein Magnet, wie ein falsch eingestellter Kompass wurde sein Körper von einer unsichtbaren Kraft beständig nach Osten gezogen von einer Macht, die ihn schneller zu sich rief, als selbst das Motorrad ihn tragen konnte. Phoenix spaltete sich immer mehr, die Kraft, die seinen inneren Magneten anzog, wurde von Minute zu Minute stärker. So funktionierte es also. Sie waren wie die zwei entgegengesetzten Pole ein und desselben Magneten, untrennbar miteinander vereint, nicht Gegner, sondern die zwei komplementären Aspekte ein und desselben Ganzen.

Es war eine bestürzende Erkenntnis für Phoenix, auch wenn er wusste, dass sie ihn eigentlich nicht überraschen sollte. Weder war er selbst die Verkörperung des absolut Guten, noch war sein Doppelgänger der Inbegriff des

Bösen. Ihnen beiden haftete der Makel der Ursünde an, in unterschiedlichem Maße trugen sie Liebe und Hass, Gier und Großzügigkeit in sich. Sie waren zwei Seiten derselben Medaille, die zusammen ein Ganzes ergaben.

Er hätte von Anfang an merken müssen, dass es niemals um sie als eine Gruppe von Überlebenden gegangen war, sondern um ihn und seinen Gegenspieler. Es war die Schlacht zwischen ihnen beiden, die über das Schicksal der Menschheit bestimmen würde. Er hätte nicht erlauben dürfen, dass die anderen mit ihm kamen. Vielleicht hätte er es ohne sie gar nicht bis hierher geschafft, doch mittlerweile war ihm ihr Leben mehr wert als sein eigenes, und jetzt brachte er sie wissentlich in Gefahr. Jene, die ihn aus seiner lebenslangen Gefangenschaft in all den dunklen und kalten Kellerverliesen befreit, ihn willkommen geheißen und ihm zum ersten Mal in seinem Leben eine Familie gegeben hatten. Jene, die ihn liebten. Und wie belohnte er sie dafür? Indem er sie wie Vieh zum Schlachter trieb.

Phoenix presste Augenlider und Kiefer zusammen und versuchte, die Visionen dazu zu zwingen, sich zu enthüllen, ihm das Schicksal zu offenbaren, das sie erwartete, doch er sah nichts außer der eisigen Finsternis, die so lange Zeit das Einzige gewesen war, das er von der Welt kannte. Er wusste, dass sie nicht alle überleben würden, aber das war auch schon alles. Er wusste nicht, ob sie ihren Auftrag erfüllen oder bei dem Versuch sterben würden. Diese Ungewissheit war das Schlimmste von allem. Phoenix neigte den Kopf und kaute nachdenklich auf seiner Unterlippe herum. Vielleicht bedeutete es auch nur, dass der Ausgang noch nicht feststand, dass sie ihr Schicksal selbst in der Hand hatten. Vielleicht war es noch nicht zu spät, seine Freunde zu retten. Er wusste, dass sein eigenes Schicksal besiegelt war, und das eines seiner Gefährten, aber darüber hinaus … ob die anderen leben oder sterben würden, wusste er nicht. Vielleicht stand es in seiner Macht, sie zu retten. Nun, vielleicht, vielleicht könnte er …

»Komm zurück ans Feuer«, sagte Missy. Sie legte ihm einen Arm um die Hüfte und lehnte ihren Kopf an seine Schulter, dann folgte ihr Blick seinem hinaus in die Nacht, aber sie konnte nicht sehen, was es war, das ihn dort in seinem Bann hielt. Sie hatte ihn die ganze Zeit beobachtet, seit er sich von der Gruppe entfernt hatte. Er zog sich wieder in sich selbst zurück, und es gab nichts, was sie dagegen tun konnte.

Phoenix nickte und drehte sich um, gestattete ihr, ihn zurück zu den anderen zu bringen, die auf zwei Picknicktischen um einen Grillplatz herum saßen, in dem das Feuer fast einen halben Meter hoch bis über den Rost züngelte. Während er auf sie zuging, blickte er von einem Gesicht zum nächsten und fragte sich, wessen Tod er nicht würde verhindern können und ob irgendeiner von ihnen überleben würde, um die zu begraben, die es nicht schafften.

»Nimm dir was zu essen«, nuschelte Adam, den Mund voller Seetang. »Ich glaube, wir sollten alle versuchen, ein bisschen zu schlafen, bevor es zurück auf die Straße geht.«

»Ich glaube nicht, dass ich schlafen kann«, sagte Mare. »Nicht, nachdem ich diese Vögel gesehen habe. Es war so gruselig … Irgendwas an der Sache stimmt nicht. Ich habe keinen einzigen Vogel mehr gesehen seitdem, versteht ihr. Nicht einen einzigen.«

»Es ist, als hätte etwas sie alle verscheucht«, warf Jill ein. »Und ich kann mir einfach nicht vorstellen, was das gewesen sein könnte.«

»Am besten denken wir erst gar nicht daran«, meinte Ray. »Es kann nichts Gutes dabei herauskommen.«

»Wir müssen vorbereitet sein auf das, was da draußen auf uns wartet«, entgegnete Adam. »Deshalb *müssen* wir darüber nachdenken.«

»Es ist das Feuer«, flüsterte Jill mit glasigen Augen. »Sie werden die ganze Welt niederbrennen, wenn es sein muss.«

»Wer?«, fragte Evelyn.

Jill schüttelte nur den Kopf.

»Es spielt keine Rolle«, sagte Ray. Jake war auf seinem Schoß eingeschlafen, und Ray streichelte unbewusst den Kopf des kleinen Jungen. »Was immer es ist, entweder wir besiegen es, oder wir sterben. Es hat keinen Zweck, darüber nachzudenken.«

»Danke, du Optimist«, sagte Mare, aber die Schwere von Rays Worten war ihnen allen nur allzu bewusst, ob sie es wollten oder nicht.

Phoenix nahm sich zwei Seetangblätter und ging unablässig auf und ab, während er aß. Er war einfach zu nervös. Missy blieb schließlich nichts anderes übrig, als sich neben ihren Bruder zu setzen, die Unterarme auf dem Tisch überkreuzt, das Kinn darauf gestützt. Ihre Augen waren geschlossen und der Mund leicht geöffnet. Sie sah aus, wie Phoenix sich einen Engel vorstellte. Er ging zur Besucherinformation hinüber und stellte sich vor einen Plexiglas-Schaukasten mit gesprungenen Scheiben, in dem eine Landkarte des Staates Utah hing. Ein goldener Stern und die Worte »Sie befinden sich hier« zeigten ihren momentanen Standort an. Auf der Karte war nur ein schmaler Streifen von Western Colorado abgebildet, dennoch schien es, als hätten sie noch einen langen Weg vor sich. Er fuhr mit dem Finger den Highway entlang, auf dem sie Richtung

Südosten gefahren waren. Die Straße schlängelte sich noch ein bisschen dahin, dann verlief sie wieder gerade. Mehrere dünne Linien kreuzten den Highway. Sie waren mit Nummern gekennzeichnet, die ihm nicht das Geringste sagten. Als er mit seinem Finger eine gepunktete Linie erreichte, hielt er inne und schaute auf die Legende der Karte: Die gepunkteten Linien markierten einen Fußweg. Als er wieder auf die Karte blickte, war die Markierung keine gepunktete Linie mehr, sondern ein kleines Blutrinnsal, das sich von der Stelle, an der er sich seinen Finger an einem Sprung in der Scheibe aufgeschnitten hatte, einen Weg nach unten bahnte.

»Der Pfad des Blutes«, flüsterte er und zog sofort seinen Finger weg, um ihn an seiner Hose abzuwischen. Das war der Weg, dem sie folgen mussten. Er hatte nicht den geringsten Zweifel daran. Und es sah ganz so aus, als würden sie die Stelle auf jeden Fall im Lauf des nächsten Tages erreichen.

Es geschah alles so schnell, und Phoenix hatte Angst, er könnte die Gelegenheit verpassen, die anderen zu retten, wenn sie sich bot.

Er ging wieder zurück zum Feuer. Adam versuchte gerade, das Benzin aus den Reservekanistern möglichst gleichmäßig auf die Motorradtanks zu verteilen, während die anderen schon dabei waren einzuschlafen. Missy schnarchte leise, ihren Kopf immer noch auf dem Tisch; Mare und Jill waren auf einen der umstehenden Tische geklettert und lagen nebeneinander unter der Decke, in der das Abendessen eingewickelt gewesen war. Ray hatte sich auf der Bank ausgestreckt, Jake lag auf ihm, während er den Rücken des kleinen Jungen streichelte, langsam und immer langsamer. Evelyn hatte ihren Kopf auf ihre gekreuzten Unterarme gelegt wie Missy, aber Phoenix konnte sehen, dass ihre Augen immer noch offen waren und sie Adam beobachtete.

Er ging zu Adam hinüber und hielt die leeren Kanister fest, während Adam sie wieder auf den Sitzbänken der Motorräder festzurrte.

»Unsere Reise beginnt jetzt«, sagte Phoenix, als sie die Arbeit erledigt hatten.

Adam blickte ihm fest in die Augen. »Was verschweigst du mir?«

»Wir werden den Highway verlassen müssen.«

»Warum?«

»Es gibt einen Weg, dem wir folgen müssen. Den Pfad des Blutes.«

»Der Name gefällt mir nicht.«

»Mir auch nicht.«

»Warum heißt er der Pfad des Blutes?«

»Weil Tod an seinem Ende auf uns wartet.«

V

Jill wachte auf. Der Mond stand noch hoch an dem mit Sternen gesprenkelten Himmel, neben sich hörte sie das leise Geräusch von Mares Atem. Er bewegte sich, rollte sich auf die Seite und legte einen Arm über ihre Brust. Sein Gesicht sah so friedlich aus, die Augenlider sanft geschlossen, die Stressfalten auf seiner Stirn und in seinen Mundwinkeln waren verschwunden. Sein ehemals zu einem Irokesenkamm aufgestelltes Haar stand nicht mehr in die Höhe, weil es inzwischen zu lang geworden war. Er war immer noch ein Kind. Sie beide waren noch Kinder. Es musste jetzt mehrere Wochen her sein, seit er sich das letzte Mal rasiert hatte, und dennoch wuchs lediglich ein dünner Flaum auf seiner Oberlippe und an seinem Kinn. Und bald würde er Vater werden. Sie waren noch nicht bereit, gemeinsam ein neues Leben in diese Welt zu setzen. Bei weitem nicht. Und das Schlimmste daran war, dass er es nicht einmal wusste. Vielleicht wartete sie noch auf den richtigen Ort und die richtige Zeit, aber selbst wenn – Jill wusste einfach nicht, wie sie es ihm sagen sollte. Wie würde er reagieren? Sie stellte sich seinen geschockten Gesichtsausdruck vor, wie er mit weit aufgerissenen Augen und herunterhängendem Kinn dastand, malte sich seine Verwirrung aus, während er versuchte, die Tatsache, die sein Leben für immer verändern würde, zu begreifen. Was, wenn er ausflippte? Schlimmer noch, was, wenn er einfach davonrannte? Was, wenn er so erschrocken wäre, dass er aufhören würde, sie und ihr gemeinsames Kind, die Tochter, die in ihr heranwuchs, zu lieben?

Sie spürte die Hitze der Tränen auf ihren Wangen und drehte sich weg, aus Angst, Mare könnte seine Augen öffnen und sie sehen. Was war nur los mit ihr? Ihre Gefühle waren eine einzige Achterbahn, viel zu schnell heulte sie einfach los. Natürlich wurde ihr Körper im Moment von Hormonen überflutet, aber sie konnte nicht alles nur auf diese Tatsache schieben. Jill fühlte sich, als laste ein schweres Gewicht auf ihrer Brust. Manchmal schien ein Gedanke in ihr aufzukeimen, eine Kraft, eine Offenbarung, die versuchte, sich bis in ihr Bewusstsein durchzukämpfen, aber Jill konnte sie nie ganz erfassen. Es war wie der Schlüssel zu einem der grundlegenden Geheimnisse des Kosmos, abgeschirmt von derart starken Angstgefühlen, dass sie kaum atmen konnte. Sie weinte so oft in letzter Zeit, befand sich fast am Rand einer Panikattacke, und nie konnte sie sich erklären, warum. In jenen leicht benebelten Momenten kurz nach dem Aufwachen, wenn Traum und rationale Welt nicht voneinander zu trennen waren, hatte sie das Gefühl, sie müsste nur die Hand ausstrecken und den Schlüssel ergreifen, aber es gelang ihr nie. Sobald sie ganz nahe dran war, drängten sich die Worte ihrer Großmutter vor Urgenerationen in ihr Bewusstsein wie ein Messer aus Gedanken, das durch ihr Gehirn schnitt.

»Würdest du alles für dieses Kind opfern?«, flüsterte sie.

Dunkelheit drang von allen Seiten auf Jill ein und verschlang sie, als wäre sie in einen See aus Rohöl gefallen.

Flammen fraßen sich durch die Dunkelheit. Zuerst dachte Jill, es wäre wieder die Vision mit dem Rauch, der so dicht war, dass er in ihrer Brust schmerzte und sie husten musste, doch als eine Brise den Rauch teilte, konnte sie keine Bäume sehen. Der Boden unter ihren Füßen war fest, nicht das schwammige Geröll aus ihrem letzten Traum. Sie roch auch kein siedendes Kiefernharz oder brennendes Holz, sondern etwas ganz anderes, Schwefeliges, fast wie der Gestank von verfaulten Eiern. Ein schattenhafter menschlicher Umriss tauchte zwischen den Rauchschwaden auf. Durch etwas, das aussah wie ein gezackter, brüchiger Torbogen, lief er direkt auf sie zu.

»Es ist direkt hinter mir!«, schrie der Schatten mit einer Stimme, die sie sofort als Mares Stimme erkannte. Er schob sie zurück und fummelte an etwas an der Seite des Durchgangs herum. Mit dem schrillen Kreischen von verbiegendem Metall schob sich eine schwarze Fläche ein Stück weit vor den Eingang. Er zog und rüttelte daran, aber sie schien festzustecken. »Nein! Nein! Nein!«

Mare drehte sich um und schaute sie durch die rauchverhangene Finsternis hindurch an. Er zögerte kurz, dann zog er sie an sich und umarmte sie.

»Tu das nicht«, hörte Jill sich schluchzen. Sie vergrub ihre Finger in seinem T-Shirt und hielt ihn mit aller Kraft fest.

»Ich liebe dich«, flüsterte Mare in ihr Ohr, während die Flammen um sie herum prasselten, als würde der Teufel selbst sie auslachen. »Und sag auch ihr, wie sehr ihr Daddy sie liebt.«

Er versuchte sich loszumachen, aber Jill hielt ihn zurück, ihre Finger so fest in den Stoff seines T-Shirts gekrallt, dass sie das Gefühl hatte, er müsste sie brechen, um sich aus ihrer Umarmung zu befreien. Sie würde ihn nicht gehen lassen. Sie konnte es nicht. Er schob sie weg und wehrte sich, doch sie hielt ihn fest mit allem, was sie hatte. Ein Lichtschein spiegelte sich in seinen Augen, und Jill sah den Ausdruck puren Entsetzens in seinem Gesicht.

»Du musst mich gehen lassen, Jill!«, brüllte er. »Lass mich gehen!«

Eine weitere schwarze Silhouette tauchte hinter der halb geschlossenen Tür auf, nur dass diese in Flammen stand und lange Feuersäulen sich von ihrem Kopf und ihren Schultern bis in den Himmel erhoben.

»Jetzt, Jill! Bitte!«

Sie hörte ihre schwache Stimme protestieren, die Worte von Furcht und Tränen verzerrt.

Ein flammendes Lächeln zerteilte die schwarze Fratze jenseits der Tür, dann wurde der ganze Körper zu einem einzigen Feuerball. Blendendes Licht erfüllte den Durchgang. Sengende Hitze schlug Jill ins Gesicht und zwang sie, die Augen zu schließen. Das Letzte, was sie sah, war, wie Mares Haar Feuer fing und sein Mund sich zu einem stummen Schrei öffnete, während Arme aus orange leuchtenden Flammen sich um ihn schlangen. Ihre Haut entzündete sich, und jedes einzelne ihrer Nervenenden sendete Schmerzimpulse von einer Intensität, die sie nie für möglich gehalten hätte. Sie riss ihren Mund auf, um zu schreien, saugte die Flammen durch ihre versengte Luftröhre bis in ihre Lunge, deren Bläschen sich sofort …

Jill sah wieder die Sterne und Mare, der sie mit angsterfüllten Augen anstarrte. Er hatte immer noch alle Haare auf dem Kopf, und seine blasige Haut war wieder heil. Jill lag zuckend auf dem Rücken und schnappte nach Luft. Akute Sauerstoffunterversorgung ließ kleine rote Punkte vor ihren Augen kreisen.

»Gib ihr mehr Platz!«, brüllte Adam und schob Mare weg, der aber nicht mehr als ein kleines Stück zur Seite rückte. Er hielt Jills Hand fest umklammert, und es war dieser Druck, der sie noch mit der Realität verband. »Du musst dich beruhigen, Jill. Konzentriere dich auf deine Atmung. Langsam. Gleichmäßig. Atme tief ein … und jetzt ganz langsam wieder aus. Noch einmal tief einatmen …«

Die roten Punkte vor den Sternen verblassten, während Jill keuchend die Luft einsaugte, die sofort als langsam verhallender Schrei wieder aus ihrer Brust schoss.

»Alles wieder in Ordnung?«, fragte Mare und schmiegte sich an ihre Wange. Jill spürte die Wärme seines Atems an ihrem Ohr. Sie wagte es nicht, ihn anzuschauen, aus Angst, er könnte aussehen wie in ihrer Vision.

»Nein«, stammelte sie und schloss die Augen. Sie sah nichts als Flammen. Ihre eigenen Schreie hallten in ihrem

Kopf wider. Sie drückte Mares Hand und gab sich der feuchten Wärme seiner Wange auf ihrem Gesicht hin.

Nichts würde jemals wieder in Ordnung sein.

VI

IN DEN RUINEN VON DENVER, COLORADO

Tod konnte ihn spüren. Obwohl noch über hundert Meilen zwischen ihnen lagen, konnte Tod seine Gegenwart fühlen wie Hakenwürmer, die sich durch seinen Schuppenpanzer fraßen. Der Auserwählte des Herrn, sein diametrales Gegenteil, war auf dem Weg zu ihm, so wie es sein sollte. In den Ruinen dieser einst so großen Gesellschaft, die sie beide hervorgebracht hatte, würden sie einander auf dem Schlachtfeld gegenübertreten, und es würde um nichts weniger gehen als um die Zukunft der Erde. Er würde den Jungen zerquetschen und seine Knochen zu Staub zertreten, seine Jünger ins Chaos stürzen, sie darauf vorbereiten, geschlachtet zu werden. Für den Fall, dass sie überhaupt so lange überlebten. Es war nicht zu übersehen, dass seine Diener sie schon fast erreicht hatten, seine perfekte Schöpfung, die sich mit Feuer und Grausamkeit auf sie stürzen würde. Er konnte ihr brennendes Fleisch beinahe riechen, die kräftigen Kiefer hören, wie sie das Fleisch von den Knochen rissen, und die Schreie, das Betteln um Gnade …

Dünne Lider schoben sich ruckartig vor das rote Glühen, als Tod seine Augen schloss und er den Moment in vollen Zügen auskostete. Ein Bild seines Widersachers blitzte vor ihm auf und gewährte ihm einen kurzen Blick auf – wie er selbst überrascht war herauszufinden – ein Kind. Langes, weißes Haar flatterte vor einem von Rinnsalen aus Blut überzogenen Gesicht. Der Kopf bog sich ruckartig nach hinten, der Mund war zu einer Grimasse des Schmerzes aufgerissen. Tränen verdünnten das Blut zu einem Ton, der dem seiner rosafarbenen Augen glich. Schließlich sank das Kinn auf seine schmale, bleiche Brust. Alles war still. Er bewegte sich nicht mehr. Der Wind blies Strähnen verknoteten Haares über das Gesicht, wo sie mit dem Blut verklumpten.

Zwei Reihen messerscharfer Zähne zerrissen Tods Gesicht zu einem Grinsen. Er öffnete die Augen, und scharlachrotes Licht ergoss sich in den Raum wie Blut, erhellte die Knochenhaufen, die über den Boden verstreut waren. Er lehnte sich zurück auf seinem Thron aus menschlichen Skeletten, diesem teuflischen Mahnmal für die Gefallenen, und suchte die Schatten ab nach jenen, die dort auf seine Befehle warteten. Das Zelt aus Menschenhaut, das seinen Thron überspannte, erstrahlte in rotem Licht, leere Augenhöhlen starrten ihn aus zerschmetterten Schädeln flehend von jenseits des Grabes an.

Pest und Hunger standen an beiden Seiten des Durchgangs, den Rücken zur Wand gedreht. Sie waren nur noch ein Schatten ihrer selbst. Ihre Insekten waren fast alle tot, sie selbst kaum noch mehr als leere Hüllen, ihre Lebenskraft nahezu aufgebraucht. Doch Tod wusste, dass er sie noch brauchen würde. Gott hatte sich gegen ihn verschworen, und er würde jede Hilfe brauchen, die er bekommen konnte.

Sie folgten seinem stummen Ruf und durchquerten den Raum. Knochen zersplitterten krachend unter ihren Füßen, ein Geräusch wie Glasscherben, die zu Sand zermahlen werden. Sie legten ihre Hände an den Fuß des Throns und knieten nieder, jeder auf einer Seite ihres Herrn, dann schoben sie ihre Kapuzen zurück und neigten den Kopf. Hungers alabasterfarbener Schädel schimmerte in Tods Aura, während auf Pests viel zu straffer, ledriger Haut Risse und Sprünge hervortraten wie auf dem Boden eines ausgedörrten Tümpels. Lediglich ein paar Strähnen zottigen und zerzausten Haares ragten daraus hervor, als wäre der Rest davon einer heimtückischen Krankheit zum Opfer gefallen.

Tod beugte sich wieder nach vorn, spreizte seine Klauen und legte die Hände auf die Schädel seiner Untertanen. Dann drückte er gerade so fest zu, dass die scharfen Spitzen seiner Krallen die Haut durchstachen und den blanken Knochen darunter berührten. Er schloss die Augen und konzentrierte all seine Sinne, spürte, wie das Blut durch seinen Körper strömte, und leitete es von seiner Brust in die Extremitäten, durch Arme und Handgelenke, bis er fühlte, wie die Kraft in seinen Händen pulsierte. Rauch stieg in dünnen Schwaden von ihrer Kopfhaut auf, aber keiner der beiden schrie, während die Kraft sich immer weiter aufbaute.

Tod presste seine Klauen zusammen, seine Finger durchstießen den Schädel und gruben sich in die Gehirnmasse. Pest und Hunger zuckten und schlugen wild um sich, ihre Augen wölbten sich unter dem Druck nach außen, und ihre Münder öffneten sich zu einem tonlosen Schrei. Das Einzige, was herauskam, war Rauch. Schließlich brachen sie auf dem Boden zusammen, und ihre Glieder wurden schlaff. Tods Finger waren wieder frei. Er öffnete die Augen und betrachtete die beiden leblosen Haufen zu seinen Füßen. Elektrische Ströme zuckten durch ihre Adern wie Blitze und leckten sogar über ihre geöffneten Augen. Hätte er es nicht besser gewusst, er hätte geglaubt, sie wären tot.

Die Kraftübertragung hatte ihn ausgelaugt, aber er würde sich erholen. Was er ihnen gegeben hatte, war nur ein Bruchteil dessen, was in seiner Macht stand. Tod stand auf, hob die Arme und breitete sie zu beiden Seiten aus. Seine Geschwister erhoben sich in die Luft wie Marionetten an unsichtbaren Schnüren. Schlaff und bewusstlos schwebten sie, regungslos, als stünden sie mit einem Fuß bereits im Grab. Tod ließ seine Hände sinken, und die beiden begannen sich zu drehen, zunächst ganz langsam, dann immer schneller, bis sie nur noch zwei wirbelnde Kreisel waren, menschliche Tornados. Die Drehung verlangsamte sich allmählich wieder, bis die beiden Körper wieder stillstanden. Ihre Augen waren geöffnet, ockerfarbenes Blut quoll aus ihnen hervor wie Tränen.

Tod setzte sich auf seinen Thron und ließ die beiden auf den mit Knochensplittern übersäten Boden hinab. Mit einem Blick schickte er sie fort. Sie kehrten zurück in die Schatten neben dem Durchgang, doch jetzt verschmolzen sie nicht mehr mit der Dunkelheit, sondern stachen regelrecht hervor – eine neue Kraft pulsierte in ihnen wie der Pulsschlag in zwei schwarzen Herzen. Bald würde er sie hinausschicken in die Welt, um ihre neuen Kräfte zu erproben: Pest die bösartigen Krankheitserreger, die sich jetzt ungezügelt in ihrem Körper vermehrten, und Hunger den Zellverfall, über den er jetzt gebot.

Nun war alles bereit.

Tod zog sich in sich selbst zurück, genoss die Schreie seiner Opfer, die bald ertönen würden, und den endgültigen Sieg, den sie bedeuteten. Gott schrie donnernd seine Wut hinaus und peitschte den großen schwarzen Turm mit Hagelkörnern, doch für Tod bildete das Prasseln lediglich die Gegenstimme zu dem Chor der Schmerzen, der in seinem Geist erklang.

VII

HIGHWAY 40, UTAH

Keiner von ihnen hatte wieder einschlafen können, nachdem Jill sie mit ihrem kreischenden Schrei aufgeweckt hatte. Auf diese Weise aus dem Schlaf gerissen zu werden hatte ihnen allen einen beträchtlichen Adrenalinstoß versetzt, und sie waren hellwach. Sie mussten den unverhofften Energieschub nutzen, solange er anhielt. Sie waren daran gewöhnt, immer nur ein paar Stunden zu schlafen, wenn sich gerade die Gelegenheit bot, denn sie wussten nie, wann die nächste kommen würde. Die Tage, die auf den Angriff des Schwarms gefolgt waren, mochten sie ein wenig verweichlicht haben, aber es war leicht, das alte Muster wieder aufzunehmen; außerdem hatte Adam in der Zeit, in der Jill sich von ihrer Vision erholte, die Motorräder bereit gemacht.

Ray saß hinter Mare. Das Gefühl, seine Arme um einen anderen Jungen zu schlingen und sich von hinten an ihm festzuhalten, war beunruhigend. Nicht wegen der sexuellen Konnotationen – solche Gedanken waren ihm nie in den Sinn gekommen –, sondern weil er blind war. Wenn er sein Gewicht im falschen Moment verlagerte, wenn sie etwa in eine Kurve einbogen oder gerade einen Schlenker um ein liegengebliebenes Fahrzeug machten, konnte er sie damit beide töten. Er wusste, dass Mare alle Mühe hatte, ihrer beider Gewicht auszubalancieren. Alles, was er tun konnte, war, sich möglichst tief zu ducken und Mares subtilen Bewegungen zu folgen, wenn er sich nach links oder rechts lehnte. Er fühlte sich wie ein Krüppel, auf das Wohlwollen der anderen angewiesen. Er war das Kreuz, das sie alle gemeinsam zu tragen hatten. Solange sie die Motorräder hatten, waren die Auswirkungen nur minimal, aber was, wenn sie zu Fuß weitermussten? Auf einer flachen, ebenen Straße konnte er einfach einen Fuß vor den anderen setzen, ohne hinzufallen, aber selbst dann würde er die Gruppe beträchtlich verlangsamen. Und wenn sie die Straße verlassen mussten oder auch nur auf eine Schotterpiste ausweichen, würde er im Handumdrehen zu einer Last werden. Durch Wiederholung hatte er gelernt, die Wege zwischen der Höhle und dem Strand zurückzulegen, doch selbst dabei war er öfter hingefallen, als er zugeben wollte. Einen unbekannten Weg entlangzuhasten wäre so gut wie unmöglich, wenn er nicht zu beiden Seiten einen Helfer hatte, der ihm sagte, wohin er seinen Fuß setzen musste, damit er nicht über jeden noch so kleinen Stein stolperte oder über eine übereifrige Wurzel, die sich aus dem Boden streckte. Keiner aus ihrer Gruppe würde es jemals aussprechen, aber ohne ihn wären sie dann zweifellos besser dran. Ray konnte nicht mehr sehen, aber er war nicht blind für die unleugbare Wahrheit.

Seine Augenhöhlen brannten. Das taten sie immer, wenn sein Körper weinen wollte, denn seine Tränen würden nie mehr fließen.

Er dachte an Tina und daran, wie er mit ihr hätte sterben sollen. Er hätte ihre Hand halten sollen, während sie aus dem Leben schied. Sie hätte nicht allein sein dürfen auf den dreckigen Fliesen dieser Rastplatz-Toilette. Er hätte an ihrer Stelle sein sollen. Es hätte sein Kopf sein sollen, der in einer Fontäne hellroten Blutes vom Rumpf getrennt wurde …

Genug. Genug Selbstmitleid. Dies war das Schicksal, das ihnen zuteilgeworden war, und er musste damit zurechtkommen, so oder so. Außerdem hatte Mutter Natur so ihre Mittel und Wege, um die Schwachen zur Strecke zu bringen. Wenn er zurückfiel oder stürzte, gab es ohne jeden Zweifel irgendetwas, das nur darauf wartete, kurzen Prozess mit ihm zu machen. Am besten ließ er es gar nicht erst so weit kommen, dachte er mit einem Lächeln auf seinen vom Fahrtwind ausgetrockneten Lippen.

Vor der Schwärze seiner Augen bildeten sich kleine Punkte, nicht die sich langsam bewegenden Kreise, die auf einen stumpfen Schlag auf den Kopf folgten, sondern bewegungslose, graue Punkte, fast wie …

Rays Puls schoss in die Höhe, und er hielt den Atem an. Er richtete sich auf und hob den Kopf so weit, dass er über Mares Schulter sehen konnte. Eine verschwommene schwarze Linie wie der gezackte Rücken eines Jagdmessers, wenn auch nicht so scharf und regelmäßig, verlief quer über sein Gesichtsfeld. Das waren Baumwipfel. Bei der heiligen Muttergottes, er konnte die Baumwipfel sehen! Und darüber … darüber verströmten graue Stecknadelköpfe ein mattes Leuchten. Er sah sogar die Sterne am Nachthimmel! Dort war die Deichsel des Großen Wagens. Hier der Gürtel des Orions. Und da, das große Runde, das war der zunehmende Mond. Er konnte sie sehen! So wahr ihm Gott helfe, er sah sogar …

»Nein. Nein, nein, nein!«, rief er, während die Bilder wieder verblassten, als würden sie von schwarzem Nebel verschlungen. Der Fahrtwind zerrte an seinen Wangen, lange Haarsträhnen schlugen peitschend auf seine leeren Augenhöhlen ein. Je mehr er innerlich tobte, desto schneller verblasste das Bild, bis er wieder vollkommen allein war in der erdrückenden Dunkelheit in seinem Kopf. Er wollte auf etwas einschlagen, mit den Fäusten trommeln und den Füßen aufstampfen vor Frustration. Stattdessen entschied er sich, einfach so laut zu schreien, wie er konnte.

Das Motorrad schlingerte, und Ray krallte sich an Mares Rücken fest.

»Was ist los?«, rief Mare ihm über die Schulter zu. Jeder einzelne Muskel in seinem Körper war angespannt, während er sich bemühte, das Motorrad auf dem geschotterten Seitenstreifen wieder unter Kontrolle zu bekommen.

»Nichts«, sagte Ray und beugte sich nach vorn, um direkt in Mares Ohr sprechen zu können. »Ich glaube, ein Stein hat mich erwischt, den eins der vorderen Motorräder aufgeschleudert hat.«

Er wusste, dass seine Lüge wenig glaubhaft war. Mit Mares Körper als Schutzschild war das Risiko gering, von irgendetwas getroffen zu werden, aber Mare schien zufrieden oder, was wahrscheinlicher war, zumindest nicht darauf erpicht, das Thema weiterzuverfolgen.

Ray lockerte seinen Griff um Mares Hüfte und zog den Kopf wieder ein. Er hatte etwas gesehen, daran bestand kein Zweifel. In der Höhle hatte er das verschwommene Bild der Flammen vielleicht noch aus seinen Erinnerungen zusammengebastelt, aber das hier war etwas vollkommen anderes gewesen. Er hatte Sternenkonstellationen gesehen, klar und deutlich. Zugegeben, es waren vertraute

Muster, aber nicht so vertraut, dass er sie aus seinem Gedächtnis hätte nachbilden können. Er hatte sie zweifellos gesehen, doch was bedeutete das? Wenn er sie wirklich erblickt hatte, warum konnte er sie dann jetzt nicht mehr sehen? Warum waren sie verschwunden, als er sich auf sie konzentrierte?

Es musste irgendeine Logik dahinterstecken. Er rief sich die Momente ins Gedächtnis, in denen er etwas gesehen hatte. Sicher gab es ein Muster. Beim ersten Mal hatte Jake ihm sanft die Hände aufgelegt; das zweite Mal war während der noch schlaftrunkenen Momente kurz nach dem Aufwachen gewesen, als er die Umrisse der Kisten und Decken gesehen hatte, über die er gestolpert war; und jetzt hatte er die Sterne gesehen. Er war in Gedanken verloren gewesen und hatte sie erst bemerkt, als sie schon da waren. Sie hatten ihn überrascht, als wäre er bewusstlos gewesen und unter dem Sternendach wieder zu sich gekommen. Vielleicht ... vielleicht gab es irgendeinen roten Faden, dem er folgen konnte. Das erste Mal schrieb er Jake zu. Konnte es eine Art Entspannung gewesen sein, welche die kleinen, kalten Hände des Jungen an seinen Schläfen herbeigeführt hatten? Das zweite Mal war in einem beinahe noch traumartigen Zustand gewesen. Während er fiel, waren in dem Moment der Schwerelosigkeit kurz vor dem Aufprall alle bewussten Gedanken beiseitegefegt gewesen, und jetzt, heute Nacht, war er ein wenig weggetreten gewesen, vielleicht noch benommen von dem kurzen Schläfchen und dem Dröhnen des Motors. Ray zupfte an dem Faden, dröselte ihn ein klein wenig weiter auf. Entspannung. Traumartiger Zustand. Schwerelosigkeit. Weggetreten. Es war wie die vier Seiten eines Quadrats. Jedes Mal war das Bild verblasst, wenn sein rationales Bewusstsein eingegriffen und versucht hatte, das Phänomen zu erklären, dass er ohne Augen etwas sehen konnte, oder wenn er sich zu stark auf das konzentrierte, was er sah.

Die Sitzbank zwischen seinen Beinen begann zu vibrieren; der Wind ließ nach. Mare lehnte sich etwas nach rechts, und das Motorrad neigte sich zur Seite. Dann richtete er sich wieder auf und entspannte sich merklich, während sie langsamer wurden und schließlich ganz zum Stehen kamen. Das Tuckern des Motors hallte blechern, als stünden sie unter einem metallenen Vordach, dann erstarb das Geräusch abrupt.

Ray stieg ab und hörte, wie Mare den Seitenständer ausklappte.

Einer nach dem anderen verstummten auch die anderen Motoren, jemand gähnte lautstark. Metall klapperte auf Metall, als einer aus ihrer Gruppe den Zapfhahn aus dem Tankstutzen eines Autos zog. Zwei Tankdeckel quietschten, während jemand sie aufschraubte. Gedankenversunken ging Ray weg von den anderen, um sich ein wenig die Beine zu vertreten, und knallte mit dem Knie gegen die Stoßstange des Autos, das neben der Zapfsäule stand. Der Fahrer, dessen Gestank unverkennbar in der Luft lag, musste mitten während des Tankens von den Moskitos überrascht worden sein.

»Warum seht ihr nicht nach, ob es da drinnen was zu trinken gibt?«, meinte Adam.

»Irgendwelche Wünsche?«, fragte Evelyn.

»Alles, was flüssig ist.«

Ray brauchte ein wenig Abstand. Die Stimmen lenkten ihn ab. Er war sicher, dass er kurz davorstand, das Geheimnis zu enthüllen, nach dem er suchte, und er musste seinen Gedankengang zu Ende bringen, bevor dieser sich wieder auflöste wie zuvor die Sterne. In einer geraden Linie ging er von den anderen weg, bis er ihre Stimmen zwar noch hören, die Worte aber nicht mehr verstehen konnte.

Eine angenehme Wärme liebkoste sein Gesicht, als die aufgehende Sonne die Kälte der Nacht und ihre unsichtbaren Bewohner vertrieb. Er drehte sein Gesicht in die Richtung, aus der die warmen Strahlen kamen, stieß einen langen Seufzer aus und versuchte, seinen Körper zu entspannen und die endlose Flut scheinbar unbeantwortbarer Fragen aus seinem Bewusstsein zu verdrängen. *Spür einfach nur die Wärme, riech den Duft der Kiefern.* Er ignorierte den schwachen Geruch nach brennendem Holz. Der existierte nur im Hier und Jetzt, in diesem Moment, in dem das goldene Gestirn sein Gesicht küsste und der Wind sich ehrfürchtig vor dem Wunder seines Erscheinens zurückzog.

Ray lächelte, als die undurchdringliche Dunkelheit in seinem Geist sich ein wenig aufhellte. Der Himmel tauchte vor ihm auf, an dessen gezacktem unteren Rand die Baumwipfel sanft hin und her schwankten. Ein von hellen Tentakeln durchzogenes Grau ergoss sich über den Himmel, in dessen Zentrum der gleißend weiße Halbmond der aufgehenden Sonne stand.

Ray saugte alles in sich ein, schwelgte im Augenblick. Das Geheimnis war entschlüsselt, doch wollte er darüber jetzt nicht nachdenken, wollte es nicht sogleich wieder weganalysieren. Er wollte es einfach nur genießen, selbst wenn es nur für wenige Momente anhalten sollte.

Er genoss die Sonne, tief berührt von ihrer Herrlichkeit. Keine Gedanken. Keine Geräusche. Nur diese himmlische Scheibe, die sich würdevoll über der Baumlinie im Osten erhob.

»Hey, Ray!«, rief Mare. »Kommst du jetzt, oder was?«

»Nur eine Sekunde noch«, erwiderte Ray und machte im Geist ein Foto für seine Erinnerung, bevor er zu den anderen ging, die bereits bei ihren vollgetankten Motorrädern standen und auf ihn warteten.

VIII

Phoenix wusste nicht genau, wonach er suchte, aber er war sicher, dass er es erkennen würde, sobald er es sah. Er rechnete zwar nicht mit einem Hinweisschild mit Neonleuchtschrift darauf, aber der Pfad des Blutes würde unverkennbar sein. Dieser Name weckte falsche Erwartungen. Auf keinen Fall konnte es sich dabei um einen Weg handeln, der tatsächlich mit Blut markiert war. Phoenix stellte sich einen dunklen Durchgang zwischen überhängenden Bäumen vor, die ihn wie ein aufgerissenes Haifischmaul bewachten. Ein kalter Hauch würde ihnen daraus entgegenwehen, besudelt mit dem Gestank des Todes. Vielleicht gab es einen kleinen Wegweiser am Rand des Highways, der auf einen landschaftlich reizvollen Spazierweg hinwies, möglicherweise sogar von irgendeiner historischen Bedeutung, oder vielleicht handelte es sich auch um eine verfallene Eisenbahnstrecke, an die nur noch ein verrosteter Eisennagel oder eine vermoderte Gleisschwelle hier und da erinnerten, der Boden verwildert, die Schienen längst abtransportiert. Er hasste es, darüber nachzudenken, denn der Sturm der Seelen war genau das gewesen, was sein Name andeutete, und er fürchtete, dass auf dem Pfad nicht nur bald echtes Blut fließen würde, sondern *ihr* Blut.

Der Gedanke jagte ein Frösteln durch seinen Körper, das ihn zwang, sich noch stärker an Missy festzuklammern, sodass seine Brust beinahe mit ihrem Rücken verschmolz.

Der Asphalt schimmerte im Licht der aufgehenden Sonne, die sie nach Osten durch die Berge lotste. Zu ihrer Linken hatte ein Flusslauf sich ihrer Reise angeschlossen, der sich schlängelnd einen Weg von der kontinentalen Wasserscheide bis in den Schoß des Pazifiks bahnte. Er war so weit angeschwollen, dass das Wasser an manchen Stellen den Highway zu überschwemmen drohte, und führte jede Menge Schutt und Geröll mit sich, das krachend gegen unter der Wasseroberfläche verborgene Felsen und die sich darüber bildenden Dämme schlug. Die Schneeschmelze, die auf den absurden Sturm gefolgt war, hatte tiefe Furchen in Erde und Fels der Bergflanken gegraben und das Wurzelwerk der Bäume unterspült. Das Wasser des Flusses war so kalt, dass es selbst aus mehreren Metern Entfernung noch spürbar war. Die Schatten der kantigen Felsspitzen zu ihrer Rechten verschlangen die Straße immer wieder, um sie kurz darauf wie in einem Katz-und-Maus-Spiel zwischen Licht und Schatten wieder freizugeben.

Er wusste nicht, wie weit sie schon gekommen waren, genauso wenig wie er wusste, wie viel des Weges noch vor ihnen lag. Doch er spürte das schwarze Herz, das im Zentrum ihres Zielortes schlug, und er spürte die magnetische Anziehung, die mit jeder Meile stärker wurde. Er konnte die Kraft seines Gegenspielers fühlen, die sich sammelte wie Sturmwolken am Horizont und schon jetzt eine Macht ausstrahlte, die alle seine Vorstellungen übertraf. Und das ängstigte ihn zu Tode. Sie waren kein Gegner für diesen Herrscher des Bösen, den Phoenix mittlerweile für beinahe allmächtig hielt. Sie waren schließlich kaum mehr als Kinder! Jake konnte die Gewehre, die sie dabeihatten, nicht einmal hochheben, geschweige denn abfeuern. Außerdem glaubte Phoenix nicht, dass ihre Waffen ihnen gegen dieses beinahe gottgleiche Wesen viel nützen würden.

Er spähte über Missys Schulter, und ihr Haar schlug ihm ins Gesicht, während er die nächste Kurve näher kommen sah. Adam verschwand als Erster hinter der Biegung, gefolgt von Mare und Ray. Für Phoenix hatte es den Anschein, als würde der Asphalt hier an der Flussbiegung abrupt aufhören, als würden sie jeden Moment die Leitplanke durchbrechen und in die wogenden Wellen hinabstürzen, dann legten auch sie sich erneut in die Kurve und bogen auf die nächste Gerade ein. Die Berge zu beiden Seiten der Straße bildeten einen tiefen Taleinschnitt, und die Ausläufer vor ihnen lagen unter etwas verborgen, das im ersten Moment ausgesehen hatte wie Nebel. Aber die Farbe war falsch. Der Nebel war zu schwer, zu dunkel. Genau in diesem Moment schleuderte der Wind ihm die Abertausende von Gerüchen eines Waldbrandes entgegen.

»O mein Gott!«, keuchte Phoenix.

Der Rauch reichte vom einen Ende des Firmaments bis zum anderen, er füllte den gesamten Horizont aus wie ein zweites Gebirge, das sich über dem anderen erhob. Die Sonne stand mittlerweile hoch genug am Himmel, um die schwarze Masse mit ihren schrägen Strahlen in ein gespenstisches Licht zu tauchen. Der beunruhigendste Anblick von allem jedoch war dieses abscheuliche orangerote Leuchten an der Unterseite der Wolken. Etwas traf Phoenix im Auge, und er musste blinzeln. Als er seine Lider wieder hob, sah er Flocken von Asche und Staub, die durch die Luft wirbelten wie Schnee, der einen schweren Sturm ankündigt.

Adam verlangsamte sein Tempo, die anderen folgten seinem Beispiel. Auf einer Brücke überquerten sie den Fluss, der jetzt rechts von ihnen verlief, wo schmale Wasserläufe sich in Kaskaden über die Felswand ergossen. Von links kam der Wald immer näher, als wolle er sich heimlich anschleichen, um die Schatten unter seinen Baumkronen näher an sie heranzutragen.

Je mehr sie sich dem Feuer näherten, desto größer wurde es. Die Flammen loderten jetzt höher als die Bäume, die mehrere hundert Jahre alt sein mussten und bestimmt an die zwanzig Meter hoch waren.

Sie sind da drinnen, dachte Phoenix. *Sie sind irgendwo in dem Feuer*. Die Vorstellung entsetzte ihn. Sie war in seinem Unterbewusstsein entstanden und schlich sich nun in seine Gedanken, als hätte ein anderer die Worte ausgesprochen. Er wusste nicht, wer *sie* waren, aber eine Gänsehaut, die regelrecht wehtat, breitete sich über seine Schultern aus. Phoenix schloss die Augen, und zunächst sah er nichts als Dunkelheit. Aufblitzende Flammen. Zuschnappende Kiefer, zwischen deren Zähnen sich Speichelfäden spannen. Augen, von Feuer erfüllt. Schreie. Er riss die Augen wieder auf, und sein Herz hämmerte. Sein Atem ging keuchend. *Mein Gott, was sind das für Monster da draußen?*

Eine undurchdringliche Wand spitzer Bäume pirschte sich von vorne an die Straße heran, die ihnen mit einer sanften Kurve auswich, heraus aus dem Sonnenlicht, hinein in den kühlen Schatten. Phoenix sah etwas Rotes aufblitzen, dann noch einmal. Reifen quietschten auf dem Asphalt, und einen Moment lang sah es so aus, als würde

Adams Motorrad sich auf die Seite legen, dann schaffte er es doch noch, rechtzeitig zum Stehen zu kommen. Missy hatte einen Sekundenbruchteil länger Zeit, um zu bremsen. Phoenix krallte sich viel zu stark an ihr fest und prallte von hinten gegen sie. Als sie neben Adam Halt machten, entspannte er sich wieder. Adam kniff die Augen zusammen und starrte die Straße entlang.

Der Motor unter Phoenix brummte, doch er hatte das Gefühl, als würde auch der Boden unter ihnen zittern.

»Was zum Teufel ist das?«, stieß Adam keuchend hervor.

Zunächst konnte Phoenix nicht entdecken, was Adam meinte. Alles, was er sehen konnte, waren die dichten Schatten, die den Highway vor ihnen verdunkelten. Eine Luxuslimousine stand quer auf der Straße, die Stoßstange in die Leitplanke entlang des Flusslaufs gebohrt.

Etwas sprang auf die Motorhaube, das Geräusch sich verbiegenden Blechs ertönte, dann war es wieder weg, nur ein schwarzer Umriss, der durch die Schatten huschte. Dann noch einer.

Aus dem Wald dröhnte ein Krachen.

Eine weitere schwarze Silhouette brach zwischen den Blättern hervor und hetzte über die Straße.

Phoenix sah zum Fluss hinüber, der jetzt unterhalb einer kleinen Böschung ein Stückchen weiter weg von der Straße verlief, sodass ein schmaler Streifen für einen Pfad frei blieb.

Nichts.

Er wollte sich gerade wieder dem Wald zuwenden, als ein riesiges Tier die Böschung heraufgeprescht kam und über die Leitplanke sprang. Sein goldenes Geweih flitzte vorbei, und Funken schlugen aus seinen Hufen, wo sie den Asphalt berührten. Seine Flanke war schwarz verkohlt, das Fell bis hinauf zum Schädel weggesengt. Zwei weitere folgten dem Leittier, beide kleiner, aber ebenso angesengt. Aus den Augenwinkeln sah Phoenix weitere Bewegungen. Er drehte den Kopf und blickte die Straße hinunter.

Eine Wand aus panisch fliehenden Tieren raste auf sie zu, Jäger und Beute in derselben Herde vereint. Ein gigantisches Ding, das aussah wie eine Kreuzung aus Bär und Wolf, lief in eigenartigem Galopp auf einem sich bewegenden Teppich aus cremefarbenen Erdhörnchen, die schnell zurückfielen. Blutrote, fuchsartige Vierbeiner mit leuchtenden Augen brachen zwischen Reihen von kastanienbraunen Geschöpfen hervor, die nur aus Ohren zu bestehen schienen und hüpften wie Hasen. Und was einmal Hirsche gewesen waren, trampelte wild zwischen ihnen hin und her und zermalmte alles, was das Pech hatte, unter ihre Hufe zu kommen.

Sie alle rasten so schnell an Phoenix vorbei, dass er sie kaum erkennen konnte – ganz im Gegensatz zu ihren Augen, in denen blankes Entsetzen geschrieben stand. Körper flogen an ihnen vorbei und stießen mit ihnen zusammen, als bemerkten sie die Gruppe von Reitern und ihre mechanischen Pferde gar nicht.

Blut quoll aus tiefen Verbrennungen. Kadaver, die aussahen, als wären sie gekocht worden, rutschten über den Asphalt und blieben hinter ihren Artgenossen zurück. Ein Hirsch brach mitten im Sprung zusammen und war tot, noch bevor er auf dem Boden aufschlug. Sein Fell zerriss, als wäre es aus Zellstoff, Blut spritzte über die Straße.

Und so schnell, wie sie herangejagt waren, waren die Tiere auch wieder verschwunden.

»Jesus«, murmelte Mare, während das Donnern der Hufe langsam verklang. Stille senkte sich wieder über sie.

Sie saßen auf ihren Motorrädern, eines neben dem anderen, und starrten nach Osten, den Highway entlang. Keiner von ihnen wusste, was er sagen sollte. Lediglich das Leerlaufgeräusch der Motorräder, dieses kunstvolle mechanische Rumpeln, und das Tosen des Flusses gaben ihnen noch einen schwachen Halt in der Realität. Überall auf der Straße lagen tote Tiere verstreut, der Wind blies Fetzen von Fell vor sich her und drehte das darunterliegende, verbrannte Fleisch nach oben. Schwarze Blutspritzer prangten auf dem Asphalt wie eine dämonische Karikatur des weißen Mittelstreifens.

Ohne ein Wort zu sagen, setzte Adam seine Füße in Bewegung und ging los. Langsam schlängelte er sich durch den Irrgarten aus Tierkadavern. Die anderen folgten ihm, mehr aus Angst denn aus Neugierde. Jeder von ihnen fühlte sich wie abgetrennt von der Außenwelt, wurde von einem Willen vorwärtsgetrieben, der nicht der seine war. Adam erreichte den Wagen als Erster, einen Saturn, dessen Motorhaube und Dach eigenartig verbeult aussahen, die Windschutzscheibe ein einziges Spinnennetz aus Glassplittern, die nur darauf warteten, auf das Armaturenbrett zu stürzen. Sie sahen nur kurz hin. Der Anblick der dünnen Rinnsale von Blut, die durch die Falten im Metall flossen und sich in den Beulen sammelten, war zu verstörend. Stattdessen wandten sie sich der Öffnung in der Baumlinie zu, durch die die Tiere gekommen waren.

Der Seitenstreifen war hier zu einem kleinen Parkplatz verbreitert, den ein Lattenzaun von dem angrenzenden Naturschutzgebiet trennte. Eine Lücke im Zaun markierte den Eingang zu einem Wanderweg. Neben einem umgestürzten Müllcontainer lagen Fast-Food-Tüten und Blechdosen verstreut, Artefakte einer ausgelöschten Zivilisation.

Adam führte sie den sanften Abhang hinunter zu dem Zaun, an dem ganze Büschel von Tierfell baumelten, die auf ihrer Flucht daran hängen geblieben waren. Der Weg führte in einem Neunziggradwinkel von der Straße weg und machte dann um eine kleine Baumgruppe herum eine Biegung nach rechts.

Der unbefestigte Weg war klebrig und aufgeweicht vom Blut der Tiere. Überall lagen Fetzen von Tierhaut darauf verstreut.

»Der Pfad des Blutes«, murmelte Phoenix. »Das ist der Weg, dem wir folgen müssen.«

BUCH FÜNF

I

DER PFAD DES BLUTES

Sie fuhren in einer Reihe hintereinander, der Highway war nur noch eine weit zurückliegende Erinnerung. Sie kamen jetzt deutlich langsamer voran, aber sie wusste, dass es keinen Sinn hatte, mit Phoenix zu streiten, als er darauf bestanden hatte, dass es genau dieser blutverschmierte Weg war, an dessen Ende ihr Schicksal auf sie wartete. So wie alles, was geschehen war, seit die Welt, die sie gekannt hatten, nicht mehr existierte, war auch dieser Pfad nicht zufällig aufgetaucht. Sie alle spürten den unwiderstehlichen Ruf einer Macht, die weit größer war als sie selbst; es war leichter, nicht darüber nachzudenken und sich einfach in das zu fügen, was sie mittlerweile für unvermeidbar hielten. Es mochte nicht die angenehmste Vorgehensweise sein, aber sie konnten nicht leugnen, dass es bisher ganz gut funktioniert hatte.

Der Pfad führte sie weg von dem Highway auf einen unbefestigten und halb überwucherten Fahrweg. Es war kein Bahndamm, wie Missy zunächst gedacht hatte, schon eher eine alte Siedlerroute wie der Oregon Trail. Missy wünschte, sie hätte in Geschichte besser aufgepasst. Vielleicht hätte sie dann eine klarere Vorstellung davon gehabt, wohin sie jetzt unterwegs waren. Am Anfang des Weges hatten sie ein Schild gesehen, das mit der Schrift nach unten auf dem Boden lag, aber keiner von ihnen wollte sich die Mühe machen, abzusteigen und es aus dem klebrigen Schlamm zu holen. Es hätte ohnehin keinen großen Unterschied gemacht, aber zumindest hätte

Missy dann einen anderen Namen gehabt als »Pfad des Blutes«.

Zwei schlammige Fahrrinnen, nahezu unsichtbar zwischen dem wilden, mehr als hüfthohen Gras, das von allen Seiten über den Weg wucherte, markierten die Richtung, der sie folgen mussten. Riesige Bäume, in deren Schatten nur wenige Schösslinge wuchsen, wölbten sich über den Pfad, der sich der Topografie folgend durch die vor ihnen liegenden Hügel schlängelte. Obwohl sie spürten, dass sie immer höher kamen, schien der Pfad kaum anzusteigen. Er führte sie durch Täler, in denen sich kleine Bäche wie Schlangen durch grasbewachsene Auen wanden, die links und rechts von steilen, kiefernbewachsenen Berghängen begrenzt wurden.

Der Pfad war jetzt nicht mehr mit einer durchgehenden Blutschicht bedeckt. Es waren nur noch vereinzelte Spritzer zu sehen und Büschel von Unkraut, die in dem getrockneten Blut zu Knoten verklebt waren. Immer wieder sahen sie Kadaver verendeter Tiere, und die Verbrennungen wurden von Mal zu Mal schwerer. Manche davon waren nur noch verkohlte Skelette, kaum zu erkennen, und Missy fragte sich, wie sie es überhaupt so weit geschafft hatten. Sie konnte sich kaum vorstellen, welche Schmerzen sie gelitten haben mussten, und es tat ihr regelrecht weh, nur daran zu denken.

Jedes Mal, wenn der Wind auffrischte, regneten Ascheflocken auf sie herab. Missys Lunge schmerzte bereits. Je höher sie kamen, desto wärmer wurde die Luft, und Missy spürte, wie sich an der Stelle, an der Phoenix sich mit überkreuzten Armen an ihr festhielt, Schweißtropfen auf ihrem Bauch bildeten. In den Baumwipfeln auf dem nächsten Bergkamm vor ihnen hing Rauch, aber Missy konnte noch keine Flammen sehen. Wie Klumpen schwarzer Erde schwebte er über ihren Köpfen und erfüllte die Luft mit einem stechenden Geruch, der sogar den süßen Duft der violetten Blüten des Dornengestrüpps überlagerte, das hier und da aus dem hohen, golden schimmernden Gras lugte. Sie wusste, dass es nicht mehr lange dauern konnte, bis der Pfad sie mitten hineinführen würde in diese Rauchwand, die sich vor ihnen auftürmte wie eine Lawine, die nur darauf wartete, sich loszureißen und sie unter sich zu begraben.

Missy versuchte sich einzureden, die Brände wären natürlichen Ursprungs, vielleicht durch Blitzschlag verursacht, und jetzt, da es keine Feuerwehr mehr gab, konnten sie sich ungehindert ausbreiten. Doch sie wusste es besser. Etwas – Missy zögerte, genauer darüber nachzudenken, was – legte diese Brände mit voller Absicht, und dieses Wesen, vielleicht auch mehrere, arbeitete sich nach Westen vor, während sie Richtung Osten unterwegs waren. Ihre Pfade würden sich bald kreuzen.

Missy dachte an Jills Vision, an die Schatten, die sie gesehen hatte, wie sie unter dem Schutz des Rauches auf sie zugekommen waren, während die Flammen sie einschlossen. Beinahe hätte sie geschrien. Es war mehr, als ihr Verstand ertragen konnte.

Zwing es nieder, dachte sie. *Denk einfach nicht daran. Denk an gar nichts. Behalte einfach den Pfad im Auge. Schau nicht mal nach oben.* Doch die Asche, die um sie herum durch die Luft wirbelte, und der Gestank der verbrannten Erde ließen es nicht zu.

Phoenix musste gespürt haben, wie sich ihr Körper verkrampfte. Er lehnte sich nach vorn und sprach direkt in ihr Ohr, damit sie ihn verstehen konnte.

»Ich werde nicht zulassen, dass irgendjemand dir wehtut.« Das Gefühl, seinen Atem an ihrem Ohr zu spüren, beruhigte sie sofort.

Sie drehte den Kopf, um wenigstens einen Moment lang seine Wange an der ihren zu spüren, dann musste sie sich wieder auf den Pfad konzentrieren. Der Rauchteppich hing nun so dicht über ihren Köpfen, dass Missy ihn beinahe berühren konnte, und hinter dem dicht bewachsenen Bergkamm vor ihnen flackerte ein rötlicher Lichtschein – Vorboten des Feuers, auf das sie bald stoßen würden. Der Anblick weckte in ihr den Drang, sofort den Lenker loszulassen und nach der Schrotflinte zu greifen, die quer über ihrer Brust hing. Was würde sie tun, wenn sie die Flinte tatsächlich benutzen musste? Seit dem letzten Mal, als ihr Vater mit ihr hinausgefahren war, um alte Dosen und Flaschen von den Pfosten des Weidezauns neben der Müllhalde zu schießen, hatte sie keinen Abzug mehr betätigt. Das war jetzt mindestens fünf Jahre her. Der Gedanke beunruhigte sie zutiefst.

Jede Faser ihres Körpers schrie danach, umzukehren und zurück nach Mormon Tears zu fahren, vielleicht daran vorbei, immer weiter, bis zum Pazifik. Sie hätte kein Problem damit gehabt, einfach wegzurennen. Was sie anging, hätten sie auch den Rest ihres Lebens damit verbringen können wegzurennen. Sich ein Boot beschaffen und eine Zeit lang zwischen den hawaiianischen Inseln herumschippern. Japan anschauen. Schließlich war die Welt groß genug und hielt jede Menge Plätze bereit, an denen man sich verstecken konnte.

Die ersten Flammen tauchten zwischen den Bäumen auf und rasten den Abhang herunter.

O mein Gott. O mein Gott. O. Mein. Gott.

Phoenix verlagerte seinen Griff um ihre Hüfte, und Missy wäre beinahe aus der Haut gefahren.

Adam musste die Flammen auch gesehen haben. Sein Bremslicht leuchtete auf, und er bog ab, herunter von dem Pfad und hinein in die hohen Gräser, wo er wartete, bis sie sich alle im Kreis um ihn aufgestellt hatten. Als er schließlich etwas sagte, blickte er Phoenix fest in die Augen:

»Was jetzt?«

Phoenix' Blick sprang zu dem Hügel hinüber, wo ein weiterer Flammenkeil durch die Bäume brach. Rauch waberte zwischen den beiden Feuerzungen hin und her, die sich mit rasender Geschwindigkeit durch die Vegetation fraßen.

»Wir fahren weiter«, sagte Phoenix. Mittlerweile konnten sie das Knacken der brennenden Bäume hören. »Hinein in die Flammen.«

Ein dumpfes Rumoren, das sich anhörte wie Donner, hallte aus dem Tal vor ihnen.

II

Die Bestie brach durch das Unterholz, zerschmetterte brennende Äste, Funken und glühende Holzsplitter flogen durch die Luft. Ihre drahtigen Haare waren längst bis auf die versengte, ledrige Haut heruntergebrannt, und von ihrer wilden Mähne waren nur noch schwarze, brennende Klumpen übrig. Ihr Körper war mit einer klebrigen Schicht aus Ruß, Schweiß und Blut überzogen, die schwarzen Handflächen mit nässenden Blasen bedeckt, aber sie spürte keinen Schmerz. So fräste sich die Kreatur durch alles, was sich ihr in den Weg stellte, und spürte nichts als diesen einen überwältigenden Drang, ihren unstillbaren Blutdurst zu befriedigen, der von Sekunde zu Sekunde nur noch stärker wurde. Es waren keine hüpfenden Nager oder fliehenden Hirsche mehr zu sehen, das Rudel hatte sie alle vor sich her nach Westen getrieben, bis auf die wenigen, die nicht auf ihre Instinkte gehört und sich eingegraben hatten. Doch es blieb keine Zeit, sie aus ihren Löchern zu ziehen. Die Muskeln der Bestie gehorchten einem Willen, der stärker war als ihr eigener und sie dazu zwang, sich mit maximaler Geschwindigkeit auf ihr eigentliches Ziel zuzubewegen.

Sie sprang vorwärts und riss dabei parallel verlaufende Kratzspuren in die brennende Rinde eines Baumes. Harz trat aus und begann sofort zu brennen. Sie landete auf allen vieren, blähte ihren Brustkorb auf und hob ihre Fratze dem dicken Rauch im Himmel entgegen. Nackte, weiße Zähne leuchteten aus ihrem schwarzen, bis hinter zu den Ohren aufgerissenen Maul, dann stieß sie ein weiteres Brüllen aus. Die Welt um sie herum wurde wieder scharf, ein Bild aus silbrig schimmernden Silhouetten entstand in ihrem Kopf, als wäre die Welt um sie herum mit einer dünnen Quecksilberschicht überzogen. Sie sah die geschmeidigen Flammen, die flackernden Umrisse brennender Bäume und Sträucher, den Abhang zu ihren Füßen. Die Kreatur speicherte das Bild in ihrem Gedächtnis und stürzte sich den Hang hinunter. Abwechselnd auf ihren Hinterbeinen und allen vieren, jagte sie dahin, sprang auf einen Felsen und von dort in hohem Bogen durch die Luft, geschmeidig wie ein Puma.

Sie hörte den Lärm, mit dem ihre Artgenossen etwa eine halbe Meile rechts und links von ihr durch das Dickicht brachen und nur für Sekundenbruchteile anhielten, um ihr donnerndes Brüllen hinauszuschreien und sich zu orientieren, spürte, wie ihre trommelnden Herzen im Gleichtakt schlugen. In dichter Abfolge, beinahe so schnell wie das Hämmern der Rotorblätter eines Helikopters, ertönte ein Zischen, wenn das schwarze Ding, das ihnen folgte, Geysire aus flüssigem Feuer hoch in den Himmel schoss, die in einem unablässigen Trommelfeuer auf den Wald niedergingen und Ströme von glühend heißem Tod in alle Himmelsrichtungen trugen.

Der Rauch war nun so dicht, dass die Kreatur nichts anderes mehr riechen oder schmecken konnte. Er verstopfte ihre Lunge, und ihre Brust schmerzte unbarmherzig. Dennoch preschte sie rücksichtslos weiter voran und achtete nicht auf das Blut, das aus den Schnitten in ihrem Gesicht und an den Flanken floss, nicht auf den beißenden Hunger und auch nicht auf …

Schlitternd kam das Monster zum Stehen, Erde und brennender Humus spritzten auf.

Wäre das Ding in der Lage gewesen, Verwirrung zu zeigen, hätte sich genau dieser Ausdruck auf seinem Gesicht gespiegelt. Es senkte seine Schnauze bis dicht über den Boden und nahm einen tiefen Atemzug von dem Geruch der schwelenden Erde. Einen Moment lang sezierte es das Durcheinander von Gerüchen, dann erhob es sich auf seine Hinterbeine und reckte seinen Schädel in Richtung der brennenden Äste über ihm. Wieder atmete es ein, trennte den klebrigen Geruch der Kiefernnadeln von dem bitteren Gestank brennender Rinde, Rauch von Asche.

Etwas anderes, Neues verbarg sich hinter dem mittlerweile vertrauten Geruch des Waldbrandes. Die Witterung war kaum wahrnehmbar, so schwach, dass es sie wahrscheinlich gar nicht bemerkt hätte, wäre da nicht dieser bohrende Hunger gewesen. Das Monster hatte diese Witterung noch nie aufgenommen, doch sie war unverkennbar. Frisches Fleisch von einer Art, wie es ihm noch nie begegnet war. Sein Gaumen begann zu speicheln, und sein Magen rumorte.

Der Lärm erstarb und kurz darauf auch das Zischen der Flammen. Auch die anderen rochen es. Sie waren jetzt ganz in der Nähe.

Die Bestie richtete sich noch weiter auf und brüllte, und wieder erstrahlte die Welt in quecksilberfarbenem Schimmern. Der Rest des Rudels antwortete mit donnerndem Bellen, dann stürzte die Kreatur mit noch größerer Vehemenz vorwärts.

III

Jill konnte kaum atmen. Sie war wieder einmal kurz davor zu hyperventilieren. Nicht wegen des Rauchs, der das Problem mit Sicherheit noch verschlimmerte, sondern weil sie wusste, dass sie gerade dabei waren, mitten hineinzumarschieren in ihre Vision von dem Feuer und den darin lauernden Kreaturen. Ihre Hände zitterten am Lenker, und ihre Handflächen waren so verschwitzt, dass sie sie ständig im Wechsel an ihrer Hose abwischen musste, um überhaupt noch lenken zu können. Sie fuhren bereits so langsam, dass Jill kaum noch das Gleichgewicht halten konnte, vor allem mit dem zusätzlichen Gepäck und dem Benzin, das in dem Reservekanister hinter ihr hin und her schwappte. Der Lichtstrahl ihres Scheinwerfers verlor sich in dem wallenden Rauch und tauchte die Welt um sie herum in ein schmutziges Grau. Sie konnte das Rücklicht des Motorrads vor ihr, das ohnehin kaum von den Flammenwänden auf den bewaldeten Hängen zu beiden Seiten des Tales zu unterscheiden war, fast nicht mehr sehen. Ein schmaler Fluss mäanderte durch das Gestrüpp neben dem Pfad – er war ihre einzige Hoffnung auf Rettung vor dem Feuer. Wenn die Flammen zu nahe kamen, konnten sie ins Wasser flüchten und sich dort auf den Rücken legen. Adam hatte etwas davon gesagt, dass sie Schilfrohre als Schnorchel benutzen sollten, aber Jill war zu abgelenkt gewesen, in Gedanken mit der Vision beschäftigt, die sich soeben vor ihren Augen erfüllte.

Die Hitze der Flammen wurde Sekunde für Sekunde stärker. Jills Kleidung klebte bereits an ihrer Haut fest, kleine Schweißpfützen bildeten sich in den Falten, und ihre Haare klebten nass an den Wangen und im Nacken. Rauch drang tief in ihre Lunge, sie spürte einen brennenden Schmerz, hustete und würgte, bis es ihr endlich gelang, ihr nasses T-Shirt über Mund und Nase zu ziehen und es dort mit ihren Zähnen festzuhalten. Ihre Augen brannten und vergossen Tränen, die hellgraue Linien in die Rußmaske auf ihrem Gesicht zeichneten. Jill wusste nicht, wie lange sie noch durchhalten würde. Irgendwann würden sie die Flammenwand vor ihnen durchbrechen müssen, oder etwa nicht? Und dahinter wartete nichts als tote, verkohlte Erde. Hätte es irgendeinen Weg gegeben, dem Inferno auszuweichen, hätten sie das natürlich getan, doch von der letzten Lichtung hatten sie einen guten Blick auf die vor ihnen liegenden Berge gehabt und gesehen, dass der gesamte Horizont in Flammen stand. Die einzige Option war, dem Flusslauf zu folgen und sich geradewegs hineinzustürzen, ganz egal wie wenig es ihnen behagte.

Jill hustete durch ihr T-Shirt, schaffte es aber, den Stoff mit ihren aufeinandergebissenen Zähnen festzuhalten.

Der Rauch wurde so dicht, dass Jill genauso gut die Augen hätte schließen können. Doch die Bilder aus ihrer Vision strömten ungehindert von allen Seiten auf sie ein, und so sah Jill die brennenden Kiefern keine zwanzig Meter links und rechts von ihr, sah den erstickenden Rauch, wie er sie umhüllte. Sie waren fast da. Bald würden diese schwarzen Schatten, die zwischen den Flammen hin und her hetzten, und das markerschütternde Brüllen, das sie ausstießen, wenn sie …

Ein ohrenbetäubendes Brüllen riss sie aus ihren Gedanken. Das war kein Donner, wie sie zuvor, weiter unten im Tal, gedacht hatten. Das Geräusch war weit prägnanter, näher … und irgendwie brutaler.

O Gott. Es war das Geräusch aus ihrer Vision. Es gab keinen Zweifel.

Wir werden alle sterben!, schrie eine Stimme in ihrem Unterbewusstsein, doch Jill würgte sie ab.

Sie würden nicht sterben. Sie hatten es viel zu weit geschafft, um hier in diesen Flammen zu sterben. Sie waren stark, stark genug, um …

Ein weiteres Brüllen antwortete auf das erste, und diesmal schrie auch Jill aus vollem Hals. Das rote Schimmern des Bremslichts vor ihr wurde heller und durchdrang den Rauch wie ein roter Laserstrahl. Dann leuchtete ein zweites auf. Seite an Seite standen sie da, zwei blutrote Augen, die sie anstarrten. Jill bremste ihr Motorrad ab und kam neben ihnen zum Stehen.

»Habt ihr das gehört?«, schrie sie, aber die anderen sprachen bereits aufgeregt darüber.

»… hat sich angehört, als wäre es direkt neben uns«, sagte Mare.

»Ich glaube nicht, dass wir noch einmal umkehren und einen anderen Weg …«, begann Adam, doch seine Worte wurden von einem weiteren Brüllen übertönt, diesmal so laut, dass die Erde erzitterte.

Und noch näher.

»Jesus«, flüsterte Adam.

»Was sollen wir jetzt tun?«, fragte Missy, und Jill zuckte zusammen; sie hatte das Motorrad hinter sich nicht gehört.

»Vielleicht sollten wir zurück zu der letzten Lichtung fahren, durch die wir gekommen sind. Da hätten wir wenigstens eine gewisse Vorwarnzeit, wenn diese Kreaturen angreifen. Hier sehen wir nicht das Geringste, bis sie …«

»Nein«, sagte Phoenix. »Wir können nicht umkehren.«

»Nur so weit, dass wir eine bessere Chance haben, uns zu verteidigen. Hier sind wir leichte Beute.«

»Hier ist der Ort, an dem es passiert«, sagte Jill so leise, dass sie dachte, die anderen könnten sie nicht gehört haben. »Hier wird es passieren.«

»Hast du es in deiner Vision gesehen?«, fragte Mare, der sein T-Shirt gerade so lange von seinem Gesicht herunterzog, um die Frage stellen zu können.

Jill nickte. »Nicht genau hier, sondern da vorn.« Sie deutete auf eine Stelle, an der sich der Fluss etwas verbreiterte. Es sah aus, als hätte sich dort einmal ein Biberdamm befunden, und die Hänge zu beiden Seiten waren etwas flacher.

Ein weiteres Brüllen. Vielleicht hundert Meter weit weg.

»Wir können ihnen nicht entkommen. Wir müssen uns ihnen stellen.«

»Dann sollten wir uns wenigstens aussuchen, auf welche Weise wir es tun«, sagte Adam, stieg von seinem Motorrad und schob es weiter den Pfad entlang. Er drehte sich nicht einmal um, um zu sehen, ob die anderen ihm folgten. Als er die sich auflösende Barriere aus Ästen und Zweigen erreicht hatte, schob er sein Motorrad durch ein paar Büsche ins Wasser, bis der untere Teil der Felgen von den Wellen überspült wurde. Es dauerte eine Weile, bis er es schaffte, die Maschine sicher auf den Seitenständer zu stellen. Wasser aufspritzend, stapfte er zurück, sein Gewehr quer vor der Brust.

Ein Brüllen erschütterte den Himmel. Dann noch eines. Sie kamen so schnell näher!

Die anderen folgten Adams Beispiel und stellten ihre Motorräder gerade so weit vom Ufer entfernt ab, dass, wenn sie ein bisschen Glück hatten, das Feuer die Benzintanks nicht zum Explodieren bringen würde. Dann wateten sie aus dem seichten Wasser heraus und versammelten sich auf dem Pfad.

»Wir stellen uns mit dem Rücken zueinander auf«, sagte Adam. Seine Stimme zitterte merklich. »Schießt auf alles, was sich bewegt.«

Jill machte einen kleinen Satz in die Luft, als ein weiteres Brüllen ertönte.

Mit einem metallischen Klacken öffnete Adam die Ladekammer und legte die erste Patrone ein.

Ein Brüllen.

Und noch eines.

Etwas Großes, Schwarzes bewegte sich hinter den näher kommenden Flammen, und Jill schrie.

IV

Mare schob Jake hinter sich, presste den Kolben der Schrotflinte an seine Schulter und hob den Lauf. Der kleine Junge zitterte hinter ihm, aber auch nicht schlimmer als die Schrotflinte in seinen Händen. Seine linke Hand war schweißnass, ständig öffnete und schloss er seine Finger auf der Suche nach Halt an dem hölzernen Vorderschaft. Seine rechte Hand zitterte so sehr, dass er mehrere Versuche brauchte, um die Waffe zu entsichern und seinen Zeigefinger auf den Abzug zu legen. Er legte die erste Patrone in den Lauf und fuhr sich nervös mit der Zunge über die Lippen.

»Drei Schuss«, murmelte er. Er konnte das Gewicht der Reservepatronen in seiner Jackentasche spüren, doch er fürchtete, dass ihm nicht genug Zeit zum Nachladen bleiben würde, sollte es notwendig werden.

Sein Mund wurde trocken. Das einzige Geräusch, das er außer dem Prasseln der Flammen hören konnte, war das Hämmern des Pulses in seinen Schläfen.

Er hielt seinen Blick fest auf die Baumlinie am anderen Ufer des Flusses gerichtet und wagte nicht einmal zu blinzeln, aus Angst, dass das, was dort auf sie lauerte, nur auf diese Gelegenheit wartete. Der Rauch versengte seine Augen und verbrannte seine Lunge, doch er ignorierte die Schmerzen. Er würde genug Zeit haben, derlei Dingen seine Aufmerksamkeit zu widmen, wenn er tot war.

»Da!«, schrie Evelyn hinter ihm, doch Mare wusste, dass er sich nicht umdrehen durfte. Er musste darauf vertrauen, dass sie ihr Ziel treffen würde. »Nein … da!«

Ein Brüllen explodierte hinter ihm und ließ Mares Nackenhaare senkrecht zu Berge stehen. Er hatte das Gefühl, als versuche er, an der Kante einer im Wind flatternden Fahne entlang zu zielen, so stark zitterte der Lauf der Schrotflinte in seinen Händen.

Ein weiteres fürchterliches Brüllen, diesmal direkt vor ihm, hinter der Rauchwand, die sich aus dem Wald heranschob. *War das …?* Mare dachte, er hätte eine Bewegung gesehen, ein dunkleres Grau, dessen Umrisse nur vage an einen Menschen erinnerten, das durch den Rauch huschte. Doch dann war es wieder verschwunden, als wäre es nie da gewesen. Sein Finger krümmte sich um den Abzug, und beinahe hätte er versehentlich einen Schuss abgegeben.

»Ich kann nicht das Geringste sehen!«, kreischte Missy. Sie stand rechts neben ihm und schaute den Pfad entlang in die Richtung, aus der sie gekommen waren, wo der Rauch jetzt immer weiter die Hänge herunterkam und ihren Rückzugsweg verschlang. Panik ging in Wellen von ihr aus.

»Konzentrier dich«, zischte Mare. »Sobald du etwas siehst, schieß! Du schaffst das.«

Er versuchte, Entschlossenheit und Selbstsicherheit in seine Stimme zu legen – für seine Schwester. Denn in Wahrheit war er nicht einmal sicher, ob er selbst es schaffen würde. Wenn das, was er dort durch den Rauch gesehen hatte, tatsächlich ihre Gegner waren, waren sie viel zu schnell, um sie ins Visier zu bekommen, solange sie nicht direkt auf ihn zukamen. Und selbst wenn, dann wären sie wahrscheinlich schon längst über ihm, bevor er seinen Finger dazu brachte, den Abzug zu betätigen.

Jake wimmerte. Ray flüsterte ihm etwas zu, und der Junge war einen Moment lang wieder still. Phoenix, Ray und Jake standen in der Mitte ihres Kreises. Adam spähte direkt den Pfad hinunter, während Jill und Evelyn den gegenüberliegenden Hang abdeckten. Mare musste an die alten Western denken, die er als Kind so geliebt hatte. In Cowboyhosen, einen Spielzeug-Patronengürtel um die Hüften und einen Plastikrevolver in der Hand hatte er dagesessen und hatte wie gebannt auf den Bildschirm gestarrt. Was hatten seine Helden in so einer Situation immer gesagt? *Das hier ist die ideale Stelle für einen Hinterhalt.* Und das war sie. Sie hockten eingeklemmt in einem engen Taleinschnitt, umzingelt von einer unbekannten Anzahl von Angreifern, die irgendwo in ihren Verstecken auf sie lauerten.

»Sie sind da«, sagte Phoenix.

»Ich kann überhaupt nichts sehen!«, brüllte Adam.

»Ich kann sie spüren. Sie sind überall.«

»Wo? Sag mir verdammt noch mal wo!«

Jill schrie hinter ihm. Diesmal konnte Mare den Drang nicht unterdrücken und drehte sich um. Er sah, dass sie den Lauf ihrer Waffe schräg nach oben auf einen Hügel gerichtet hatte, auf eine dichte Baumgruppe, von deren brennender Rinde aus sich das Feuer nach oben ins Blätterdach fraß.

Ihr Schrei wurde von einem markerschütternden Bellen beantwortet.

Mare wirbelte wieder herum und schaute nach vorne wo er eine regelrechte Flut aus Bewegung sah: Eine verschwommene, schwarze Silhouette jagte durch den Rauch, von einem brennenden Baumstamm zum nächsten. Er zielte auf einen der Baumstämme und wartete auf das erste Anzeichen von Bewegung, den Finger auf den Abzug gepresst, bereit, jeden Moment abzudrücken.

Peng!

»Wo ist es hin?«, schrie Evelyn durch das Dröhnen in seinen Ohren. »Es war genau da!«

»Hast du es erwischt?«, rief Adam.

»Ich weiß nicht!«

Mare schaute über seine Schulter, doch alles, was er hinter dem zitternden Lauf von Evelyns Waffe erkennen konnte, war wabernder Rauch. Als er sich wieder umdrehte, blieb ihm nicht einmal mehr Zeit, um nach Luft zu schnappen.

Ein schwarzer Schatten explodierte aus dem Rauch vor ihm und jagte direkt auf ihn zu.

Peng!

Die Schrotflinte hämmerte gegen seine Schulter, noch bevor er wusste, dass er abgedrückt hatte. Erde und Ruß spritzten vom Boden auf, genau an der Stelle, an der die Kreatur sich befunden hatte, und der schwarze Umriss schoss durch den Rauch über ihnen wie eine Sternschnuppe. Hatte das Ding sich geduckt und dann einen Satz in die Luft gemacht?

Peng! Ein weiterer Schuss hinter ihm.

Mare spürte etwas Warmes auf seiner Stirn, noch ehe er den fürchterlichen Schmerz auf seiner Kopfhaut spürte. Klauen blitzten auf und verschwanden im Rauch, Regenbogen aus Blut hinter sich herziehend. Mein Gott, wie das wehtat. Es tat so unglaublich weh! Er warf die leere Patronenhülse aus und legte die nächste ein.

»Wo ist es hergekommen?«, kreischte Jill.

»Ich habe es nicht gesehen!«, rief Missy jammernd. »Ich kann überhaupt nichts sehen!«

»Wo sind sie hin?«, schrie Mare mit vor Panik zitternder Stimme.

»Ich kann sie nicht sehen«, brüllte Evelyn. »Die können überall sein!«

Ray zog Jake an sich heran und schlang seine Arme um den Kopf des Jungen, während Jake sich an seinen Beinen festklammerte. Er drehte sich langsam im Kreis. Die Angst in den Stimmen war das Einzige, was durch das Dröhnen der Schüsse bis zu ihm durchdrang.

Mare zog eine Patrone aus seiner Jackentasche und legte sie in den Lauf.

Ray spannte die Muskeln in seinem Körper und machte sich bereit loszurennen. Ein unmenschliches Brüllen ließ die Luft um ihn herum erzittern und heilte ihn sofort von dem instinktiven Wunsch zu fliehen.

Jill kreischte, und Ray drehte sich blitzschnell in ihre Richtung. Einen Moment lang war er sicher, dass er etwas über eine Unterlage aus toten Kiefernnadeln und abgebrochenen Ästen huschen gehört hatte.

Er fühlte sich so nutzlos. Alles, was er tun konnte, war, den panischen Ausbrüchen der anderen zu lauschen, die beinahe genauso wenig ausrichten konnten wie er selbst. Er konnte nicht dabei helfen, sie zu verteidigen, obwohl er einst ein erstklassiger Schütze gewesen war, draußen in den Sümpfen, wenn er gemeinsam mit seinem Vater zur Entenjagd gegangen war. Jetzt konnte er von Glück reden, wenn er nicht seine Freunde erschoss, bevor die Kreaturen, die diese furchtbaren Schreie ausstießen, sie in Stücke rissen. Selbst der Versuch, Jake mit nichts weiter als seinen Armen zu beschützen, war vollkommen sinnlos. Den Geräuschen nach zu urteilen, die sie machten, wenn sie durch das Unterholz brachen, waren diese Monster so groß wie Pferde. Seine Hilflosigkeit hatte einen neuen Höhepunkt erreicht, und Ray hatte das Gefühl, als wäre es an der Zeit, seine letzten Herzschläge zu zählen, bis sie ein für alle Mal verstummen würden.

»Da!«, sagte Missy, und gleich darauf erfolgte eine Erschütterung durch einen weiteren Schuss.

»Hast du es erwischt?«, rief Adam.

»Sie sind zu schnell! Ich habe es nicht einmal richtig gesehen!«

Ein weiteres Heulen hallte durch die Wälder und verhöhnte sie. Phoenix prallte von hinten gegen Ray, der vor Schreck beinahe aus der Haut gefahren wäre.

»Menschen können nicht durch Rauch sehen«, sagte Phoenix in verstörend ruhigem Tonfall.

Ray wusste, dass der Rauch dichter wurde. Die Hitze auf seiner Haut wurde ständig stärker, und er spürte, wie der Ruß, den die erstickenden Schwaden mit sich führten, ihn mit einer immer dicker werdenden Schicht überzog. Bald schon würde der Rauch sie vollkommen einhüllen, und dann wären sie diesen Kreaturen schutzlos ausgeliefert. Sie würden den Tod nicht einmal kommen sehen, bevor die Dunkelheit sie verschlang.

Doch wie kam es, dass diese Schatten, die hinter ihnen her waren, in dem Rauch etwas sahen, wenn sie selbst rein gar nichts erkennen konnten? Wie schafften sie es ...?

Ein donnerndes Brüllen zerriss seine Gedanken. Es klang, als käme es aus allen Richtungen gleichzeitig.

»Wir müssen von hier weg!«, schrie Missy.

»Nein!«, brüllte Adam. »Wir müssen unsere Position halten! Wenn wir versuchen, uns zurückzuziehen, greifen sie an! Sie spielen mit uns.«

Ein weiteres Brüllen, diesmal von der anderen Seite, als wollten die Monster Adams Behauptung bestätigen.

»Ich kann meine Augen nicht mehr offen halten!«, fluchte Jill. »Der Rauch brennt zu stark!«

Ray neigte den Kopf, doch der Gedanke entglitt ihm wie der Schwanz eines glitschigen Aals.

»Halt einfach noch ein bisschen durch!«, sagte Mare tonlos.

»Wir müssen uns zurückziehen!«, kreischte Evelyn.

»Dann tun wir es gemeinsam«, sagte Adam. »Haltet eure Formation! Wir dürfen uns keine Sekunde lang trennen!«

Ray versuchte sich trotz des Geschreis zu konzentrieren. Wenn Jills Augen schon brannten, dann ging es diesen Kreaturen mitten im dichtesten Rauch sicherlich noch viel schlimmer. Außer sie benutzten ihre Augen gar nicht …

»Still jetzt, alle!«, brüllte Ray. »Sie können in dem Rauch genauso wenig sehen wie wir! Sie müssen eine andere Methode haben.«

Falls die Monster nach ihrem Gehör vorgingen, machten sie sich mit ihrem Geschrei und dem sinnlosen Geballer zu einer umso leichteren Beute. Wenn sie ganz still waren, könnten sie sich vielleicht in den Rauchschwaden verstecken, so wie ihre Verfolger es taten. Aber sie würden ihren Standort wechseln müssen, denn den jetzigen hatten sie lauthals herausgeschrien.

Seine Worte schienen die anderen überzeugt zu haben. Die einzigen Geräusche um ihn herum waren ihr rasselnder Atem und das Knirschen ihrer Schuhsohlen, während sie auf dem staubigen Pfad nervös von einem Fuß auf den anderen traten.

Ein weiteres Brüllen zerriss die Stille, gefolgt von noch einem.

Ray musste sich auf seinen rasenden Herzschlag konzentrieren, der in seinen Schläfen hämmerte und von innen gegen seinen Brustkorb tobte, um nicht laut aufzuschreien. Die Bestien konnten nicht mehr weiter als zehn Meter entfernt sein! Es war zu spät. Zu spät.

Konzentrier dich auf deinen Atem, sagte er zu sich selbst. *Gib keinen Laut von dir. Ganz leise einatmen. Atem anhal-*

ten. Langsam ausatmen. Ganz langsam. Jetzt noch ein Atemzug …

Ray nahm einen blassen, grauen Nebel wahr, in dem die anderen sich als geisterhafte, in Rauch gehüllte Silhouetten abzeichneten. Vor ihm auf dem Hang schlugen Flammen aus weißen Baumstämmen. Etwas bewegte sich durch den Nebel, ganz dicht über dem Boden, fast so, als krieche es auf allen vieren. Zwei elfenbeinfarbene Punkte leuchteten in der Mitte seines Kopfes und einer in seiner Brust. Der Rest seines Körpers bestand aus verschiedenen Grauschattierungen, die nach außen hin immer dunkler wurden, je weiter entfernt sie von dem blendend weißen …

Das Bild verschwand in dem Moment, als er begriff. Er konnte sie sehen. Während der Rauch die anderen blind machte, konnte *er* sie sehen.

»Jesus Christus«, keuchte er. Er konnte sie sehen!

Ray packte Jill am Arm, und sie schrie.

»Gib mir dein Gewehr!«, brüllte er.

»Ray …«

»Gib mir das gottverdammte Gewehr!«

Er nahm die Schrotflinte und presste den Kolben gegen seine Schulter. Alles, was er sehen konnte, war eine gleichmäßige schwarze Fläche. »Konzentrier dich«, sagte er leise zu sich selbst, während er mit seinem zerrütteten Nervenkostüm rang. Er spürte, wie der Puls in seinem Kopf hämmerte. *Zähl die Schläge. Eins. Zwei. Drei. Vier. Fünf. Ignorier alles andere. Acht. Neun. Zehn.* Die Dunkelheit wurde langsam heller, und er sah den Wald, der sich vor ihm erstreckte. Der Lauf der Waffe in seinen Händen, die eben erst abgefeuert worden war, glühte weiß und deutete über Jills Schulter in Richtung des Flussufers. Er hob die Schrotflinte und zielte auf das Unterholz am vorderen Rand der ersten Baumlinie.

Da! Das Ding hatte sich bewegt und kauerte jetzt auf der anderen Seite des Baumstamms. Ray richtete den Lauf aus und hielt den Atem an. Ganz allmählich drückte er seinen Finger fester gegen den Abzug …

Peng!

Die Silhouette wurde nach hinten gerissen und schlitterte über den rußbedeckten Boden. Der weiße Punkt, an dem sein Kopf sich befunden hatte, war nicht mehr da, der Waldboden rundherum mit hellen Spritzern gesprenkelt, die zu einem Grau verblassten. Die Beine zappelten in spastischen Zuckungen, rissen die Erde auf und schoben den Torso noch ein Stück weiter rückwärts, dann erstarben die Bewegungen allmählich.

»Ich hab's erwischt«, flüsterte er, dann lauter: »Ich hab's erwischt!«

Er warf die Patronenhülse aus und schob den Repetierschaft hektisch vor und zurück, aber das Magazin war leer. Ray warf die Schrotflinte auf den Boden und wirbelte zu Adam herum. »Gib mir dein Gewehr!«

Es blieb keine Zeit zu diskutieren. Adam gab Ray das Gewehr und duckte sich, als Ray den Lauf genau in die Richtung hob, in der Adam gerade noch gestanden hatte.

Eine weitere Silhouette huschte über den Pfad und rannte zu der Stelle, an der die andere Bestie gestorben war und jetzt langsam verblasste, während weiße Flüssigkeit aus ihrem Körper strömte und in der weichen Erde versickerte. Die Kreatur hielt neben ihrem toten Artgenossen an und drehte den Kopf in ihre Richtung. Dann machte sie einen Buckel wie eine Raubkatze, und das weiße Leuchten ihres Kopfes senkte sich bis ganz tief über den

Boden. Ein Brüllen brach aus ihr heraus, wurde jedoch mittendrin von dem Knall eines Gewehrschusses übertönt. Ihr Brustkorb explodierte. Die Kreatur taumelte ein paar Schritte zurück, dann verlor sie das Gleichgewicht und stürzte zu Boden ohne einen weiteren Versuch, noch einmal aufzustehen.

Überall um sie herum erschütterten Schreie die Luft.

»Er hat wirklich getroffen«, sagte Missy. »Ray, wie hast du das …?«

Aber Ray reagierte nicht, stattdessen zog er nur den Bolzen zurück, warf die rauchende Patronenhülse aus und legte eine neue ein.

Ein weiterer Körper jagte vor der weißen Wand aus brennenden Bäumen vorbei und hielt vor den beiden matschigen Haufen an, die einmal seine Artgenossen gewesen waren.

Erneut drückte Ray den Abzug, aber das Ding bewegte sich bereits. Die Kugel schlug knapp hinter ihm mit einer grauen Fontäne in einem der Kadaver ein. Die Kreatur brüllte, während sie lief, doch diesmal klang es eher wie der Schrei eines Menschen.

»Vorbei«, sagte Ray und versuchte mit zitternden Händen, eine neue Patrone einzulegen.

Seine Ohren dröhnten und übertönten jedes Geräusch außer seinen eigenen Gedanken. Er konnte nicht erkennen, wohin das Monster verschwunden war, er nahm nur das sengende Glühen des Feuers wahr. Keine Bewegung außer dem Züngeln der Flammen. Nichts.

Ray musste würgen und hustete so heftig, dass er beinahe hingefallen wäre, schaffte es aber stehenzubleiben.

Wo ist es hin? Wo ist es hin?

Er wirbelte nach links herum und zielte an Missys Kopf

vorbei. Nichts als der neblige Rauch und Flocken von Asche.

»Ich sehe sie nicht mehr!«, schrie Ray.

Er konnte nicht das Geringste hören. Selbst seine eigene Stimme klang wie ein Flüstern am anderen Ende eines langen Ganges. Wäre da nicht dieses hohe, pfeifende Dröhnen in seinen Ohren gewesen, hätte er vielleicht das Scharren klauenbewehrter Füße gehört, die sich in die Erde gruben und brennenden Humus aufwirbelten. Vielleicht sogar das raschelnde Geräusch eines schweren Atems oder das Grunzen, als etwas Großes, Wütendes hoch in die Luft sprang. Das Pfeifen der Klauen, die den Rauch zerteilten. Das Schaben viel zu langer Zähne, die aufklappten wie eine Bärenfalle.

Nur die Schreie konnte er hören.

Vor den Schreien gab es kein Entrinnen.

V

Der Geruch ihrer Beute trieb die Kreatur zur Raserei. Das göttliche Aroma war jetzt überall, diffundierte durch ihre Poren und versetzte sie in einen Zustand der Ekstase. Selbst das wenige an Kontrolle, das sie einmal über ihre Sinne besessen hatte, war jetzt nur noch eine Erinnerung. Die tief in ihrem Nervensystem verankerten Instinkte, die über nichts als Hass und Blutdurst geboten, übernahmen jetzt die Kontrolle über ihren Körper. Der feuchte Geruch von menschlichem Blut stürzte sein Gehirn mit der Geschwindigkeit eines Aufzugs, dessen Haltekabel gerissen waren, in den Wahnsinn. Schneller und immer schneller.

Äste zerfetzten ihr Gesicht und ihre Brust, während die Bestie ihre Beute gerade außer Sichtweite umkreiste, immer vom Rauch verdeckt, als wäre sie ein Teil davon.

Die Kreatur sprang auf einen Felsen, machte einen Buckel und stieß ein Brüllen aus, das ihr ein Bild der Welt um sie herum zeichnete, aber selbst das spielte jetzt keine Rolle mehr. Mit dem Geruch ihrer Beute in Nase und Lunge waren Hunger und Verlangen das Einzige, was sie noch spürte. Sie hätte mit voller Geschwindigkeit gegen einen Baumstamm prallen und sich jede einzelne Rippe brechen können, ohne auch nur den geringsten Schmerz zu verspüren, und wäre innerhalb von Sekundenbruchteilen wieder auf den Beinen gewesen.

Der Duft, diese wundervolle Witterung, wurde noch stärker, als sie ihr Bellen ausstieß. Jedes Geräusch, das ihre Opfer machten, jedes Knirschen der Erde und jedes Knacken eines Astes verstärkte den Geruch, als wären die Menschen dort unten Schwimmer in einem haiverseuchten Meer, die aus Hunderten von kleinen, sich langsam vergrößernden Schnitten bluteten und das Wasser um sich herum rot färbten. Das Brüllen zerteilte den Rauchvorhang, und der süße Klang menschlicher Schreie schlug der Kreatur entgegen. Mit jedem dieser Schreie wurde der Angstgeruch, der in der Luft lag, noch stärker, bis er sich wie Öl auf ihre Haut legte und sie in Ekstase versetzte.

Die Bestie wollte sich den Hang hinunter mitten in sie hineinstürzen, ihr Fleisch von den Knochen reißen und sich daran laben. Das Warten trieb sie beinahe in den Wahnsinn, doch die Symphonie der Angst hatte ihr nasses Crescendo noch nicht erreicht, und wenn es so weit war, würde sie sich gleichzeitig mit ihren Artgenossen mit ungezügelter Grausamkeit und Blutlust auf sie stürzen.

Die anderen verspürten genau dasselbe und hielten noch einmal kurz inne, um ein letztes Bellen in die Luft zu schleudern. Ein schauerliches Brüllen nach dem anderen …

Peng!

Die Bestie blieb, wo sie war, und senkte ihren Bauch auf den mit glühender Asche bedeckten Boden. Das Geräusch kam ihr vage vertraut vor, wie ein Echo aus einem vergangenen Leben. Die zwischen ihnen eingepferchte Beute machte dieses Geräusch nicht zum ersten Mal, doch diesmal hatte es sich anders angehört. Der Knall hatte nicht mit dem trockenen Aufspritzen von Erde und dem Pfeifen von Kies und Steinen geendet, sondern mit dem dumpfen Ploppen eines Körpers, der zu Boden fiel, gefolgt von dem Platschen von Flüssigkeit. Sie konnte den Tod in der Luft schmecken, den bitteren Geschmack von vergossenem Blut, und obwohl das aufgerissene Fleisch regelrecht stank, verstärkte es ihren Hunger nur noch.

Das Monster krümmte seinen Rücken und hob den Oberkörper nur so weit vom Boden weg, dass es seinen Brustkorb mit Luft füllen konnte, dann stieß es ein weiteres Brüllen aus.

Einer seiner Artgenossen konnte nicht anders, als dem fauligen Geruch eines der Ihren nachzugeben, überwältigt von dem Blutdurst, der durch seine Adern strömte. Er brüllte abscheulich und pflügte durch das brennende Unterholz, um sich an dem immer noch zitternden Kadaver satt zu fressen. Sein Ansturm war zu laut, der Weg nicht verdeckt. Er hatte den blutenden Klumpen kaum erreicht und hob bereits die Klauen in die Luft, um sie in das noch warme Fleisch zu bohren …

Peng!

Die Bestie hatte sich wieder auf den Boden geduckt, da

hörte sie erneut dieses Ploppen, das Geräusch, mit dem die Kugel sich in lebendiges Fleisch grub und der Körper zu Boden geschleudert wurde. Der Geruch fauligen Blutes wurde noch stärker. Zappelnd rutschte der Kadaver über den Waldboden, bis er schließlich liegen blieb. Die Bestie verspürte eine Empfindung, die sie bisher nicht gekannt hatte, ein Gefühl, das die Beute verspüren mochte, nicht aber der Jäger, ein Gefühl, das seine Muskeln verkrampfen ließ. Genug herumgespielt. Genug in dem Duft ihres Angstschweißes geschwelgt. Es war an der Zeit, das Schlachtfest beginnen zu lassen.

Das Monster brüllte und preschte, auf die Hinterbeine aufgerichtet, mit voller Geschwindigkeit vorwärts. Die Flammen leckten an seinem Fleisch, aber es spürte keinen Schmerz. Nur Verlangen und einen unersättlichen Hunger. Es bremste nur noch einmal kurz ab, um einen letzten Blick auf seine reglosen Artgenossen zu werfen. Von so nahe betrachtet lud selbst der faulige Gestank ihres Fleisches zu einem Festmahl ein, aber das Krachen eines weiteren Schusses heilte die Kreatur von ihrem Wunsch. Die Kugel zischte kreischend an ihr vorbei und bohrte sich in den widerlichen Fleischhaufen.

Die Welt um das Ungeheuer herum verblasste, wurde zu einem Nebel aus Rauch und Flammen. Es brüllte, um sich wieder zu orientieren, verfehlte jedoch die richtige Tonlage. Es hatte nicht tief genug eingeatmet, um den nötigen Schalldruck zu erreichen. Stattdessen klang der Schrei ganz ähnlich wie die, die seine Beute ständig von sich gab.

Es prallte mit seiner Schulter gegen einen Baum, eine Wolke glühender Funken ergoss sich über es, dann taumelte es weiter, tiefer hinein in den Rauch, wo es in Sicherheit war. Es duckte sich, saugte die Luft tief in seine Lunge und brüllte hoch hinaus in den Himmel. Da hörte es das Zischen des Feuerbringers, der das Rudel endlich einholte. Oder hielt sich der schwarze Dämon vielleicht aus Feigheit absichtlich zurück? Die Kreatur schnaubte verächtlich und hechtete vorwärts.

Der Boden unter ihr fiel immer steiler ab und verlieh ihr noch mehr Geschwindigkeit, als sie den Pfad überquerte und durch den Fluss jagte.

Peng!

Das Echo hallte überall um sie herum, doch das Pfeifen der Kugeln war weit weg gewesen.

»Es ist da drüben!«, schrie eine Stimme, doch da hatte das Ungeheuer bereits die gegenüberliegende Bergflanke erreicht und sich hinter einer brennenden Baumgruppe versteckt. Dort lehnte es sich gegen einen Baum, während das flüssige Feuer sich über seine dicke Haut ergoss und sie verbrannte.

Die Bestie brüllte. Sie konnte sie sehen, dort unten, wo sie einen Kreis bildeten, die Schwächsten geschützt in ihrer Mitte. Ihre Finger klappten auf, Klauen spreizten sich. Scharfe Zähne knirschten, und ihr Puls begann zu galoppieren vor rasender Erwartung.

Sie konnte das Blut bereits schmecken.

Endlich sprang sie aus ihrer brennenden Deckung hervor, Flammen züngelten über ihren Kopf und ihren Rücken und bildeten eine Mähne aus Feuer. Nach zwei mächtigen Schritten katapultierte sie sich in die Luft direkt über sie und reckte schon die ausgestreckten Arme nach unten. Krallen zerteilten zischend die Luft, in Vorbereitung auf den Todesstoß.

VI

Phoenix hörte die Kreatur hinter sich brüllen genau in dem Moment, als eine andere direkt vor Jill und Evelyn ihren Schrei ausstieß. Die Zeit, mit ihnen zu spielen, war vorüber. Die Kreaturen würden sich jetzt mit allem auf sie stürzen, was sie hatten. Selbst aus der Entfernung konnte er die ungezügelte Raserei und Aggression riechen, die aus ihren Poren sickerte, fühlte die Wellen der Begierde, die von ihnen ausgingen. Es waren immer noch drei übrig, und ihr wütender Angriff stand kurz bevor. So viel war sicher. Sie versuchten erst gar nicht mehr, sich zu verbergen. Groteske Schatten jagten durch den Rauch und bereiteten sich darauf vor, ihren Zorn in einem Tornado aus Klauen und Zähnen zu entladen.

Und es war noch etwas da draußen … etwas, das im Herzen des Glutofens auf sie lauerte. Nein. Dieses Etwas war das Herz des Glutofens, der Ursprung des Feuers und des Bösen, von dem er spürte, wie es sich über die Bergflanke ausbreitete. Etwas daran war seltsam vertraut, etwas, das seinen Magen sich zusammenkrampfen und seine Nackenhaare zu Berge stehen ließ. Bei Gott! Er wusste jetzt, wer diese Kreatur war. Aber wie …?

Ein Brüllen ertönte hinter ihm. Nicht hinter ihm … über ihm.

Phoenix wirbelte herum, packte Jake und ließ sich auf den Boden fallen, um den Jungen mit seinem Körper zu schützen. Schüsse knallten gleichzeitig vor und hinter ihm, und der Lärm stürzte ihn in eine Welt aus blechernem Scheppern, übertönte das Geräusch der Krallen, die die Luft zerschnitten.

Ein Schwall von Flüssigkeit regnete auf ihn herab, nur

einen Wimpernschlag, bevor der Körper auf seine Schultern krachte und ihn gegen Jake presste. Der kleine Junge versuchte unter ihnen hervorzukrabbeln und blähte seine Brust, um zu schreien, aber das Gewicht des Monsters, das auf ihnen lag, hielt sie beide auf dem Boden. Wild schlug es mit seinen Krallen auf Phoenix' Rücken ein, und ein brennender Schmerz breitete sich von seinen Schultern über den ganzen Rücken bis hinunter zu seiner Hüfte aus. Phoenix schrie und versuchte sich wegzurollen, aber die Schmerzen waren zu stark.

Phoenix war sicher, dass sein Fleisch lichterloh brannte, bis er spürte, wie eine Klaue sich an einer seiner Rippen verhakte. Die Hand daran drehte und wand sich, um wieder freizukommen.

Mare hatte das schwarze Ding durch die Rauchwolke hindurch auf sich zukommen sehen wie eine Mondfinsternis, die mit tausendfacher Geschwindigkeit abläuft. Es war bereits zu nah und bewegte sich viel zu schnell, um einen gezielten Schuss abzugeben. Er konnte den Lauf seiner Schrotflinte nur nach oben reißen und den Abzug drücken. Die Mündung traf auf einen Widerstand, dann wurde sie nach unten gedrückt, und der Kolben schlug so hart gegen Mares Schulter, dass er seitlich nach hinten umfiel. Aus dem Augenwinkel sah er, wie ein Unterschenkel, im Kniegelenk von der Schrotladung abgetrennt, zu Boden wirbelte und in den Fluss fiel. Mit einem Schlag entwich alle Luft aus seiner Lunge. Die Schrotflinte krachte direkt auf sein Gesicht.

Instinktiv presste Mare eine Hand auf seine Schulter, rollte sich auf die Seite und schnappte nach Luft. Unterdessen tastete er mit den Fingern den Boden um sich herum ab und suchte nach der Waffe. Vor Schmerz war er nicht einmal in der Lage, die Augen zu öffnen. Das Ding konnte noch nicht weit sein. Er zwang sich, seine Augenlider einen Spalt breit zu öffnen, doch alles, was er durch seine Tränen hindurch sehen konnte, war Rot. Er hatte sich seine Nase schon zu oft gebrochen, als dass er die Anzeichen nicht sofort erkannt hätte. Ein wässriges Abbild der Schrotflinte waberte vor seinen Augen, daneben seine tastenden Finger, dann …

Mare zuckte zusammen, als er die Hitze des Laufs spürte. Es fühlte sich an, als hätte er seine Finger auf ein heißes Bügeleisen gelegt.

Der warme Stumpf in seinem Rücken zuckte, und das Blut drang sofort durch seine Kleidung.

Würgend schnappte Mare nach Luft und bekam sofort einen Hustenanfall, während er seine Faust trotz der Schmerzen fest um den Lauf der Schrotflinte schloss und sie an seine Brust zog. Er zwang sich, sich aufzusetzen, und rollte sich auf die Knie. Die Welt um ihn herum war verschwommen, als stünde sie unter Wasser. Er konnte seine Augen kaum offen halten, so durchdringend war der brennende Schmerz in seinem Nasenhöcker. Blut aus seiner Kopfwunde strömte über Mares Gesicht, und er musste die Schleimfäden ausspucken, die aus seinen Nasenlöchern tropften, um überhaupt Luft zu bekommen. Verschwommen erkannte er die Umrisse von etwas Großem, dessen Arme unablässig auf und ab zuckten wie zubeißende Schlangen. Dünne Fontänen von Blut zeichneten die Bewegungen seiner Arme nach. Mare kämpfte sich auf seine Füße und taumelte auf das Monster zu. Flammen schlugen aus den Überresten der Mähne der Kreatur wie eine orangefarbene, zuckende Rückenflosse.

Mare griff in die Flammen, packte das Ding am Genick und riss seinen Kopf hoch, dann presste er die Mündung der Schrotflinte gegen die Schläfe. Das Monster hatte einen Sekundenbruchteil Zeit, so etwas wie Überraschung zur Schau zu stellen, dann spritzte sein Bewusstsein auf der gegenüberliegenden Seite des Schädels hinaus und besprenkelte den Pfad mit zähflüssigen, grauen Klumpen.

Adam konnte Ray nur anstarren, während er sich mit dem Gewehr im Anschlag hin und her drehte. Weiße Flammen schlugen aus den zuvor noch leeren Augenhöhlen, und die weiß glühenden Bälle in der Mitte der Flammen schienen die Bergflanke abzusuchen. Hell leuchtende Zungen leckten über Rays Stirn, schienen jedoch auf wundersame Weise die Haut nicht zu verbrennen.

Ein Brüllen weckte ihn aus seiner Erstarrung, und Adam wirbelte herum, in Richtung des Geräusches, doch ohne sein Gewehr fühlte er sich nackt und schutzlos. Er sah eine dunkle Silhouette, die durch den Rauch auf Mare zuraste. Er hob seine Schrotflinte und feuerte, Blut spritzte aus dem grotesken, schwarzen Ding und ergoss sich über ihn, bevor es mit voller Wucht gegen Mare prallte und ihn unter sich begrub.

Ein weiteres Brüllen drang durch das Klingeln in seinen Ohren. Adam schaute nach rechts und sah gerade noch, wie in einer aufstiebenden Wolke glühender Asche zwei weitere der schrecklichen Bestien durch die Baumlinie vor Jill und Evelyn brachen. Sie zogen einen Flammenschweif hinter sich her wie Meteoriten kurz vor dem Einschlag. Mit einem widerhallenden *Peng*, das den Rest von Adams Gehör zunichtemachte, betätigte Ray, der hinter Jill stand, den Abzug. Die Kugel riss ein Loch in den Bauch der ersten der beiden heranjagenden Bestien, die jedoch kaum langsamer wurde. Die andere überholte sie gerade, als Evelyn feuerte.

Die Stahlkugeln schienen die Erde zu Füßen der heranpreschenden Kreatur aufzureißen, doch als ihre Beine wieder den Boden berührten, fehlte an einem davon der Fuß. Sie stolperte und schlug der Länge nach hin, war aber innerhalb eines Sekundenbruchteils wieder auf den Beinen und humpelte auf dem zersplitterten Stumpf ihres Schienbeins direkt auf Evelyn zu. Evelyn drückte erneut ab, doch der Schlagbolzen traf auf eine leere Kammer, und nichts geschah.

Von selbst bewegten sich Adams Beine, und er stürzte sich auf die Kreatur, bevor sie Evelyn erreichen konnte, schlang seine Arme um den blutigen Knöchel. Das Biest schlug auf den Boden, und sein Schädel knallte auf die festgetretene Erde des Pfads. Die Bestie warf ihren Kopf herum und starrte ihn an, bleckte schnaubend ihre teuflisch scharfen Fangzähne, die von einem Ohr bis zum anderen reichten.

»Erschieß es!«, brüllte Adam.

Evelyn saß kniend da und versuchte, eine der Patronen, die ihr bei dem hektischen Versuch, sie aus der Tasche zu reißen, heruntergefallen waren, in die zitternden Finger zu bekommen. Ihre Augen waren beängstigend weit aufgerissen, und Tränen zeichneten dünne helle Linien in den Ruß auf ihren Wangen. Endlich bekam sie eine der roten Hülsen zu fassen und bewegte ihre Hand auf die Ladekammer zu …

Adam schrie auf und blickte auf seine Schulter. Vier Finger hatten die Haut durchstoßen und steckten bis zum Grundgelenk in dem darunterliegenden Muskel. Die

Klauen in seinem Fleisch schabten über Knochen und suchten nach festem Halt. Die Hand der Bestie zog und versuchte, ihn näher an das bärenfallenartige Maul zu bringen.

Adam ließ den Fußstumpf des Ungeheuers los, und ein Regenbogen aus arteriellem Blut schoss durch die Luft. Er krallte sich an dem in seiner Schultermuskulatur vergrabenen Fingern fest und sah die leeren Augenhöhlen des Monsters, das mit Hilfe des freigekommenen Beines sein Gewicht verlagerte, um seinen Schädel nahe genug an den von Adam zu bringen, dann neigte es den Kopf und riss die Kiefer auseinander.

Etwas Schwarzes kam mit ungeheurer Geschwindigkeit von links in sein Gesichtsfeld und schob den Kopf der Kreatur zur Seite.

Peng!

Eine Schwarzpulverwolke jagte an dem Gesicht der Kreatur vorbei, dann war es verschwunden. Adam spürte etwas Warmes auf seinen Wangen und Klumpen von etwas Matschigem, das über seinen Hals lief.

Der Unterkiefer des Monsters bewegte sich auf und ab in dem Versuch, sich auf die obere Zahnreihe zu pressen, die jetzt auf dem Boden verstreut lag. Ein roter Schwall ergoss sich aus seiner zerfetzten Kehle, dann brach es zusammen.

Adam konnte gerade noch rechtzeitig den Kopf wegdrehen, bevor das Blut sich über ihn ergoss, dann versuchte er, die steifen Finger aus seiner Schulter zu ziehen.

Missy drehte sich nach rechts und richtete die Schrotflinte auf die Hügelflanke und die brennende Wand aus Kiefern. Die schwarzen Monstrositäten rasten so schnell den Abhang herunter, dass sie den Lauf nicht schnell genug ausrichten konnte. Eine davon wurde langsamer, als ein Schauer von Flüssigkeit aus ihrem Bauch spritzte, dann stürzte die andere neben ihr und rutschte über den Erdboden.

Jill stand genau in ihrem Weg. Sie kreischte hysterisch und versuchte rückwärts durch Ray hindurchzulaufen, der sich mit all seinem Gewicht gegen sie stemmen musste, um nicht hinzufallen, und kaum noch zielen konnte. Er gab einen Schuss ab, der pfeifend über die Baumwipfel jagte, und der Rückstoß riss ihm das Gewehr aus den Händen. Klappernd fiel es auf den Boden, gleich neben Phoenix, auf dessen Rücken eine der Kreaturen kauerte und Kleidung sowie Haut und Fleisch darunter in Fetzen riss. Ray griff sofort wieder danach, doch die Bestie schlug sofort nach seinem Unterarm und schlitzte das Fleisch bis zu den Knochen auf. Schreiend zuckte Ray zurück und taumelte rückwärts gegen Jill, die zu Boden fiel.

Missy stellte sich vor Jills hingestreckten Körper und richtete die Schrotflinte auf das Ding, das sich genau in dem Moment, als sie den Abzug drückte, auf sie stürzte und gegen sie prallte.

Die Energie des Aufpralls, kombiniert mit dem Rückstoß, kugelte ihre Schulter aus, aber sie spürte es nicht sofort. Missy wurde von den Füßen gerissen und alle Luft aus ihrer Lunge gepresst, als sie mit dem Gewicht des Monsters auf ihrer Brust auf Jill stürzte.

Sein Kopf lag auf Missys Schulter, die Kiefer bewegten sich langsam auf und ab, und seine verbrannte Wange rieb an ihrer Haut. Missy roch den fürchterlichen Gestank ranzigen Fleisches in seinem Atem und spürte, wie ihr Mageninhalt sich bereit machte herauszukommen. Es war ein Gefühl, als würde das Gewicht des Monsters ihr Brustbein bis hinunter auf die Wirbelsäule drücken und jeden Moment ihre Lunge zerquetschen. Sie zappelte in Panik, aber das Ding war schlichtweg zu schwer, um es von ihr herunterzuwälzen. Sein rasselnder Atem ging immer langsamer, bis der Unterkiefer sich schließlich nicht mehr bewegte.

Missy ächzte und drückte und drückte, ihre Brust glühte immer heißer, bis sie das Ding endlich von sich herunterbekam.

Sie war über und über mit Blut bedeckt, von ihrem verschmierten Gesicht bis hinunter zur Hüfte, und ihre vollkommen durchtränkte Kleidung entließ warme Rinnsale auf die darunterliegende Haut. Sie rollte sich auf alle viere und saugte die Luft ein wie ein Blasebalg, während Jill unter ihr hervorkroch. Dann starrte sie hinunter auf den riesigen Kadaver, oder besser gesagt, durch ihn hindurch. Durch ein melonengroßes Loch in seinem Brustkasten konnte sie die Erde unter dem Ding sehen. Zersplitterte Rippen ragten aus der Wunde wie Zähne, die versengten Ränder braun und runzlig wie Frühstücksspeck in einer heißen Pfanne. Noch während Missy die schauerliche Wunde anstarrte, rutschten die verbliebenen Organe nach unten und füllten das gähnende Loch.

Als sie den Blick in Richtung des brennenden Waldes hob, glaubte sie, einen weiteren schwarzen Schatten zwischen den Rauchschwaden verborgen zu sehen, und schrie.

VII

Der Leviathan, der einmal der Kongressabgeordnete Richard Robinson gewesen war, stand inmitten des Flammenmeers, das er geschaffen hatte. Knisternd und knackend explodierte kochendes Harz aus den Knoten in der Rinde, die dem Druck nicht länger standhalten konnte. Asche und glühende Funken stoben auf, tiefschwarzer Rauch wirbelte in Strudeln durch die Luft und umfing ihn in seiner beißenden Umarmung. Brennende Äste fielen vom Himmel, und Bäume stürzten auf die schwelende Erde. Er konnte sie sehen, dort unten, inmitten des Blutbads, das sie angerichtet hatten, und es gab nichts, nach dem es ihn mehr verlangte, als die Flammen noch weiter voranzutreiben und Feuer auf sie regnen zu lassen. Der Drang war hartnäckig, doch die Zeit dafür war noch nicht gekommen. So flüsterte die Stimme seines Herrn im Kopf des Leviathan. Schon bald würde er seine Chance bekommen, aber der Meister hatte größere Pläne für sie. Sobald sie seinen Turm erreichten, konnte der Leviathan sie haben. Alle außer einem. Und dann würde er sie entzünden wie Fackeln und sich an ihren Todesschreien weiden.

Das Rudel hatte sich töricht verhalten. Wie die Wilden, die sie waren, waren sie ihrem eigenen unstillbaren Hunger zum Opfer gefallen. Letztendlich waren sie nichts anderes als Straßenköter, die ihrem eigenen Schwanz nachjagten. Ganz gleich, wie stark sie gewesen sein mochten, viel zu leicht waren sie in ihren eigenen Tod gerannt. Dennoch, ihren Daseinszweck hatten sie erfüllt: Nicht ein einziges lebendes Wesen befand sich noch auf dem Weg, der sie zu dem Gebieter des Leviathans führen würde. Diesmal war ihre Beute allein, jeglicher Hilfe beraubt. Sie würden es bis zu ihrem Bestimmungsort schaffen, und was sie dort finden würden, war Tod.

Die Augenlider des Leviathans schlossen sich abrupt, und das Feuer seines Bewusstseins verblasste. Als er seine

Augen wieder öffnete, starrte etwas ganz anderes aus den Höhlen, etwas, das in seinem Thronsaal aus Knochen saß, der nun gar nicht mehr so weit entfernt war. Tod übernahm die Kontrolle über das Bewusstsein der Feuerbestie und betrachtete seine Beute. Hustend und blutend lagen sie auf der Erde und erschienen ihm weit schwächlicher, als er sie sich je vorgestellt hatte. Er kam sich töricht vor bei dem Gedanken, sie jemals als Bedrohung angesehen zu haben. Wie sie den Angriff des Schwarms oder selbst den des Rudels überlebt hatten, war ihm ein Rätsel. Nein. Ihnen war geholfen worden. Ihre Geschicke wurden von der Hand des Göttlichen geleitet. Doch damit war es nun vorbei. Er konnte ihnen nur bis zu diesem Punkt helfen, ab jetzt waren sie auf sich selbst gestellt. Nur einer von ihnen hatte die Macht, die auch Tod besaß – sein Gegenspieler, sein Doppelgänger, und wenn sein schwächliches Fleisch erst einmal von den Knochen gerissen war, würden die anderen fallen, hinweggefegt wie die Samen einer Pusteblume.

Er beobachtete seine Feinde, wie sie durch den Schlamm krochen und an dem Rauch würgten. Jedes Husten ließ die Wunden auf dem Rücken des Jungen wieder aufplatzen und verhinderte, dass der Blutstrom versiegte. Doch das würde er, wie Tod wusste. Die Bestimmung des Jungen war nicht, hier in der Wildnis zu sterben, sondern durch die Hand von Tod, und das nach Qualen, die der Junge sich in seinen schlimmsten Albträumen nicht ausmalen könnte. Ein Teil von Tod bedauerte ihn, doch konnte er nicht zulassen, dass dieses Gefühl sich in echte Anteilnahme verwandelte. Sein Gegenspieler war nicht mehr als ein Kind, ein naiver kleiner Junge mit zarter Haut, langem, zotteligem Haar und einer Physis, die ihn nicht mehr einschüchterte, als einer Gottesanbeterin das bei einem

Löwen gelingen würde. Was konnte den Herrn zu einer so krassen Fehleinschätzung gebracht haben, all Seine Hoffnung für die Menschheit in ein so zerbrechliches Gefäß zu füllen?

Genüsslich würde er diesen Kelch zerschmettern und nicht nur seine Hülle vernichten, sondern auch den Geist brechen.

Lass sie kommen.

Die Augen des Leviathans schlossen sich wieder, und diesmal öffneten sie sich viel langsamer, während das Gehirn der Bestie wieder die Kontrolle übernahm, als würde es eben erst geboren. Eine Brise kam auf und blies den Rauch zur Seite. Die Flammen flackerten wie Fahnen im Wind, und einen Moment lang war der Leviathan sicher, dass einer von ihnen ihn gesehen hatte.

Er wirbelte herum und rannte los, pflügte durch die unbezähmbaren Flammen, die nach ihm leckten und versuchten, wieder zu verschmelzen mit dem, der sie erschaffen hatte. Mit jedem Schritt wurde er schneller und jagte schließlich dahin wie ein Komet, einen Feuerschweif hinter sich herziehend.

Er wusste, wohin er gehen musste, kannte den Ort, an dem er warten würde.

Die Befehle seines Herrn leuchteten so hell in seinem Bewusstsein, als wären sie auf die Innenseite seiner Augenlider geschrieben.

Sie würden zu ihm kommen.

Und sie würden brennen.

BUCH SECHS

I

DER PFAD DES BLUTES

Phoenix spürte, wie eine eiskalte Hand in die Wunden auf seinem Rücken fuhr und nach seiner Wirbelsäule griff. Kältewellen schossen durch seinen Körper. Er hatte Tod bereits gespürt, von weit weg, doch dieses Gefühl war etwas ganz anderes. Sein Gegenspieler war jetzt ganz in der Nähe, so nahe, dass er glaubte, die schwarze Bestie mit glühenden Augen auf ihn herunterstarren zu sehen, sobald er sich umdrehte, aber hinter ihm war nichts als Rauch und Flammen. Er fühlte sich wie ein Stück Vieh, das vor dem Schlachten noch einmal begutachtet wird, beobachtet von einem Bösen, das größer war, als er es sich je vorgestellt hatte. Und dieser Gedanke ließ ihm das Blut in den Adern gefrieren. Bis jetzt hatte er seinen Zweifeln nie ganz nachgegeben. Irgendwie hatte er immer geglaubt, dass sie letztendlich siegen würden, doch jetzt war er sich dessen nicht mehr sicher. Tod beobachtete ihn nicht aus dem Wald, zumindest nicht in seiner körperlichen Gestalt. Er war immer noch viele, viele Meilen weit weg in seinem Turm am Ende dieses blutigen Pfades. Wenn selbst aus dieser Entfernung allein die Gegenwart von Tods Bewusstsein derart furchtbare physiologische Reaktionen in ihm auslöste, wie würde es dann erst sein, wenn er ihm in Fleisch und Blut gegenübertrat?

Ein seltsamer Gedanke keimte in ihm auf. Wenn sein Gegner ihn besiegte und Phoenix tötete, könnte dann auch Tods blutige Herrschaft zu Ende gehen? Konnte er ihn besiegen, indem er zuließ, dass er getötet wurde?

Die eisigen Finger zogen sich abrupt zurück.

Phoenix kam schwankend auf die Beine.

Die gezackten Wundränder auf seinem Rücken schlossen sich, und der Strom aus heißem Blut, der über seine Wirbelsäule gelaufen war, verebbte. Auch Jake, der unter ihm gelegen hatte, stand auf und nahm Phoenix' Hand.

Wie gelähmt standen sie auf dem Fleckchen Erde herum, auf dem sie ihre Schlacht geschlagen hatten, als könnte jeder Schritt darüber hinaus sie erneut ins Chaos stürzen. Mare wischte sich das Blut vom Gesicht und stieß die Kreatur an, die zu seinen Füßen lag, um sicherzugehen, dass sie sich nicht noch einmal erheben würde, auch wenn ihr Schädel fehlte. Phoenix berührte Mares blutenden Kopf, und auch seine Wunden schlossen sich.

»Danke«, sagte Mare und fuhr sich mit den Fingern durch sein nasses Haar.

Phoenix nickte, sagte aber nichts. Er drehte sich zu Ray um, schloss seine Finger um die tiefen Schnitte in seinem Unterarm und sah zu, wie sie verheilten, als wären sie nie da gewesen.

»Waren das alle?«, fragte Adam und sah sie dabei einen nach dem anderen an.

»Ja«, sagte Phoenix. »Wir müssen jetzt weiter. Wir dürfen keine Zeit mehr verlieren.«

»Na dann«, meinte Mare, »das war eine erholsame Pause. Ich habe mich noch nie so ausgeruht gefühlt.«

Keiner verzog eine Miene, während der Rauch sie wieder einhüllte und das Feuer von den Bergflanken immer näher heranrückte.

Mit dem düsteren Schweigen einer Beerdigungsprozession gingen sie zu dem Fluss und wateten ins Wasser. Einer nach dem andern kamen sie wieder heraus und schoben ihre Motorräder zurück auf den Pfad. Adam bestieg seine Maschine und ließ ungeduldig den Motor aufheulen. Er musste sich sein T-Shirt über Mund und Nase halten, um wenigstens ein bisschen Sauerstoff aus den Rauchschwaden zu filtern. Der Scheinwerfer schaffte es lediglich, einen kleinen, verschwommenen Lichtkreis in die Luft zu zeichnen. Ein Blick über die Schulter bestätigte ihm, dass die anderen bereit waren, ihm zu folgen. Er hob die Beine vom Boden, stellte sie auf die Fußrasten und gab gerade genügend Gas, um nicht das Gleichgewicht zu verlieren. Er konnte kaum den Boden unter ihm erkennen und orientierte sich stattdessen an den immer näher kommenden Flammenwänden.

Schweiß troff aus jeder Pore und glänzte im Schein des Feuers, bevor er zu einer dicken Salzkruste auf seiner Haut festbuk.

Er hörte die Motorräder der anderen hinter sich brummen und fuhr voraus in eine Szenerie, die ihm erschien wie die Hölle selbst.

II

Sie ließen die Flammen hinter sich und kamen daraus hervor wie neugeboren. Der Rauch hatte sich gelegt und hing wie niedriger Nebel über der Landschaft, schwebte über der schwarzen, schwelenden Erde und klammerte sich in einer letzten Umarmung an die verkohlten Baumstümpfe. Tief in den ausgehöhlten, dicken Kiefernstämmen loderten noch kleine Feuer und nagten an ihrer bereits aufgezehrten Nahrung, bis ihnen nichts anderes mehr übrig blieb, als zu erlöschen. Auch das letzte bisschen an organischer Substanz war vernichtet. Es gab keine Blätter oder Nadeln auf dem Boden des Waldes mehr, und schon gleich gar keine in den nackten Baumkronen, um die ehemals dicke Schicht wieder aufzufüttern. Nur umgestürzte Baumstämme lagen auf der schwarzen Ebene, in Dutzende von großen Brocken zersplittert, aus denen die dünnen Rauchschwaden der ersterbenden Glut quollen. Nichts bewegte sich außer den tiefgrauen Aschewolken, die sich wie Hahnenschwänze unter den Reifen ihrer Motorräder in die Luft erhoben, um sich Hunderte von Metern hinter ihnen wieder auf den Boden zu senken. Die Welt um sie herum war tot, eine einzige Wüste, in der sich eines fernen Tages aus dem mit Nährstoffen angereicherten Boden neue Vegetation erheben würde. Doch im Moment gab es nichts als Geister, fortgetragen mit dem Rauch und dem von ihnen aufgewirbelten Fahrtwind. Schließlich schaffte es die Sonne sogar, mit ihren schrägen Strahlen den über ihnen hängenden braunen Nebel zu durchbrechen und einzelne Flecken der verwüsteten Landschaft mit ihrem Licht zu erhellen. Der Fluss jagte an ihnen vorbei, das Wasser dick von Asche, und häufte verkohlte Äste zu kleinen Dämmen auf, die das Wasser schwarz färbten.

Nicht ein einziger Vogel flatterte zwischen den Bäumen hin und her oder versteckte sich in den ehemals dichten Baumkronen. Kein Erdhörnchen huschte über herabgefallene Blätter von einem Loch zum nächsten. Und sie sahen auch keine Hirsche am Horizont, angelockt von dem Brummen der Motoren, das die Ruhe ihres Lebensraums störte. Stattdessen hing eine Aura des Todes über allem, die alles Leben wie ein Vakuum verschlang und ihnen die letzte Kraft aussaugte, während sie mit ihren Motorrädern diesen Wald des Fegefeuers durchquerten.

Missy spürte, wie Phoenix hinter ihr zitterte. Nicht wegen der Brise oder des Wetters, denn der gegrillte Boden strahlte unvermindert Hitzewellen ab, sondern wegen des immer geringer werdenden Abstands zwischen ihm und seinem Gegenspieler, der dunklen Hälfte seiner selbst, die mittlerweile zu ihm zu gehören schien wie sein eigener Schatten. Mit jeder Meile rauchigen Nebels, die sie hinter sich ließen, verstärkte sich seine Angst um ein Tausendfaches. Er gab nicht länger vor zu wissen, was auf der anderen Seite der Rocky Mountains auf sie wartete. Wenn er seine Augen schloss, hörte er nichts als die Schreie seiner Freunde vor einem Hintergrund schnell wechselnder Bilder von Feuer und Folter. Morgen um diese Zeit würden sie am Abgrund ihres Schicksals stehen.

Er war müde. So müde. Die Erschöpfung hatte ihn erfasst wie ein heranrasender Schnellzug, und jetzt ließ sie ihn leer zurück, seine Gefühle ein einziges Chaos. Er vergoss Tränen über den Wald und das unschuldige Leben, das von dem Feuer vernichtet worden war. Er weinte über den Schmerz und das Leid, die der Boden in dicken Schwaden ausdünstete. Und zum ersten Mal in seinem Leben weinte er wegen sich selbst. Er hatte Angst. Selbst eingesperrt in der Dunkelheit des Kellers, der sein Zuhause gewesen war, hatte er nie Angst um sich gehabt. Als der Schwarm über ihm an der Decke gehangen und darauf gewartet hatte, dass er sich nur einen Zentimeter weit erhob, um ihn dann in Stücke zu reißen, hatte er keine Angst um sein Leben gehabt. Diese Art von Selbstsucht war ihm fremd, und dass er sie jetzt empfand, weckte Abscheu in ihm. Seine Freunde brauchten ihn jetzt mehr denn je, und er war nicht in der Lage, seine eigene Furcht auch nur einen Moment lang im Zaum zu halten, damit er für sie stark sein konnte.

Phoenix schüttelte den Kopf und versuchte, seine Gefühle zurück auf die Ebene seiner Gedanken zu verbannen, wo er vielleicht noch ihren Widerhall wahrnehmen würde, sich aber nicht mehr direkt mit ihnen auseinandersetzen musste. Er versuchte, sich auf irgendetwas anderes zu konzentrieren, aber dieser endlose Wald aus verbranntem Nichts verstärkte den Widerhall nur. Er dachte an seine Freunde, und wieder hörte er ihre schmerzerfüllten Schreie. Wenn er sich auf das Brummen der Motorräder konzentrierte, beschwor das nur Bilder von Fliegen herauf, die über den Leichen derer kreisten, die er liebte.

Doch dann hatte Phoenix einen Moment der Klarheit: Diese Gefühle und der Schmerz, den sie in ihm heraufbeschworen, alle Furcht und Selbstzweifel waren von seinem Gegenspieler geschickt, sie waren die erste von vielen Schlachten, die sie ausfechten würden. Er hatte Tods Macht, seine Hand durch den Äther auszustrecken und ihn zu bekriegen, unterschätzt. Über wie viel Kraft verfügte dieses schwarze Monster, dass es in der Lage war, ihn selbst aus dieser Entfernung so zu quälen? Wie viel stärker würde es sein, wenn sie sich erst Angesicht zu Angesicht gegenüberstanden?

Diese Gedanken konnten ihn nur zurück in die grausame Umarmung der Depression führen. Es gab keine andere Möglichkeit, als den Pfad dort enden zu lassen, wo er nun einmal endete. Er würde Tod auf dem Schlachtfeld gegenüberstehen, um über das Schicksal der Menschheit zu entscheiden … aber nicht heute. Jetzt war die Zeit, sich vorzubereiten. Das wusste auch sein Gegner, und deshalb griff er ihn in Gedanken an – um ihn von der eigentlich anstehenden Aufgabe abzulenken. Phoenix musste sich nicht nur selbst vorbereiten, sondern auch seine neugefundene Familie. Er hatte immer noch zwei kostbare Geschenke, die es zu vergeben galt, zwei Teile seiner selbst, die er nur auf eine einzige Art weitergeben konnte. Als er Rays Augen heilte, hatte er dem Blinden damit eine Art zweites Gesicht gegeben. In Evelyns Händen floss nun der Saft des Lebens selbst. Und Missy hatte er alles gegeben, das ihn ausmachte, das Versprechen von Liebe und Leben, sein Herz. Jake und Jill waren besonders, ohne dass er sie dazu machen musste. Sie sahen die Welt nicht so, wie sie war, sondern so, wie sie sein würde, eine Gabe, die ihnen bereits hervorragende Dienste geleistet hatte, doch würde sie noch weitaus wichtiger werden, sollten sie es schaffen, Tod zu besiegen. Um eine neue Welt zu errichten, brauchten sie Visionäre, und genau das waren die beiden. Jake war die Zukunft der Menschheit, er war der Kindkönig, der eine neue Ära des Friedens auf Erden einläuten würde, dessen Same nur die besten Charakterzüge weitergeben und so eine Zukunft ermöglichen würde, die dem Gedeihen der Menschheit und nicht ihrem Untergang gewidmet ist. Und Jill. Jill war …

»Schwanger?«, flüsterte Phoenix. Ein Gefühl der Hoffnung keimte in ihm auf, erfüllte sein Herz und strömte von dort durch seinen ganzen Körper. Alle Gedanken an Blutvergießen und schreienden Tod verschwanden und machten Platz für eine neugefundene Perspektive von Liebe und Verständnis. Er blickte zurück über seine Schulter und sah nicht mehr die versengte Erde oder die Baumstümpfe, die wie Grabsteine aus der toten Landschaft ragten, sondern nur ein junges Mädchen, das sich mit einem viel zu großen Motorrad abmühte und in sich genug Hoffnung für die ganze Welt trug. In ihr war ein weiterer Träumer, dessen Visionen nicht mehr von den Übeln seiner eigenen Art künden würden, sondern von dem Versprechen ihres Fortbestehens inmitten von Feldern aus Blumen, aus Liebe und Lachen … von Feldern der Hoffnung.

Sie würden siegen, dachte Phoenix. Nicht weil sie stärker waren als das Böse, das vor ihnen lag, sondern weil sie mussten. Es war ein Kind unter ihnen, das Kindkönig werden würde, und eine Königin, die in Sicherheit gebracht werden musste.

Sein eigenes Leben war vollkommen bedeutungslos. Ohne zu zögern würde er es opfern.

Die Welt würde fortbestehen.

Sie würden überleben.

Und neue Hoffnung würde in ein Land geboren werden, das schon viel zu lange keine mehr gekannt hatte.

III

Der Himmel behielt seine pergamentartige Farbe, aber der Rauch lag nun weit hinter ihnen. Adam konnte den Lauf der Sonne verfolgen, die jetzt deutlich zu sehen war zwischen den mitternachtsblauen Bergspitzen hinter ihnen und jenen, die noch vor ihnen lagen. Ihm war die Rolle zugefallen, die anderen voranzutreiben und dabei die richtige Balance zwischen Vorankommen und drohender Erschöpfung zu finden. Sie brauchten eine Pause, um sowohl ihre eigenen Energien als auch die Tanks der Motorräder mit den wenigen Reserven aufzufüllen, die ihnen noch verblieben waren. Das leuchtende Himmelsgestirn hatte kaum den Zenit überschritten und begann allmählich den Abstieg in die wartende Umarmung der kommenden Nacht, als sich endlich eine Gelegenheit bot. Der Pfad war nach Süden abgebogen, und der einstige Wald zu ihrer Rechten fiel über einen steilen Hang ab, der vorbei an verbrannten Bäumen und rußgeschwärzten Felsen zum Ufer eines Sees führte, welcher aussah wie ein Fenster zum Paradies. Das Sonnenlicht schimmerte einladend auf den weißen Wellenkämmen, als würde das Wasser selbst sie heranwinken. Noch nie hatte sich ihm ein so perfekter Anblick geboten. Die anderen spürten es auch, und eine freudige Erwartung baute sich immer stärker in ihnen auf, während sie sich den verbrannten Hang hinunterschlängelten und hinausfuhren auf den mit Ruß bedeckten Strand.

Adam schleuderte die Stiefel von sich, krempelte seine Hosenbeine hoch und watete bis zu den Knien in das kristallklare Wasser, während er auf einem ledrigen Seetangblatt herumkaute und hinaus in die Mitte des Sees schaute. Links und rechts ragten ganze Bündel von Rohrkolben aus dem Wasser, das sie mit den Wellen, die ihre Stängel umspülten, vor dem Feuer beschützt hatte. Je näher am Ufer die Pflanzen wuchsen, desto schlimmer hatte es sie erwischt, doch die Tatsache, dass diese hier unbeschadet überlebt hatten, war etwas ganz Besonderes. So weit das Auge reichte, war jeder Baum und jeder Strauch in der Umgebung des Sees dem Fraß der Flammen zum Opfer gefallen. Zwangsläufig drängte sich Adam eine Analogie auf: Wenn diese wenigen Pflanzen, die in der Brise hin und her wogten und ihre flauschigen Samen aus den blühenden Knospen entließen, überleben konnten, dann war es vielleicht, ganz vielleicht, möglich, dass auch sie es schafften.

Adam schluckte den letzten Rest seiner nicht sehr sättigenden Mahlzeit hinunter, dann drehte er sich um und lief zurück ans Ufer. Alle Anspannung war von ihm abgefallen, als hätte das Wasser des Sees sie durch die aufgeweichte Haut seiner Zehen abgesaugt, und auch die anderen schienen einen ähnlichen Effekt zu spüren. Jill und Mare saßen händchenhaltend am Ufer, planschten mit ihren Füßen im Wasser und kicherten, wie es sich für ein junges Liebespaar gebührte. Missy zog an Phoenix' Arm und versuchte ihn mit einem Augenzwinkern, das auf eine bevorstehende Wasserschlacht schließen ließ, hinaus ins tiefere Wasser zu ziehen. Jake stand am seichten Ufer und durchwühlte den Schlick nach flachen Steinen, während Ray anhand des Geräuschs mitzählte, wie viele Male sie hüpften, bevor sie zwischen den Wellen versanken. Evelyn kam Adam durch das Wasser entgegengerannt, schlang ihren Arm um seine Hüfte und ging mit ihm zurück an Land.

»Ist es nicht wunderschön hier?«, sagte sie und beschrieb mit ihrem freien Arm einen großen Bogen. »Ich kann mir gar keinen schöneren Ort vorstellen.«

Adam lächelte. Er liebte es, sie glücklich zu sehen, und wenn es auch nur für einen kurzen Moment war.

»Du hast da was ...«, sagte Evelyn und deutete auf seine oberen Schneidezähne. »Genau an dieser Stelle.«

Adam kratzte mit dem Fingernagel an seinem Zahn. »Ist es weg?«, fragte er und bleckte dabei die Zähne.

Evelyn lachte. »Sieht aus, als würde ein ganzes Blatt aus deinem Zahnfleisch wachsen.«

»Verdammtes Kraut«, schimpfte Adam und schabte weiter mit dem Fingernagel an seinem Zahn herum.

»Lass mich mal«, meinte Evelyn und presste ihren Mund auf den seinen, noch bevor Adam seinen Finger wegziehen konnte. Ihre Zunge spielte an seinen Zähnen, Adam öffnete seine Lippen und hieß sie willkommen. Seine Finger waren jetzt wieder frei, und er schlang beide Arme um Evelyn, während ihre Körper sich aneinanderschmiegten.

Irgendwann trennten sich ihre Lippen wieder, und Evelyn lehnte ihre Stirn an die seine. Mit ihren unergründlichen grünen Augen sah sie ihn an, und Adam wünschte sich nichts mehr, als den Rest seines Lebens damit zu verbringen, in ihnen zu versinken.

»Ist es jetzt weg?«, fragte er mit einem Grinsen.

Evelyn lachte. »Nö.«

Adam rieb sich mit dem Zeigefinger über sein Zahnfleisch und lächelte.

»Endlich«, sagte Evelyn, ergriff seine Hand und zog ihn zurück ans Ufer.

Er wusste, dass es Zeit war. Sie verschwendeten kostbares Tageslicht, auch wenn Adam nicht ganz verstand, warum sie es so eilig hatten, ihr Ziel zu erreichen, und insbesondere nicht, warum gerade *er* sich verpflichtet fühlte, sie anzutreiben. Er war wie ein Farmer, der sein Vieh zum Schlachter trieb, wobei seine Herde aus den einzigen Freunden bestand, die er auf der Welt noch hatte. Sie waren seine Familie, und unter ihnen war die Liebe seines Lebens.

Er blickte Evelyn an, ihr Haar war dreckig und verknotet, ihr Gesicht mit Matsch beschmiert, und ein Flecken Blut, den sie noch nicht abgewischt hatte, klebte neben ihrem rechten Ohr. Und trotzdem leuchtete sie geradezu. Sie war die schönste Frau, die er sich nur vorstellen konnte. Sie war so stark, so tapfer, und sein Herz schmerzte bei der Aussicht, ihre Hand loslassen zu müssen, sobald sie das

Ufer erreichten, das aufzulösen, was sich als Einziges noch real anfühlte in dieser Welt. Noch bevor er wusste, was er tat, blieb er stehen.

»Ich liebe dich«, sagte Adam und war selbst überrascht, nicht von seinen Worten, sondern von der Ernsthaftigkeit, mit der er sie ausgesprochen hatte. Evelyn dies hier – an diesem Ort, in diesem Moment – mitzuteilen schien wie das Wichtigste, das er je in seinem Leben getan hatte.

Sie blickte wieder in seine Augen und wollte eigentlich lächeln, doch der Ausdruck auf seinem Gesicht beunruhigte sie.

»Ist alles in Ordnung mit dir?«, fragte sie und zog besorgt die Augenbrauen zusammen.

»Ja … ich wollte … ich wollte nur, dass du das weißt.«

Evelyn drückte seine Hand. »Ich liebe dich auch.«

Eine Last fiel von Adams Schultern, und er entspannte sich merklich.

»Bist du sicher, dass alles in Ordnung ist?«

»Ja«, wiederholte er. »Ich glaube, ich war für einen Moment von meinen Gefühlen überwältigt. Meine Schutzschilde waren eine Sekunde lang runtergefahren, verstehst du?«

»Wenn du mit mir zusammen bist, brauchst du keine Schutzschilde. Das weißt du.«

Adam lächelte und schaute zu den anderen hinüber. Sie hatten gesehen, wie er näher gekommen war, und das als Hinweis genommen, sich für die Weiterfahrt bereit zu machen.

»Ich bin nicht gut in solchen Dingen«, sagte Adam.

»Du hast deine Sache gut gemacht«, erwiderte Evelyn, zog ihn an sich heran, schlang einen Arm um seine Hüfte und lehnte ihren Kopf an seine Schulter.

Adam küsste sie auf den Scheitel und wollte gerade

seine Liebeserklärung wiederholen, als sein Gehirn auf den Kopf gestellt wurde von dem, was er am Ufer erblickte. Die zuvor noch schwarzen Rohrkolben im seichteren Wasser waren wieder grün und saftig, dicker, als sie es jemals zuvor gewesen waren. Noch während er zusah, schwollen die Samenknospen an wie Hotdogs über dem Lagerfeuer, bis sie platzten und die Luft mit weißem Flaum erfüllten, der entlang dem Ufer schwebte, an dem jetzt lange grüne Grashalme aus der Asche wuchsen, und sich dann sanft auf der Oberfläche des Sees niederließ.

»Das ist dein Werk«, flüsterte er. »Du warst das, Evelyn. Du hast sie wieder zum Leben erweckt.«

Evelyn konnte nur den Kopf schütteln. Alle Farbe wich aus ihrem Gesicht, während sie die Samen beobachtete, die an ihr vorbeizogen wie Schnee.

»Du bist überwältigend.«

Evelyn machte sich los und rannte auf den See zu. Sie stolperte, fiel auf ihre Knie und Hände. Dünne, grüne Fäden wanden sich unter ihren Handflächen hervor und schlängelten sich zwischen ihren gespreizten Fingern hindurch. Weiter oben verbreiterten sie sich zu Blättern, die sich geradezu liebevoll an ihre Handrücken schmiegten.

»Ich kann das gar nicht glauben«, flüsterte sie und stand wieder auf. Vier längliche Flecken Gras leuchteten aus der Asche wie nachwachsendes Fell auf der Haut eines räudigen Hundes.

Auch die anderen hatten es mittlerweile gesehen und kamen langsam näher, bis sie Evelyn umringt hatten. Alle gingen in die Hocke und streichelten das frische Gras.

Nur Phoenix blieb zurück; er war der Einzige, der nicht überrascht war.

Adam betrachtete den Jungen mit den rosafarbenen

Augen. Die Brise zerzauste seine weißen Locken, Rohrkolbensamen umschwirrten sein Haupt, und mit einem Mal ergab alles einen Sinn. Rays zweites Gesicht. Evelyns Augen und ihr magischer grüner Daumen.

Phoenix fing Adams starrenden Blick auf und sah schnell weg.

Adam hatte noch gar nicht bemerkt, wie dünn Phoenix geworden war. Die Knöchel an seinen Handgelenken standen einzeln hervor, und die Wangenknochen ragten aus seinem Gesicht. Er hatte sich in sich selbst zurückgezogen, aber nicht, weil er in seine eigenen Gedanken versunken war, wie Adam angenommen hatte. Er gab seine Lebenskraft an sie weiter, teilte die unglaublichen Kräfte, über die er verfügte, unter ihnen auf. Und so ein zerbrechlicher Körper würde das nicht lange aushalten.

Er brachte sich um für sie. Das wusste Adam jetzt.

Langsam, aber sicher opferte er sich für sie.

IV

Das kalte Wasser an ihren Füßen fühlte sich wunderbar an. Jill hatte gar nicht gemerkt, wie heiß es in ihren Schuhen gewesen war und wie sehr sie darin geschwitzt hatte. Ihr Kopf tat weh, und ihr Rücken schmerzte, als hätte jemand einen Knoten in ihre Wirbelsäule gemacht. Doch jetzt, in diesem Moment, konnte sie sich entspannen. Sie beugte sich vornüber, füllte ihre Handflächen mit Wasser und spritzte es sich ins Gesicht. Sie schrubbte den festgebackenen Ruß und Schweiß von Wangen und Stirn und genoss das Gefühl, wie das kalte Wasser ihr über Kopf und Nacken lief.

Sie lehnte sich zurück, stützte sich auf ihre Ellbogen und schaute hinauf in den Himmel. Dann schloss sie die Augen und ließ ihr Gesicht von den warmen Sonnenstrahlen massieren. Sie hörte Wasser aufspritzen, dann setzte Mare sich mit einem dumpfen *Plopp* neben sie ans Ufer. Jill tat so, als hätte sie ihn nicht bemerkt, und wartete, solange sie nur irgend konnte, dann begann sie mit den Beinen zu strampeln und sie beide mit Wasser zu bespritzen. Kichernd setzte sie sich auf, nahm Mares Hand und zog ihn an sich.

»Das wirst du büßen«, sagte er, schlang seine Arme um Jill und zog sie ins Wasser. Jill kreischte und wehrte sich, bis sie beide der Länge nach in den See fielen.

Jill sprang sofort wieder auf, stellte sich mit seitlich ausgestreckten Armen hin und beobachtete, wie das Wasser von ihrer klatschnassen Kleidung tropfte, während Mare vor ihr im Schlick saß und lachend zu ihr aufsah. Jill stürzte sich auf ihn und drückte seinen Kopf ins Wasser. Sogleich kam er wieder hoch, spülte den fauligen Geschmack aus seinem Mund, grinste sein schiefes Grinsen, offensichtlich in der Erwartung der nächsten Attacke, doch Jill war bereits wieder klatschend zurück ans Ufer gelaufen. Sie setzte sich hin und klopfte mit der flachen Hand auf den Flecken neben sich.

»Mm-mm«, sagte Mare. »Du kannst nicht einfach etwas anfangen, das du dann nicht zu Ende bringst.«

»Aber ich habe es zu Ende gebracht. Und falls du es nicht gemerkt haben solltest: Ich habe gewonnen.«

»Dann will ich Revanche«, erwiderte Mare, kam aus dem Wasser und setzte sich tropfend neben sie.

»Du wirst deine Chance schon noch bekommen«, gab Jill kokett zurück, nahm seine Hände und legte sie auf ihren Schoß.

Er konnte seinen Blick nicht von ihr losreißen. Sie war tropfnass, ihr Haar hing ihr in dreckigen Strähnen übers Gesicht, und trotzdem war sie so wunderschön, sie leuchtete geradezu.

»Du siehst aus wie ein nasser Hund«, sagte Jill. Sie betrachtete ihn kurz aus dem Augenwinkel, dann schaute sie wieder hinaus auf den See.

»Weißt du, Schätzchen, du duftest auch nicht mehr ganz frisch.«

Jill drückte Mares Hand und legte ihren Kopf auf seine Schulter. Das war das Leben, wie es sein sollte. Und vielleicht würde es in nicht allzu ferner Zukunft auch wieder so sein. Sie vertrieb die Bilder ihrer letzten Vision, in denen sie beide in den Flammen verbrannten. Jetzt war nicht die Zeit für solche Dinge. Dies war *ihr* Moment. Der perfekte Moment. Und sie wollte ihn nicht ruinieren.

Jill bemerkte, wie rechts von ihr sich etwas bewegte, und schaute in Richtung des Schilfs. Noch während sie hinsah, wurden die verbrannten Stängel dicker, die verkohlte äußere Schale platzte ab, und darunter kamen grüne Stiele zum Vorschein, die sich in den Himmel reckten. Am oberen Ende bildeten sich langgestreckte Knoten, die von innen her anschwollen, bis die Stängel sich unter ihrem Gewicht durchbogen.

»Was in aller …?«, sagte Mare keuchend, als die seltsamen Blüten explodierten und die Luft sich mit weißem Flaum füllte, der aussah wie Gänsedaunen.

Jill lächelte und streckte beide Arme aus, um die schwebenden Bäusche aufzufangen. Dann führte sie ihre Hände an den Mund und entließ die Samen mit einem sanften Pusten wieder in die Luft zu den anderen. Die ganze Welt um sie herum schien erfüllt von dem munteren

Schneetreiben. Jill sah wie hypnotisiert zu, wie manche der Federbäusche zu Boden sanken, während andere sich von der Brise weitertragen ließen. Sie fühlte sich wie in dem Traum eines kleinen Kindes, in dem es Teddybärwatte vom Himmel schneit, die sie dazu einlädt, sich auf dem weißen Polster auszustrecken und in einen wohlbehüteten Schlaf hinüberzudriften. Der Übergang war langsam und sanft vonstatten gegangen, bis Jill bemerkte, dass sie sich mitten in einer Vision befand, als die Daunenbäusche sich zu einem weißen Falken verdichteten, der sich aus einem Schneesturm heraus mit gespreizten Klauen auf sie stürzte. Seine Krallen bohrten sich in ihre Oberschenkel, dann legte er die Flügel an. Jill suchte Mares Hand, aber sie war nicht mehr da. Ganz allein saß sie am Ufer, der Schneesturm um sie herum so dicht, dass alles, was sie sehen konnte, der Falke auf ihrem Schoß war, sein Schnabel nur Zentimeter von ihrem Gesicht entfernt. Sie blickte in diese leuchtend weißen Augen und wurde fortgetragen.

Sie war wieder in der Höhle und saß auf dem Lehmboden in einem der Räume des Pueblos. Sie hielt ein in eine Decke gewickeltes Bündel auf den Armen, ein Baby, das Gesicht leuchtend rot, die Augen noch geschlossen. Jill gegenüber saß ihre dunkelhäutige Vorfahrin und sah sie mit den weißen Augen des Falken an.

»Das kann unmöglich eine Vision sein«, sagte Jill in ihrem Geist. »Wenn das ein Vorausblick auf die Zukunft sein soll, kannst du nicht hier sein.«

Die Frau nickte. »Ja, Kind.«

»Das Baby, meine Tochter … Werde ich sie je zur Welt bringen?«

»Wenn du bereit bist, alles für sie zu opfern.«

»Das verstehe ich nicht. Wenn ich mein Leben für sie gebe, wird sie nie geboren werden.«

Ihre Urururururgroßmutter lächelte, doch es war ein trauriges Lächeln.

»Du musst es ihm sagen.«

»Wem? Was soll ich …?«

»Sag es ihm, jetzt.«

Der See erschien wieder vor ihren Augen, und die letzten Samen ließen sich gerade auf seiner Oberfläche nieder. Ihre beiden ausgebreiteten Hände waren immer noch voller Baumwollflocken, und Mare saß neben ihr, wie er es die ganze Zeit über getan hatte. Jill betrachtete ihn, sein schiefes Grinsen und seine schiefe Nase, dachte über die Art nach, wie er die Welt mit leuchtenden Augen voller Neugierde betrachtete. Sie hatte nie jemanden so geliebt, wie sie Mare in diesem Moment liebte.

»Nein«, sagte sie, und der Atem stockte in ihrer Brust.

Mare drehte den Kopf in ihre Richtung und lächelte sie an, doch das Lächeln verblasste schnell, als er ihre Verwirrung sah.

»Was … was ist los?«

»Mare …«

»Zeit zum Aufsatteln!«, rief Adam und kam zurück ans Ufer gelaufen.

»Sprich mit mir, Jill.«

»Das gilt auch für euch beide«, sagte Evelyn und legte Mare eine Hand auf die Schulter.

»Nur eine Minute«, gab er zurück.

»Wir verlieren nur Zeit«, beharrte Adam. Die anderen gingen bereits in langsamem Tempo zurück zu ihren Motorrädern.

»Jill …«

»Es kann warten«, unterbrach sie ihn und sah weg. Sie griff nach ihren Schuhen und Socken, die in dem frisch gewachsenen Gras neben ihr lagen.

»Jill!«, rief Mare, doch sie lief bereits zu ihrem Motorrad.

Mare blieb nichts anderes übrig, als ihr hinterherzustarren. Er war verwirrt, fragte sich, was ihr solche Sorgen bereiten mochte … und fürchtete, dass das, was sie zu sagen hatte, sein Leben für immer verändern könnte.

V

Ray kostete jeden einzelnen Augenblick voll aus. Nun, vielleicht nicht jeden einzelnen Augenblick – die Monster, oder was immer sie gewesen sein mochten, in dem brennenden Wald hatten ihn zu Tode geängstigt –, aber er genoss den Anblick der verkohlten Baumstümpfe, die zu beiden Seiten an ihnen vorbeizogen; jeden skelettartigen Ast, der aus den Stümpfen ragte; jeden Spalt dazwischen, durch den er den grauen Himmel sehen konnte; die Silhouetten der anderen vor ihm, wie sie sich über den Pfad schlängelten; sogar den Anblick von Mares Hinterkopf, die Rundungen seiner Ohren waren faszinierend. Zugegeben, es war kein vollwertiger Ersatz für das Sehen, das er einst gekannt hatte, und er musste Acht geben, Mare nicht zu nahe zu kommen, weil dann die Flammen, die aus seinen Augenhöhlen loderten, vielleicht Mares Haare in Brand gesteckt hätten. Aber es war weit mehr, als er sich noch vor wenigen Tagen in seinen wildesten Träumen hätte ausmalen können. Die Sonne war zwar nur noch ein schimmerndes Fünf-Cent-Stück am Himmel, aber was machte das schon? Er sah die Welt nur noch in Grauschattierungen, aber er wollte sich nicht beklagen. Er hatte sich daran gewöhnt, die Herzen und Gehirne seiner Freunde als weiß glühende Kugeln zu sehen, und an die grauen Blutbahnen, die ihre Gliedmaßen durchzogen. Es war wunderbar, unglaublich, und wenn es auch nicht dem Panoptikum an Farben und Schattierungen gleichkam, dass er die ersten zwanzig Jahre seines Lebens gewohnt gewesen war, so war seine neue Sehfähigkeit doch ein Wunder, das er nie wieder als selbstverständlich hinnehmen würde.

Vor wenigen Tagen noch, genauer gesagt Stunden, war er sich vollkommen nutzlos vorgekommen. Er war blind gewesen wie eine Fledermaus und hatte kaum zehn Schritte weit gehen können, ohne hinzufallen. Er war der Klotz am Bein der anderen gewesen. Eine Last. Und gänzlich andere Dinge waren ihm durch den Kopf gegangen. Hätte er ein Seil auftreiben können und einen Baum gefunden, der hoch genug war, hätte er seine Freunde liebend gern von der Verpflichtung erlöst, die sie ihm gegenüber verspürten. Er hatte sogar daran gedacht, hinaus in den Großen Salzsee zu waten und so weit zu schwimmen, bis er seine Arme nicht mehr bewegen konnte und friedlich in den dunklen Tiefen versank. Und jetzt, da er wieder daran dachte, fragte er sich, warum er es nicht getan hatte. Niemand hätte ihn aufhalten können. Sobald sie alle um die Feuerstelle herum eingeschlafen waren, hätte er sich nach draußen schleichen und hinaus in die Nacht schwimmen können. Hatte er ihnen ersparen wollen, seine aufgeblähte Leiche am Strand angespült zu finden? Nein. Er wollte sie nicht verletzen, aber der Anblick von Leichen war nichts Neues mehr für sie, schon gleich gar nicht der von toten Freunden. Warum also …?

Jake.

Der kleine Junge war ihm keine Sekunde lang von der Seite gewichen. Er hatte stets direkt neben ihm geschlafen, manchmal auf ihm, jede Nacht. Jeden Morgen, wenn Ray aufwachte, war er da gewesen, hatte seine Hand gehalten, jeden Tag, den ganzen Tag.

Ray hob den Kopf und schaute über Mares Schulter auf das Motorrad, auf dem Jake saß, seine kleinen Arme um Evelyn geschlungen und seinen Kopf an ihren Rücken gepresst, als versuche er zu schlafen.

»Ich denke, jetzt sind wir quitt«, sagte er, als ihm klarwurde, dass der kleine Junge ihm das Leben gerettet hatte. Vielleicht nicht auf ganz so dramatische Weise, wie er das seine gerettet hatte, aber trotzdem. Ray liebte diesen kleinen Kerl. Einen Moment lang glaubte er sogar, Tränen auf seinen Wangen zu spüren.

»Hast du was gesagt?«, rief Mare ihm durch das Brummen der Motoren und das Tosen des Windes zu.

Ray lächelte und beugte sich nach vorn. »Willst du mich mal fahren lassen?«

»Nie im Leben!«

»Na, komm schon.«

Mare schüttelte nur den Kopf. Ray war nicht sicher, ob er sich wirklich hinter den Lenker setzen würde, wenn er die Gelegenheit dazu bekäme, doch jetzt, in diesem Moment, fühlte er sich unbesiegbar. Das niederschmetternde Gefühl, nutzlos zu sein, war wie weggeblasen, und zum ersten Mal seit einer langen, langen Zeit kam der alte Ray wieder hinter der dunklen Wolke zum Vorschein, die seit Tinas Tod über ihm gehangen hatte … geliebte Tina. Bei Gott, wie er sie vermisste.

Links von sich sah er etwas aufblitzen, als zwinkerte

ihm jemand von weit weg zwischen den verkohlten Baumstümpfen unter dem Verhau aus heruntergefallenen Ästen hindurch zu. Zuerst dachte er, die glänzende Oberfläche wäre ein Fluss, aber die Ränder waren viel zu scharf und die Kurven viel zu regelmäßig, als dass es sich um das Ufer eines Wasserlaufs hätte handeln können. Der Pfad machte eine Linkskurve, und hinter der Biegung hatte Ray einen weit besseren Blick über das Feld aus zersplitterten Baumstämmen, deren Kronen abgebrochen und den dahinterliegenden felsigen Abhang hinuntergerollt waren, dorthin, wo er jetzt eindeutig einen Highway erkannte. Die weißen Punkte, die er zunächst für Lichtreflexe auf den Wellen gehalten hatte, waren in Wirklichkeit im Asphalt eingeschlossene Kieselsteine, die sich in der Sonne aufgeheizt hatten; diese Sonne würde bald hinter den Bergen am Horizont versinken. Auf glattem Asphalt zu fahren wäre eine nette Abwechslung. Nach den vielen Stunden auf dem steinigen Pfad fühlte sein Hintern sich an wie ein einziger großer Bluterguss. Vielleicht könnten sie sogar etwas Zeit gutmachen.

Der Hügelflanke folgend, bog der Pfad wieder nach rechts ab, und der Highway verschwand aus Rays Blickfeld. Er schaute weiter in die Richtung in der Hoffnung, den Highway noch einmal genauer in Augenschein nehmen zu können, bevor er die Sache zur Sprache brachte. Es hatte keinen Sinn, den anderen seine Entdeckung zu verkünden, wenn der Weg dorthin von liegengebliebenen Autos oder Steinlawinen versperrt war. Nur ab und zu blitzte der Highway noch auf und verschwand langsam in der Ferne, als der Pfad wieder nach links abbog und …

Da war etwas neben dem Highway. Eine gleißende Asphaltfläche, auf der sich etwas leuchtend grau von dem schwelenden Wald dahinter abhob, mit einer senkrechten Mauer darauf, die sich aus einem Haufen Schutt und Geröll erhob. Vor der Mauer stand ein Wellblechdach, gehalten von vier hohen Betonpfeilern. Ray glaubte noch, ein darunter abgestelltes Auto zu erkennen, als das Bild plötzlich verschwand, verdeckt von einem Felsvorsprung.

»Da unten!«, brüllte er in Mares Ohr. »Da ist eine Tankstelle!«

Mare, der schon die ganze Zeit über nervös zugesehen hatte, wie die schmale orangefarbene Nadel der Tankanzeige immer weiter nach unten zeigte, seufzte erleichtert. Einen kurzen Moment später konnte er schon das abgebrannte Ziegelgebäude und die Überreste der Zapfsäulen davor sehen. Das Leuchtschild an der Einfahrt war umgestürzt, schwarz und halb geschmolzen lag es inmitten der Splitter der geplatzten Neonröhren auf dem Asphalt. Das Dach über den Zapfsäulen hatte sich nach außen durchgebogen, an manchen Stellen sah es aus, als hätte etwas sich von unten durch sie hindurchgebohrt. Um die Löcher herum ragten lange, metallene Zacken in den Himmel.

Mare ließ seinen Scheinwerfer ein paarmal aufblinken und den Motor aufheulen, um die anderen auf sich aufmerksam zu machen. Evelyn ging vom Gas und fuhr von dem Pfad herunter. Die Stollen ihrer Reifen gruben sich in den schwarzen Boden, und die darunterliegende braune Erde kam zum Vorschein. Langsam fuhr er an ihr vorbei und blieb neben Adam stehen. Er musste schreien, damit er ihn unter dem Dröhnen der Motoren verstehen konnte.

»Da unten ist eine Tankstelle!«

Mare deutete zwischen den Baumstümpfen hindurch den Hügel hinab.

»Sieht aus, als wäre sie vollkommen abgebrannt.«

»Ja, aber vielleicht ist noch Benzin in den Pumpen. Ich weiß nicht, wie es bei dir aussieht, aber mein Tank ist fast leer.«

Adam musste nicht erst auf die Tankuhr schauen, um zu wissen, dass es ihm nicht viel anders erging.

»Und?«

»Einen Versuch wär's wert.«

Ray starrte den Abhang hinunter und setzte in seinem Geist das Ziegelgebäude wieder zusammen, so wie es einmal ausgesehen haben musste. Vielleicht lag es daran, dass er eben erst an Tina gedacht hatte, aber er sah nur die Raststätte, in der seine Freundin auf der Toilette niedergemetzelt worden war. Dann ließ sein neu entwickelter Gesichtssinn alles um ihn herum wieder schwarz werden, doch diesmal war Ray dankbar dafür.

VI

Missy fühlte sich wie ein Passagier in einem entführten Flugzeug. Sie hatte nicht die geringste Ahnung, wohin sie unterwegs waren, sie wusste nur, dass etwas Schreckliches passieren würde, wenn sie ihr Ziel erreichten, und die Tatsache, dass sie sich so sehr beeilten, um dorthin zu gelangen, raubte ihr beinahe den Verstand. Sie wünschte sich, das Benzin würde ihnen ausgehen, um ihr Vorankommen zu verlangsamen, wenngleich sie auch nicht besonders erpicht darauf war, zu Fuß durch die Berge zu latschen. Doch zumindest würde das Unvermeidliche dann noch ein bisschen hinausgezögert. Andererseits wären sie dann den Kreaturen, die diese Wälder durchstreiften, schutzlos ausgeliefert … auf ihren Motorrädern konnten sie eventuelle Verfolger eher abhängen. Letztendlich wusste sie nicht, was sie wollte, außer umzudrehen und wieder zurück zu dem See zu fahren, an dem sie in Sicherheit gewesen waren. Vielleicht lag es auch an der Gewissheit tief in ihrem Inneren, dass, sollte sie überleben, sie wahrscheinlich allein dorthin zurückfahren würde.

Das ist nicht fair!, schrie es in ihr. *Niemand von uns hat etwas getan, um das hier zu verdienen!*

Das Gefühl, wie Phoenix seine Arme um ihre Hüfte geschlungen hatte, war ihre Verbindung zur Realität, zeigte ihr aber auch überdeutlich deren Schattenseite: Sie konnte seine Knochen unter der Haut spüren, die kantigen Handgelenke, die auf ihren Bauch drückten. Sie traten jetzt noch deutlicher hervor als zu dem Zeitpunkt, als sie Mormon Tears verlassen hatten. Phoenix' Gesicht war vollkommen ausgemergelt, Schatten breiteten sich über seine Augenhöhlen aus und verdunkelten selbst in der strahlenden Mittagssonne seine hervorstehenden Wangenknochen.

Phoenix starb. Langsam, aber dennoch deutlich sichtbar floss mit jeder Meile ein wenig mehr seiner Lebensenergie aus ihm heraus. Eine Zeit lang hatte Missy sich noch etwas vormachen können. Schließlich standen sie alle unter einer enormen Anspannung, und ihr einziges Nahrungsmittel war der Seetang. Kein Mensch konnte unter diesen Umständen dem körperlichen Verfall auf Dauer trotzen, doch bei Phoenix war es anders. Er verwelkte regelrecht, und es gab nichts, was sie dagegen tun konnte. Nichts. *Nichts!*

Phoenix drückte sie sanft und legte sein Kinn auf ihre Schulter, um ihr etwas ins Ohr zu flüstern.

»Mach dir keine Sorgen um mich. Ich werde immer bei dir sein.«

Ihr Brustbein hob und senkte sich, als sie ein Schluchzen unterdrückte. Sein Mut machte sie nur noch wütender. Warum rannte er nicht einfach weg mit ihr? Warum begannen sie nicht irgendwo ein neues Leben, weit weg von all den schrecklichen Dingen, die hier auf sie lauerten? Natürlich wusste sie, warum. Dies hier war seine Bestimmung, der Grund, warum er auf die Erde geschickt worden war. Er war wie ein Glühwürmchen, dessen Licht immer heller erstrahlte, bis es seine biologische Aufgabe erfüllt hatte, erst dann konnte Phoenix weiter in die nächste …

Missy schüttelte den Kopf, um den Gedanken zu verscheuchen. Nichts von alledem war fair, aber sie musste stark bleiben, und wenn auch nur um Phoenix' willen. Das Letzte, was er jetzt gebrauchen konnte, war, wenn sie die Dinge für ihn noch schlimmer machte, oder auch nur schlimmer für sich selbst.

Adam steuerte sein Motorrad aus der schmalen Furche, in der sie den Abhang hinuntergefahren waren, und überquerte den Highway, auf dessen Asphaltdecke die Sonne glitzerte, als wären Diamanten darin eingebettet. Hinter dem gegenüberliegenden Seitenstreifen ragte die Tankstelle auf, oder besser gesagt das, was von ihr übrig war. Die Pfeiler des Aluminiumdaches über den Zapfsäulen standen noch, das Dach selbst jedoch wölbte sich in rußgeschwärzten Fetzen in den Himmel, und die Zapfsäulen darunter waren nur noch ein verknotetes Gewirr aus Blech und Rohrleitungen, das aus den schwarzen Öffnungen im Boden ragte, aus denen einst das Benzin geflossen war. Der unterirdische Tank zu ihrer Rechten war nur noch ein gähnender Krater, der die Hälfte des Parkplatzes verschlungen hatte. Dahinter schillerten in allen Farben des Regenbogens kleine Benzinpfützen, die wie übergroße Pantoffeltierchen in einem Teich schwammen, aus dem das Heck eines Honda Accord ragte wie ein Mahnmal. An der Stelle, wo das Fahrzeug bei hoher Geschwindigkeit vom Highway abgekommen war, waren die Leitplanken aus dem Boden gerissen.

Das Gebäude selbst lag in Schutt und Asche. Die eine Hälfte, in der verschwitzte Angestellte, die noch nie etwas von Haarnetzen gehört hatten, fetttriefende Burger mit Eiern und Hackfleisch verkauft hatten, war unter dem Gewicht des eingestürzten Daches in sich zusammengesunken. Nur ein niedriger Haufen schwarzer Ziegelsteine, der zwischen einem geschmolzenen Klimaanlagenmodul und mittlerweile wieder fest gewordenem Glas aufragte, war noch davon übrig. Dem Laden daneben war es wenig besser ergangen, doch zumindest stand eine der Mauern noch. Neben der Mauer schaute der Kühlergrill eines Autos aus einem Haufen Schutt, auf den Kopf gestellt von der Explosion, die den Wagen durch die Luft geschleudert hatte.

Vor diesem Anblick der Verwüstung blieb Adam stehen, und alle konnten sehen, wie seine Schultern herabsanken.

»Ich hatte gehofft, wir würden hier vielleicht noch etwas Benzin finden«, sagte er. »Ich schätze, ich hätte es besser wissen sollen.«

»Einen Versuch war es wert«, entgegnete Evelyn, die gerade neben ihm zum Stehen kam. »Wir hätten auch Glück haben können.«

Adam konnte nur den Kopf schütteln. Der Gedanke, das Glück auf ihrer Seite zu finden, erheiterte ihn irgendwie.

»Hey«, rief Mare, »ich hab eine Idee.«

Er machte den Motor aus und stellte die Maschine auf den Seitenständer. Dann stieg er ab, ging zu Jills Motorrad hinüber, machte die hinter ihr festgegurteten Bündel los und wühlte so lange, bis er gefunden hatte, was sie Gott sei Dank geistesgegenwärtig genug gewesen waren mitzunehmen.

»Da ist kein einziger Tropfen mehr drin«, sagte Missy.

Mare zwinkerte seiner Schwester zu: »O Ihr Ungläubigen.« Er ging auf das riesige Loch in der Erde zu und begutachtete den gezackten Rand des Kraters. »Bringt mal besser die Reservekanister her.«

An dem Krater vorbei ging er über das verkohlte Gras zu dem kleinen Teich, blieb kurz stehen, um sich den Schlauch in seiner Hand über die Schulter zu hängen wie eine Schlange, und watete durch das seichte Wasser auf das Heck des Honda zu. Als er bei der Hecktür angekommen war, streckte er seinen Arm nach dem unter Wasser liegenden Griff aus, öffnete sie und benutzte den Holm als Trittbrett, um auf den Kofferraum des Wagens zu klettern. Seine Beine eingespannt zwischen dem schräg nach oben zeigenden Kofferraumdeckel und dem Rahmen der zersplitterten Heckscheibe, beugte er sich nach vorn, öffnete die Tankklappe und schraubte den Deckel ab. Dann führte er den Schlauch in den Tankstutzen und begann mit seinen Lippen am anderen Ende zu saugen. Wenige Augenblicke später spuckte er hustend das angesaugte Benzin in den Teich. Munter sprudelte es aus dem Schlauch, aber Missy stand bereits mit einem Reservekanister in der Hand bereit, nahm den Schlauch entgegen und steckte ihn in die Öffnung des roten Plastikbehälters.

»Und, wer ist der Mann des Tages?«, fragte Mare triumphierend.

Missy lächelte und schüttelte nur den Kopf. Als der Kanister voll war, zog sie den Schlauch heraus und gab ihn Adam, der mit dem anderen Kanister in der Hand bereits neben ihr wartete.

Mare sprang von dem Autowrack herunter ins Wasser und ging gemeinsam mit seiner Schwester zurück zum Parkplatz, vorbei an Evelyn, die gerade ins Wasser watete.

»Hey, Missy. Erinnerst du dich noch daran, als wir fast kein Benzin mehr hatten und jemand mit Hilfe seiner unglaublichen Kombinationsgabe doch noch welches gefunden hat?«

»Das ist noch keine zwei Minuten her, Mare«, erwiderte Missy und verdrehte die Augen.

»Und wer war dieser Mann, der uns alle gerettet hat?«

Missy stöhnte.

»Ich sagte, wer war dieser Mann?«

»Lass mich in Ruhe.«

»Komm schon, Missy. Wer ist der …?«

»Mare«, unterbrach Phoenix.

»Endlich«, sagte Mare. »Endlich findet sich jemand, der bereit ist, meine außerordentlichen Fähigkeiten …« Mare verstummte. An dem düsteren Ausdruck auf Phoenix' Gesicht konnte er erkennen, dass er seinen Namen aus einem anderen Grund ausgesprochen haben musste.

»Ich muss mit dir reden.«

»Klar«, gab Mare zögernd zurück. Und dann, an Missy gewandt: »Bin gleich wieder da.«

Phoenix ergriff seinen Ellbogen und führte Mare hinter die eine Mauer, die noch stand. Auf dem Weg dorthin schaute er immer wieder über seine Schulter, um sicherzugehen, dass niemand ihnen folgte. Schließlich ließ er Mares Ellbogen los und nahm seine Hand.

»Ich muss dir etwas geben«, flüsterte Phoenix und blickte ihn mit seinen rosafarbenen Augen durchdringend an.

VII

Mare war immer noch nicht ganz sicher, was bei der ausgebrannten Tankstelle geschehen war. Das ganze Ereignis war ihm ein Mysterium, das er zu enträtseln versuchte, während sie Richtung Osten weiterfuhren. Sie hatten immer noch hinter der Mauer gestanden, als Adam nach ihnen rief, und starrten einander in die Augen, wie sie es schon mehrere Minuten lang getan hatten, während derer Mare ungeduldig darauf gewartet hatte, dass Phoenix etwas sagen würde. Schließlich hatte er ihn zu sich gerufen. Doch Phoenix griff nicht in seine Jackentasche, um ihm das Geschenk zu geben, das er angekündigt hatte. Stattdessen stand er einfach nur da und schaute ihm in die Augen, während er die ganze Zeit über seine Hand hielt. Es war nicht gerade angenehm gewesen. Mare hatte das Gefühl, als blicke Phoenix durch seine Augen direkt in seine Seele, falls so etwas überhaupt möglich war. Mare war immer unruhiger geworden, hatte es aber nicht geschafft, den Blickkontakt abzubrechen. Eine schiere Ewigkeit verging, und die Welt um sie herum stand still, bis endlich etwas passierte. Doch Mare war immer noch nicht sicher, was. Das Einzige, woran er sich klar und deutlich erinnern konnte, war, wie Adam gerufen hatte, sie sollten sich endlich in Bewegung setzen, und jetzt saß er hier, hinter dem Lenker seines vollgetankten Motorrads und fuhr den unregelmäßigen, von Ruß geschwärzten Pfad entlang, während Ray sich von hinten an ihm festhielt.

Die Sonne ging gerade unter und bereitete sich darauf vor, sich hinter die gezackten Bergspitzen davonzustehlen, die Schatten vor ihnen wurden immer länger und streckten ihre dunklen Finger nach der mit toten Baumstümpfen gesprenkelten Landschaft aus. Sie würden nicht mehr sehr weit kommen, bis sie ein Lager aufschlagen und die Nacht ausrufen mussten – die versengte Erde bot kaum einen Kontrast gegen den sich verdunkelnden Himmel, und die langsam vorrückenden Schatten zwangen sie schon jetzt, ihr Tempo zu drosseln.

Mares Gedanken kehrten wieder zu dem rätselhaften Moment zurück, den er mit Phoenix erlebt hatte. Zum x-ten Mal spielte er ihn in seinen Gedanken durch. Er war in die Augen des anderen Jungen hineingezogen worden, in dieses blasse Rosa, das ausgesehen hatte wie ein rissiges Stück Asphalt, durchzogen von scharlachroten Linien, roten Strahlen, die von den schwarzen Sonnen seiner Pupillen ausgingen. Phoenix' Augen waren blutunterlaufen, die Ränder seiner Augenlider so gereizt, dass sie aussahen, als würden jeden Moment blutige Tränen unter ihnen hervorquellen und über seine Wangen laufen. Vielleicht lag es an Mares Beschützerinstinkt, aber seit er Phoenix kannte, war er sich nie ganz sicher über diesen seltsamen Jungen gewesen. Er konnte es an nichts Konkretem festmachen, aber irgendetwas an Phoenix machte ihn nervös, wenn er in seiner Nähe war. Jedes Mal fühlte er sich wie eine Ameise unter einem Brennglas, das nur darauf wartete, dass die Wolken sich endlich teilten. Aber Missy liebte ihn, und sie hatte in ihrem Leben schon zu viel durchgemacht, als dass Mare sich einmischen und das bisschen Glück zerstören würde, das sie gefunden hatte. Wenigstens das hatte Missy verdient, doch wenn Phoenix auch nur mit dem Gedanken spielte, sie zu verletzen, würde Mare ohne zu zögern tun, was Brüder tun, um ihre Schwester zu beschützen, ganz egal was für Konsequenzen es nach sich ziehen mochte. Es mochte einmal einen Zeitpunkt gegeben haben, zu dem er sich in der Lage gefühlt hatte, seine Schwester vor einem gebrochenen Herzen zu bewahren, doch jetzt, da er in Phoenix' Augen starrte, fühlte er sich so klein und unbedeutend wie eine Stechmücke vor einem Riesen. Es war, als seien Phoenix' Augen ein Fenster zu einem ganzen Universum, das Mares Vorstellungsvermögen bei weitem überstieg.

»Deine größte Angst ist, so zu werden wie dein Vater«, hatte Phoenix nach diesem endlos langen Blick gesagt.

Mare hatte nicht gewusst, was er antworten sollte. Oder ob er es überhaupt konnte.

»Du brauchst dir keine Sorgen zu machen. Du besitzt mehr als genug Mut, um den Dämon zu besiegen.«

Hatte Phoenix »den Dämon« oder *»diesen* Dämon« gesagt? Mares Erinnerung war verschwommen, die Worte unscharf.

»Sie wird schön und stark sein. Stark genug, um einer toten Welt neues Leben einzuhauchen«, hatte Phoenix weitergesprochen, während seine Augen zu leeren Höhlen wurden, die Mare das Gefühl gaben, er befände sich in freiem Fall. Dann hatte Phoenix matt gelächelt, doch Mare war nicht sicher gewesen, welches Gefühl dieses Lächeln ausdrücken sollte. Eine Art von Zufriedenheit? Und wer war »sie«? Er verstand gar nichts mehr. »Du solltest sehr stolz sein.«

Mare hatte sich vollkommen verloren gefühlt, und jetzt erging es ihm nicht besser. Hatte Phoenix zu ihm gesprochen oder zu jemand anderem in diesem endlosen Universum, das hinter seinen Augen verborgen lag?

Phoenix' Augen waren auf ihn fokussiert gewesen, er hatte ihn eindeutig angeschaut, und nicht durch ihn hindurch. Mare hatte gespürt, wie er seine Hand drückte, während Adam wie aus einer Million Meilen Entfernung nach ihnen rief.

»Es macht mich traurig, dir dieses Geschenk zu geben, denn es wird nicht das Geringste ändern. Dein Mut ist deine größte Stärke, und das Einzige, das ich dir anbieten kann, ist Frieden. Wenn die Zeit gekommen ist, wirst du tun, was getan werden muss. Nicht um zu beweisen, dass du nicht wie dein Vater bist, sondern weil du wissen wirst, wie es sich anfühlt, einer zu *sein*, ganz egal wie kurz diese Gewissheit auch sein mag. Du bist der Vater einer Zukunft, die ich dir leider nicht zum Geschenk machen kann.«

Andere Stimmen waren in Adams Rufe mit eingefallen. Sie wurden lauter, dringlicher.

Phoenix hatte Mares Hand losgelassen, und die Welt war über ihn hereingebrochen, als wäre die Blase, die sie die ganze Zeit über ausgesperrt hatte, plötzlich zerplatzt. Er erinnerte sich, wie er nach Luft schnappte und gegen eine in ihm aufsteigende Übelkeit ankämpfte. Und er erinnerte sich an die letzten Worte, die er gehört hatte, ob sie nun real oder seiner Fantasie entsprungen waren:

»Du wirst keine Schmerzen spüren.«

Selbst wenn er sie nur in seinem Gedächtnis hörte, ließen die Worte ihm einen kalten Schauer über den Rücken laufen. Was hatten sie zu bedeuten? Er spürte ein flaues Gefühl im Magen, dasselbe Gefühl, das er jedes Mal gehabt hatte, wenn er heimgekommen und sein Vater zuhause gewesen war und er nicht wusste, ob er betrunken war oder nicht, und befürchten musste, dass sein Vater ihn jeden Moment mit den Fäusten begrüßen würde.

Und wer war »sie«? Was zum Teufel sollte all das bedeuten?

Du wirst keine Schmerzen spüren.

Was zum Teufel sollte er mit dieser Aussage anfangen?

Mare schlug sich mit der flachen Hand auf den Hinterkopf. Es fühlte sich an, als krieche unter seinen Haaren etwas über seine Kopfhaut. Etwas Warmes.

Als er seine Hand wieder wegzog, hingen verbrannte Haare daran, die der Wind sofort davonwehte, als er sie sah.

»Verdammt, Ray!«, zischte Mare. Er drehte sich um und sah die Flammen, die im Fahrtwind flackernd aus Rays Augen züngelten. Er hatte sich immer noch nicht daran gewöhnt, das Gesicht seines Freundes brennen zu sehen.

»Tut mir leid«, sagte Ray in sein Ohr. »Ich wollte dir nicht wehtun.«

Mir wehtun?

Aber das hatte er gar nicht.

Mare richtete seine Augen wieder auf den Pfad vor ihnen und steuerte nur mit einer Hand, während er mit der anderen seinen Hinterkopf betastete. Die Haut dort fühlte sich heiß an, und er spürte, wie sich an einer Stelle, die in etwa so groß war wie eine Fünfzig-Cent-Münze, eine Blase bildete, die unter dem Druck seiner Finger nachgab. Die Haare dort waren weggesengt, die Locken darum herum trocken und spröde.

Er hatte nicht mehr gespürt als eine vorübergehende Wärme.

Du wirst keine Schmerzen spüren.

»Was hat er mit mir gemacht?«, keuchte Mare. Und wichtiger noch … warum?

VIII

Jake konnte seine Augen kaum noch offen halten. Die Sonne war vor einiger Zeit untergegangen, auch wenn er nicht genau sagen konnte, wann. Es spielte ohnehin keine Rolle. Sein Zeitempfinden war unrettbar zerstört. Entweder war es Tag und sie mussten weiterfahren, oder es war Nacht und sie mussten schlafen, doch jedes Mal, wenn er seine Augen schloss, warteten im Inneren seines Kopfes Bilder von Monstern auf ihn, die durch wabernde Rauchwolken jagten und schauerliche Schreie ausstießen, die immer noch in seinem Schädel widerhallten. Jedes Mal, wenn eine dieser furchtbaren fledermausartigen Fratzen sich mit klaffenden, triefenden Kiefern auf ihn stürzte, riss er seine Augen auf, die ihm flüchtige Blicke auf die vorbeihuschenden abgebrannten Wälder gewährten, auf tote Bäume, die wie Zombies über ihren Gräbern standen und sich dann langsam wieder schlossen. So oder so war er in ständiger Furcht und wünschte sich jedes Mal, dass der Schlaf ihn endlich in seinen Schoß nehmen würde, sobald seine Augenlider sich berührten.

Die Wärme von Evelyns Körper beruhigte ihn ein wenig, aber sie war kein Ersatz für seine Mutter, und allein der Gedanke an sie ließ jedes Mal Tränen in seine Augen steigen. Sie wollte, dass er stark war, das hatte sie in so vielen Träumen zu ihm gesagt, also würde er stark sein, aber die Erschöpfung machte es schwierig für ihn. Er wollte sich einfach in seinem Bett zuhause zusammenrollen, aus diesem Albtraum erwachen und warme Milch mit Honig trinken, während seine Mutter ihm mit der Hand über den Kopf strich und zärtlich über seine Augen fuhr, bis der Sandmann ihn in Träume von Superhelden und Comicfiguren entführte. Doch so würde es natürlich nie wieder sein, denn noch bevor er überhaupt einmal wieder eine Nacht würde ruhig schlafen können, mussten sie die Tore der Hölle erstürmen.

Er verlagerte seinen Kopf an Evelyns Rücken, fand vorübergehend eine weiche Stelle zwischen ihren Schulterblättern und schlang seine Arme enger um ihre Hüfte. Evelyn nahm eine Hand vom Lenker und drückte sanft seinen Arm, kurz, das musste genügen.

Seit Anbruch der Nacht war ihre Geschwindigkeit dramatisch gesunken, das Licht der Scheinwerfer war kaum mehr als ein helles Flimmern in der Schwärze vor ihnen und somit wenig hilfreich. Sie würden bald anhalten müssen. Versuchen, ein wenig zu schlafen. Dieser Gedanke machte Jake nur noch trauriger, denn er wusste, dass diese Nacht die letzte sein würde, in der sie alle noch am Leben waren. Er wusste zwar nicht, wer sich auf die Reise zu seiner Mutter machen würde und auf welche Weise, aber es gab nichts, dessen er sich während seines kurzen Lebens so sicher gewesen war. Die Träume, in denen er die Zukunft voraussah, waren wie weggeblasen, aber vielleicht lag es auch daran, dass sie einfach zu wenig schliefen und er, wenn überhaupt, schlief wie ein Toter, traumlos. Egal warum, die kommende Morgendämmerung würde nichts als Blutvergießen und Leid bringen.

Bremslichter warfen einen roten Schein auf den toten

Wald um ihn herum, und der Motorradtross blieb stehen. Sie hielten am Fuß zweier Felsvorsprünge an, deren Form ihn an übergroße Pilze erinnerte. Ihre flache Oberseite war zu einem schmalen Felssims ausgebildet, aus dem ein paar verkohlte Baumstümpfe ragten wie übergroße Yuccapalmen.

»Dieser Platz ist genauso gut wie jeder andere«, sagte Adam und machte den Motor aus. Er kletterte von seiner Maschine und lehnte sie auf den Seitenständer, während auch die anderen Motoren einer nach dem anderen verstummten. Dann standen sie da in einer gespenstischen Stille, die nicht einmal vom Flüstern des Windes unterbrochen wurde, in einer Leere, in der die Geräusche der normalen Welt nicht mehr existierten.

»Wurde langsam Zeit«, sagte Missy. »Ich bin schon halb eingeschlafen beim Fahren.«

»Ich auch«, meinte Jill, während sie Mare dabei beobachtete, wie er von seinem Motorrad stieg, die Arme streckte und seinen Rücken durchbog. Jill wünschte, sie wäre auf seinem Motorrad mitgefahren und hätte sich von hinten an ihn klammern können, nur um seine Nähe zu spüren. »Ich muss mich nur ein bisschen hinlegen, dann wird es schon wieder gehen.«

Jake ließ sich von der Sitzbank herunter und taumelte ein paar Schritte zur Seite. Sein Hintern vibrierte immer noch, und er fühlte sich, als säße er nach wie vor auf dem fahrenden Motorrad. Das seltsame Gefühl ließ jedoch schnell nach und wurde von einem anderen, weit dringenderen verdrängt. Instinktiv kniff er die Beine zusammen und rannte los, weg von den anderen, vorbei an der Kalksteinformation zu einer geschützten Fläche, wo er außer Sicht war, die anderen aber noch hören konnte.

Er zog den Reißverschluss seiner dreckigen Jeans herunter und pinkelte gegen einen Baumstamm, dessen verkohlte Rinde unter dem nicht enden wollenden Strahl knisterte und knackte, bis sie schließlich abfiel und die schwarzen Splitter von dem kleinen Strom, der sich den Hügel hinabschlängelte, davongetragen wurden. Er hätte nicht gedacht, dass sein Körper so viel Flüssigkeit behalten konnte. Als der Strom endlich verebbte, schloss er seinen Reißverschluss wieder und wollte gerade zurück zu den anderen, als er aus dem Augenwinkel etwas Seltsames sah: Zwischen zwei Hügeln am Horizont befand sich ein Einschnitt, was an sich noch nichts Ungewöhnliches gewesen wäre, das Komische jedoch war, dass dahinter keine weiteren Bergketten zu sehen waren. Nur schwarzer Himmel, das Licht der Sterne darin erstickt vom Rauch, der immer noch in der Atmosphäre hing.

Jake ging auf den Einschnitt zu und lauschte dabei sorgfältig auf die Geräusche der anderen, damit er sich nicht zu weit von ihnen entfernte. Als er am Fuß des Einschnitts angelangt war, schaute er nach Osten. Die verbrannte Landschaft breitete sich so endlos weit vor ihm aus, dass er sich fragte, ob er von hier vielleicht die ganze Welt sehen konnte. Die Gebirgsausläufer der östlichen Rockies streckten sich träge hinaus in die dahinterliegenden flachen Ebenen, die erst in Hunderten von Meilen Entfernung vom Lauf des Mississippi unterbrochen wurden. Aus dieser Entfernung waren kaum Details zu erkennen, der schwarze Untergrund zu Füßen der Bergspitzen war gesprenkelt mit den Überresten niedergebrannter großer und kleiner Gebäude, Haufen aus verkohltem Holz und Stein, die der gesichtslosen Ödnis zumindest ein bisschen Struktur verliehen. Dasselbe Bild bot sich draußen auf den Ebenen, wo die Haufen der Zerstörung größer wurden und enger aneinanderrückten, je näher sie sich am Rand dieses enormen Kraters befanden, der groß genug erschien, den Mond zu verschlucken. Hinter dem Rand fiel der Krater ab und führte zu den Ruinen von dem, was einmal die Innenstadt …

Jake schnappte nach Luft. Hätte er noch welche in seiner Lunge gehabt, hätte er geschrien.

»Ich hab mich schon gefragt, wo du hinspaziert sein könntest …«, sagte Ray hinter ihm.

Jake wirbelte herum, sein Herz schlug so schnell wie das eines Kolibris, während sein Schatten im Licht der Flammen, die aus Rays Augen schlugen, hinter ihm zuckend über den Boden tanzte.

»Feiert ihr zwei hier oben 'ne Party?«, fragte Mare, der sich auf der Hügelkuppe zu ihnen gesellte.

Auch die anderen kamen jetzt langsam herbei, und gemeinsam starrten sie in stummer Ehrfurcht hinaus über die Front Range, den Blick auf das Zentrum des Kraters gerichtet, in dem ein einzelner schwarzer Wolkenkratzer aus den Ruinen ragte, von mehreren Seiten abgestützt durch andere Gebäude, die der Nuklearexplosion nicht völlig standgehalten hatten. So thronte der einsame Turm über der Verwüstung, körperlich spürbare Wellen von Schmerz und Leid gingen von dem durch Menschenhand erschaffenen Gebäude aus, das gleichzeitig eindeutig nicht von dieser Welt war. Eine physische Manifestation aller Übel der Menschheit, die ihre Beinahe-Auslöschung selbst in Gang gesetzt hatte.

»Das ist der Ort, an den wir gehen müssen«, flüsterte Phoenix und versuchte, das Zittern in seiner Stimme zu verbergen.

Es bedurfte keiner weiteren Worte mehr, denn sie alle erkannten den Turm in dem Moment, als sie ihn erblickten. Er sah genauso aus, wie sie ihn sich anhand der unheimlichen Beschreibungen aus Jakes und Jills Visionen vorgestellt hatten; selbst ohne wäre er unverkennbar gewesen.

»Sie wissen, dass wir hier sind«, sagte Jake und ließ seine Hand zwischen Rays Finger gleiten. »Ich kann es spüren.«

Phoenix konnte den Anblick des Turms nicht eine Sekunde länger ertragen und drehte sich weg. Er wusste, was zu tun war.

»Tod wartet auf uns«, sagte er und machte sich auf den Weg zurück zu ihrem notdürftigen Camp. »Wenn ihr könnt, schlaft, solange es noch geht … Morgen müssen wir unsere Reise zu Ende bringen.«

Sein Gegenstück war nun so nahe, dass es sich anfühlte, als hielte eine eiskalte Hand sein Herz in ihrem unbarmherzigen Griff und ließe sein Blut gefrieren. Er konnte beinahe sehen, wie ihr aller Ende über ihnen schwebte. Er fühlte sich so unendlich allein. So allein, wie er Tod gegenübertreten musste.

Allein.

Er ging den Spuren nach, die sie in der Rußschicht hinterlassen hatten, und blickte immer wieder über die Schulter, um sicherzugehen, dass alle ihm folgten. Sie mussten abgelenkt sein, besser noch schlafen, und das bald.

Er hatte eine lange Nacht vor sich.

BUCH SIEBEN

I

IN DEN RUINEN VON DENVER, COLORADO

Die durchschimmernden Lider über Tods Augen glitten zurück, und seine leuchtenden Augen tauchten den Raum für einen Moment in goldenes Licht, dann veränderte sich ihre Farbe zu einem tiefen Rot, sodass die auf dem Boden verstreut liegenden Knochen und die an die Wände gepfählten Skelette aussahen, als würden sie von neuem beginnen zu bluten. Er hatte nicht geruht, sondern in einem Zustand höchster Konzentration sein Bewusstsein auf eine Reise außerhalb seines kleinen Thronsaals geschickt, um den Fortschritt seiner Vorbereitungen zu überprüfen. Er war jetzt bereit für sie, bereit, Krieg zu führen gegen den Herrn und Seinen lächerlichen Haufen Überlebender. Bald schon würde die Erde ihm allein gehören, und er würde mit ihr verfahren, wie es ihm beliebte, denn er war der alleinige Herrscher über diese rauchende Wüste. Gott konnte ihm nichts mehr anhaben, er war außerhalb seiner Reichweite, stand über den Konsequenzen. Er war Tod, Herold des ewigen Lebens und Bote der Verdammung, König der Hölle, die er auf Erden entfacht hatte, über deren Feuer er nach Belieben gebot.

Ein mit scharfen Zähnen gespickter Spalt öffnete sich zu einem Lächeln auf seinem reptilienhaften Gesicht. Sie waren hier, er konnte sie spüren. Ganz in der Nähe. So nahe, dass er hören konnte, wie das letzte Blut der Menschheit durch ihre zerbrechlichen Körper pulsierte und nur darauf wartete, über die schwarze Erde vergossen zu werden, um sie seiner bevorstehenden Herrschaft zu weihen.

Tod erhob sich von seinem Thron und durchquerte den Raum, krachend zersplitterten die spröden Knochen unter seinem Gewicht, und seine Krallen schlugen klappernd auf den Boden, während er sich seinen Weg bahnte zu der Treppe, die hinaufführte aufs Dach, zu dem Hochsitz, von dem aus er als alleiniger Herrscher regieren würde. Pest und Hunger blieben, wo sie waren, und standen Wache am Eingang des Thronsaals. Er brauchte sie nicht. Noch nicht. Ihre Zeit würde noch kommen. Er würde sie hinausschicken in die verwüstete Landschaft, um diese letzten Versprengten abzufangen. Der Junge jedoch … der Junge gehörte ihm allein.

Oben auf der Treppe angekommen, trat er hinaus in die Nacht. Die Luft summte vor Elektrizität. Blitze zerrissen den schwarzen, rauchverhangenen Himmel, wie Artilleriefeuer schlugen die blauen Linien überall im Umkreis seiner Festung ein, erhellten die Landschaft der Verdammnis und die Schutthaufen, die sich nach allen Himmelsrichtungen fast bis zum Horizont um den gigantischen Behemoth ausbreiteten. Er richtete seinen Blick nach Westen, wo die Berge wie ein gezacktes Sägeblatt zornig den Nachthimmel durchschnitten. Dort hinten waren sie, gerade außer Sicht. Er konnte fühlen, wie sie ihn anstarrten, genauso, wie er sicher war, dass auch sie seinen Blick spürten, während ihre Angst selbst über die vielen zwischen ihnen liegenden Meilen ausstrahlte. Sein Gegner war unter ihnen. Nur ein Kind. Ein schwaches, bemitleidenswertes Menschlein, das von Minute zu Minute noch schwächer wurde. Sobald der Junge vernichtet war, würden die anderen fallen wie Herbstlaub.

Der Junge würde zu ihm kommen. Im Schutz der Nacht würde der Junge sich auf den Weg zu ihm machen, um ihm gegenüberzutreten, und unter den ersten Sonnenstrahlen des nächsten Morgens würde Tod Gottes auserwählten Krieger ans Kreuz schlagen und den Thron der Welt besteigen, die er selbst erschaffen hatte.

Tods Herzschlag beschleunigte sich, kaltes Blut jagte durch seinen erwartungsvoll gespannten Körper. Wo war Gott jetzt? Seine lächerliche Armee stand am Rande der Vernichtung, und wo versteckte Er sich?

Tod spürte, wie sein Feind sich abwandte und als der Feigling, der er war, davonschlich. Ein Blitz erregte seine Aufmerksamkeit, und auch Tod wandte seinen Blick von der Bergkette ab. Ein Flackern seiner Augenlider, und Tod befand sich unten auf dem verbrannten Boden, sah die Ruinen der Stadt durch die Augen dessen, der die Quelle des Lichtblitzes gewesen war.

Der Leviathan stand westlich an der tiefsten Stelle eines riesigen Lochs, das einst ein großer See inmitten eines wunderschönen Parks gewesen war, bis eine Atomexplosion ihn verdampft hatte. Das dichte Gras und die üppigen Schatten der Bäume waren verschwunden, ersetzt durch schwarzen Ruß und Asche, das Ufer gesprenkelt mit den gebleichten Knochen der Ausflügler, die sich während der Auslöschung des Parks dort befunden hatten.

Die Kreatur hob ihre brennenden Arme und ließ ihre Handflächen gen Himmel zeigen. Ihre Handgelenke bewegten sich schnell, mit überbordender Kraft, dann schossen Geysire flüssiger Lava daraus hervor. Die glühenden Feuerstrahlen erhoben sich beinahe hundert Meter weit in die Luft, bevor sie ihren Scheitelpunkt erreichten, wo sie einen Moment lang innehielten, als wären sie gefangen zwischen zwei Welten, und dann wieder auf die Erde herabregneten. Flüssiges Feuer ergoss sich über seinen Körper, bespritzte die kleinen Inseln im See und begann die Vertiefungen zwischen ihnen zu füllen, in denen Schwarzbarsche zwischen den wogenden Blättern der Unterwasserpflanzen gelauert hatten, während Mondfische und Sonnenbarsche sich in kleinen Schwärmen in dem Wasser darüber tummelten. Die Pfützen stiegen immer höher, bis die Kreatur knöcheltief in dem heißen Magma stand, während die Flammen immer noch am Himmel leuchteten und sich dann in den immer tiefer werdenden Schmelztiegeln ergossen. Der Leviathan regte sich nicht, feuerte Magmastrahl um Magmastrahl ab, bis der Pegel seine Knie erreichte, seine Hüfte. Bald stand er schultertief in glühender Lava, und nur der schwarze Schädel der Bestie ragte noch aus der blubbernden Oberfläche wie eine am Boden verankerte Boje. Die Feuerströme durchzogen jetzt nicht mehr den Himmel, sondern schossen blubbernd unter der Oberfläche des neu entstandenen Sees aus den Handgelenken des Leviathans, bis selbst von diesen miniaturartigen Vulkanausbrüchen nichts mehr zu sehen war. Der Magmapegel stieg weiter bis über seinen Kopf.

Tod zog sich wieder in seinen eigenen Schädel zurück und beobachtete von hoch oben, wie der See schließlich seine alten Ufer erreichte, ein glühendes Leuchtfeuer, das selbst der schwache Gott von seinem Thron aus sehen konnte. Blasen bildeten sich auf der flammenden Oberfläche, zerplatzten und spuckten Rauchfahnen in den Himmel, der See aufgewühlt von Wellen aus Feuer.

Der Leviathan verharrte darinnen, eingetaucht in sein eigenes Blut aus glühender Lava, und wartete, bis sein Moment kommen würde.

Tod lächelte, und seine fürchterlichen Zähne knirschten.

Ein Stück weit vor den letzten Gebirgsausläufern tauchte ein winziger Lichtpunkt auf, und Tod wusste genau, was es war. Das Ende der Menschheit bahnte sich an, während ihre letzte Hoffnung sich auf den Weg zu ihm machte.

»Komm«, sagte Tod in einer Sprache, die aus seinem Munde geradezu obszön klang.

Er konnte seinen Blick nicht von dem Licht losreißen, das hinter Hügeln verschwand und in Täler hinabtauchte, nur um kurz darauf wieder zu erscheinen. Näher. Immer noch näher.

Ein Triumphschrei brach aus seiner Brust und rollte wie Donner über die Berge der Front Range.

II

DER PFAD DES BLUTES

Phoenix erhob sich von der auf dem versengten Boden ausgebreiteten Decke, auf der er neben Missy gelegen hatte. Es hatte kein Holz mehr gegeben, mit dem sie ein Feuer machen oder eine Art Unterstand errichten konnten, weshalb sie alle sich ein Fleckchen entlang den Kalksteinfelsen gesucht hatten, geschützt von dem aufkommenden Wind und den Elementen. Er brachte es nicht über sich, sie anzusehen. Noch nicht. Er liebte sie mehr als irgendetwas anderes auf der Welt, und er verabscheute die Rolle, die zu spielen ihm bestimmt war. Aber alles, was er von diesem Moment an tat, tat er für sie. Trotz des gebrochenen Herzens und des Risikos, dass sie ihn auf alle Zeiten hassen würde – wenn er es schaffte, würde sie leben. Und das war das Einzige, was zählte.

Die anderen waren schneller eingeschlafen, als er zu hoffen gewagt hatte. Vielleicht hatte eine glückliche Hand ein wenig nachgeholfen, ihnen eine letzte Gelegenheit gewährt, ihre Batterien wieder aufzuladen und alle Energie zu sammeln für den Tag, der kommen würde. Zumindest aber verschaffte es ihm einen guten Vorsprung. Er wollte in der Stadt sein, bevor einer von ihnen auch nur auf die Idee kommen konnte, dass er fort war. Doch zuerst … zuerst musste er noch ein paar wichtige Dinge zu Ende bringen.

Er ging an Jill und Mare vorbei, die auf einer Decke ausgestreckt lagen. Jills Hand lag auf Mares Brust, seine Arme waren um ihre Hüfte geschlungen. Mare schnarchte leise. Geräuschlos kniete Phoenix sich neben ihn, küsste seine Fingerspitzen und legte sie ihm sanft auf die Stirn.

Gott gebe ihm die Kraft, dachte er, dann stand er auf und schlich weiter. Ray war mit dem Rücken gegen die Felswand gelehnt eingeschlafen, sein Kinn lag auf seiner Brust, verbrannte Haarsträhnen hingen über seine leeren Augenhöhlen. Jake lag in eine Decke gewickelt da wie ein Burrito, seinen Kopf auf Rays Schoß gebettet. Es tat weh, an den beiden vorbeizuschleichen, ohne jeden von ihnen zum Abschied noch einmal umarmen zu können. Schließlich kam er zu Adam und Evelyn. Einen Moment lang starrte er auf sie hinunter, sah, wie Evelyns Augen unter den Lidern hin und her zuckten in einem Traum, der ein trauriges Lächeln auf ihre Lippen zauberte, während Adam auf dem Rücken ausgestreckt schlief, den Mund offen. Er wartete, bis Evelyn sich auf die Seite rollte, so wie er wusste, dass sie es tun würde. Langsam ließ er sich auf den Boden neben Adams Kopf nieder und legte ihm sanft beide Hände auf die Schultern, dann schloss er die Augen, um sich zu konzentrieren.

Energie sammelte sich in seinen Fingerspitzen, und die Härchen auf seinen Unterarmen stellten sich auf. Die Kraft, die aus seiner Brust strömte, floss in Adams Körper und saugte ihn aus. Phoenix' Kopf sank vornüber, während sein Körper ein weiteres Mal Bekanntschaft mit seiner eigenen Zerbrechlichkeit machte. Erschöpfung setzte ein, aber es war mehr als das. Er hatte seine fleischliche Hülle aller Säfte beraubt, außer seinem Blut. Es erinnerte ihn an die Nächte in dem beengten Keller des Schwarms, wie sie sich auf ihn gestürzt und alle Kraft aus ihm gesaugt hatten, um ihre eigenen Gebrechen zu heilen, alles an sich rissen, was ihn ausmachte. Doch dieses Mal tat er es freiwillig, opferte seine Seele in der Hoffnung, dass seine Freunde überleben und einen weiteren Sonnenaufgang sehen würden. Er war beinahe fertig, bald würde er sie verlassen und sich auf den Weg zu dem schrecklichen Turm machen müssen, wo Tods furchtbare Klauen auf ihn warteten und …

»Was tust du da?«, fragte Adam.

Keuchend riss Phoenix die Augen auf.

»Leg dich wieder schlafen«, flüsterte er.

Adam versuchte sich aufzusetzen, doch Phoenix verstärkte den Druck in seinen Schultern und zwang Adam, seinen Kopf zu heben, damit er den Jungen überhaupt ansehen konnte.

»Was geht hier vor, Phoenix?«

»Du bist ein Heiler, Adam. Du bist es, weil du es sein willst, aber viel wichtiger ist, dass das Heilen dich ausmacht. Wegen deines Mitgefühls wurdest du verschont, weil du dich weigerst, das Unvermeidliche zu akzeptieren.« Adam versuchte noch einmal, sich aufzusetzen, und war überrascht von der Kraft, mit der Phoenix ihn am

Boden hielt. »Mein letztes Geschenk, mein Geschenk an dich, ist kaum mehr als das, was du ohnehin schon besitzt. Die Macht, Krankheiten zu heilen und Leben zu retten, das du in deinen Händen hältst.«

Adam konnte nichts anderes tun, als in Phoenix' traurige, rosafarbene Augen zu schauen, die kaum zu erkennen waren hinter seinen langen schmutzigen weißen Locken.

Phoenix ließ ihn los und stand auf. Ohne ein weiteres Wort drehte er sich um und ging zu der Stelle, an der Missy schlief.

Adam konnte sich endlich aufsetzen, drehte den Kopf und blickte Phoenix hinterher. Seine Schultern kribbelten dort, wo Phoenix ihn berührt hatte, und das Gefühl breitete sich über seine Arme bis in seine Finger aus, tausend Nadelstiche, als würden sie einschlafen. Er hatte nicht die geringste Ahnung, was gerade vorgefallen war. Es lag nicht an Phoenix' komischem Verhalten – er hätte sich mehr Sorgen gemacht, wenn Phoenix einmal *nicht* seltsam gewesen wäre –, sondern an der Art, dieser Endgültigkeit. Es hatte beinahe ausgesehen wie ein Ritual, wie Händeauflegen. Die Worte, die Phoenix ihm gesagt hatte, hatten sich beinahe angehört wie eine Zusammenfassung seines Lebens. Zugegeben, es war mitten in der Nacht, mitten in einer sehr angespannten Nacht, aber dennoch war es … ungewöhnlich. Ungewöhnlicher als sonst zumindest. Vielleicht war Phoenix gerade aus einem Traum oder einer Vision erwacht, die Adam ohnehin nicht verstanden hätte, und immer noch irgendwo zwischen diesem Traum und der drückenden Realität des nächsten Tages gefangen. Das musste es sein.

Er sah, wie Phoenix sich neben Missy einrollte und seinen Arm um ihre Hüfte schlang. Er würde Phoenix fragen. Aber nicht vor dem Morgen. Der Junge sollte diese eine Nacht mit seiner Freundin haben. Außerdem sah bei Tageslicht betrachtet alles anders aus.

Adam legte sich wieder hin, drehte sich auf die Seite, sodass er Evelyns Körper an dem seinen spüren konnte, und schloss die Augen. Der Schlaf überfiel ihn wie aus einem Hinterhalt.

Phoenix konnte die Tränen, die aus seinen Augen strömten und über seine Wangen liefen, nicht zurückhalten. Sein ganzes Leben lang hatte er sich vor diesem Moment gefürchtet. Selbst der Tod wäre besser gewesen als der Schmerz, den er jetzt verspürte, den Krampf in seinem Bauch, den Schmerz in seiner Brust, der selbst das Atmen schwer machte. Er musste sich auf die Lippe beißen, um nicht laut aufzuschluchzen und sie zu wecken. Wenn er ihr in die Augen blicken oder auch nur ihre Stimme hören müsste, wäre das bisschen, was von seinem Entschluss noch übrig war, unrettbar dahin.

»Ich liebe dich schon mein ganzes Leben lang«, flüsterte er so leise, dass er selbst seine Worte kaum hören konnte, und doch so laut, dass sie hoffentlich auf einer unterbewussten Ebene bis zu ihr durchdringen würden. »Wenn ich träumte, träumte ich von dir. Wenn ich an ein besseres Leben dachte, war es immer dein Bild, das ich vor mir sah. Du hast mich geliebt, als ich glaubte, dass niemand das jemals tun würde.« Er musste kurz aufhören zu sprechen, um einen Schluchzer zu unterdrücken. »Bis ich dich traf, wollte jeder, den ich kannte, etwas von mir nehmen, aber du … du hast mir die ganze Welt geschenkt. Ich habe nie etwas getan, um deine Liebe zu verdienen, und doch hast du sie mir bereitwillig gegeben, bedingungslos.« Seine Lippen zitterten, und er presste sich die Hand auf den Mund, um die immer lauter werdenden Geräusche der Trauer in seiner Brust nicht nach außen dringen zu lassen. »Wenn ich etwas ändern könnte, weißt du, dass ich es tun würde. Es gibt nichts, das ich nicht für dich tun würde, aber ich kann nicht zulassen, dass du leidest. Es tut mir leid, so unendlich leid … dir wehzutun. Dich zu verlassen. Ich liebe dich, Missy, und ganz egal wohin du auch gehst, ich werde immer bei dir sein. Solange du lebst, wirst du nie allein sein. Nie.«

Er beugte sich nach vorn und drückte seine Lippen auf die ihren, ihre Weichheit, ihre Wärme, das waren Empfindungen, die er bis über das Ende seines Lebens hinaus in Ehren halten würde. Langsam, ganz langsam und mit weit größerem Bedauern, als er es je in seinem Leben verspürt hatte, löste er den Kuss, wollte sich die Tränen von den Lippen wischen, doch noch viel mehr wünschte er sich, ein Teil von ihr möge mit ihm kommen.

Missy lächelte im Schlaf, ihr Gesicht entspannte sich, und ein beinahe engelsgleiches Leuchten breitete sich darauf aus.

Phoenix blinzelte, machte im Geist ein Foto von ihr, von seiner wunderschönen Missy, das er immer in seinem Herzen tragen würde.

Er ging zu dem Motorrad, das am nächsten stand, und klappte leise den Seitenständer ein. Die Hände am Lenker, schob er es zurück auf den Pfad und lautlos den Hügel hinauf, bis er ganz oben war. Er schaute hinaus auf die Ruinen der ehemals so prachtvollen Stadt, auf Schutt und Asche, die das Ende der Zivilisation betrauerten, deren letzte Zeugnisse sie waren. Er sah einen kleinen kreisrunden Fleck, der hell orangefarben leuchtete: ein See aus Feuer, das wusste er. Er hatte ihn zuvor schon in seinen Träumen gesehen, das Monster irgendwo in seinen Tiefen hatte ihn erschaffen. Und dahinter … die verrenkte Spitze des schwarzen Turms.

Phoenix schwang sein Bein über die Sitzbank und setzte sich genau so darauf, wie er es bei Missy so viele Male gesehen hatte. Nur durch Beobachtung hatte er gelernt, wie man es fahren konnte, doch musste er zuerst noch eine gewisse Entfernung zwischen sich und die anderen bringen, bevor er es riskieren konnte, den Motor anzulassen und sie damit möglicherweise aus ihrem Schlummer zu reißen.

Er blickte zurück über die Schulter, dorthin, wo die anderen schliefen. Sie ahnten nichts von dem, was er vorhatte, würden dessen Stachel aber allzu bald spüren.

»Lebt wohl, Freunde«, sagte er. »Möge der Herr euch segnen und beschützen.«

Er drehte sich weg, hob seine Füße und ließ das Motorrad den Abhang hinunterrollen, hinein in die Tiefen der Hölle und seinem Schicksal entgegen.

III

Schwermütig und gleichgültig blickte der Mond auf die versengte Erde und ließ die skelettierten, toten Bäume unsichtbare Schatten werfen. Der Wind seufzte verzweifelt, während er unermüdlich über die kahle Landschaft wehte und in der obersten Schicht der unfruchtbaren Erde herumstocherte. Es gab keine Blätter mehr, die er hätte rascheln lassen können, keine Zweige und Äste, die er vor sich hertreiben konnte, stattdessen ließ er in den leblosen Tälern sein hohles Klagelied erklingen, das verzweifelt von den Berghängen widerhallte, während die Flüsse sich, dick und zäh von Schlamm und Asche, mit einem höhnischen Lachen durch die Täler wälzten. Die Sterne glitzerten nicht mehr, sie starrten nur noch wie Beobachter, die ihren Blick nicht abwenden können vom Sterbebett der Erde, die, wie sie fürchteten, ihre letzten Atemzüge nahm.

Wo einst nachtaktive Nager durch eine dicke Schicht aus braunen Blättern und gelben Nadeln huschten, während das Mondlicht sich in ihren wachsamen Augen spiegelte, tanzten jetzt nur noch Windhosen aus Asche um abgebrannte und verkrüppelte Sträucher. Weder Fledermäuse noch Nachtfalken rauschten auf der Suche nach verirrten Insekten durch die Baumkronen, keine Eule war zu hören, versteckt in ihrer unsichtbaren Baumhöhle. Weder Flugzeuge noch Helikopter flogen lärmend durch die Nacht, deren Stille nicht einmal vom Heulen jagender Kojoten oder dem Brüllen der Berglöwen unterbrochen wurde. Es war eine Stille verzagter Vorahnung. Vielleicht war es die dünne Rauchschicht, die in der Atmosphäre hing, die die Welt vor Gottes Augen verbarg, oder vielleicht hatte Er wie ein Arzt seine Aufmerksamkeit auf einen anderen Patienten gerichtet, den er vielleicht noch retten konnte. Oder vielleicht hatte Er auch gar keine andere Wahl, als die Krankheit ihren Verlauf nehmen zu lassen.

Nur ab und zu trug der Wind das Dröhnen eines einsamen Motorrads heran, das klang wie das Summen einer Fliege über eitriger, verbrannter Haut.

Unten ragte der schwarze Turm, Urheber der Verwüstung, aus der Landschaft wie ein Tumor. Vielleicht hätte man unter einem himmlischen Mikroskop drei Umrisse ausmachen können, die sich ganz oben auf der Spitze des Krebsherdes bewegten und begierig den bevorstehenden Triumph über das zusammenbrechende Immunsystem des Körpers erwarteten, sich darauf vorbereiteten, zu metastasieren und sich über den ganzen Leichnam auszubreiten.

Oben lag die letzte Hoffnung der Menschheit in sanftem Schlummer, merkte nicht, dass selbst jetzt der Feind seine Vorbereitungen gegen sie traf. Während ihre Körper sich von den Torturen des letzten Tages erholten, erzitterte der Planet.

Es würde noch Stunden dauern, bis die Sonne den östlichen Horizont erklimmen und ihre Strahlen sich in den letzten Tropfen Blut, die die Menschheit vergoss, spiegeln würden.

Bis sie Zeuge der letzten Schlacht würde, die über das Schicksal der Menschheit entschied.

Bevor sie wieder untergehen würde – ob über einem toten oder einem wiedergeborenen Planeten, war ihr egal, denn kaltherzig blickte sie auf die Leichen derer, deren Schicksal es war zu fallen.

Nur jene, die überlebten, konnten darüber bestimmen, ob das kommende Blutvergießen zur Kenntnis genommen werden würde, ob die verlorenen Leben betrauert oder einfach der Verwesung überlassen werden würden.

Irgendwo in der Dunkelheit begann der ruhmlose Tag, der hoffentlich nicht das Ende aller Tage bedeuten würde.

IV

Missy wimmerte im Schlaf, ihr Kopf zuckte auf der Decke hin und her, die Augen rollten hektisch unter den geschlossenen Lidern. Ihr Gesicht verzog sich zu einer Grimasse, ihre Lippen verkrampften sich wie von Schmerz verzerrt und öffneten sich dann, um ein neuerliches Wimmern auszustoßen. Tränen strömten aus ihren Augenwinkeln und flossen über ihre Schläfen in ihr dunkles Haar. Ihre Brust hob und senkte sich, als bekäme sie keine Luft. Schließlich riss sie die Augen auf, ihr Oberkörper fuhr hoch, und ein Schrei hallte hinaus in die Nacht.

Sie befühlte den Boden neben sich und hoffte, Phoenix' tröstende Wärme dort zu finden, doch egal wo sie auch tastete, sie spürte nur die Decke und den kühlen Boden darunter.

»Phoenix?«, flüsterte sie, während sie noch darum kämpfte, nicht zu hyperventilieren.

Missy war in heller Panik. Was war das für ein Traum gewesen, der sie so in Aufruhr versetzt hatte? Sie konnte sich nicht erinnern. Zumindest an nichts Konkretes. Sie hatte Dunkelheit gesehen und dann Flammen, und dann? Es hatte sich angefühlt, als hätte eine kalte Hand ihren Brustkorb durchstoßen und nach ihrem Herz gegriffen. Missy bekam ihren Atem nicht unter Kontrolle, sie wusste nicht, wo sie war. Alles war schwarz, der Boden, der Himmel. Sie schaute nach rechts in der Hoffnung, Phoenix hätte ihren angsterfüllten Schrei gehört, in der Hoffnung, er würde sie trösten, ihren Kopf an seine Brust betten und die Dämonen vertreiben, alles wieder …

Er war verschwunden.

Die Stelle, an der er auf der Decke neben ihr gelegen hatte, war leer.

»Phoenix?«, rief sie, lauter diesmal.

Sie hörte, wie jemand in einiger Entfernung etwas murmelte, doch sie war bereits auf den Füßen.

»Phoenix!«, schrie sie, drehte den Kopf von links nach rechts, während ihr Blick von Baum zu Baum schoss. Sie betete, er würde jeden Moment schlaftrunken hinter einem der Baumstämme hervorkommen, die Finger noch mit dem Reißverschluss seiner Hose beschäftigt, doch je mehr Sekunden vergingen, ohne dass dies geschah, desto unwahrscheinlicher erschien es ihr … denn eigentlich wusste sie es besser. Tief in ihrem Inneren wusste sie es. Wie konnte sie nur so dumm gewesen sein? So blind? Er hatte ihr jeden nur erdenklichen Hinweis gegeben, es ihr beinahe mit Worten gesagt. Missy wollte sich mit den Fäusten auf den Kopf schlagen dafür, dass sie so bescheuert gewesen war, doch stattdessen rannte sie los.

»Phoenix!«

Sie lief zu der Stelle, wo ihr Bruder lag, warf sich auf den rußbedeckten Boden und schüttelte ihn an den Schultern.

»Mare, wach auf! Wach auf!«

Jill hob ihren Kopf von Mares Brust und schaute Missy schlaftrunken an. Als sie die Angst auf dem Gesicht ihrer Freundin sah, riss sie die Augen weit auf und kam schwankend auf die Beine. Mare sprang sofort auf und hätte seine Schwester beinahe umgestoßen.

»Was ist los?«, keuchte er und wirbelte herum, um ihr Gesicht sehen zu können. Er hatte sie noch nie so außer sich gesehen, nicht einmal, als sie ihre Mutter dem Grab überantwortet oder die Leiche ihres Vaters gefunden hatten. Missy sagte kein Wort, doch er kannte sie schon sein ganzes Leben, und selbst wenn das nicht der Fall gewesen wäre, ließ der Ausdruck in ihren Augen nicht den geringsten Zweifel.

»Er ist weg«, schluchzte Missy und warf sich an seinen Hals. Mare spürte ihre Tränen auf seiner Schulter, dann stieß sie ihn wieder weg und rannte zu den anderen hinüber.

Mare nahm Jills Hand, während sich ein riesiges Loch in ihm auftat, ein endloser Abgrund, in den er hineinzufallen drohte. Was sollten sie jetzt tun? Ohne Phoenix' Führung hatten sie nicht die geringste Chance, das zu überstehen, was ihnen bevorstand. Er konnte nicht glauben, dass Phoenix sich einfach in die Nacht davongeschlichen hatte wie ein Feigling. Alle hatten Angst. Jeder einzelne von ihnen wünschte sich, sie könnten weglaufen, aber es tatsächlich zu tun war undenkbar. Jetzt war der Moment, in dem sie ihn am meisten brauchten, und er hatte sie im Stich gelassen. Und was war mit Missy? Er hatte behauptet, er liebe sie. Sie in ihrer schlimmsten Stunde zu verlassen war abscheulich. Wie konnte er behaupten, sie zu lieben, und dann …?

»O Gott«, keuchte Mare, ließ Jills Hand los und rannte zu der Stelle, an der sie die Motorräder abgestellt hatten. Phoenix hatte nicht nur den Schwanz eingezogen und war dann abgehauen. Er hatte etwas viel, viel Schlimmeres getan. *Eins, zwei, drei, vier*. Er zählte noch einmal, um ganz sicher zu sein. »O Gott. O Gott. O mein Gott.«

»Adam!«, schrie Missy. Er war bereits auf den Beinen, als sie ihn erreichte. Eine bitterböse Vorahnung stieg in ihm auf, jagte ihm einen Schauer über den Rücken und ließ die Magensäure in seiner Speiseröhre aufsteigen. Missy versuchte etwas zu sagen, aber sie war zu sehr in Tränen aufgelöst.

»Ist ja gut«, sagte Evelyn und strich ihr mit der Hand über den Rücken.

»Was ist los?«, fragte Adam.

»Er ist weg!«, rief Mare, der zu ihm gelaufen kam.

»Wer ist weg?« Adams Herz schlug von Sekunde zu Sekunde schneller.

»Phoenix.« Mare war so blass, dass er im Mondlicht aussah wie eine Wachsfigur. »Er hat eins von den Motorrädern mitgenommen.«

»Nein«, keuchte Adam. »Er würde uns nicht im Stich lassen.« Ein Bild stieg in ihm auf, wie er mitten in der Nacht aufgeweckt worden war, eine vage Erinnerung, die kurz aufblitzte wie ein Gespenst, wie ein Nebel, den er nicht fassen konnte. Hatte Phoenix ihn geweckt, um ihm zu sagen, dass er gehen würde? Nein … es war etwas ganz anderes gewesen, etwas, das auch die Ursache dieses Kribbelns in seinen Schultern war.

Inzwischen waren durch den Aufruhr auch Ray und Jake wach geworden, die nun hinter ihnen standen.

»Das kann nicht wahr sein«, stammelte Jill und wiederholte die Worte, wieder und wieder wie ein Mantra.

Missy presste die Lippen aufeinander, ihr Gesicht wurde hart wie Stahl, und eine kühle Gelassenheit breitete sich in ihr aus. Sie hatte aufgehört zu zittern, und auch wenn die Tränen immer noch flossen, schluchzte sie zumindest nicht mehr. Sie ballte die Hände zu Fäusten. »Wir müssen ihm hinterher.«

»Wir wissen nicht einmal, wohin er gegangen ist«, erwiderte Adam, doch das stimmte nicht. Sie alle wussten, wohin er gegangen war.

Missy drehte sich um und stürmte den Pfad entlang den Hügel hinauf zu der Stelle, von wo aus sie die Stadt sehen konnte. Wo zuvor nichts als Dunkelheit gewesen war, sah sie jetzt einen See aus flüssigen Flammen, der leuchtete wie ein Signalfeuer. Und dahinter ragte dieser grässliche schwarze Turm aus der Ödnis wie ein Grabstein, als ziere er die letzte Ruhestätte der Erde selbst. Das war der Ort, an den er gehen würde. Dessen war sie so sicher, wie sie nur irgend sein konnte. Er ging dorthin, um sie …

Es macht es leichter für dich … später. Wenn du mich hasst.

Um sie zu retten.

Missy schrie auf vor Seelenschmerz, und ihre Stimme hallte bis weit nach Osten.

»Er kann noch nicht lange weg sein«, sagte sie zwischen zusammengebissenen Zähnen hindurch. Als sie sich umdrehte, hätte sie Mare beinahe über den Haufen gerannt. »Wenn wir uns beeilen, können wir ihn vielleicht noch einholen.«

»Missy …« Mare streckte den Arm nach ihrer Schulter aus, um sie zu beruhigen, doch sie war bereits an ihm vorbei und drängelte sich zwischen den anderen hindurch, die sie alle nur entsetzt anstarrten.

Als Missy bei ihrem Motorrad war, sprang sie sofort auf die Sitzbank und ließ den Motor aufheulen, noch bevor sie den Seitenständer einklappte.

»Wir können ihn nicht allein in diesen Kampf ziehen lassen«, sagte Missy und durchbohrte sie regelrecht mit ihrem Blick. »Versucht, mich einzuholen.«

Sie jagte davon, als versuche sie, den Lichtkegel ihres Scheinwerfers zu überholen, den sie erst in voller Fahrt eingeschaltet hatte.

»Warte!«, brüllte Mare und rannte hinter ihr her. Er sprang auf eines der anderen Motorräder und ließ den Motor an. Jill kam gerade noch rechtzeitig, um sich hinter ihm auf die Sitzbank zu schwingen. Vollkommen verkrampft hielt sie sich an ihm fest und presste sich an seinen Rücken. Das Motorrad machte einen Satz nach vorn, als würde es jeden Moment abheben, und Jill zog den Kopf ein.

Als sie es schließlich wagte, ihre Augen wieder zu öffnen, und einen Blick nach hinten riskierte, war ihre Lagerstelle schon fast nicht mehr zu sehen. Kurz sah sie zwei Lichtpunkte aufblitzen, als die beiden übrigen Motorräder sich in Bewegung setzten, dann waren sie wieder verschwunden. Mare lehnte sich nach links, jagte das Motorrad in halsbrecherischer Schräglage über die Hügelkuppe, das Hinterrad brach seitlich aus und ließ einen Schotterregen auf den toten Wald an der Bergflanke niedergehen, dann rasten sie den Abhang hinunter.

Jill presste die Augenlider wieder zusammen und hielt sich mit aller Kraft fest. Mare richtete das Motorrad wieder auf und beschleunigte noch weiter, um den Scheinwerferkegel seiner Schwester nicht aus den Augen zu verlieren. Er wusste nur zu gut, was passieren würde, wenn er scheitern sollte.

V

IN DEN RUINEN VON DENVER, COLORADO

Die Verwüstung war schlimmer, als er es sich je vorgestellt hätte. Jedes Haus, an dem er vorbeikam, war zu Schutt und Asche verbrannt. Berge von schwarzen Ziegeln und verkohltem Holz, die in chaotischen Haufen auf ihren geborstenen Fundamenten lagen. Wie viele Leben waren in jedem davon vernichtet worden? In jedem Gebäude spukten die traurigen Geister seiner ehemaligen Bewohner. Er sah das verbogene Gestell einer Schaukel, das fast in den Boden hineingeschmolzen war, den Drahtverhau zerstörter Fahrräder auf den verbrannten Wiesen, rußschwarze Gartenzwerge, die über einer schwarzen Wüste thronten. Zumindest hatten die Flammen die Leichen eingeäschert, und der unerträgliche Gestank des Todes hatte dem reinigenden Geruch des Feuers Platz gemacht. Die Kanaldeckel waren verstopft mit einer zähflüssigen Masse aus Asche und Schutt, die versengten Feuerhydranten standen nutzlos an den Straßenecken. Je näher die Häuser aneinanderrückten, desto übergangsloser verschmolzen ihre Ruinen ineinander, bis die Straße zu beiden Seiten von einer Mauer der Zerstörung eingefasst war, die Phoenix das Gefühl vermittelte, er fahre durch einen Graben. Das Mondlicht zeichnete die Schatten der Trümmer auf den Boden und erweckte die Illusion von Bewegung am Rand von Phoenix' Gesichtsfeld, doch er wusste, dass er nicht mit einem Hinterhalt zu rechnen brauchte. Sein Gegner würde auf ihn warten. Die Konfrontation war unvermeidlich. Sie beide wussten, dass sie kurz bevorstand … und dass es keinen anderen Ausweg gab.

Phoenix spürte, wie Tod ihn anzog wie ein Gravitationsfeld. Je näher er kam, desto heftiger begann sein Herz zu schlagen und desto größer wurde der stechende Schmerz in seinem Kopf. Noch nie in seinem Leben hatte er so grenzenlose Angst gehabt, und doch spürte er zugleich eine Art Frieden bei der Gewissheit, dass all dies bald vorüber sein würde. Am Ende der Straße, die er jetzt entlangfuhr, wartete sein Schicksal auf ihn. Es war das Ende einer Reise, die mit seiner Geburt begonnen hatte.

Er versuchte verzweifelt, nicht an Missy zu denken, die jeden Moment aufwachen und merken würde, dass er nicht mehr da war, doch all seine Gedanken führten immer wieder zu ihr. Sie war seine größte Schwäche, aber auch seine größte Stärke. Für sie würde er töten oder sein eigenes Leben opfern, falls notwendig. Leider wusste er nicht, auf welche der beiden Möglichkeiten es hinauslaufen würde. Noch nicht.

Er konzentrierte sich wieder auf die Straße, die die verbogenen und umgestürzten Straßenlaternen zu beiden Seiten ihm wiesen. Der Highway war übersät von liegengebliebenen und ineinander verkeilten Fahrzeugen, dennoch erstreckte sich vor ihm ein deutlich sichtbarer Weg durch den Hindernisparcours, als hätten die Fahrer noch im Sterben versucht, Phoenix, der letzten Hoffnung der Menschheit, ihrem Retter, der da hoffentlich kommen würde, einen Weg freizuhalten. Das Sternenlicht glitzerte auf den Glassplittern, die in der Hitze der brennenden Autos in den Asphalt hineingeschmolzen waren, und leuchtete ihm den Weg zum Horizont, dorthin, wo der schwarze Monolith einsam in die Nacht ragte.

Der orangefarbene Lichtschein, den er von dem Hügel aus gesehen hatte, tauchte zu seiner Rechten auf und verstrahlte eine Hitze, die ihm den Schweiß auf die Haut treten ließ und seine Kleidung durchnässte. Neben der Straße stand die Ruine eines eingestürzten Stahlbetongebäudes, das Schild, auf dem einmal sein Name und seine Funktion zu lesen gewesen waren, war nun nicht mehr als ein geschmolzener Klumpen Plexiglas zwischen Splittern von Leuchtstoffröhren und einem verzogenen Aluminiumrahmen. Das Gebäude stand zur Seite geneigt, weg von dem See aus geschmolzenem Feuer, als versuchte es zu entkommen. Echos von Schreien, die noch nicht einmal ausgestoßen waren, umgaben es wie ein Nebel aus zukünftigem Leid, doch daran durfte Phoenix jetzt nicht denken. Es gab nichts, was er tun konnte, um die Bilder der Zukunft zu ändern, die er in der Ruine dieses Gebäudes gespiegelt sah. Seine Bestimmung lag immer noch vor ihm; innezuhalten und zu versuchen, das Unausweichliche zu verhindern, würde sein Schicksal nur endgültig besiegeln, und das derjenigen, die noch auf seiner Seite standen.

Tränen strömten aus seinen Augen, während das Gebäude und der gierige Schlund des Sees immer weiter hinter ihm zurückfielen.

Wellen aus Feuer züngelten über die aufgewühlte Oberfläche des Sees. Riesige Blasen stiegen aus seinen Tiefen auf und schwollen an, bis sie zu parabolisch gebogenen Lavafetzen zerplatzten. Rauch quoll aus dem See, wenn auch bei weitem nicht so viel, wie es dem Anschein nach hätte sein müssen, und irgendwie auch durch ihn hindurch. In seinem Zentrum glühte ein weißer Kern, unter dem die Kreatur lauerte – der Leviathan, geboren aus dem heißen Blut der Erde und dazu gemacht, in ihren teuflischen Tiefen zu hausen.

Er macht, dass der tiefe See siedet wie ein Topf, dachte

Phoenix, doch die Stimme, die die Worte sprach, war nicht die seine. *Verwünschen mögen sie die Verflucher des Tages, die da bereit sind, zu reizen den Leviathan*. Es war der Anführer des Schwarms, den er in seinem Kopf hörte, der die Worte der Heiligen Schrift dem Schwarm so laut entgegengeschrien hatte, dass sie durch die Decke hindurch selbst bis in den Keller zu hören gewesen waren, dessen Stimme sich in wahre Raserei gesteigert hatte, wenn sie von den Offenbarungen des Johannes sprach.

Phoenix glaubte, einen schwarzen Kopf zu sehen, der die Oberfläche des Sees durchbrach wie der eines Krokodils, doch als er zur Seite blickte, sah er nichts als Lavablasen. Und hatte er nicht einen geschwungenen Strich aus leuchtendem Feuer in diesem Gesicht gesehen, ein Lächeln?

Der schwarze Untergrund neben dem Highway fiel zum schwelenden Ufer des Sees hin ab, dazwischen sah Phoenix einen Irrgarten aus verkohlten Baumstümpfen, dann wurde der Boden wieder eben. Kein Feuer brannte dort, weil nichts mehr da war, was hätte brennen können. Phoenix war nicht sicher, ob er den Leviathan gesehen hatte, doch er wusste mit Sicherheit, dass *er* ihn bemerkt hatte. Die Bestie wusste, dass er da war – aus ein und demselben Grund, aus dem auch er ihre Gegenwart überdeutlich spüren konnte: Ihnen beiden haftete der Gestank des Todes an.

Phoenix wandte sich wieder der Straße zu, die das Ostufer des Sees umrundete und dann wieder geradeaus verlief, direkt auf den schwarzen Turm zu, der sich immer höher über der eingeebneten Innenstadt erhob. Die Hitze ließ nach, und Phoenix wurde kalt, aber nicht, weil er die Flammen immer weiter hinter sich ließ. Das unangenehme Gefühl, diese Grabeskälte, ging von dem Gebäude aus, das ein angemessener Herrschaftssitz für seinen Meister war.

Die Zeit schien zugleich stillzustehen und wie im Flug zu vergehen. Er wich eingestürzten Brücken aus und registrierte die Knoten aus verbrannten Autowracks und die eingeäscherten Leichen darin gar nicht mehr. Seine Welt bestand nur noch aus dem bedrohlichen Turm und dem immer kleiner werdenden Abstand zu ihm. Je näher er der Innenstadt kam, desto größer wurden die Schutthaufen, und das verkohlte Holz wurde nach und nach verdrängt von abgeknickten, rußgeschwärzten Stahlträgern.

Die Sterne am Himmel verblassten allmählich, und der Mond verschmolz mit dem sanften Rosa, das sich langsam über den Horizont ausbreitete. Nun also war endlich der Tag angebrochen, vor dem er sich sein ganzes Leben lang gefürchtet hatte.

Der Asphalt endete an dem zerklüfteten Krater, den die Nuklearexplosion in die Erde gerissen hatte, und zwang Phoenix, sich zwischen Schutt und Geröll in langsamem Tempo den Abhang hinunterzuschlängeln, bis der Untergrund wieder flacher wurde. Es war, als hätte sich das Zentrum der Innenstadt um zehn Meter gegenüber dem vorigen Niveau abgesenkt. Der Asphalt war aufgeplatzt und in einzelne Schollen zerbrochen, die in spitzen Winkeln in die Höhe ragten, aber Phoenix kam dennoch weiter voran. An einigen Stellen waren ganze Teile der Straße mitsamt Leitplanken in die darunterliegende Kanalisation gestürzt, und riesige Spalten taten sich vor Phoenix auf, die er vorsichtig umfahren musste. Schließlich kam er an eine Stelle, an der ein komplettes Teilstück in den Fluss gestürzt war, aus dem nun die Stahlarmierung der geborstenen Betonplatten ihre spitzen Finger nach ihm reckte, und er musste den Highway verlassen.

Phoenix fuhr am Ufer des Flusses entlang, bis er an eine

Stelle kam, an der ein Stück einer kleineren Straße ins Wasser gerutscht und bemerkenswerterweise noch glatt und eben genug war, um den Fluss darauf zu überqueren, ohne von dem metertiefen Wasser weggespült zu werden. Als er auf der anderen Uferseite wieder hinauffuhr, kam er auf eine vierspurige Straße, die von dem zerbröckelten Beton und den Stahlskeletten eingestürzter Wolkenkratzer eingerahmt wurde. Motor- und Heckklappen von darunter begrabenen Autos ragten noch zwischen den Trümmern hervor und versperrten beinahe die gesamte Straße bis auf einen schmalen Streifen in der Mitte. Die Straße führte direkt auf einen großen Vorplatz, in dessen Mitte ein Hügel aus Schutt und Asche aufragte, auf dem ein riesiges Kreuz stand. Dahinter erhob sich Tods Festung Hunderte von Metern in die Höhe, als wollte sie nach dem Himmel selbst greifen.

Die Luft war so schwer, dass er kaum atmen konnte, als hätte sich jemand auf seine Brust gesetzt. Gänsehaut bedeckte jeden Quadratzentimeter seines Körpers. Phoenix wischte sich die Tränen von den Wangen, und schließlich gelang es ihm, seinen zitternden Unterkiefer ruhig zu halten.

Hier, an dieser ehemaligen T-Kreuzung, endete die Straße. Wie gemähtes Stroh lagen die Straßenlaternen im Schutt, und der Wind blies Aschewolken vor sich her. Phoenix ließ das Motorrad die Auffahrt entlangrollen und hinaus auf den großen asphaltierten Platz. Vor dem Schutthügel blieb er stehen und stellte den Motor ab. Er starrte hinauf zu dem über drei Meter hohen Kreuz, das vor dem Turm aufragte und mit ihm ein beunruhigendes Ganzes zu ergeben schien. Am Horizont ging gerade die Sonne auf und ließ den Wolkenkratzer erscheinen, als stünde er in Flammen.

Phoenix atmete tief durch, dann kletterte er von der Sitzbank herunter und stellte das Motorrad auf den Seitenständer. Die Luft um ihn herum war vollkommen reglos, das einzige Geräusch das seines eigenen, rasselnden Atems. Der Boden um ihn herum war schwarz von Ruß und Asche, gesprenkelt mit Splittern von geschmolzenem Glas, den Überresten von Pflanzentöpfen aus Beton und den Trümmern des einst so kunstvollen Brunnens. Er blickte hinauf zum obersten Stockwerk und erwartete beinahe, seinen Feind mit glühenden Augen auf ihn herunterstarren zu sehen, aber er hätte es besser wissen sollen.

Eine Woge der Angst ergoss sich über ihn, und Phoenix hatte das Gefühl, als würde es ihm jeden Moment die Haut vom Rücken ziehen. Er musste jetzt stark sein. Phoenix ballte die Fäuste und drehte sich um; er wusste nur zu gut, was er gleich erblicken würde.

Zwei Gestalten, in Umhänge aus dem verwesenden Fleisch der Toten gekleidet, näherten sich ihm von beiden Seiten mit schnellen, fließenden Bewegungen wie Schatten, als würden ihre Füße den Boden gar nicht berühren. Ihre Gesichter waren in Dunkelheit gehüllt. Eine weitere, vage menschliche Gestalt stand mit rot leuchtenden Augen keine zehn Schritte entfernt vor ihm. Im ersten Moment hatte die Kreatur ausgesehen wie eines der Echsenwesen aus dem vernichteten Schwarm, doch sie war viel, viel mehr: größer, stattlicher, ihre Bewegungen weniger flink, dafür weitaus zielgerichteter. Sie strahlte eine Aura der Macht aus. Dies war sein Gegner. Daran gab es keinen Zweifel.

Dies war Tod.

Die Bestie verzog ihren schrecklichen, zähnestarrenden Schlund zu einem Lächeln, als sie in Phoenix' Augen sah, wie er sie erkannte. Tod streckte seine Arme zur Seite aus und ließ seine langen Klauen aufblitzen.

Phoenix musste sich auf die Lippe beißen, um nicht laut aufzuschreien.

Tod neigte seinen Kopf zuerst zur einen Seite, dann zur anderen, und sein Hals blähte sich in Vorbereitung darauf, die seit so langer Zeit nicht mehr benutzten Stimmbänder wieder zu gebrauchen.

»Bist du bereit zu sterben?«, fragte Tod mit einer Stimme, die mit der Wucht einer Explosion aus seinem Mund dröhnte, sodass Phoenix' Brust allein vom Schalldruck erzitterte.

Phoenix konnte ihn nur anstarren und musste all seinen Mut sammeln, um nicht zu winseln wie ein Hund, als er schließlich etwas sagte:

»Tu, was du tun musst.«

Tods Lächeln wurde noch breiter.

Sei ganz beruhigt. Diesmal war seine Stimme in Phoenix' Kopf. *Das werde ich.*

Hände ergriffen Phoenix und packten ihn an den Oberarmen.

Und du wirst Schmerzen erleiden, wie sie noch kein Mensch je erdulden musste.

Phoenix biss seine Unterlippe durch, um einen Schrei zurückzuhalten. Blut füllte seinen Mund.

Dein Leid wird keine Grenzen kennen.

Er wurde vom Boden gehoben, und er wehrte sich nicht, als seine Arme schmerzhaft zur Seite gerissen wurden. Sie hoben ihn noch höher, und sein Rücken schlug gegen einen Stahlträger. Pest hob ihren dürren Arm, ein spitz zulaufendes Stück Betonstahl in der Hand haltend. Phoenix schaute weg, als sie zum Schlag ausholte, nur um zu sehen, wie Hunger auf der anderen Seite das Gleiche tat. Er hatte nicht einmal mehr Zeit, seine Augen zu schließen, bevor die Nägel nach vorn schnellten wie zornige Schlangen, seine Handflächen durchstießen und sich in den dahinterliegenden Stahl bohrten.

Immer noch drang kein Schrei aus Phoenix' Kehle.

Seine Schultern dehnten sich, als die beiden zurücktraten und ihn an seinen Armen hängen ließen. Jemand hielt seine Füße übereinander, und Phoenix musste die Augen schließen, denn er wusste genau, was jetzt folgen würde.

Zack!

VI

DER PFAD DES BLUTES

Jill schrie, doch obwohl ihr Mund so nahe an Mares Ohr war, hörte er den Schrei nicht, denn ihre Stimme wurde einfach fortgerissen vom Fahrtwind und dem Dröhnen der Motoren. Flackernd wie ein alter Filmprojektor blitzte Missys Scheinwerfer vor ihnen auf, während er sich durch den Irrgarten aus den verbrannten Bäumen schlängelte, die noch standen. Sie holten allmählich auf, aber Mare drückte zu sehr aufs Gas. In jeder Kurve brach das Hinterrad ein Stückchen weiter aus, jeder größere Stein, jedes Schlagloch drohte sie von der Strecke zu katapultieren. An jeder Bodenwelle hoben sie ab, und die harte Landung danach stauchte die Federbeine derart zusammen, dass die Maschine beim Ausfedern gleich noch einen Satz machte. Jill hatte Panik, dass sie jeden Moment stürzen würden.

Sie sah sich schon mit gebrochenem Rückgrat und blutigen Knochenenden, die aus ihrer Haut ragten, um einen Baumstumpf gewickelt in der Asche liegen. Hatten sie es so weit geschafft, nur um dann bei einem Motorradsturz ums Leben zu kommen? …

Missys Bike jagte über eine kleine Bodenwelle und segelte durch die Luft. Jill vergrub ihr Gesicht zwischen Mares Schulterblättern – in wenigen Sekunden würde es ihnen genauso ergehen. Wimmernd krallte sie sich fest, biss die Zähne zusammen und schloss die Augen, während sie von infernalischem Lärm begleitet weiterjagten. Dann schlug die Vorderradfederung durch, und sie hoben ab. Jill spürte, wie sie schwebte, ihr Magen kribbelte, doch da war noch etwas anderes, dieses vertraute Gefühl, aus ihrem Körper gerissen und in eine andere Welt katapultiert zu werden, in der sie nicht mehr an ihre physische Existenz gebunden war. Noch bevor die Reifen wieder Bodenkontakt hatten, befand sich ihr Geist an einem vollkommen anderen Ort.

»Du musst es ihm sagen«, kam eine vertraute Stimme aus der Dunkelheit.

Jill wusste nicht, wo sie war, bis sie ihre Augen öffnete und sich langsam an die Dunkelheit gewöhnte. Sie saß in dem obersten Raum des Pueblos, der sanft vom flackernden Lichtschein einer Fackel erhellt wurde, die irgendwo hinter der Dachluke brannte. Vor ihr saß das Skelett ihrer Vorfahrin, die kantigen Knochen leicht geglättet durch die geisterhafte Projektion ihres einstigen physischen Körpers, einer durchsichtigen Schicht Leben über dem Tod. Die dunklen Augen verschmolzen mit den Schatten in den leeren Höhlen, und ihre durchsichtigen Lippen bewegten sich über auf alle Zeiten gebleckten Zähnen. Selbst aus dem Grab verströmte sie eine pulsierende goldene Aura der Lebendigkeit.

»Ich kann es nicht«, sagte Jill.

»Du musst.«

»Ich kann mir nicht einmal sicher sein.«

Die Lippen über diesen schrecklichen Zähnen lächelten, doch das Lächeln verströmte keine Leichtigkeit, sondern nur eine Mischung aus Geduld und Mitleid.

»Willst du mir sagen, dass du nicht bereits spüren kannst, wie sie in dir wächst?«

Jill erwiderte nichts. Sie konnte nicht einmal den Blickkontakt aufrechterhalten. Nach einem Moment bedrückenden Schweigens nickte sie.

»Dann musst du es ihm sagen. Jetzt. Er muss es jetzt wissen, Liebes.«

»Ich will ihn nicht verlieren«, wimmerte Jill. »Ich liebe ihn.«

Diesmal war das Lächeln des Gespensts echt.

»Natürlich tust du das, und er liebt dich auch. Und deshalb musst du es ihm sagen.«

»Aber wenn ich es ihm sage …«, begann Jill und wusste, dass sie unweigerlich weinen würde, wenn sie die Worte zu Ende sprach. »Wenn ich es tue … wird er sterben.«

»Wenn du es nicht tust, werdet ihr alle sterben.«

»Woher willst du das wissen?«

Das Lächeln wurde ungeduldig. Falten der Besorgnis überzogen den Schädel wie ein Spinnennetz.

»Du musst es ihm jetzt sagen«, wiederholte die Stimme, während sich die Dunkelheit wieder um Jill schloss und sie aus ihrer Fantasiewelt zurückholte.

Jill öffnete die Augen und war bestürzt, wie locker ihr

Griff um Mares Hüfte geworden war. Mit seiner Rechten hielt er ihr Handgelenk fest umklammert, und das Motorrad schlingerte, während er versuchte, mit nur einer Hand am Lenker zu fahren. Er schrie immer wieder ihren Namen, und sein Griff an ihrem Handgelenk wurde so fest, dass Jill fürchtete, die Knöchel könnten brechen. Ihr Kopf war vornübergesunken und befand sich jetzt unterhalb von Mares rechtem Schulterblatt. Ihr Hintern drohte jeden Moment über das Ende der Sitzbank zu rutschen.

Ruckartig richtete Jill sich auf und zog sich nach vorn, und beinahe hätten ihre Bewegungen das ganze Motorrad aus dem Gleichgewicht gebracht. Mare ließ wieder los, als er ihre Arme um seine Hüften spürte, und drehte sich alle paar Sekunden nach ihr um, um zu sehen, ob es ihr auch wirklich gut ging.

Die Landschaft hatte sich dramatisch verändert seit ihrem Black-out. Sie waren nicht mehr umgeben von abgebrannten Baumstümpfen, sondern von aschebedeckten Schutthaufen, von dem bisschen, das von den über ihren Fundamenten eingestürzten Häusern noch übrig war, von Lagerhäusern und Bürogebäuden, deren Betonplatten wie Spielkarten flach auf dem Boden lagen, von verkohlten Bauholzlatten, die in seltsamen Winkeln in die Höhe ragten wie die Stacheln eines toten Igels. Der unbefestigte Weg war jetzt eine Straße aus aufgesprungenem Asphalt, ein Unkraut, das sie noch nie gesehen hatte, drängte in kleinen Büscheln aus den Rissen unter der Ascheschicht hervor. Vor ihnen leuchtete Missys Rücklicht rot auf, als sie stehen blieb und die traurigen Überreste zu beiden Seiten des Highways begutachtete.

Die Sonne erhob sich endlich am Himmel und schob

mit rötlich-rosafarbenen Armen die Nacht beiseite, während der unheimliche orangefarbene Lichtschein hinter dem nächsten Hügel immer heller erstrahlte.

»Ich bin schwanger«, brüllte Jill, konnte jedoch an Mares Reaktion ablesen, dass er sie nicht gehört hatte. Mit Sicherheit hätte er zumindest irgendeine Form von Antwort gegeben. Sie beugte sich näher an sein rechtes Ohr und stützte ihr Kinn auf seine Schulter. »Mare!«

Er drehte den Kopf in ihre Richtung, verwirrt von ihrer lauten Stimme, und knallte mit dem Wangenknochen gegen ihre Stirn.

»Ich muss dir etwas sagen!«, schrie sie.

»Was?« Seine Augen schossen zwischen ihrem Gesicht und der Straße hin und her.

Jill zögerte, ihr Mut begann sie zu verlassen. Was, wenn er ausflippte? Was, wenn er wütend wurde? Was, wenn …? »Ich bin schwanger!«, schrie sie schließlich noch einmal, bevor ihr Mut sie vollkommen im Stich ließ.

Mares Lider schossen nach oben, und seine Augen schienen aus den Höhlen treten zu wollen. Das Motorrad geriet ins Schlingern und drohte unter ihnen wegzurutschen. Er musste eine Vollbremsung machen, um nicht die Kontrolle zu verlieren. Das Hinterrad blockierte und zog einen wackeligen Strich auf den Asphalt. Mare rammte beide Füße auf den Boden, um sich abzustützen, dann drehte er sich zu ihr um.

Jill konnte den Ausdruck auf seinem Gesicht nicht deuten. Er war noch so jung, Oberlippe und Kinn von zartem, hellem Flaum bedeckt. Seine Lippen öffneten sich, doch es kam kein Laut hervor. Ein Ausdruck der Verwirrung breitete sich über sein Gesicht aus, Stirn und Nase legten sich in Falten, die Augen wurden zu schmalen

Schlitzen, und er öffnete seinen Mund noch weiter, fand aber immer noch keine Worte.

»Hast du mich gehört?«, fragte sie und senkte die Augen, in denen sich Tränen zu sammeln begannen.

»Ich könnte schwören, du hast gesagt …« Doch er verstummte, als die anderen von hinten herankamen. »Hast du gesagt …?«

Jill nickte. Als sie ihn wieder anblickte, liefen Tränen über ihre Wangen.

»Was ist los?«, fragte Adam, der mit tuckerndem Motor neben Mare stand.

»Bitte«, erwiderte Mare, »lass meine Schwester nicht aus den Augen. Wir kommen gleich nach.«

Adam blickte Mare fragend an und wartete noch einen Moment lang auf eine Erklärung, während Missys Rücklicht vor ihnen bereits wieder kleiner wurde.

»Lasst euch nicht zu lange Zeit«, sagte Adam noch, dann jagte er davon, bevor Missy ganz verschwunden war, so abrupt, dass Ray beinahe hinter ihm von der Sitzbank gerutscht wäre. Jake hielt sich an Evelyn fest, dann gab auch sie Gas.

»Wir beeilen uns besser, damit wir sie nicht verlieren«, sagte Mare, der Ausdruck auf seinem Gesicht immer noch rätselhaft.

»Hast du nichts zu sagen?«, fragte Jill, die sich bemühen musste, ihre Stimmbänder unter Kontrolle zu halten.

Mare drehte sich um und schaute mit dem Rücken zu ihr die Straße hinunter. »Mein Vater war ein prügelnder Säufer.«

Jill wartete, dass er weiterredete. Schließlich ergriff sie wieder das Wort, als ihr klarwurde, dass er es nicht tun würde. Es gab so vieles, das sie sagen wollte, aber sie hatten so gut wie keine Zeit mehr. Sie wollte ihm versichern, dass er niemals so enden würde wie sein Vater, dass alles funktionieren würde, so wie es sollte. Aber sie konnte es nicht. Es würde keine Zukunft für sie geben.

»Ich liebe dich«, war alles, was ihr einfiel.

»Ich liebe dich auch«, erwiderte Mare, ohne sich umzudrehen. Jill wusste, warum. Sie konnte die Tränen sehen, die über seine Wangen liefen.

Jills Herz krampfte sich zusammen. Sie fragte sich, ob es sich wohl genauso anfühlen würde, wenn es brach, während Mare das Motorrad wieder über den Asphalt jagte, auf die beiden roten Lichter zu, die gerade hinter der nächsten Kurve verschwanden.

VII

Mare konnte es nicht alles gleichzeitig in sich aufnehmen. Es fühlte sich an, als wäre die Erde aus ihrer Bahn geraten und als gebe es nichts, das er dagegen tun konnte. Er hatte Angst. Fürchterliche Angst vor dem, was am Ende dieser Straße auf sie wartete, fürchterliche Angst vor den Auswirkungen der Bombe, die Jill gerade hatte hochgehen lassen. Er war doch selbst noch ein Kind, verdammt! Zugegeben, die alten Regeln galten nicht mehr. Bei allem, was sie taten, ging es jetzt um Leben oder Tod. Dennoch, der Übergang ins Erwachsenenleben war genauso schnell und hart gewesen wie die Rechte seines Vaters. Sein Vater … das Letzte, was er jetzt gebrauchen konnte, war, an seinen alten Herrn erinnert zu werden, an den Mann, der ihn mehr als einmal halb bewusstlos geprügelt hatte, dessen von Whiskey befeuerte Raserei seine Familie in Stücke gerissen hatte. Was, wenn er genauso werden würde wie sein Vater? Hieß es nicht, dass jedes Kind genauso wurde wie seine eigenen Eltern, ganz egal wie sehr man sich auch dagegen wehrte? Dieselben alten Sprüche herunterleierte, dieselben Absonderlichkeiten entwickelte und genau das nachlebte, was es am meisten verachtete? In seinem Fall: Gewalttätigkeit. Er konnte nicht zulassen, dass das mit ihm passierte, aber was, wenn er die Verwandlung einfach nicht unter Kontrolle hatte? Was, wenn sein Temperament genauso leicht überschäumte wie das seines Vaters? Würde er nachts aufwachen, wütend über das Geschrei des Babys, und anfangen, auf sein Kind einzuschlagen, noch bevor er wusste, was er tat?

Er sah seinen Vater, wie er auf ihm hockte, seine Arme mit den Knien auf den Boden gepresst hielt und auf sein Gesicht eindrosch. Immer und immer wieder. Fäuste wie aus Ziegelsteinen. Das Bild begann zu verschwinden und verwandelte sich in das eines geschlagenen Mannes, der auf seinem Bett ausgebreitet lag, während sein Schädelinhalt von der Decke heruntertropfte. Vielleicht hatte er tatsächlich bereut, hatte noch so etwas wie ein Gewissen gehabt. Oder es war nach all den Prügeln, die er ausgeteilt hatte, das Einzige gewesen, das ihm noch einfiel, um Mare noch tiefer zu verletzen.

Mare konnte jetzt nicht darüber nachdenken. Er war nicht sein Vater. Er würde nie so werden wie sein alter Herr. *Nie!*

Er musste über Jill nachdenken. Und über das Baby. Er hatte so beschissen reagiert, wie es nur möglich war. Wie musste er nur ausgesehen haben, mit hängendem Kiefer, ein erbärmlicher Feigling, nichts als Angst in seinem Gesicht? Er hatte gesehen, wie viel Angst Jill hatte, doch alles, woran er denken konnte, war er selbst. Daran, wie diese Veränderung sein Leben beeinflussen würde. *Idiot. Du Idiot!* Jill brauchte ihn jetzt mehr denn je – sie beide brauchten ihn –, und er hatte sich wie ein egoistischer Wichser verhalten.

Aber wie konnte Jill sich so sicher sein, dass sie schwanger war? Ihr Rendezvous am Strand war erst ein paar Tage her. Und sie konnte wohl kaum in die nächste Apotheke gegangen sein, um sich einen Schwangerschaftstest zu besorgen.

Schon wieder war er egoistisch. Wenn es irgendjemand wissen konnte, dann Jill. Immerhin konnte sie in ihren Visionen die Zukunft voraussehen. Doch warum hatte sie ihm das ausgerechnet jetzt erzählen müssen? Mit dem einzigen Ergebnis, dass sie nur noch mehr Stress …

Hör auf! Hör endlich auf!, wies Mare sich selbst zurecht. Es ging hier nicht nur um ihn. Es ging um Jill und das Baby. Es ging um seine …

»Familie«, sagte er laut, während der Wind vorbeirauschte und das Wort mit sich riss.

Der Atem in seiner Brust stockte, doch gleichzeitig breitete sich eine Wärme in seinem Körper aus. Er würde eine Familie haben. Er würde nicht Vater werden, sondern Daddy. Ein neues Leben war im Entstehen, vollkommen hilflos und in allem von ihm abhängig. Ein Leben, das ein Teil von ihm selbst und ein Teil von Jill war, eine wundervolle neue Seele, hineingeboren in eine albtraumhafte, verstümmelte Welt.

Ruhe durchströmte ihn. Und er wusste, hier und jetzt, dass er alles tun würde, um dieses Kind zu beschützen. *Ihr* Kind.

Er spürte, wie Jill sich von hinten an ihn klammerte und ihr Brustkorb bebte, während sie weinte, ihr Gesicht an seiner Schulter vergraben, damit er ihr Schluchzen nicht hören würde. Was hatte er nur getan? Wie konnte er ihr nur so wehtun? Er hatte sie zwar nicht geschlagen, aber er wusste, dass sein Schweigen einer emotionalen Folter gleichkam, die mindestens genauso schmerzhaft war.

Er senkte seine rechte Hand auf seinen Schoß und drückte sanft Jills ineinander verknotete Hände in der Hoffnung, dass dies für den Moment genügen würde.

Unwillkürlich stellte er sich vor, wie in diesem Bauch, der gegen sein Kreuzbein drückte, ein sich mit atemberaubender Geschwindigkeit teilender Zellhaufen, kaum größer als ein Stecknadelkopf, sich gegen die Hindernisse auflehnte, die ihm den Weg ins Leben verstellten. Würde das Baby die Augen seiner Mutter und seine dunklen Haare haben? Auf jeden Fall hoffte er, dass es nicht seine Nase erben würde. In seinem Kopf sah er ein perfektes Wesen, sah kleine, rosige Arme und Beine und einen Schopf blondes Haar auf ihrem Kopf. Auf *ihrem* Kopf? Bis zu diesem Zeitpunkt hatte er nie daran gedacht, dass es ein Mädchen werden könnte. Er konnte es schaffen. Er konnte stark sein. Stark genug für die Schlacht, die ihnen bevorstand, und stark genug, um seine Gene zu besiegen.

Er würde Papa werden.

Tränen rollten über seine Wangen und zogen feuchte Bahnen bis hinter zu seinen Ohren.

Das Motorrad jagte um eine Kurve, und sie ließen die letzten Ausläufer der Rockies endgültig hinter sich. Die Stadt erstreckte sich vor ihnen, der Horizont zerrissen von chaotischen Ruinen und den verkohlten Überresten hundert Jahre alter Bäume. Dort, genau vor ihnen am Ende des Weges, der ihm jetzt viel zu kurz erschien, stand der verhängnisvolle Turm. Selbst in seiner Fantasie hatte er bei weitem nicht so dunkel und drohend gewirkt, ein Krebsgeschwür, das aus einer sterbenden Landschaft ragte. Sein Puls beschleunigte sich, und beinahe hätte er einen liegengebliebenen Pick-up gerammt, bevor er das Motorrad wieder unter Kontrolle bekam und in die Mitte der Fahrbahn wechselte.

Eine halbe Meile vor ihnen konnte er im Schein der aufgehenden Sonne, die den Himmel blutrot färbte, Evelyns Rücklicht erkennen. Sofort schrie jede Zelle in seinem Körper danach umzudrehen, doch seine Schwester war irgendwo da vorne. Er konnte sie nicht einfach ihrem Schicksal überlassen, doch gleichzeitig war er zwischen zwei Verantwortungen hin- und hergerissen. Genauso wenig konnte er zulassen, dass Jill und ihrem gemeinsamen Kind etwas zustieß. Was sollte er tun? Wenn er umkehrte, konnte sie das alle in die Verdammnis stürzen; wenn er weiterfuhr, brachte er damit das neue Leben in Gefahr, das ihm anvertraut war. Er war nicht darauf vorbereitet, eine Entscheidung von derart großer Tragweite zu treffen.

Instinktiv griff er in die Bremsen, als er vor sich einen gleißenden Lichtblitz sah. Es hatte ausgesehen wie eine Sternschnuppe, die es bis in die unterste Schicht der Atmosphäre geschafft und sich in die vor ihnen liegende Straße gebohrt hatte. Nein, keine Sternschnuppe. Der Lichtschein zog eine gekrümmte Leuchtspur hinter sich her, einen strahlenden, orangefarbenen Regenbogen, der von der Rückseite eines eingestürzten Gebäudes mit einer abgebrannten Baumgruppe daneben ausging, hinter der eine dieser verhassten Rauchwolken aufstieg und in demselben feurigen Lichtschein erstrahlte.

Ein Strahl aus flüssigem Feuer weit vor ihnen hob ein Fahrzeug von der Straße und blies es auf die gegenüberliegende Fahrbahnseite, von wo es sich überschlagend die Böschung hinunterstürzte.

»Missy!«, schrie Mare. Er gab Gas, und sie jagten vorwärts.

»Mare, nein!«, brüllte Jill hinter ihm. »Bitte, tu es nicht! Du kannst nicht ...!«

Doch ihre Stimme wurde fortgerissen vom Dröhnen des Motors und des Fahrtwinds, der immer wärmer zu werden schien, während sie Jills schlimmstem Albtraum entgegenrasten.

VIII

IN DEN RUINEN VON DENVER, COLORADO

Phoenix weigerte sich, seine Augen zu schließen, obwohl der Schmerz so überwältigend war, dass es seine zur Neige gehenden Reserven bis aufs Äußerste beanspruchte, sie offen zu halten. Er verweigerte seinen Folterern die Befriedigung, ihn schreien zu hören. Nicht einmal ein Wimmern kam über seine Lippen. Er hatte all seine Kraft auf diejenigen übergehen lassen, die sie am meisten brauchten, von ihm selbst war nicht mehr übrig als ein allzu menschlicher Körper aus Fleisch und Blut. Seine einstige Stärke war längst dahin.

Alles, was ihm jetzt noch blieb, war zu sterben.

Er spürte, wie das Blut über seine Arme und an seinen Beinen hinunterlief, vom Kinn auf seine Brust tropfte.

Seinen Kopf oben zu halten verursachte einen enormen Druck in seinem Nacken, aber er musste den Himmel sehen. Er hatte so viele Jahre in der Dunkelheit verbracht, mit nichts als der spinnwebenverhangenen Decke über ihm, dass es ihm unweigerlich den Todesstoß versetzt hätte, dieses wundervollen Anblicks beraubt zu werden. Außerdem wäre sein Geist daran zerbrochen, wenn er nach unten geschaut und gesehen hätte, was sie ihm antaten, hätte seinen Schwur zunichtegemacht, ihnen die Befriedigung zu verweigern, seine Qualen in schmerzverzerrten Schreien manifestiert zu hören.

Am Horizont erhoben sich die Berge stolz in die fliehende Nacht, die sich mit den letzten Sternen davonschlich. Eine Rauchwolke stieg aus dem Flammensee auf, erhellt von einem warmen Glühen, das – in diesem einen Moment – wunderschön aussah. Über ihm spannten sich hauchdünne Wolken wie Baumwollspindeln über das perfekte Blau des Himmels, ihre Unterseite erleuchtet von den Farben des Sonnenaufgangs, einem blassen Rosa wie der rosigen Farbe auf Missys Wangen. Seine geliebte Miss …

Er biss sich auf die Lippen, um einen Schrei zu unterdrücken. Der Schmerz war so überwältigend, dass Phoenix wusste, wenn er nicht bald starb, würden sie ihn kriegen, mit Leib und Seele.

Das Gesicht von Qualen verzerrt, konzentrierte Phoenix sich wieder auf den Himmel über ihm und fragte sich, wie weit hinauf die Atmosphäre wohl reichen mochte. Wo hörte das Blau auf, und wo begann das Schwarz des Weltraums? Erfolgte der Übergang abrupt wie mit einem Lichtschalter oder fließend, als ein immer dunkler werdendes Grau? Phoenix hoffte, er würde es herausfinden, hoffte, dass seine Seele, befreit von seinem geschändeten

Körper, wie ein Vogel über der Erde schweben und mit den sanften Winden segeln würde, um die Welt zu erforschen, von deren Existenz er erst vor so kurzer Zeit erfahren hatte.

Ein reißendes Geräusch, das er ebenso spürte wie hörte, zwang ihn, seine Augen zu schließen, und ein Schwall Blut quoll zwischen seinen Zähnen hervor. Phoenix musste husten, und eine Wolke aus Blut explodierte in die Luft.

Seine Nackenmuskulatur versagte, und Phoenix' Kinn sank auf die Brust. Er beklagte den Verlust des Anblicks des wunderbaren Himmels, doch bald schon würde er dort sein, von allen Qualen erlöst. Nun, da sein Kopf nach unten hing, konnte er den Fluss der Tränen, die er bis jetzt im Zaum gehalten hatte, nicht mehr zurückhalten, und sie zogen rosafarbene Spuren durch die scharlachroten Spritzer auf seinen Wangen. Lange, blutverschmierte Haarsträhnen hingen leblos vor seinem Gesicht, Flüssigkeit tropfte von ihnen und vernebelte seine Sicht, als er vorsichtig sein rechtes Auge öffnete. Ein Stück Betonstahl war durch seine Handfläche und eines der Nietlöcher in dem waagrechten Stahlträger dahinter getrieben worden, das Ende umgebogen, um den Nagel an Ort und Stelle zu halten. Wie eine Krone ragten Knochensplitter aus der breiigen Wunde, und seine Finger waren zur Handfläche hin verkrümmt wie die Beine einer toten Spinne. Phoenix versuchte sie zu bewegen, aber sie gehorchten nicht, stattdessen quoll nur noch mehr Blut aus der Wunde. Die Sehnen und Muskeln in seinen Armen waren bis zum Zerreißen gespannt, und das Gewicht seines Körpers drohte Ellbogen- und Schultergelenk auszukugeln. Ein flüchtiger Blick aus seinem linken Auge bestätigte, dass seine andere Hand auf die gleiche Weise durchbohrt war, die Finger bereits blau. Phoenix' Augen wurden trüb, und sein Blick sank wieder zu Boden. Sein Bewusstsein stahl sich für einen Moment davon, doch der Schmerz holte es wieder zurück.

Sein Hemd hing in Fetzen, und das Fleisch auf seiner Brust sah nicht viel besser aus. Die Haut darauf war genauso langsam wie fachmännisch abgezogen worden, die Muskeln darunter von denselben Klauen in Stücke gerissen, die ihn so schmerzhaft gehäutet hatten. Tod wollte, dass Phoenix kämpfte, doch kein Laut kam über seine Lippen. Zornentbrannt hatte die Bestie daraufhin auf ihn eingeschlagen, die langsame Folter aufgegeben, mit der er ihn seiner Kraft berauben wollte, und seinen animalischen Trieben freien Lauf gelassen. Es verschaffte Phoenix eine gewisse Befriedigung, dass er nicht eingebrochen war. Er konnte Tod nicht sehen, aber er konnte seinen Atem hören. Er hatte nicht einmal mehr genug Kraft, um seinen Blick in die Richtung zu wenden, aus der das Geräusch kam.

Phoenix seufzte, doch der Ton, der herauskam, war nur ein feuchtes Gurgeln.

Dunkelheit schloss sich um ihn, drang aus allen Richtungen auf ihn ein. Er wollte seine Augen schließen, um sie willkommen zu heißen, doch seine Lider waren wie festgeklebt. Lange, dünne Beine, die nicht mehr aussahen, als gehörten sie zu seinem Körper, baumelten unter ihm. Die knorrigen Kniegelenke waren gebeugt, die Füße standen übereinander, von einem stählernen Nagel durchstoßen. Der rußgeschwärzte Untergrund erstrahlte im Licht des Sonnenaufgangs, das sich in einer riesigen Blutlache unter ihm spiegelte.

Sanft umfing ihn die Dunkelheit. Phoenix sah, wie

Missy ihre Arme ausbreitete und ihn an ihre Brust zog. Er spürte das Lächeln, das von ihrem Gesicht auf das seine übersprang, spürte die Wärme in ihrem Blick. Dahinter sah er ein Licht, das an ihm zog, immer stärker zog es ihn in Missy hinein und durch sie hindurch …

»Noch nicht!«, brüllte Tod und riss seinen Kopf hoch, seine Klauen in Phoenix' Wangen gebohrt. Doch die Wunden bluteten nicht einmal mehr.

Phoenix sah, wie rote Augen wütend vor ihm aufblitzten, darunter zwei Reihen von langen, spitzen Zähnen, dann war das Bild wieder verschwunden.

»Nein!« Tod zerfetzte Phoenix' welkes Fleisch, legte Kiefer und Luftröhre frei. Wieder und wieder hob er seine Arme und schlug zu, riss ganze Fetzen von Muskeln heraus, bis die nackten Rippen herausstanden, doch Phoenix' Körper wurde nur noch schlaffer. »Das darfst du nicht! Dies ist unsere Schlacht! Du kannst nicht …«

Die Schreie wurden zu einem Flüstern und dann zum Geräusch des Windes, der Phoenix davontrug. Die Welt unter ihm wurde immer kleiner, während er auf Schwingen aus Wolken emporstieg, angezogen von einem Licht, das noch heller erstrahlte als die Sonne.

BUCH ACHT

I

IN DEN RUINEN VON DENVER, COLORADO

Trotz des blendenden Lichtscheins der hinter dem Turm aufgehenden Sonne starrte Missy wie gebannt auf die Ruine, die am Horizont aufragte. Sie hatte nicht den geringsten Zweifel, dass Phoenix bereits dort war. Ihr Gesicht nass von Tränen, schrie sie auf vor Hilflosigkeit. Sie kam zu spät. Jeder Knochen in ihrem Körper schmerzte. Zitternd versuchte ihr Brustkorb, die kurzen, abgehackten Atemzüge in sich hineinzusaugen, um nicht zu hyperventilieren und die drohende Panikattacke doch noch abzuwenden. Nur Sekunden zuvor war ein überwältigender Schmerz über sie hereingebrochen, ein Schlag, den sie am ganzen Körper gespürt hatte, als wäre sie gegen eine Ziegelmauer gerast, der sie beinahe von der Sitzbank gefegt hätte. Sie wusste sofort, was diesen Schmerz verursacht hatte, doch sie weigerte sich, es zu akzeptieren, wehrte sich gegen das Gefühl, einfach zerschmettert zu werden wie eine Porzellanpuppe.

Ich habe dir mein Herz geschenkt, flüsterte Phoenix' Stimme in ihrem Kopf.

Und genau das war es, was sie gespürt hatte: Es war zerbrochen.

Wieder schrie sie, fuhr nur von ihrem Instinkt geleitet durch den Slalomparcours aus Autowracks. Mit tränenverschmierten Augen fuhr sie, so schnell sie es nur wagte, auf den einen letzten Wolkenkratzer zu, der noch stand, beobachtete ungeduldig, wie er viel zu langsam größer wurde. Es gab nichts, was sie tun konnte. Ihr blieb nichts anderes übrig, als zu akzeptieren, dass die einzige Liebe ihres kurzen Lebens tot war, doch wäre sie eher selbst gestorben, als den winzigen Hoffnungsschimmer aufzugeben, an den sie sich klammerte, ganz egal wie irrational ihr Verhalten auch sein mochte.

Sie wurde derart magisch von dem Turm angezogen, dass sie das seltsame orangefarbene Glühen zwischen all dem Schutt und den toten Bäumen nicht bemerkte. Ihr Geist war abgelenkt, und sie ignorierte den Rauchgeruch und die immer dicker werdenden Schwaden, bis sie sich bis auf die Straße vor ihr ausbreiteten und ihr die Sicht nahmen. Der Rauch war allgegenwärtig. Wie das Feuer. Wie der Tod. Ihr Unterbewusstsein hatte sich so sehr daran gewöhnt, dass es erst Alarm schlug, als es bereits zu spät war.

Ein Strahl glühender Lava ergoss sich über den Highway vor ihr, wie ein Regenbogen aus noch feuchter Farbe hing er einen Moment lang am Himmel, dann stürzte er in sich zusammen. Keine zwanzig Meter vor ihr fiel das Magma klatschend auf die bereits ausgebrannten Autos und bedeckte den Asphalt.

Missy machte eine Vollbremsung. Quietschend zeichneten ihre Reifen eine Bremsspur in die Asche auf dem Asphalt, während das Hinterrad unkontrolliert hin und her schlingerte. Ihre Gedanken begannen zu rasen. Sie suchte die Straße vor ihr nach einem Weg ab, der durch den sich über alle Fahrbahnspuren erstreckenden Lavastreifen führte. Nichts. Sie wollte das Motorrad schon auf die Seite legen, in vollem Bewusstsein der Konsequenzen, wenn sie mit ihrem ungeschützten Rücken über den Asphalt schlitterte, kam jedoch gerade noch rechtzeitig vor der flammenden Straßensperre zum Stehen. Zäh floss die Lava bereits wieder die Böschung zu ihrer Rechten hinunter, zurück in einen riesigen See aus Feuer, der unter einer dicken Rauchschicht halb verborgen lag.

Etwas Schwarzes brach in der Mitte des Sees durch die Oberfläche, war kurz zu sehen und verschwand dann wieder hinter dem wirbelnden Rauch. Es bewegte sich so langsam, dass Missy sich fragte, ob ihre Augen sie nicht täuschten. Die Details waren verschwommen, aber es sah beinahe aus wie ein großes schwarzes Kreuz.

Bis es seine Augen öffnete.

Wie glühende Kohlen fixierten die Augen sie, und Missy schrie. Feuer züngelte am Körper der Kreatur empor, bis sie vollkommen in Flammen gehüllt war. Dann hob sie beide Arme über den Kopf, und etwas, das aussah wie flüssiger Stahl in einem Schmelztiegel, quoll blubbernd aus ihren Handgelenken hervor.

Missy wendete ihr Motorrad so schnell, dass sie um ein Haar gestürzt wäre. Die Maschine hatte sich noch nicht einmal wieder vollständig aufgerichtet, als sie Vollgas gab und den Highway entlangraste, zurück in die Richtung, aus der sie gekommen war.

Der Leviathan riss ruckartig seine Arme herunter, bis auf die Höhe seiner Schultern, und feuerte einen Schwall Magma auf die Fahrbahn direkt hinter ihr ab. Der Strahl traf mit solcher Wucht auf, dass er eines der zerstörten Autos von der Straße hob und es kullernd über die Böschung fegte.

Missy sah, wie die anderen mit voller Geschwindigkeit auf sie zukamen, während der Feuerschein sich auf ihren Gesichtern spiegelte. Panisch fuchtelte sie mit einem Arm, um ihnen zu signalisieren, dass sie umkehren sollten, doch entweder konnten sie sie nicht sehen, oder sie missverstanden ihr Signal.

Ein kurzer Blick nach links, und Missy sah, wie das Ungeheuer beinahe genauso schnell wie sie selbst über den See raste, einen Feuerschweif hinter sich herziehend wie ein Meteorit.

Missy brüllte und winkte erneut mit ihrem Arm, um die anderen zu warnen, aber es war zu spät.

Ein weiterer Flammenregenbogen spannte sich über den Highway hinter ihnen und ergoss sich auf den Asphalt, um ihnen den Rückzug zu versperren.

Die anderen Fahrbahnspuren zu ihrer Rechten, die nach Osten und Westen führten, waren mit hüfthohen Leitplanken aus Beton abgetrennt. Es gab nur eine Möglichkeit, sie zu überqueren, und in der Zeit, die sie brauchen würden, um ihre Maschinen eine nach der anderen auf die andere Seite zu heben, wären sie alle längst bei lebendigem Leib verbrannt. Sie würden die Motorräder zurücklassen und versuchen müssen, der Bestie zu Fuß zu entkommen, doch bei der Distanz, über die das Monster seine Lava schießen konnte, schien auch das wie reiner Selbstmord. Dennoch war es die einzige Möglichkeit …

Der Himmel direkt über ihr begann zu leuchten. Missy musste nicht erst nach oben schauen, um zu wissen, warum: Tropfen flüssigen Feuers regneten bereits auf den Asphalt direkt vor ihr. Sie zog den Kopf ein, betete und gab Gas. Klatschend stürzte die Lava direkt hinter ihr auf den Highway. Feuerzungen leuchteten am Rand ihres Gesichtsfeldes auf, und Missy schrie, rechnete jeden Moment damit, dass ihr Rücken in Flammen aufging, doch der Schmerz blieb aus.

Das Monster trieb sie lediglich zusammen.

Die Straßensperre aus blubberndem Magma verwehrte ihnen den Weg zurück in die Richtung, aus der sie gekommen waren, und auch der Weg weiter in die Stadt hinein war abgeschnitten. Auf eine der anderen Fahrbahnen zu wechseln, auf die nun immer mehr Feuerregen niederging, kam ebenfalls nicht in Frage. Sie waren eingekreist, konnten nirgendwo mehr hin. Schon bald würde es sie alle töten. Es blieb nur noch eine letzte Möglichkeit, und selbst die war kaum mehr als eine Hinhaltetaktik.

Missy riss den Lenker nach links herum und raste auf den See zu, wo der flammende Schatten auf den Wellen aus Feuer stand, während sich der Rauch langsam wieder um ihn schloss. Schotter spritzte von ihren Reifen, als sie die Böschung hinunter auf die Vorderseite des zerstörten Lagerhauses zujagte. Das Gebäude, dessen eine Hälfte neben dem Parkplatz in sich zusammengestürzt war, schien sich von dem Seeweg wegzuneigen. Verkohltes Aluminiumblech und geborstene Betonziegel lagen vor dem ehemaligen Hintereingang aufgetürmt. Der Haufen erstreckte sich bis hinaus über eine Asphaltfläche, auf der einmal ein Picknicktisch für die Angestellten gestanden hatte, eingefasst von einem Zaun, der ebenfalls nicht mehr da war. Die Stahltür des Hintereingangs war aus den Angeln gerissen und ragte windschief aus dem Rahmen, wodurch ein dreieckiger Durchgang in die dahinterliegende Dunkelheit frei blieb.

Missy zog die Bremsen bis zum Anschlag, kam schlitternd zum Stehen und sprang von ihrem Motorrad, das hinter ihr krachend zu Boden fiel.

Die anderen hatten bereits die halbe Strecke zu ihr zurückgelegt und kamen schnell näher.

Missy schaute noch einmal zu dem glühenden See hinüber und sah, wie das Monster langsam darin versank, zuerst hüfttief, dann bis zur Brust. Schließlich verschwand auch sein Kopf, und der Leviathan war nicht mehr zu sehen.

»Beeilt euch!«, brüllte Missy, als sie wieder zur Straße blickte.

Adam und Evelyn waren bereits von ihren Motorrädern gesprungen und quetschten sich durch den Spalt neben der Tür in das Gebäude, Ray und Jake direkt hinter ihnen.

»Rein mit dir!«, schrie Mare, riss Missy herum und zog sie auf die Tür zu, während er, Jill vor sich herschiebend, in der Dunkelheit verschwand.

Mare wirbelte herum, packte die Tür und versuchte sie zu schließen, schaffte es aber nicht. Ächzend und stöhnend gelang es ihm lediglich, sie ein paar Zentimeter zu bewegen, dann ging nichts mehr.

Er brüllte vor Wut und Verzweiflung, während sein Blick zu dem wenige Meter entfernt liegenden Ufer des Sees wanderte, aufgeschreckt durch die plötzliche Bewegung von etwas, das von unten durch seine Oberfläche stieß.

II

Der Junge war allzu schnell gestorben. Tod hatte erwartet, dass er ihm einen Kampf liefern würde, dass er unter Qualen mit ihm ringen würde. Er hatte erwartet, dass er um sein Leben betteln und um seine Erlösung feilschen würde. Mit seinem letzten Atemzug hätte er den Herrn verfluchen sollen, weil er zugelassen hatte, dass er auf diese Weise hingeschlachtet wurde, gebrochen, sein Geist zerstört, seine Seele zersetzt von Zweifel und Zorn, zurückgeschickt an Gott, geschändet und hässlich als letzte Botschaft an den Schöpfer, der Tod herbeigerufen hatte, aber nicht mehr länger in der Lage sein würde, sich ihm in den Weg zu stellen. Tods Zeit war gekommen, doch irgendwie fühlte der Sieg sich schal an.

Es war mehr als die Tatsache, dass der Junge sich nicht als angemessener Gegner erwiesen hatte. Da war noch etwas anderes, das er nicht ganz verstehen konnte: Es war ihm nicht gelungen, die Folter zu genießen. Bei jeder Verletzung, die er dem Jungen zufügte, bei jedem Schnitt durch das weiche Fleisch hatte sich auch eine Wunde in ihm geöffnet. Er spürte keinen physischen Schmerz, dennoch war es greifbar. Den Jungen so zuzurichten hatte Tod dramatisch geschwächt. Ihn zu töten hatte ein Loch in sein Wesen gerissen, eine bedrohliche Leere, die an ihm fraß wie ein Krebsgeschwür. Nein. Es fraß nicht an ihm. Es fehlte ein Stück seiner selbst.

Tod starrte hinauf zu dem Leichnam, der leblos am Kreuz hing. Er sah zu, wie das letzte Blut aus dem Körper floss, der jetzt so blass war, dass die Haut beinahe durchsichtig wirkte. Hämatome bildeten sich, wo die Haut die Knochen überspannte, an Jochbeinen und den Augenhöhlen, die kaum zu erkennen waren hinter den blutverkrusteten Strähnen, die über das Gesicht des Jungen hingen. Die Hände und Füße hatten eine violette Farbe angenommen. Immer noch konnte Tod sich nicht losreißen. Ein einzelner Strahl der hinter dem Turm aufgehenden Sonne brach durch die zerschmetterten Fenster und fiel auf den Leichnam, der daraufhin in einem goldenen Lichtkranz erstrahlte.

Es machte ihn rasend. Tod warf den Kopf in den Nacken

und schleuderte dem Himmel ein Fauchen entgegen. Speichelfäden spritzten aus seinem Mund, und selbst die Trümmer um ihn herum erzitterten unter dem Geräusch.

Er hatte gewonnen. Er war dem besten Krieger gegenübergetreten, den Gott hatte aufbringen können – einem Kind, einem schwächlichen Kind! –, und hatte ihn niedergestreckt wie einen Straßenköter. Die Erde gehörte jetzt ihm, es war seine Welt, sein Reich, über das er uneingeschränkt herrschen würde. Warum also verspürte er keinen Triumph? Wo blieb der Rausch der Macht, die Befriedigung, seine Pläne vollendet zu haben?

Rasend vor Zorn stürmte er den Schutthügel hinauf zu dem Kreuz, spreizte seine Klauen und schlitzte den Bauch des Leichnams auf. Es floss kein Blut. Nichts. Nur vier parallel verlaufende Schnittwunden, deren Ränder kaum auseinanderklafften.

Er hob seinen Blick zu dem verirrten Lichtstrahl und schaute direkt in die Sonne. Es war, als wollte Gott ihn verspotten, ihn quälen. Tods Hass kochte über und stürzte ihn in einen Anfall animalischer Raserei.

Der Junge ist tot, sagte eine Stimme aus einem anderen Leben. Die Worte, die in seinem Kopf ertönten, hatten einen arabischen Akzent. *Lass ihn in Frieden.*

Tod verlor jegliche Kontrolle und schlug wieder und wieder auf das ein, was kaum noch mehr als ein unförmiger Klumpen Fleisch war.

Zack!

Schrei! Ich will dich schreien hören!

Zack!

Schrei!

Zack!

SCHREI!

Er wirbelte herum und wandte sich ab von der Leiche. Sein Atem ging keuchend, die Augen glühten rot.

Lass ihn in Frieden.

Tod richtete sich auf, riss seine Arme nach oben und brüllte in den Himmel. Als er seinen Blick wieder senkte, fiel er auf Pest und Hunger, die beide unwillkürlich einen Schritt zurück machten. Sie standen immer noch zu Füßen des Hügels, ihre Gesichter verhüllt von den Schatten unter ihren Umhängen aus Menschenhaut. Wenn es ihm nicht gelang, den Jungen zum Schreien zu bringen, konnte er sich vielleicht auf die beiden stürzen und sie die Schmerzen spüren lassen, die ihm verweigert worden waren – und durch sie würde auch er selbst sie spüren können. Alle Qualen der Hölle waren ihm weit lieber als diese Leere in ihm. Es war, als hätte er mit dem Hinschlachten des Kindes auch einen Teil seiner selbst getötet.

Das war es, oder etwa nicht? Er und der Junge, sie waren zwei Hälften desselben Ganzen gewesen. Beide waren sie Kinder Gottes gewesen. Seine Bestimmung war es gewesen, Gottes Zorn auf Erden zu bringen, der Junge war Seine Liebe gewesen. Zwei Seiten derselben Medaille. Der Zorn hatte triumphiert, woran Tod nie einen Zweifel gehabt hatte, aber in diesem Triumph hatte er auch sich selbst geschlagen. Ein bittersüßer Sieg. Die verwüstete Erde gehörte nun ihm, ein nuklear verseuchter, vom Feuer verheerter Planet, der bald nichts anderes kennen würde als Frieden unter der Faust eines Herrschers, den es nach nichts mehr verlangte als nach Zerstörung.

Tod stellte sich vor, wie Gott von oben herab über ihn lachte. Es hatte nie einen Sieg zu erringen gegeben. Nicht für Tod. Wenn er die Menschheit auslöschte, diente er damit nur seinem Herrn; wäre er dem Jungen unterlegen, hätte Gott ebenso gewonnen. Es war wie eine Schachpartie, die der Schöpfer gegen sich selbst spielte. Tod war nicht mehr als ein Bauer in diesem Spiel, aber auch ein Bauer kann den König zu Fall bringen, wenn er es geschickt anstellt. Tod hatte die letzte Hoffnung der Menschheit zerstört, aber das bedeutete nicht, dass es da draußen keine Menschen mehr gab. Die ganze Zeit über hatte er an nichts anderem gearbeitet als an ihrer Vernichtung, doch konnte diese letzte Handvoll immer noch von Nutzen sein. Mit der Hilfe seiner Geschwister konnte er sie in seinem eigenen Abbild neu erschaffen. Sein Reich mit Geschöpfen bevölkern, die ihn, und nur ihn allein anbeten würden.

Vielleicht konnte er Gott nicht besiegen, aber das bedeutete nicht, dass er nicht selbst Gott *werden* konnte.

Er konzentrierte sich abwechselnd auf Hunger und Pest, suchte in der Dunkelheit deren verhüllte Augen. Sie verneigten sich und gehorchten seinem stillen Befehl, wandten sich ab und schritten in verschiedene Richtungen die Straße hinunter. In einiger Entfernung ertönte Hufgeklapper und kam mit jeder Sekunde näher.

Die Überlebenden würden vor ihn gebracht werden.

Und er würde sie neu erschaffen.

Tod wandte sich um und warf einen letzten Blick auf den gefallenen Erlöser an seinem Kreuz. Der Leichnam erstrahlte nicht mehr in himmlischem Leuchten. Die goldene Aura war verschwunden, nur ein jämmerlicher, kleiner Körper baumelte dort, leblos wie ein vertrocknetes Blatt im Herbst. Die Sonne war jetzt bis zur Spitze des Wolkenkratzers aufgestiegen und erweckte mit ihrem Licht den Eindruck, als stünde das ganze Gebäude in Flammen, aber Tod achtete nicht darauf. Es war eine leere Drohung.

Tod schritt durch die Trümmer und bereitete sich darauf vor, seine Stellung oben auf dem Dach zu beziehen, den Aussichtspunkt, von dem aus er seinen größten Sieg beobachten würde.

III

Mare versuchte mit aller Kraft, die Metalltür vor den Spalt zu ziehen, aber er konnte sie keinen Millimeter weit bewegen. Nicht von da, wo er jetzt stand, mit so wenig Hebelkraft. Hinter sich hörte er panisches Schnaufen und Schreie, unterdrückt von vor den Mund gehaltenen Händen, um ihr Versteck in den Schatten ja nicht zu verraten. Aber es war zu spät.

Das Monster wusste genau, wo sie waren.

Ein schwarzer Kopf erhob sich aus dem blubbernden Magma, gefolgt von zwei Schultern, kaum drei Meter vom brennenden Ufer entfernt.

Mit neuer Kraft riss Mare an der klemmenden Tür, seine Schultern drohten aus den Gelenken zu springen, die Haut an seinen Fingern riss auf.

Als er wieder aufblickte, war das Ding bis zur Hüfte aus dem See, wie auf einer Hebebühne glitt es bewegungslos dahin, ohne an den Flammen Schaden zu nehmen.

Mare senkte seine Schulter und rammte sie gegen die Tür, um sie endlich freizubekommen. Staub und Putz platzten ab und regneten auf ihn herunter, verdeckten einen Moment lang das Ungeheuer, das jetzt als schwarze Silhouette, an deren Beinen Feuerzungen leckten, auf der Oberfläche des Sees stand. Dann streckte es die Arme zu beiden Seiten aus, die Handflächen zum Himmel gewandt.

»Du musst sie zumachen!«, brüllte Jill. Sie schob ihn beiseite und versuchte verzweifelt, die Schiebetür freizubekommen, und ihr ganzer Körper zitterte unter der Anstrengung.

Ein etwa zwei Zentimeter dickes Rohr brach und fiel von der Decke. Die Drähte, die es bis dahin beherbergt hatte, hingen lose herunter.

»Geh zurück!«, schrie Mare und stieß sie heftiger zur Seite, als er beabsichtigt hatte. Beinahe hätte er Jill zu Boden geschubst.

Verletzt schaute sie ihn an, Tränen standen in ihren Augen.

Was ist aus mir geworden?, fragte er sich und erstarrte einen Moment lang mitten in der Bewegung. Ein Bild blitzte in seinem Kopf auf, wie sein Vater ihn an dem Wandschrank erwischt hatte, in dem Mare das Geld versteckt hielt, das er gestohlen hatte. Sein alter Herr hatte ihn gepackt und zu Boden gerissen, und jetzt hatte er mit Jill beinahe dasselbe getan.

»Ich bin nicht mein Vater!«, schrie er und rannte durch den Türspalt nach draußen.

Das schwarze Monster machte über die Oberfläche des Sees hinweg einen schnellen Schritt auf ihn zu, doch Mare zwang sich, ihm den Rücken zuzudrehen.

»Gib mir das Rohr!«, brüllte er.

Jill nahm es und streckte es durch den Türspalt in seine wartenden Hände. Mare rammte das Rohr auf der anderen Seite unter die Tür und versuchte, sie wie mit einer Brechstange vorwärtszuhebeln, aber die Tür bewegte sich kaum.

Er warf einen hektischen Blick über die Schulter.

Die dunkle Figur war bereits am Rand des Sees angelangt.

Mare brüllte vor Verzweiflung, während er sich weiter an der festsitzenden Tür abkämpfte, bis er das Rohr schließlich frustriert auf den Boden knallte.

»Beeil dich!«, brüllte Jill. »Bitte! Bei Gott, beeil dich!«

Alle riefen sie nach ihm, ihre Stimmen ein Chor der Angst. Mare schaute sie an, die weit aufgerissenen, weißen Augen in schmutzigen Gesichtern, die mit der Dunkelheit verschmolzen. Adam hatte sich mit seinem Körper schützend vor sie gestellt.

Der Wind drehte und blies eine Rauchwolke in ihre Richtung.

Mare rannte zurück durch den Türspalt und riskierte einen kurzen Blick nach hinten. Das Ding hielt seine Arme immer noch seitlich ausgestreckt. Ein flammender Schlitz öffnete sich in seinem Gesicht zu einem Lächeln. Feuerzungen erhoben sich von seinen Handflächen und breiteten sich über die Arme bis zu seinem Kopf aus, bis die ganze Bestie nur noch aus Flammen zu bestehen schien.

»Es ist direkt hinter mir!«, brüllte Mare und schob Jill von der Tür weg. Wieder riss er an der Tür. Sie bewegte sich ein paar Zentimeter und klemmte dann wieder. »Nein! Nein! Nein!«

Jill zuckte zusammen, als hätte sie jemand geschlagen.

Millionen Gedanken schossen durch Mares Kopf. Die Tür ließ sich nicht schließen, und das Monster würde einfach hereinspazieren und sie alle einäschern. Er hatte Jill viel zu heftig geschubst. Er war nicht sein Vater, aber er würde Vater werden. Wenn er es nicht schaffte, diese Tür zu schließen, würden sie alle sterben. Und selbst wenn, was sollten sie dann tun? Sich vor dem draußen lauernden Biest verstecken, bis ihnen die Luft ausging? Sie waren tot, egal was er tat. Außer …

Mare drehte sich um und blickte Jill direkt in die Augen. Er wusste, was er tun musste. Er zog sie an sich und umarmte sie, so fest er nur konnte, denn er wusste, dass es das letzte Mal sein würde. Er stellte sich vor, er könnte seine Tochter in ihrem Bauch spüren. Er war nicht sein Vater. Er war ein Mann, ein eigener, unabhängiger Mensch. Zum Teufel mit seinen Genen und den Umständen, unter denen er aufgewachsen war – es gab nichts, das er nicht für die Frau tun würde, die er liebte, und für das Kind, das sie zur Welt bringen würde, ganz egal was es auch kosten mochte.

»Tu das nicht«, flüsterte Jill schluchzend in sein Ohr, krallte ihre Finger in sein T-Shirt und hielt ihn fest.

Mare konnte hören, dass er ebenfalls weinte.

»Ich liebe dich«, flüsterte er ihr ins Ohr. Und obwohl sein Herz trommelte wie wild, spürte er zur gleichen Zeit, wie eine Ruhe sich in ihm ausbreitete. »Und sag ihr, wie sehr ihr Vater sie liebt.«

Er versuchte sich loszumachen, doch ihr Griff war zu fest, und er kam nicht weg. Mare geriet in Panik. Er konnte nicht zulassen, dass ihr oder dem Baby etwas zustieß. Er spähte durch den Spalt neben der Tür und sah, wie das Monster auf sie zujagte. Es blieb keine Zeit mehr.

»Du musst mich gehen lassen, Jill!«, schrie er heulend und riss an seinem T-Shirt. »Lass mich gehen!«

Schreie hallten durch den kleinen Raum, als die anderen die Bestie im Türrahmen erblickten. Adam drückte sie auf den Boden und richtete sich so hoch wie möglich auf, um sie vor der Wucht des kurz bevorstehenden Feuerstrahls zu schützen, auch wenn er wusste, dass sein lächerlicher Körper kaum Schutz bieten konnte.

»Jetzt, Jill! Bitte!«

Sie stammelte etwas Unverständliches in sein Ohr, während die Schatten um sie herum verschwanden und der staub- und rauchverhangene Raum von flackerndem Flammenschein erfüllt wurde.

IV

Jill konnte sich nicht dazu bringen, es zu tun. Der entscheidende Moment war nahe. Ihre Chance, die Vision, in der sie alle zu Asche verbrannten, doch noch abzuwenden, war gekommen, und dennoch brachte sie es nicht fertig zu tun, was getan werden musste. Sie liebte Mare. In ihrem ganzen Leben gab es nichts, dessen sie sich jemals so sicher gewesen war. Er war alles, was zählte. Nein. Da war auch noch das Baby, an das sie denken musste. Und die anderen … deren Leben jetzt in ihren Händen lag.

Wenn sie den Mann opferte, den sie liebte, würden sie vielleicht alle überleben.

Wenn sie versuchte, ihn zu retten, würden sie alle mit Sicherheit sterben.

Das war nicht fair. Niemand hatte es verdient, in eine Situation gebracht zu werden, in der er eine derartige Entscheidung treffen musste. Auf alle Zeiten verdammt, wenn sie es tat; tot, wenn sie es nicht versuchte. Ihre gesamte Familie und all ihre Freunde von früher waren tot. Der Schmerz war das Einzige, was ihr noch blieb. Gott allein wusste, ob auch nur einer von ihnen überleben würde, wenn sie es geschehen ließ. Das Monster konnte sie immer noch alle umbringen, wenn Mares Versuch scheitern sollte. Oder vielleicht ein anderes Ungeheuer, das eine halbe Meile weiter auf sie wartete. Vielleicht hatten sie auch so viel Glück, es bis zu ihrem Ziel zu schaffen, nur um sofort abgeschlachtet zu werden, sobald sie dort ankamen. Es gab keine Garantien, für nichts. Wenn sie schon sterben musste, dann in den Armen des Mannes, den sie liebte.

Würdest du alles für dieses Kind opfern?, fragte eine Stimme in ihrem Kopf aus den Tiefen der Zeit.

»Nein …«, schluchzte Jill. »Ich kann es nicht«, sagte sie stammelnd, ihre Worte verzerrt von tiefstem Bedauern.

Doch sie verstand. Endlich hatte sie es verstanden.

»Du musst mich gehen lassen!«, brüllte Mare sie an und versuchte, sich aus ihrer Umarmung zu lösen.

»Lass mich gehen!«

»Ich kann nicht«, wimmerte sie, aber ihre Stimme wurde von Schreien des Entsetzens übertönt. »Ich liebe dich viel zu sehr.«

Jill verstärkte ihren Griff an Mares T-Shirt und sah, wie Panik sich auf seinem Gesicht ausbreitete.

»Jetzt, Jill! Bitte!«

Warum musste es so kommen? Es war nicht fair, es war nicht fair, *es war nicht fair!*

Wabernder Feuerschein erhellte den Raum, das Geräusch prasselnder Flammen erfüllte die Luft.

Würdest du alles für dieses Kind opfern?

In ihrem Geist sah Jill, wie sie beide eng umschlungen von einem Strahl glühender Lava erfasst wurden, wie ihre Haut Blasen warf und dann zu Asche zerfiel, während die Todesschreie um sie herum abrupt verstummten.

Noch bevor sie wusste, dass sie ihre Entscheidung getroffen hatte, ließen ihre Finger los, und Mare drehte sich weg.

»Bitte …«, wimmerte sie. »Bitte nimm ihn mir nicht weg.«

Mare duckte sich unter dem halb eingestürzten Türrahmen hindurch und stellte sich zwischen sie und den flammenden schwarzen Dämon.

»Mare!«, brüllte Jill so laut, dass es in ihrer Kehle schmerzte. Sie sank auf die Knie, die Tränen stürzten ihr nur so aus den Augen. Was hatte sie getan?

»Mare!«

V

Er hörte sie hinter sich schreien, während er nach draußen rannte. Das brennende Wesen war keine fünf Meter mehr entfernt. Gleich würde es ihn erreicht haben, doch daran durfte er jetzt nicht denken. Noch nicht. Er drehte ihm den Rücken zu und riss an der Tür. Mit einem lauten Krachen stoben die kleinen Betonbrocken zur Seite, und endlich konnte er die Tür fast vollständig schließen, es blieb nur ein kleiner Spalt, durch den er Jills linkes Auge sehen konnte. Sie drückte sich von innen gegen das Metall, ihre Finger um die Kante gekrümmt, und versuchte die Tür wieder aufzuschieben.

»Ich liebe dich«, sagte Mare und hielt für einen kurzen Moment den Blickkontakt. Gegen seinen Willen drehte er sich schließlich weg.

Alles, was er sehen konnte, waren Flammen, die schwarze Silhouette darin nicht mehr als ein Schatten.

»Lass es uns hinter uns bringen«, sagte er mit heiserer, zitternder Stimme. Noch nie in seinem Leben war er so in Panik gewesen, aber er konnte es sich nicht leisten zu versagen. Jill zählte auf ihn. Sie alle zählten auf ihn. Ganz besonders dieses kleine Mädchen, das er nie kennenlernen würde. Der Gedanke brach ihm schier das Herz, doch obwohl er sie niemals zu Gesicht bekommen würde, liebte er sie mehr als sein eigenes Leben. Das war es, was es in Wirklichkeit bedeutete, Vater zu sein. Er hatte gerade erst erfahren, dass er einer werden würde, und trotzdem hatte die Nachricht seine Welt und sein ureigenstes Denken komplett verändert. Er war jetzt ein Teil von etwas, das größer war als er selbst. Und in diesem Moment, während er die flammende Kreatur anstarrte, begriff er, wie sich sein Vater gefühlt haben musste, als er den Lauf des Revolvers in seinen Mund schob. Sein alter Herr hatte sein Leben in ständiger Flucht verbracht, getrieben vom Alkohol, sich voll Selbstmitleid in der Trauer über den Tod seiner Frau gesuhlt und seinen Schmerz an den einzigen Menschen ausgelassen, die ihn hätten verstehen können. Doch erst sein letzter Gewaltausbruch hatte ihm vor Augen geführt, was aus ihm geworden war, und er hatte die einzig richtige Entscheidung getroffen – die einzige Entscheidung, die er seit beinahe zehn Jahren als Vater getroffen hatte. Er hatte getan, was nötig war, um seine Kinder vor dem Monster zu bewahren, das aus ihm geworden war. Um sie zu beschützen.

Mare stand jetzt vor derselben Entscheidung. Er würde die Liebe seines Lebens verlieren und das Kind, das er nur so kurz gekannt hatte, und selbst das nur in seiner Fantasie. Es schmerzte ihn zutiefst. Bei Gott, wie es wehtat! Aber ihnen würde nichts geschehen. Was immer es auch kostete, wie hoch der Preis auch sein mochte, er würde dafür sorgen, dass sie überlebten, dass sie keine Schmerzen erleiden mussten. Freiwillig würde er alles auf sich nehmen, wenn es die einzige Möglichkeit war. Sein Leben bedeutete nichts im Vergleich zu dem der beiden anderen.

Mare bückte sich und hob das Metallrohr auf, mit dem er die Tür freigehebelt hatte, die einzige Waffe, die er zur Verfügung hatte, um sich dem Dämon entgegenzustellen. Er stellte sich vor, dass sein Vater dieselbe Entschlossenheit gespürt haben musste, als er den Revolver herauszog.

Es war in diesem Moment, dass Mare seinem Vater verzieh, all die Jahre körperlicher und emotionaler Schmerzen und auch seine letzte, schicksalhafte Tat, von der Mare bis jetzt geglaubt hatte, sein alter Herr hätte seine Kinder damit nur noch tiefer verletzen wollen. Denn jetzt begriff er, dass er es getan hatte, um sie zu retten.

Mit zitternden verschwitzten Händen hielt er die Stange quer vor der Brust und machte den ersten Schritt über den Schutt auf das Monster zu. Tränen rollten über seine Wangen, seine Lippen zu einer grimmigen Maske der Entschlossenheit zusammengepresst.

Er hob die linke Hand und benutzte die rechte, um das scharfzackige, abgebrochene Ende auf den flammenden Brustkorb der Bestie auszurichten.

Ihre Arme schossen mit der Geschwindigkeit einer zubeißenden Klapperschlange nach vorn, und Mare sah nur noch glühendes Feuer.

Schreiend preschte er vorwärts, die Lava erfasste ihn, verzehrte ihn.

Du wirst keine Schmerzen spüren, hörte er Phoenix' Worte.

Aus dem Augenwinkel sah Mare, wie sein linker Arm

Blasen warf, bis die Haut schwarz wurde und schließlich abplatzte. Er sah freiliegende Muskeln und kochendes Blut, aber es berührte ihn nicht. Seine Kleidung zerfiel zu Asche. Seine Haare verdampften. Das Fleisch löste sich von seinem Gesicht und von seiner Brust, während er die Stange hob.

Überraschung spiegelte sich im Antlitz der Kreatur. Der Lavaschwall ließ etwas nach, noch während sie weiter auf den angreifenden Jungen feuerte. In diesem Moment, der nicht länger als ein Wimpernschlag dauerte, wirkten seine Augen beinahe menschlich, und sein Maul öffnete sich zu einem Ring aus Feuer.

Mare sah nichts mehr, aber er schaffte es, das spitze Ende der Stange mit genügend Kraft durch die Brust des Dämons zu rammen, dass sie glatt durchschlug und auf der anderen Seite wieder herauskam.

Du wirst keine Schmerzen spüren.

Sein toter Körper prallte gegen die Bestie und riss sie mit solcher Wucht um, dass sie nach hinten fiel und das Rohr sich in den Boden unter ihr bohrte; so lagen sie da, übereinander, und verbrannten zu Asche wie Holzscheite in einem verwaisten Lagerfeuer.

VI

»Nein!«, schrie Jill und rüttelte an der Tür, in dem verzweifelten Versuch, sie weit genug aufzuziehen, dass sie sich nach draußen quetschen konnte. Sie schluchzte völlig unkontrolliert, rüttelte und zerrte an der Tür, wie ein Bär, der versucht, sein Bein aus einer Falle zu befreien. Ihre linke Hand war von einem Lavaspritzer verbrannt, der die Tür getroffen hatte, doch sie spürte nicht das Geringste. Ihre gesamte Welt war soeben zusammengebrochen. Es hätte sie treffen sollen. Sie war diejenige, die dort draußen brennend auf dem Boden liegen sollte. Ihre Visionen hatten es vorausgesagt, sie hätte es verhindern können. Sie hätte ihn wegstoßen und an seiner Stelle hinaus in den Tod rennen können. Sie hätte nie diese Straße entlangfahren dürfen, hätte nie versuchen sollen, sich in diesem eingestürzten Gebäude zu verstecken. Sie hatte gewusst, dass es so kommen würde, und nichts getan, um es zu verhindern. Nein … das stimmte nicht. Sie hatte nicht nur nichts getan, um es zu verhindern, sie hatte willentlich den Mann, den sie liebte, in einen grausamen Tod geschickt. Sie hätte ihn nur festhalten und nicht mehr loslassen müssen, sich weigern, ihn gehen zu lassen. Sie hätte es tun können, doch sie hatte ihren Griff gelockert und damit sein grausames Schicksal besiegelt. Sie war schuld an seinem Tod. Es war ihre Schuld. Und jetzt gab es nichts, was sie tun konnte, um das zu ändern.

Würdest du alles für dieses Kind opfern?

Sie schrie, als die Stimme ungebeten in ihrem Kopf ertönte, warf sich wieder und wieder gegen die Tür, die lediglich ein kleines Stück weit nachgab. Durch den Spalt konnte sie die Flammen sehen, die aus Mares schwelendem Rücken schlugen und dünne Säulen aus tiefschwarzem Rauch in den Himmel entließen.

»Jill«, sagte Adam hinter ihr.

Sie wirbelte herum, schrie mitten in sein Gesicht und trommelte mit den Fäusten gegen seine Brust, bis sie endgültig zusammenbrach und in seine Arme sank.

»Schon gut, Jill«, flüsterte Adam ihr ins Ohr. »Ist ja gut.«

Missy schob sich an der Wand entlang an ihnen vorbei und spähte durch den vertikalen Schlitz. Sie wusste, was sie dort sehen würde, aber nichts auf dieser Welt hätte sie darauf vorbereiten können. Überall leuchteten kleine Feuer, die aus blubbernden Pfützen loderten, aus dem Schutt und der Asche hervor, Fußspuren führten zu einer kohlschwarz verbrannten Leiche, von der nur wenig mehr übrig war als ein Skelett, das immer noch das Metallrohr in seinen Händen umklammert hielt, darunter lag ein zweiter verbrannter Körper. Rote Lava quoll aus dem oberen Ende der Stange, floss in dünnen Rinnsalen an dem Schaft entlang und über die knotigen Finger, die ihre Hitze glücklicherweise nie gespürt hatten.

Hemmungslos fing sie an zu schluchzen, wollte ihr Gesicht in den Händen vergraben, konnte die Augen aber nicht abwenden von dem, was einmal ihr kleiner Bruder gewesen war. Eigentlich hätte sie ihn beschützen müssen, doch stattdessen war es stets Mare gewesen, der sie beschützt hatte. Vor ihrem Vater. Vor Liebeskummer. Und jetzt vor dem Tod. Wimmernd stammelte sie seinen Namen, wieder und wieder. Nie wieder würde sie seine sarkastischen und oft peinlichen Witze hören. Nie wieder würde sie seine schiefe Nase sehen oder die Art, wie sich seine lächelnden Mundwinkel verzogen, wenn er einen Streich im Sinn hatte.

Ihr kleiner Bruder war tot. Das Kind, das ihre Hand gehalten hatte, als sie ihre Mutter begruben, der kleine Junge, der immer da gewesen war, wenn sie ihn brauchte, würde nicht mehr zurückkommen.

Ihr kleiner Bruder, ihr bester Freund in einer Welt, die alles darangesetzt hatte, das Leben aus ihnen herauszuprügeln, war tot.

Sie drehte sich um und begegnete Jills Blick. Tränenüberströmt fielen sie sich in die Arme.

Adam konnte es nicht länger ertragen hinzusehen. Es tat viel zu weh. Er fühlte sich, als wären ihm die Eingeweide herausgerissen worden. Auch er hatte Mare geliebt. Sein Opfer – und vor allem die Art und Weise, in der er sich geopfert hatte – war unglaublich. Um ihretwillen hatte er sich von allem losgesagt. Von allem, was er gehabt hatte, und von allem, das er eines Tages hätte sein können. Er hatte sein Leben für das ihre gegeben, und es gab nichts, mit dem sie dieses Geschenk jemals vergelten konnten. Sie konnten ihm nicht einmal die dafür gebührende Ehre erweisen. Während seines Einsatzes bei der Army hatte er viele Menschen auf diese entsetzliche Weise sterben sehen, aber niemals mit so viel Würde. Die Erkenntnis, dass er Mare niemals wiedersehen würde, stürzte ihn in die tiefsten Tiefen der Trauer, doch nach wie vor musste er stark sein. Er musste sich zusammenreißen und sie weiterhin anführen, bevor sie alle zerbrachen, ihn selbst eingeschlossen.

Die überwältigende Trauer der beiden Frauen brachte seinen Entschluss noch einmal ins Wanken, doch dann schob er sich an ihnen vorbei, schritt durch den Rauch, packte die Tür und rüttelte so lange daran, bis er sie zur Seite schieben konnte.

Ein Luftzug wie aus einem Leichenschauhaus schlug ihm entgegen, als er nach draußen ging zu der Stelle, an der er sein Motorrad hatte liegen lassen. Er öffnete den Gurt, mit dem er sein Gepäck festgezurrt hatte, zog die Decke von der Sitzbank und leerte die darin eingewickelten Gegenstände auf den Boden. Dann breitete er die

Decke so gut es ging über den verkohlten Leichnam, um den verfluchten Rauch und die Flammen endlich zu ersticken.

»Danke, Mare«, sagte er und bemühte sich, die Tränen zurückzuhalten. »Wir werden dein Andenken und das Geschenk, das du uns gemacht hast, immer in Ehren halten.«

Evelyns Hand glitt in die seine. Adam drehte sich um und vergrub sein Gesicht an ihrem Hals. Weinend hielt er sich an ihr fest, bis er sich wieder unter Kontrolle hatte.

»Ich liebe dich. Ich will, dass du das weißt. Ich kann es dir gar nicht oft genug sagen.«

»Ich liebe dich auch«, erwiderte sie. »Mit meinem ganzen Herzen.«

Ray konnte nur dastehen und versuchen, auf dem zerfetzten Beton nicht das Gleichgewicht zu verlieren, während er Jakes Hand hielt. Er war schlichtweg nicht in der Lage, die Konzentration aufrechtzuerhalten, die er brauchte, um sehen zu können, aber das brauchte er auch gar nicht, er wollte es nicht. Es gab keinen Zweifel über Mares Schicksal. Er konnte das verbrannte Fleisch deutlich riechen. Es war auch so schon schwer genug, nicht zusammenzubrechen. Hätte er den Schmerz und die Trauer auf den Gesichtern der anderen gesehen, wäre er sicher nicht in der Lage gewesen, das bisschen Kontrolle aufrechtzuerhalten, das er noch über seine Gefühle hatte. Für Jake musste er der Fels in der Brandung sein, auch wenn ihn die Anstrengung innerlich in Stücke riss.

Den Ausdruck auf Jakes Gesicht zu sehen hätte ihn wahrscheinlich am meisten belastet. Der Junge war merklich abwesend, sein Gesicht eine stoische Maske. Zwar standen Tränen in seinen Augen, doch in seinem Gesicht spiegelte sich nichts als Leere wider, durchzogen von einer seltsamen Beklommenheit, als wäre das Geschehene keine Überraschung für ihn gewesen, als hätte er es vorausgesehen.

»Wir müssen weiter«, sagte Ray und war dankbar, dass er die Reaktionen der anderen auf seine harten Worte nicht sehen konnte. »Phoenix ist immer noch irgendwo allein da draußen.«

Eine Weile lang bekam er keine Antwort, und Ray fürchtete schon, er habe zu früh gesprochen, dennoch war dies noch lange nicht das Ende ihrer Reise. Mare hatte ihnen mit seinem Leben einen vorübergehenden Hinrichtungsaufschub erkauft. Sie mussten immer noch ihrem Feind gegenübertreten, demjenigen, bei dem sie vielleicht nicht so viel Glück haben würden.

»Er hat recht«, sagte Adam schließlich und blickte sie einen nach dem anderen an. »Es gibt nichts, was wir noch tun können.«

»Wir können ihn nicht einfach hier liegen lassen«, schluchzte Jill. »Nicht so.«

Adam ging zu ihr hinüber und ergriff ihre Hände. Die Berührung ließ sie beinahe aus der Haut fahren. Er hob ihre verbrannte Hand hoch, um sie zu untersuchen. Die Haut schwoll immer noch weiter an, mit Eiter gefüllte Blasen bildeten sich darauf, ihre Fingerspitzen waren schwarz und verkrustet, die versengten Nägel begannen bereits abzufallen.

»Mein Gott«, sagte er flüsternd. Der Anblick erinnerte ihn an das kleine Mädchen im Iran, das Mûwth durch die Berührung seiner Hände geheilt hatte und doch nicht vor dem Tod bewahren konnte. Die Erinnerung erwischte ihn kalt. Dieses kleine Mädchen war der einzige Grund, warum er noch am Leben war, kein einziger seiner Kameraden hatte es aus den Höhlen von Ali Sadr hinaus geschafft. Kotter, Thanh, Keller. Bei Gott, Keller war in Krieg verwandelt worden. Aber was war mit den anderen, was war aus ihnen geworden? Waren sie immer noch …?

Rauch stieg von der Stelle auf, an der seine Finger Jills Hand berührten. Er merkte, dass er seine Finger nicht mehr spüren konnte, und schnappte nach Luft. Er konnte Jills Hand nicht mehr loslassen. Die Blasen platzten auf, und die klebrige Flüssigkeit darin lief über ihren Handrücken. Die dünne Oberhaut schälte sich ab und fiel zu Boden wie die Schale einer Zwiebel, die dickere, verkohlte Lederhaut darunter wurde zu Asche und bröckelte ab. Es war dasselbe Wunder, das auch Mûwth vollbracht hatte.

Fassungslos starrte Adam auf das, was da vor sich ging. Es gab keine Worte, um das zu beschreiben, was er fühlte. Seine Gedanken waren ein einziges undurchdringliches Chaos.

Jill zog ihre Hände weg und bewegte die Finger.

»Bitte«, flüsterte sie, »bitte, versuch es bei Mare.«

»Jill …«

»Bitte, Adam. Du musst es versuchen.«

Adam nickte und ging wie in Trance zu der Stelle, wo er die Decke über Mares Leiche gebreitet hatte. *Was geschieht mit mir?*, fragte er sich in Gedanken, während er die Decke ein Stück weit zurückschlug und Mares verkohlte Unterarmknochen mit der Hand umfasste. Sie waren noch heiß.

Er wartete.

Nichts.

Adam schloss die Augen und versuchte, seine Energie in

seine Hand zu leiten. Als er sie wieder öffnete, hatte nichts sich verändert.

»Es tut mir leid, Jill«, flüsterte er. »Es tut mir so leid.«

Schließlich zog er seine Hand weg und deckte Mare wieder zu. Es gab nichts mehr an ihm, das er heilen konnte, falls das überhaupt seine neue Fähigkeit war.

Jill drehte sich weg, die kurzzeitig in ihr aufgestiegene Hoffnung war dahin, und sie begann von neuem zu schluchzen.

VII

Sie hatten ihn einfach dort zurückgelassen. Ihre Liebe. Ihr Leben. Liegen gelassen auf der nackten, versengten Erde, unter einer schäbigen alten Decke. Kein Begräbnis. Kein Abschiedsritual. Nur der harte, nackte Erdboden als letzte Ruhestätte, und der tote Körper des Dämons, vor dem er sie alle gerettet hatte. Es war nicht angemessen, es war nicht fair. Er hatte alles für sie geopfert, und sie hatten ihn einfach im Stich gelassen.

»Dieser Ort wird nicht sein Grab bleiben«, hatte Adam gesagt. »Das verspreche ich dir, Jill. Ich verspreche es. Wir werden dafür sorgen, dass er bei uns bleibt. Bei uns am Strand, wo wir sein Andenken in Ehren halten können.«

Sie vertraute Adam, aber es gab so viele Variablen, die außerhalb seiner Kontrolle lagen. Die Auseinandersetzung mit ihrem Gegner stand ihnen noch bevor, und das auf seinem eigenen Terrain. Es gab keine Garantie, dass sie noch einmal zurückkommen würden. Die Vorstellung, wie der erste Windhauch die Decke fortwehte und Mare schutzlos den Elementen auslieferte, verfolgte sie – dass seine Knochen langsam zu Staub zerfallen und in alle Winde verstreut werden würden, sein Schädel im Dreck versinken, die Augenhöhlen voll Erde und Insekten.

Jill schrie vor Wut und Schmerz, doch niemand hörte sie unter dem Dröhnen der Motoren und dem Geräusch der Reifen.

Ihre Sicht von Tränen verzerrt, beobachtete sie, wie der bedrohliche schwarze Wolkenkratzer vor ihnen immer größer wurde. Die Sonne dahinter erstrahlte immer heller und schien durch die zerschmetterten Fensterscheiben, was den Eindruck erweckte, als stünde er in Flammen. Die Farben des Morgens flossen über den Himmel und tauchten die wenigen Wolken in Rot- und Goldtöne, die allmählich das verblassende Blau der Nacht verdrängten.

Bald würde alles zu Ende sein. Auf die eine oder andere Weise, aber zumindest wäre es vorbei.

Im Moment war es Jill vollkommen egal, wie es enden würde. Die Schuld war unerträglich, das Gefühl des Verlustes ließ sie wie in Lähmung erstarren. … Sie hatte das Leben ihrer ungeborenen Tochter ihren beiden Leben vorgezogen, und jetzt war sie innerlich tot.

Würdest du alles für dieses Kind opfern?

Das hatte sie. Sie hatte ihre ganze Welt geopfert. Und vielleicht war nicht einmal das genug.

Sie fiel immer weiter zurück, aber selbst das spielte keine Rolle. Sollten sie sie abhängen. Sie hatte genug gegeben. Was konnte sie schon noch tun? Jeder, den sie geliebt hatte, war tot. Ihre Freunde. Ihre Familie. Mare. Sie war verflucht, und alles, was sie den anderen noch bringen konnte, waren Schmerz und Unglück. Tod.

Nein, dachte sie. *Nicht alle sind tot.* Sie trug immer noch das Kind in sich. Ihres und Mares. Und dieses Baby brauchte seine Mutter – bei Gott, noch nie hatte sie bei diesem Wort an sich selbst gedacht –, jetzt noch mehr, als das irgendwann in seinem Leben wieder der Fall sein würde. Doch dazu musste es erst noch zur Welt kommen, seinen ersten Atemzug machen, und damit das geschehen konnte, musste seine Mutter überleben. Das war die beste Art, um Mare zu ehren, ihm für ihr Leben zu danken: indem sie sein Kind zur Welt brachte.

Sie wischte sich die Tränen aus den Augen und beschleunigte. Sie wollte verdammt sein, wenn sie zuließ, dass sein Opfer umsonst war. Sie hatten ein Kind gezeugt, und das war das Einzige, was zählte. Ihre Gefühle waren reiner Luxus. Sie hatte ihre Tochter, an die sie denken musste, und sie würde Himmel und Hölle in Bewegung setzen, damit sie leben konnte.

Als sie Evelyn einholte, waren sie schon fast im Zentrum der Stadt, an einer Kreuzung von großen Durchgangsstraßen, deren Brücken eingestürzt waren und in einem chaotischen Trümmerhaufen übereinanderlagen. Auch Missy, die immer noch vorausfuhr, musste abbremsen, um die in steilen Winkeln aufragenden Trümmer der zerstörten Überführung umfahren zu können.

Die Stadt war mehr als zerstört, sie war vernichtet worden. Aus Gebäuden waren zerbröselte Beton- und Ziegelhaufen geworden, die sich mehrere Stockwerke hoch auftürmten und vom Epizentrum der Explosion wegneigten. Verdrehte Stahlträger ragten aus den durcheinandergewürfelten Überresten der Sportstadien; Wohnhäuser waren zu Staub zerblasen; der Untergrund war eingesunken, die Explosionszone ein Krater, die Erde geschwärzt von der Nukleardetonation und dem verheerenden Feuer; Staub und Asche wirbelten in Fontänen von ihren Hinterreifen auf; die Luft wurde von Minute zu Minute kühler, der Fahrtwind schlug ihnen entgegen wie ein eisig kalter Grabeshauch – ein angemessener Ort, um ihre Reise zu Ende zu bringen.

Adam versuchte, möglichst nahe an Missy dranzubleiben, aber mit Rays zusätzlichem Gewicht war das Motorrad äußerst unhandlich, und er konnte den Rissen im Asphalt und den herumliegenden Trümmern nicht so geschmeidig ausweichen wie sie. Als sie den Fluss erreichten, hatte Missy ihn bereits überquert. Sie war besessen. Ganz egal wie viel Gas er auch gab, er kämpfte auf verlorenem Posten. Er konnte nicht zulassen, dass sie den Turm allein erreichte. Das war reiner Selbstmord, und ihr Blut würde an seinen Händen kleben.

»Warte!«, brüllte er, aber sie drehte sich nicht einmal um. Sobald sie wieder ebenen Untergrund erreicht hatte, jagte sie davon, auf das gigantische schwarze Gebäude zu. »Missy! Warte!«

Sie konnten es sich nicht leisten, einfach so draufloszufahren. Sie mussten vorsichtig sein. Ein einziger Fehler konnte sie alle umbringen. Sie würden ihre vereinten Kräfte und all ihren Mut brauchen. Zusammen konnten sie es vielleicht schaffen, allein würden sie abgeschlachtet werden. Er blickte noch einmal zurück, bevor er auf die eingestürzte Brücke hinaus und in den darunterliegenden Fluss fuhr. Evelyn war nicht weit hinter ihnen, und er sah, wie Jakes wilde Haarpracht im Wind flatterte. Jill hatte inzwischen aufgeholt. Er konnte entweder auf sie warten oder versuchen, Missy einzuholen, doch die Zeit, um diese Entscheidung zu treffen, wurde knapp.

Wieder schaute er nach vorn auf den Wolkenkratzer,

der über der Landschaft thronte wie ein Nagel, der aus lebendigem Fleisch ragt. Ein Schauder lief ihm über den Rücken, und er hatte Schwierigkeiten zu atmen.

»Missy!«, brüllte er noch einmal, als sie zwischen zwei riesigen Schutthaufen, die einmal Häuser gewesen waren, hindurchjagte und außer Sichtweite verschwand.

Verzweifelt schlug er auf den Lenker ein, fuhr aber nicht weiter.

»Ihr wird nichts passieren«, flüsterte Ray ihm ins Ohr, doch seine Worte waren nur dazu bestimmt, ihn zu beruhigen. Er hätte sich konzentrieren und versuchen können herauszufinden, was Adams Anspannung verursacht hatte, aber er wollte es nicht. Die Luft war deutlich kühler geworden, und es kam ihm vor, als wäre es Nacht, obwohl er wusste, dass es erst kurz nach der Morgendämmerung war. Er musste nicht erst etwas sehen, um zu wissen, was kommen würde.

Adam konnte nur den Kopf schütteln. Ihr würde etwas zustoßen. Er hatte sie ihrem Schicksal übergeben.

Einem Schicksal, das, wie er jetzt befürchtete, sie alle ereilen würde.

VIII

Missy hatte das Gefühl, als würde sie ersticken, sie konnte keinen einzigen normalen Atemzug machen. Verzweifelt versuchte sie, die schreckliche Gewissheit zu ignorieren, die unaufhaltsam in ihr aufstieg. Phoenix war tot. Sie brachte es nur nicht fertig, es zu glauben, nicht bevor sie es nicht mit ihren eigenen Augen gesehen hatte, nicht nachdem sie hatte mit ansehen müssen, wie ihr kleiner Bruder gestorben war. Noch nie hatte sie einen vergleichbaren Schmerz gespürt. Alles, was ihr wichtig gewesen war, war ihr entrissen worden, alles, was ihr jemals etwas bedeutet hatte.

Sie schaute sich nicht noch einmal um, als sie Gas gab und die Straße entlangjagte, zwischen gähnenden Kratern hindurch und an herumliegenden Trümmern vorbei, während der Schatten des Turms sie verschlang. Die Kälte wurde immer schlimmer, doch sie spürte es nicht mehr, ihr Gesicht rot von Zorn und Verzweiflung, jeder Muskel in ihrem Körper angespannt. Es spielte keine Rolle, wenn sie die anderen abhängte. Bei ihr zu bleiben kam einem Todesurteil gleich. Je mehr Entfernung sie zwischen sich und die anderen brachte, desto besser für sie. Vielleicht hatten sie dann zumindest eine kleine Chance zu überleben.

Tränen machten ihr die Wangen nass, und ihre Brust wurde von unkontrollierten Schluchzern erschüttert. Sie schrie einfach drauflos, verfluchte Gott, verfluchte das Leben, verfluchte sich selbst. Alles, was sie liebte. Weg. *Alles.* Der einzige klare Gedanke in ihrem Kopf war, Phoenix zu finden, und sie weigerte sich anzuerkennen, dass es nur seine sterblichen Überreste sein würden. Sie musste ihn sehen, und sie wusste, dass ihre Reise damit zu Ende sein würde. Dann konnte das Böse, das dort auf sie lauerte, tun, was immer es wollte.

Seitenstraßen, gezackte Schneisen in den Trümmern, all das zog an ihr vorbei, ohne dass sie auch nur hinschaute. Missy konzentrierte sich voll und ganz auf das drohend aufragende Gebäude vor ihr. Das war der Ort, an dem sie Phoenix finden würde.

Das Brummen des Motors hallte von den Ruinen zu ihr zurück. Feiner Schutt wehte über den Asphalt. Nichts bewegte sich, nicht einmal die Schatten.

Schließlich kam sie an einen Punkt, an dem die immer größer werdenden Trümmer der eingestürzten Gebäude die Straße fast auf der ganzen Breite blockierten, und sie musste abbremsen. Das Licht der aufgehenden Sonne spiegelte sich in dem verbogenen Metall und dem geschmolzenen Glas um sie herum und beleuchtete die Staubwolken, die über den Straßen hingen.

Die Straße öffnete sich wieder, und der Turm ragte zornig vor ihr in den Himmel, so hoch, dass Missy davor aussah wie ein Zwerg. Mit quietschenden Reifen schoss ihr Motorrad vorwärts, und ohne die geringste Vorsicht jagte sie ihrem Ziel entgegen.

Wäre sie nicht so sehr mit ihrem Schmerz beschäftigt gewesen und hätte sie nicht genau in diesem Moment Gas gegeben, hätte sie das Klappern der galoppierenden Hufe gehört, die auf sie zurasten, vorangetrieben von ihren in Umhänge aus Menschenhaut gehüllten Reitern, die an ihren Zügeln rissen. Doch sie merkte nichts davon, denn auf einem Hügel aus zerklüfteten Zementbrocken und geborstenen Ziegeln sah sie einen Sonnenstrahl, der durch die leeren Fenster des Wolkenkratzers auf ein riesiges Kreuz fiel, in dessen Schlagschatten ein menschlicher Körper hing. Herabhängende Haare baumelten leblos vor seiner Brust. Stumm zog das Gewicht der leblosen Hülle an ihren Fesseln und versuchte sich loszureißen und auf den Boden zu sinken.

»Phoenix!«, schrie sie, als die Pferde der albtraumhaften Reiter sich mit wirbelnden Vorderhufen hinter ihr aufbäumten und ihr den Rückweg versperrten.

BUCH NEUN

I

IN DEN RUINEN VON DENVER, COLORADO

Die immer schlechter werdende Straße hatte Missy gezwungen, ihr Tempo zu verlangsamen, was Adam etwas Zeit verschafft hatte, ein Stück Boden gutzumachen, aber jetzt, da er selbst an dem chaotischen Nadelöhr angelangt war, verlor er die wenigen kostbaren Meter wieder. Alles, was er von ihr sah, war ein dunkler Haarschopf, der immer wieder kurz zwischen den Trümmerhaufen auftauchte, während sie sich durch die Ruinen schlängelte. Er betete, dass er sie einholen würde, bevor sie den schwarzen Herrschaftssitz erreichte. Sie konnten es sich nicht erlauben, blindlings in das hineinzurennen, was zweifellos eine Falle war. Sie mussten innehalten und planmäßig vorgehen. Keiner von ihnen wusste, was dort auf sie wartete, klar war lediglich, dass sie nur dann vielleicht eine Chance hatten zu bestehen, wenn sie zumindest ein Stück weit vorbereitet waren. Sich kopfüber in die offenen Arme des Feindes zu stürzen war der sichere Selbstmord.

Der Schatten des Gebäudes ergoss sich über ihn wie ein Schwall eiskalten Wassers. Jedes einzelne Haar an seinem Körper stand kribbelnd zu Berge. Die Zeit, um Pläne zu fassen, war vorbei. Ihnen blieb nichts anderes mehr übrig, als mit dem Blatt zu spielen, das sie auf der Hand hatten. Die Schlacht würde jeden Moment beginnen.

Adam fuhr um eine letzte Lawine aus Trümmern herum, dann lag die Zielgerade vor ihm. Missy war nur hundert Meter entfernt und raste auf den großen Vorplatz zu Füßen des Turms zu, auf dem er ein großes Kreuz erkennen konnte, das aus einem Schutthügel ragte. Wenn es noch irgendeine Möglichkeit gab, sie einzuholen, dann jetzt.

Das Hinterrad brach aus, als er Gas gab, und das Jaulen des Motors hallte aus allen Richtungen wider, als er die Maschine vorwärtsjagte …

Von links und rechts näherten sich zwei Schatten, die wie durch Zauberei aus den verlassenen Seitenstraßen aufgetaucht waren.

Das Geschehen um ihn herum schien sowohl im Zeitraffer als auch in Zeitlupe abzulaufen. Verschwommen sah er etwas Weißes, knöcherne Beine, die durch die Luft wirbelten, darüber ein schwarzes Flattern, doch seine Reflexe waren wie die einer Schnecke, und die Wirkung der Bremsen schien sogar noch langsamer einzusetzen. Es blieb keine Zeit, um die anderen zu warnen. Die schattenhaften Formen waren wie aus dem Nichts aufgetaucht, und jetzt blockierten sie die Straße und verbargen Missy vor seinem Blick. Es waren Pferde – Pferdeskelette – ohne Fleisch, und doch irgendwie so lebendig, wie Kriegs Reittier es gewesen war. Das eine hatte einen langen Schwanz, der aussah wie die Schleppe eines Hochzeitskleids, aus Stacheldraht gefertigt, der den Asphalt in Stücke riss, das andere hatte einen langen Krokodilschwanz, der kaum sichtbar, so schnell waren die Bewegungen, hin und her zuckte. Alles außer ihren Köpfen war von einem grob zusammengenähten Überwurf bedeckt. Die Reiter trugen Kutten aus demselben lederartigen Material und hielten sich an ihren Reittieren fest, während die Pferde ihre Hufe durch die Luft wirbeln ließen. Einer der beiden Reiter war ein ganzes Stück größer als der andere. Seine Hände hatte er in der Stachelmähne vergraben, die aus der Halswirbelsäule des Tieres wuchs und den Überwurf durchstochen hatte. Wild schüttelte es mit gebleckten Zähnen und glühenden Augen seinen knöchernen Schädel auf und ab. Der kleinere der beiden Reiter hielt eine lebendige Mähne aus Hunderten von Schlangen umklammert, die sich ihrerseits um die knöchernen Handgelenke der Kreatur wickelten. Die Augen seines Pferdes sahen aus, als wären sie flüssig, von keiner festen Form.

Die Gesichter der Reiter konnte Adam nicht sehen. Sie waren tief in den Schatten ihrer Kapuzen verborgen.

Sein Motorrad kam quietschend zum Stehen und brach seitlich aus, bevor Adam es wieder aufrichten konnte. Er schaute hinter sich und sah, wie auch die anderen Maschinen über das lose Geröll rutschten, bis die Reifen endlich auf dem darunterliegenden festen Asphalt griffen.

Als er seinen Blick wieder den grässlichen Bestien zuwandte, schlugen ihre Vorderhufe gerade krachend auf den Boden, sodass die Erde erzitterte wie unter einem Erdbeben und das Geräusch widerhallte wie ein Explosionsknall. Immer noch schüttelten sie ihre Schädel, während ihre Reiter sie einmal im Kreis gehen ließen, bis sie schließlich stehenblieben und mit ihren massigen Körpern die mit Schutt bedeckte Straße versperrten. Adam spürte die Blicke, mit denen nichtmenschliche Augen ihn unter den Kapuzen hervor anstarrten, doch keiner der Reiter bewegte sich.

»Was sollen wir jetzt tun?«, fragte Evelyn.

Adam schüttelte nur schweigend den Kopf aus Angst, jedes Geräusch könnte den bevorstehenden Angriff auslösen; er wagte es nicht, den Blick von den beiden Reitern zu wenden für den Fall, dass das genau die Gelegenheit war, auf die sie warteten. Andererseits konnten sie nicht den ganzen Tag lang so ausharren. Missy war ganz allein irgendwo hinter diesen Kreaturen, und Gott allein wusste, was dort über sie hereinbrechen würde.

Sonnenlicht glitzerte auf dem zuckenden Krokodilschwanz und der stacheligen Mähne, während der fürchterliche Dornenschweif des anderen Pferdes in einer nicht vorhandenen Brise hin und her wogte.

Würden sie sich weiter ruhig verhalten, oder warteten diese Ungeheuer nur darauf, dass sie den ersten Schritt machten?

Adam fühlte sich nackt ohne das Gewehr, das über Rays Schulter hing, der hinter ihm saß. Ray und er hatten lediglich ein einziges Gewehr, und die anderen waren gänzlich unbewaffnet: zwei Männer, einer davon blind, zwei Frauen und ein kleiner Junge. Sie schienen in der Überzahl zu sein, aber diese Reiter strahlten eine beängstigende, düstere Kraft aus.

Worauf warteten sie?

Adam stieß Ray kurz an, und sie stiegen ab. Vollkommen still lag die Straße um sie herum da, nur ab und zu ertönte das ungeduldige Aufstampfen eines Hufes.

»Versteck dich in den Ruinen«, flüsterte Adam Ray zu, ohne die Reiter eine Sekunde aus den Augen zu lassen. »Ziel auf den Großen. Beim ersten Anzeichen eines Angriffs schießt du.«

Ray antwortete nicht, aber Adam hörte, wie seine Schritte über zerbröckelten Asphalt und Mörtel schlurften, während Ray auf den Rand der Straße zulief. Dann spürte er, wie Evelyns kalte, zitternde Hand in die seine glitt, und hielt sie fest.

»Jill«, sagte Adam etwas lauter. Beim Klang seiner Stimme schüttelten die Skelettpferde sofort ihre Schädel und stampften ungeduldig mit den Hufen. »Ich möchte, dass du und Jake euch an einem sicheren Ort versteckt.«

»Und was ist mit euch?«, flüsterte sie zurück.

»Tu es!«, zischte Adam.

Wieder ließen die Reiter ihre Pferde steigen, mit einem Geräusch wie von einem Schrei schnitten ihre Hufe durch die Luft.

Hinter dem gezackten Rand eines geborstenen Betonbrockens züngelten Flammen aus Rays Augen, und er legte seinen Zeigefinger auf den Abzug des Gewehrs, das er in seinen zitternden Händen hielt.

Der kleinere der beiden Reiter ließ ein fürchterliches Kreischen hören, das sich allmählich in ein tiefes Summen verwandelte.

Wieder schlugen Hufe auf den Boden, und von dort, wo sie auftrafen, breiteten sich Risse in alle Richtungen über den Asphalt aus. Zwei Totenschädel fuhren herum und starrten sie an.

Adam drückte noch einmal Evelyns Hand, dann ließ er sie los.

Mit einem Wiehern, das klang wie der Todesschrei eines Erstickenden, preschten die Pferde vorwärts.

Ein donnerndes *Peng* hallte von den Ruinen der eingestürzten Gebäude um sie herum wider, und die Schlacht begann.

II

Noch im Fahren sprang Missy von ihrem Motorrad, das auf der Seite liegend in den Schutthaufen rutschte. Sie fiel hin, und der Beton biss in ihre Handflächen und Knie, aber sie fühlte die Abschürfungen gar nicht. Sie taumelte einfach vorwärts, kletterte den Schutthaufen hinauf und hinterließ blutige Abdrücke, wo ihre Hände die scharfkantigen Brocken berührten.

Sie konnte nicht atmen. Ihr Puls hämmerte so heftig in den Schläfen, dass sie alles verwackelt sah, und dennoch hatte sie das Gefühl, ihr Herz hätte aufgehört zu schlagen. Die Welt um sie herum versank hinter einem Schleier, und das Einzige, was noch zählte, war der von dem schräg einfallenden Sonnenstrahl beleuchtete Körper über ihr.

»O Gott«, schluchzte sie, als sie schließlich auf Händen und Knien kriechend das Kreuz erreichte, genau auf Augenhöhe mit einem verrosteten Stück Betonstahl, von dem das Blut aus den beiden Füßen tropfte, die damit durchbohrt worden waren. »Nein, nein, nein, nein, nein …«

Missy legte ihre zitternden Hände um Phoenix' Fersen und versuchte sanft, sie nach vorn zu ziehen. Zerschmetterte Knochen knackten, doch die Füße bewegten sich nicht.

»Helft mir!«, schrie sie über ihre Schulter. Sie stand auf, fasste Phoenix um die Hüfte, Gesicht und Schulter auf die freiliegende Bauchmuskulatur gepresst, auf der das langsam gerinnende Blut schimmerte, und versuchte ihn anzuheben, um seine Arme zu entlasten. »Irgendjemand! Bitte! Helft mir doch!«

Er war kalt. So kalt.

Missy schaute hinauf in Phoenix' Gesicht. Seine langen Haarsträhnen waren zu karmesinroten Klumpen verkrustet, sein Gesicht kalkweiß. Tiefe Schnitte verliefen kreuz und quer über Wangen und Stirn, und seine rosafarbenen Augen starrten leer auf sie hinunter, das Weiße darin nun ein wässriges Hellrot. Die geschwollenen, aufgeplatzten Lippen hingen in Fetzen, und darunter schauten die abgebrochenen Schneidezähne hervor. Der ganze Mund war eine einzige blutverschmierte Wunde.

»Nein!«, brüllte sie mit seinem Gewicht auf ihren Armen. Blut tropfte auf ihren Kopf. »Bitte, Gott! Hilf mir!«

Missy verlor das letzte bisschen Kontrolle, das sie noch hatte. Heulend schüttelte sie den Kopf, hob, riss und zog. Mit einem feuchten Schmatzen glitten Phoenix' Hände auf den Nägeln ein Stück vorwärts. Missy zog, und seine Hände kamen frei, Phoenix' Rumpf klappte vornüber und warf sie nach hinten um. Die scharfkantigen Schuttbrocken bohrten sich in ihren Rücken, doch Missy schaffte es, sich aufzusetzen, dann zog sie an Phoenix' Hüfte, woraufhin sich auch die Füße mit einem knackenden Geräusch von dem Kreuz lösten.

»Wach auf, Phoenix!«, schrie sie, während sie ihn von sich herunterrollte. Sie beugte sich ganz dicht über ihn, bis ihr Mund nur noch Zentimeter von dem seinen entfernt war, und betete, sie möge seinen Atem auf der empfindlichen Haut auf ihren Lippen spüren, und sei es auch nur der kleinste Hauch. Doch seine Augen starrten durch sie hindurch, die Lider halb geschlossen und blutverkrustet, die Höhlen zwei große, violette Blutergüsse. »Bitte ... wach auf.«

Ihre Worte wurden zu einem klagenden Stöhnen, schließlich brach Missy über ihm zusammen, schlang ihre Arme um ihn und presste ihn an sich. *So kalt.* Sie lagen Wange an Wange, Herz an Herz. Zwei Herzen, die nie wieder gemeinsam schlagen würden.

»Nimm ihn mir nicht weg«, schluchzte sie, ihre Hände zu Fäusten verkrampft, während das Geröll darunter sich in ihre Knöchel und Handrücken schnitt. »Er ist alles, was ich habe. Bitte, Gott … Ich liebe ihn. Bitte …«

Der himmlische Lichtstrahl, der durch das Gebäude hindurch auf ihn gefallen war, verschwand. Ein eiskaltes Schaudern durchflutete sie. Missy hob den Kopf, küsste ihn sanft auf die erstarrten Lippen, dann wanderte ihr Blick an dem schwarzen Turm entlang hinauf in den Himmel. Sie sah zwei blutrote Augen, die sich vor einer schwarzen Silhouette abhoben und in die ihren starrten. Es waren diese Augen, von denen die Kälte ausging.

»Komm!«, kreischte sie, richtete sich mühsam auf und fasste Phoenix unter den Achseln. Eine Blutspur hinter sich herziehend, hob sie ihn hoch und zog ihn den rutschigen Hügel hinunter, weg von dem Kreuz. Wankend zog sie ihn weiter, bis sie den Fuß des Hügels erreichte, dann hinaus auf den Vorplatz, über den Bordstein und auf die Straße.

Hinter ihr donnerte ein Schuss und übertönte ihr Schluchzen. Unbeirrt zog Missy Phoenix weiter, weg von dem verdunkelten Kreuz.

Das Klappern galoppierender Hufe erschallte wie Donner.

Ein weiteres *Peng!*, gefolgt von einem Schrei, der nicht wie der eines Menschen klang.

Missy zog Phoenix hinter eine Asphaltscholle, die aus dem Boden ragte wie ein teerschwarzer Grabstein. Sie kniete sich über ihn und streichelte seine Wange, merkte nichts von dem Chaos hinter ihr oder den wilden roten Augen, die sie von dem Turm herab beobachteten. Phoenix' Wunden gaben nach unter der Berührung ihrer Fingerspitzen, doch kein Blut quoll heraus. Ihre Tränen fielen auf sein bleiches Gesicht. Endlich schloss sie seine Augen, dann brach sie über ihm zusammen und hielt ihn, so fest sie nur konnte. Sie würde ihn nie wieder loslassen.

Ihre Schultern bebten, und Missy weinte haltlos.

Die Welt um sie herum wurde erschüttert von Schreien.

III

Die erste Kugel flog zischend über Evelyns Schulter und traf das Pferd des größeren der beiden Reiter in den Kiefer. In einer Explosion von Knochen flogen Zähne und Splitter über den Asphalt. Wild schüttelte die Bestie ihren Kopf und drehte sich in ihre Richtung. Von ihrer Schnauze war nur noch ein gähnendes Loch übrig, aus dem dreieckige Knochensplitter ragten wie aus dem Maul eines Blutegels. Der zweite Schuss durchschlug das Stirnbein oberhalb des rechten Auges, und der Schädel zerplatzte. Die kopflose Halswirbelsäule peitschte auf und ab, dann knickten die Vorderläufe ein. Mit den Hinterläufen versuchte das Biest, sich wieder aufzurichten, doch stattdessen schob es den leblosen Vorderkörper nur über den Asphalt, den nackten Hals neben sich herziehend. Der Reiter sprang von seinem Rücken, während das Skelettpferd hinter ihm in seinen Todeszuckungen lag.

Bewegungslos stand die verhüllte Gestalt keine drei Meter entfernt vor ihr.

Evelyn hörte noch mehr Schüsse, und aus dem Augenwinkel sah sie, wie die Bewegungen am Rand ihres Gesichtfelds immer hektischer wurden, doch wagte sie es nicht, ihren Blick von der Gestalt vor ihr loszureißen, deren Gesichtszüge immer noch in Dunkelheit gehüllt waren.

Wie in Zeitlupe schoben sich zwei glatte, elfenbeinfarbene Hände unter den weiten Ärmeln hervor und fassten hinauf zum Kopf, legten sich auf die Kapuze und zogen sie zurück.

Evelyn schnappte nach Luft, als sie das Gesicht erblickte. Unwillkürlich taumelte sie mehrere Schritte zurück. Ihr Gegner schien aus Perlmutt zu bestehen, alle Konturen glatt und glänzend. Selbst seine Augen waren weiß. Den einzigen Kontrast bildeten die unter seiner Porzellanhaut pulsierenden Blasen, die den Eindruck erweckten, als würde sein Blut kochen. Das Ding verzog keine Miene, aber Evelyn konnte den kalten Hass, der ihr entgegenschlug, deutlich spüren.

Peng!

Noch ein Schuss, der hinter ihr abgefeuert worden war. Rechts von ihr schrie etwas auf.

Hunger machte einen Schritt auf sie zu, und Evelyn hörte ein *Klick* von der Stelle, an der Ray hinter den Trümmern in Deckung gegangen war. *Klick. Klick. Klick.*

Evelyn suchte den Boden zu ihren Füßen nach irgendeiner Art von Waffe ab, doch sie sah nur zerborstene Ziegelsteine. Sie packte einen der scharfkantigen Brocken und schleuderte ihn auf die näher kommende Kreatur, doch das Wurfgeschoss prallte ohne die geringste Wirkung von ihrer Brust ab.

»O mein Gott«, flüsterte sie und begann zu rennen, aber Hunger war zu schnell.

Zwei Fäuste schlugen gegen ihre Brust, packten ihr T-Shirt und hoben sie vom Boden. Mit allem, was sie hatte, schlug Evelyn immer wieder auf ihn ein, gegen Schienbeine und Knie. Falls sie ihm damit irgendwelche Schmerzen zufügen sollte, zeigte er es nicht, sondern starrte sie nur ausdruckslos an. Evelyn war außer sich vor Panik und schlug mit ihren Fingernägeln nach seinem Gesicht, doch die Haut war so hart, dass ihre Nägel sich lediglich nach hinten umbogen. Selbst die glatten, weißen Augen schienen immun gegen ihre Angriffe.

Sie schaute nach rechts in der Hoffnung, Adam würde ihr zu Hilfe eilen, doch der kleinere der beiden Reiter kniete bereits auf ihm und hielt ihn am Boden fest. Alles, was sie unter dem flatternden Umhang sehen konnte, waren Adams erhobene Arme, mit denen er versuchte, seinen Angreifer abzuwehren.

Sie würden sterben. Sie hatten es bis hierher geschafft, nur um dann zu versagen.

Hungers Hände verlagerten ihren Griff, wie Spinnen krochen sie nach oben zu ihrem Hals. Evelyn wusste: Wenn sie ihr Ziel erreichten, wäre alles vorbei.

Sie packte Hungers Schädel, presste ihre Finger auf seine Schläfen und drückte mit den Daumen in seine Augenhöhlen, so fest sie nur konnte, doch ebenso gut hätte sie versuchen können, einen Stein mit bloßen Händen zu zerquetschen. Die grässlichen Hände kamen ihrem Hals immer näher. Sie schrie und drückte mit aller Kraft zu.

Immer noch in der Luft baumelnd, spürte sie, wie der Griff um ihre Kehle fester wurde. Sie bekam keine Luft mehr. Verzweifelt versuchte sie zu atmen, doch nicht das kleinste bisschen Sauerstoff erreichte ihre Lunge. Evelyn ließ von Hungers Augen ab und grub ihre Finger unter die seinen, riss dabei ganze Fetzen aus ihrer eigenen Haut. Die Haut an seinen Händen war ebenso undurchdringlich wie die in seinem Gesicht, unter der die Blasen jetzt noch wilder durcheinanderwirbelten und über die Arme bis in seine Fingerspitzen wanderten, die daraufhin nur noch fester zuzudrücken schienen.

Evelyn sah rote Punkte am Rand ihres Gesichtsfeldes, die sich wie Amöben langsam ins Zentrum bewegten, auf der Flucht vor einer sich immer enger um sie zusammenziehenden Dunkelheit, die Evelyn die Sicht raubte wie der Ringverschluss einer Kamera. Ihr Herz schlug wie wild, und ihr Brustkorb zuckte. Finger und Zehen begannen zu kribbeln. Evelyn schloss die Augen, um den Schmerz zu unterdrücken, riss und zerrte an den Fingern um ihren Hals in dem verzweifelten Versuch, doch noch loszukommen.

Ich werde sterben. Das war ihr letzter bewusster Gedanke, bevor sie sich ihrer rasenden Panik vollends hingab.

Sie würgte in dem Versuch, endlich Luft zu bekommen, doch nichts geschah. Den Mund weit aufgerissen, zuckte ihre Zunge wild hin und her, während ihre Augen aus den Höhlen zu treten drohten. Evelyn schoss Blicke in alle Richtungen, ob von irgendwoher Hilfe kam, doch sie sah nichts. Niemanden. Das Einzige, was sie noch sehen konnte, waren ihre Unterarme an ihrem eigenen Hals, Sehnen und Adern traten hervor in dem Versuch, sich gegen ihren perlmuttfarben schimmernden Angreifer zu wehren, der sie immer noch mit demselben ausdruckslosen Gesicht anstarrte.

Plötzlich ließ die Spannung in ihren Armen sichtbar nach, und Dunkelheit schloss sich um sie. Ihre Adern traten noch stärker hervor, pulsierten im selben Rhythmus wie das Schwarz vor ihren Augen und verfärbten sich zu einem kränklichen Grün, das von Sekunde zu Sekunde kräftiger wurde, bis ihre Venen leuchteten wie Smaragde.

IV

Adam wollte nach Evelyns Hand greifen, doch etwas Tödliches flog pfeifend zwischen ihnen hindurch, dann hörte er das Knallen eines Gewehrschusses. Er schaute nach rechts und sah, wie das rechte Auge des Pferds des kleineren Reiters aufspritzte wie ein Teich, in den ein Kind einen Stein geworfen hatte. Eine zweite Fontäne schoss auf der anderen Seite des Schädels heraus. Schwankend versuchte das Skelettpferd, das Gleichgewicht zu halten, während ein schwarzer Sturzbach sich aus den zerplatzten Augen ergoss. Die Vorderläufe knickten weg, und mit dem Geräusch brechender Rippen schlug das Tier krachend auf den Asphalt, versuchte aber sofort wieder auf die Beine zu kommen. Die verhüllte Gestalt sprang von seinem Rücken, als kümmerte sie der Todeskampf ihres Reittiers nicht, und schaute ihn an.

Der Kopf zuckte plötzlich nach hinten, und die Kapuze wurde zurückgeschlagen.

Ein weiterer Schuss hallte durch die verwüsteten Straßen.

Die Kreatur schien getroffen worden zu sein. Aufrecht stand sie da mit dem Kopf zwischen den Schulterblättern baumelnd. Das Genick war offensichtlich gebrochen, doch das Ding schwankte nicht einmal.

Adam wollte Evelyn gerade zu Hilfe eilen, als er sah, wie der Reiter sich bewegte. Der Kopf zuckte nach vorn, zurück an seinen Platz. Braune, trockene Haut spannte sich über ein allem Anschein nach weibliches Skelett, ein paar Büschel langen, schwarzen Haares hingen von dem ansonsten kahlen Schädel herab. Die Kreatur war vollkommen ausgezehrt, die in pergamentartigen Fetzen von den

Wangenknochen hängende Haut gab den Blick auf Oberkieferknochen und Zähne frei wie bei einer Mumie. Obwohl sie in ihrem Umhang größer wirkte, konnte sie kaum mehr als einen Meter fünfzig sein …

»Thanh?«, flüsterte Adam. Er blickte noch einmal nach rechts, als ihm plötzlich klarwurde, dass der große, weiße Reiter sein ehemaliger Kamerad Kotter sein musste. Was war nur in diesen Höhlen mit ihnen passiert? Jesus Christus! Sie waren seine Kameraden, seine Freunde gewesen. Wie konnten sie …?

Ein Bild blitzte vor seinem inneren Auge auf. Vier Silhouetten, die auf einem Felsenkamm oberhalb des Höhlensystems von Ali Sadr stehen und hinunter auf die Ebene vor ihnen schauen, bis der von den Hinterreifen des Lastwagens aufgewirbelte Staub sie wieder verschlingt.

Gütiger Gott. Sie hatten überlebt, aber nicht als die, die in das schwefelhaltige Wasser der Höhle gestiegen waren. Als etwas vollkommen Anderes waren sie wieder herausgekommen.

Als Adam wieder nach vorn schaute, stand Pest direkt vor ihm und musterte ihn mit ihren vertrockneten Augäpfeln, die wie Rosinen lose an den Enden der Sehnerven in den gähnenden Höhlen hingen.

»Thanh … Was ist mit dir geschehen?«

Sie machte keine Anzeichen, dass sie ihn wiedererkannte. Ihre dünnen, brüchigen Lippen waren zurückgezogen, ihre Zähne auf ewig gefletscht, und bräunliche Knochen schienen durch die pergamentartige Haut.

»Thanh. Erinnerst du dich nicht …?«

Ihre Hände zuckten nach vorn wie Blitze und packten ihn mit solcher Kraft, dass die knochigen Finger Stoff und Haut durchstießen und die spitzen Kuppen nach den darunterliegenden Muskeln griffen. Zuerst spürte Adam eine Kälte, als hätte sie ihn mit Eiszapfen durchbohrt, doch das Gefühl verwandelte sich schnell in einen Schmerz, der brannte wie Feuer.

Adam schlug ihre Hände weg und presste seine Handflächen auf die Wunden. Er konnte die Hitze sogar in seinen Händen spüren, obwohl die Wunden nicht bluteten. Die kreisrunden Einstiche warfen Falten und schlossen sich wieder. Er spürte, wie die Haut spannte, dann stieg ihm ein Geruch in die Nase wie von verfaulendem Fleisch, ein Geruch, den er nur zu gut kannte: Wundbrand. Aber das war unmöglich. Die Wunden konnten sich nicht in so kurzer Zeit entzündet haben. Eine derartige Infektion dauerte mindestens mehrere Tage. Es war ausgeschlossen, dass …

Ihre dünnen Finger gruben sich in die Haut an seinen Hüften, und ihr Kopf schoss vorwärts, die Zähne weit aufgerissen, um sich in das Fleisch über seinem Nabel zu graben. Adam schrie auf und taumelte rückwärts, stolperte und fiel flach auf den Rücken. Thanh war immer noch über ihm, zerrte an seinem Fleisch, bis sie schließlich losließ und aufrecht auf seinen Beinen saß. Ein Fetzen Haut hing aus ihrer blutverschmierten Mundöffnung.

Adam brüllte und zuckte, doch Pest stürzte sich bereits auf seine Oberschenkel. Ihre Skelettfinger durchstießen die Haut wie Skalpelle und bohrten sich in das darunterliegende Gewebe. Ein Schmerz von einer Intensität, wie er sie nie für möglich gehalten hätte, explodierte in seinem Bauchraum, und Adam presste beide Hände auf seinen Nabel, das Gesicht zu einer Schmerzensfratze verzerrt. Es fühlte sich an, als würden seine Eingeweide sich nach außen stülpen und die ätzende Magensäure über seine nackten Därme strömen. Die Infektion breitete sich mit übernatürlicher Geschwindigkeit aus und fraß ihn bei lebendigem Leibe von innen her auf.

Zitternd vor Schmerz warf Adam den Kopf in den Nacken und schrie.

Eine unglaublich kalte Hand packte seine Stirn, und spitze Knochen gruben sich in seine Haut wie Angelhaken. Sofort setzte ein brennender Schmerz ein, der jedoch nichts war im Vergleich zu dem Druck, der sich gleichzeitig in seinem Schädel aufbaute. Die Blutgefäße in seinem Gehirn wölbten sich und schwollen an wie bei einem akuten Aneurysma. Wenn nur ein einziges von ihnen platzte, würde er innerlich verbluten.

»Runter von mir!«, brüllte er, doch Pest hatte sich festgesetzt wie ein Parasit.

Adam warf sich panisch von einer Seite auf die andere, doch es nutzte nichts, jede Bewegung ließ lediglich sengende Blitze durch das Schmerzzentrum seines Gehirns zucken.

Er war wie am Boden festgenagelt, während sich der Tod in seinem Inneren ausbreitete.

Hinter sich hörte er etwas klicken. *Klick. Klick. Klick.*

Adam hämmerte gegen Pests Brust, mit dem einzigen Effekt, dass ihre Fingerspitzen an seiner Schädelhaut rissen, als wollte sie ihn skalpieren.

Er würde sterben.

Verzweifelt hob er die Hände und packte ihren Schädel, versuchte ihn herumzureißen, ihr den Kiefer zu brechen oder das Genick, irgendetwas. Dünne Rauchschwaden stiegen von den Stellen auf, an denen seine Finger ihre Haut berührten. Pest schrie auf und riss ihren Kopf nach hinten, erstickte die winzigen Flämmchen, die aus ihrem vertrockneten Fleisch züngelten. Moskitos krochen aus ihrem Mund und bedeckten ihr Gesicht wie eine Maske.

Adam spürte, wie ihre Klauen ihren Griff lockerten. Das war die Gelegenheit.

Er packte erneut ihren Schädel, doch dann explodierte ein weiterer Schmerz in seinem Unterschenkel. Etwas zerrte an seinem Wadenmuskel.

Adam schrie.

V

Der Moment des Triumphs stand kurz bevor.

Tod kostete jede Sekunde davon voll aus. Bald wären auch die letzten Überlebenden tot, und die Erde würde ihm gehören. Nichts konnte ihn jetzt noch aufhalten. Nicht Gott. Nicht dieses jämmerliche Bündel Fleisch, das Er als seinen Krieger erwählt hatte. Nicht diese zerbrechlichen Menschen, die darauf warteten, dort auf der Straße, Hunderte von Metern unter ihm, hingeschlachtet zu werden. In nur wenigen Minuten würde die letzte Schlacht vorüber sein und er sich als der endgültige Sieger über alle erheben.

Und dennoch gab es etwas, das nach wie vor an ihm fraß.

Der Junge. Sein Tod war zu leicht gewesen. Es war mehr als die Befriedigung, dieses Kind zu foltern und zu töten, die er vermisste. Es hatte keinen Kampf gegeben, eher ein stilles Einvernehmen, als hätte der Junge sich ihm freiwillig geopfert. Es war falsch. Alles. Der Junge hatte kein Anzeichen gezeigt, dass er irgendeine Macht besaß, nur die Vergänglichkeit des Fleisches. Er hätte Tods Gegenspieler sein sollen.

Tod musste vorsichtig sein, nichts als selbstverständlich hinnehmen. Tief in seinem schwarzen Herzen wusste er, dass er Gott überlisten konnte, aber es würde nicht einfach werden. Mit Sicherheit würde noch mehr kommen, doch er war bereit. Er konnte es sich nicht leisten, sich überraschen zu lassen. Also beobachtete er sie von hier oben, verfolgte jede einzelne ihrer Bewegungen.

Als dieses eine Mädchen die Falle, die er ihnen mit Pest und Hunger gestellt hatte, einfach durchbrach, hatte er für einen Moment geglaubt, dass mit ihr zu rechnen sei, doch als sie den gekreuzigten Leichnam des Jungen sah, war sie einfach zusammengebrochen. Ihr Zorn und ihr Schmerz waren von beachtlicher Kraft gewesen und verströmten spürbare Wellen von Raserei, doch Tod merkte schnell, dass sie keinerlei Bedrohung war. Sie wollte lediglich den Leichnam vom Kreuz nehmen. Sie hatte ihn sogar gesehen, oben auf seinem Turm, und angsterfüllt den Blick abgewendet.

Die anderen schienen zumindest bereit zu kämpfen, doch seine Reiter machten sie allzu leicht nieder. Hunger hatte die Frau an der Kehle gepackt und würde bald alles Leben aus ihr herausquetschen, während Pest kurzen Prozess machte mit einem Mann, der so viel größer war als sie selbst. Es waren noch drei mehr, doch die hatten sich feige in ihre Verstecke verkrochen. Der eine hatte sogar eine Waffe, doch keine irdische Waffe konnte seinen Geschwistern etwas anhaben.

Ein weiteres Kind war bei ihnen, kleiner, jünger. War es möglich, dass er sich in dem gekreuzigten Jungen getäuscht hatte, dass dieses andere Kind sein eigentlicher Feind war? Nein. Er war sicher, dass er den richtigen Jungen getötet hatte. Doch warum hatte er sich nicht mit aller Macht gewehrt?

Warum hatte er nicht gekämpft?

Diese Frage ließ ihn einfach nicht los.

Tod warf den Kopf in den Nacken, sein Brustkorb blähte sich auf, dann schleuderte er ein Fauchen gen Himmel, das knisterte und zischte wie eine Hochspannungsentladung. Ein Schlüsselelement fehlte, und das machte ihn rasend.

Als er wieder nach unten blickte, konnte er weder das Mädchen noch den Leichnam sehen, den sie mit sich geschleppt hatte. Ein Anflug von Angst überkam ihn, ein Gefühl, das er noch in keiner seiner vielen Inkarnationen gespürt hatte, doch als er den schwarzen Haarschopf des Mädchens schließlich hinter einem aus der Straße ragenden Brocken Asphalt hervorlugen sah, schob er es wieder beiseite. Der Leichnam war mit Sicherheit bei ihr. Die Angst war vorüber, doch allein die Tatsache, dass er sie überhaupt gespürt hatte, beunruhigte ihn.

Verbergt uns vom Angesicht dessen, der da sitzet auf dem Thron, flüsterte eine Stimme aus der Vergangenheit in seinem Kopf, eindringlicher als noch zuvor.

Tod hielt inne. Diese Stimme dürfte gar nicht mehr existieren. Sie gehörte zu einem längst vergangenen Leben, dem Leben eines Menschen, und doch hatte er sie gehört.

Es musste enden, jetzt.

Nichts konnte seine Thronbesteigung noch gefährden. Er würde über die Erde herrschen. Als Gott herrschen. Gott.

Furchtbar wird der Herr gegen sie sein, denn er wird alle Götter der Erde hinschwinden lassen, sagte die Stimme, lauter jetzt, mutiger.

Tod stieß ein weiteres Fauchen aus, und der Himmel donnerte. Er schlug auf seine Brust ein, wieder und wieder, seine Klauen zerfetzten den Schuppenpanzer und schnitten in sein eigenes Fleisch. Mit dem Schmerz kam die Konzentration, die Stimme verstummte, und seine Wut steigerte sich zu einem frenetischen Crescendo.

Blut quoll aus seiner pumpenden Brust, und Tod wandte sich wieder dem Geschehen unter ihm zu wie ein römischer Kaiser den Gladiatoren in der Arena. In weiter Ferne glaubte er ein Lachen zu hören.

VI

Jill konnte es nicht ertragen, noch länger zuzuschauen. Wer immer diese verhüllten Monster sein mochten, sie töteten ihre Freunde, und es war nur eine Frage der Zeit, bis sie sich auch auf Jake und sie stürzen würden.

Sie blickte hinauf zu dem Turm, an dessen Spitze die schwarze Bestie mit den roten Augen stand. Dann sah sie Jake an, der ebenfalls die Kreatur anstarrte, genau wie er es in seinen Träumen getan hatte. Tränen flossen seine blassen Wangen herunter. Sein ganzer Körper zitterte.

Ein Schrei brachte sie dazu, ihre Aufmerksamkeit wieder auf das Geschehen vor ihr zu richten. Adam lag immer noch auf dem Rücken unter Pest, um deren vertrockneten Kopf eine Wolke aus Rauch und Insekten schwirrte. Adam bog seinen Rücken nach hinten durch und stieß einen weiteren Schrei aus, Blutspritzer flogen aus seinem Mund und fielen klatschend zurück auf sein Gesicht. Pest schien abgelenkt und schlug mit ihren knochigen Fingern auf ihren eigenen Schädel ein. Da sah Jill den Grund für Adams Schmerzensschrei.

»Bleib hier!«, bellte sie Jake zu. »Rühr dich nicht von der Stelle!«

Sie packte ein langes Stück Beton, das aus dem Randstein gebrochen und so groß war, dass sie es mit beiden Händen gerade noch heben konnte, und eilte aus ihrem Versteck hervor.

Adam wand sich immer noch schreiend. Das Knochenpferd, dessen Schädel jetzt mit mehr bespritzt war als dem flüssigen Inhalt des Glaskörpers seiner eigenen geplatzten Augen, war bis zu Adam gekrochen und hatte ihn in den Unterschenkel gebissen. In dem Versuch, ein Stück des Muskels herauszureißen, zerrte es an Adams Bein, um dessen Knöchel sich seine schlangenartige Mähne geschlungen hatte.

Jill stürmte mitten hinein in das Kampfgeschehen und hob den Brocken Beton, so hoch sie konnte. Die Muskeln in ihren Armen und Schultern brannten, und sie schrie vor Anstrengung. Als sie vor dem Biest stand, ließ sie den Betonblock auf seinen Schädel niederfahren. Ein Krachen ertönte, und die gezackten Bruchränder des Bordsteinstücks schnitten in ihre Handflächen. Risse breiteten sich über den freiliegenden Stirnknochen aus, doch Jill hielt sich nicht lange damit auf, den angerichteten Schaden genauer zu inspizieren. Sie hob den Block und schlug erneut zu, immer wieder, bis ihr die Waffe aus den blutverschmierten Händen fiel und sie nach hinten umkippte, nicht einmal mehr in der Lage, ihren eigenen Sturz abzufangen.

Ernters Schädel war zertrümmert, die Schnauze abgebrochen, doch die Zähne steckten immer noch in Adams

Bein. Die Schlangenmähne zuckte hin und her und tastete nach den Knochensplittern, als versuche sie, den Schädel wieder zusammenzusetzen. Dann erzitterte sie und stand noch einmal kurz senkrecht in die Höhe, bevor sie schließlich leblos zu Boden sank. Die Hinterläufe schabten über den Boden, und die Hufe rissen ganze Brocken aus dem Asphalt, bis mit einem letzten Zucken alle Bewegung aufhörte. Obwohl es unmöglich war, sah es aus, als würde sich das ganze Skelett unter seinem eigenen Gewicht durchbiegen, dann zerfiel es zu Staub.

Jill robbte vorwärts. Sie packte die abgebrochenen Stümpfe von Ernters Zähnen, zog sie aus Adams Bein und schleuderte sie beiseite. Blut spritzte aus der Wunde.

»O mein Gott«, keuchte sie, ergriff Adams zitterndes Bein und presste ihre Hände in die Wunde, um den Blutfluss zu stillen. Warm quoll die Flüssigkeit zwischen ihren Fingern hervor. Sie stank nach verwesendem Fleisch.

Hilfesuchend sah sie sich um, während Adam sich immer noch vor Schmerzen wand, die Zähne gefletscht und die Augenlider fest aufeinandergepresst. Hinter ihr kam Ray aus seinem Versteck gerannt, lief auf Hunger zu, der Evelyn immer noch am Hals gepackt hielt, und hob den Kolben seines Gewehrs hoch über den Kopf, bereit zuzuschlagen. Die Flammen, die aus seinen Augen loderten, hüllten beinahe sein ganzes Gesicht ein.

»Adam!«, brüllte Evelyn und schaute ihn an in dem verzweifelten Versuch, irgendwie zu ihm durchzudringen. »Adam!«

Seine Augenlider öffneten sich einen winzigen Spalt breit. Tränen strömten darunter hervor.

»Ich kann das Blut nicht aufhalten! Ich kann …«

Mitten im Satz verstummte Jill. Sie spürte einen scharfen Schmerz auf dem Scheitel ihres Schädels, als hätte jemand einen Nagel durch den Knochen getrieben. Sie schrie, dann wurde ihr gesamter Oberkörper zur Seite gerissen. Es fühlte sich an, als hätten die Zacken einer Harke sich in ihre Kopfhaut gegraben, um sie zu skalpieren. Eisige Nadeln aus Schmerz bohrten sich von innen in ihre Schädeldecke, und der Druck wurde immer stärker, bis sie ihre Augen schließen musste.

Pest zog ihre Finger wieder heraus, und Jill brach zusammen. Ihr Bewusstsein entließ sie in die Dunkelheit, einen Sekundenbruchteil bevor ihr Schädel auf den Asphalt knallte.

VII

Sie war kurz davor, ohnmächtig zu werden. Evelyn wusste, wenn sie es zuließ, würde sie nie wieder aufwachen. Dieses Ding mit der Perlmutthaut, das sie immer noch in der Luft hielt, würde einfach ihren Kehlkopf und die Luftröhre zerquetschen, und das wäre das Ende. Die grünlichen Adern an ihren Unterarmen pulsierten in dem gleichen Rhythmus, mit dem sich ihr Gesichtsfeld verdunkelte, und wurden immer heller, bis sie beinahe leuchteten. Sie blickte in Hungers Gesicht in der Hoffnung, wenigstens für einen kurzen Moment so etwas wie Mitleid darin zu entdecken. Das glänzende Porzellangesicht, das aussah wie eine Totenmaske, schimmerte in demselben Smaragdgrün wie ihre Adern, während Evelyns knallrotes Gesicht sich in den leeren, glänzenden Augen spiegelte.

Evelyn hustete und spürte, wie Sehnen und Muskeln in ihrem Hals langsam nachgaben.

Nein!, schrie es in ihrem Kopf. *Noch nicht! Nicht so!*

Gezackte grüne Linien breiteten sich über Hungers Gesicht aus wie die Reben einer Kletterpflanze, die in Zeitraffergeschwindigkeit wächst. Nicht *über* Hungers Gesicht, sondern darunter. Unter der Kapuze hervor rasten die dünnen Linien über seine Wangen und auf seine Augen zu, wo sie sich mit denen vereinigten, die sich über Stirn und Kinn ausbreiteten.

Eine plötzliche Bewegung hinter der verhüllten Gestalt zog ihre Aufmerksamkeit auf sich. Sie sah etwas Braunes aufblitzen und hörte ein Geräusch, das klang, als würde jemand mit einem Baseballschläger auf eine Autotür einschlagen.

Der Druck an ihrem Hals ließ plötzlich nach, und Evelyn fühlte sich einen Moment lang schwerelos, bis ihre Beine auf dem Boden aufschlugen. Ihre Knie gaben sofort nach, und Evelyn sank zu einem kleinen Häufchen zusammen. Sie rollte sich auf die Seite und saugte gierig die Luft in sich hinein, füllte ihre Lunge mit dem Sauerstoff, den sie so sehr brauchte. Die Dunkelheit zog sich wieder zurück, doch die roten Flecken blieben. Beine und Arme kribbelten und schmerzten, als wäre sie stundenlang im Kofferraum eines Kleinwagens eingesperrt gewesen, und in ihrem Kopf hämmerte ein Schmerz, wie sie ihn noch nicht gekannt hatte.

Sie fühlte sich, als bewegte sie sich in Zeitlupe. Ihr ganzer Körper war vollkommen schlaff. Vor ihr auf dem Boden lag ein geborstenes Stück polierten Holzes, darum herum Splitter. Sie blickte auf und sah, wie die Kreatur zu Ray herumwirbelte, der den Lauf des Gewehrs hoch erhoben hielt wie eine Keule. Hunger schlug mit unglaublicher Geschwindigkeit zu, seine weiße Hand schnellte unter dem Ärmel aus Menschenhaut hervor und krachte mitten in Rays Gesicht. Ray wurde von den Füßen gerissen, das Feuer in seinen Augen erlosch, und er flog rückwärts durch die Luft. Er landete flach auf dem Rücken und rutschte noch ein paar Meter weiter, bis er mit dem Kopf gegen einen der herumliegenden Betonbrocken knallte. Der Gewehrlauf fiel klappernd aus seiner Hand und rollte über den Asphalt.

Er versuchte nicht einmal, wieder aufzustehen.

Hunger fuhr wieder zu Evelyn herum, und sein Umhang wurde aufgewirbelt wie ein Schleier aus flüssiger Dunkelheit, den Gestank des Todes verspritzend. Die grünen Linien hatten sich wieder bis zur Kapuze zurückgezogen und umrahmten sein Gesicht nur noch wie ein fahler Strahlenkranz.

Evelyn schrie auf und humpelte panisch davon. Sie krachte gegen die knöchernen Überreste von Hungers Reittier, stolperte über den in menschliche Haut gehüllten Brustkorb und die hervorstehenden Hüftknochen und fiel schließlich direkt auf den stacheligen Schwanz. Dornen bohrten sich in ihre Seite und ihre Handflächen, als sie versuchte, sich inmitten all der Stacheln wieder aufzurichten.

Hunger kam mit großen Schritten auf sie zu, er glitt förmlich dahin auf seinen Füßen, die unter dem weiten, schwärzlichen Fleischumhang verborgen waren und kaum den Boden zu berühren schienen.

Evelyn suchte den Boden um sie herum nach irgendetwas ab, das sie als Waffe benutzen konnte, sah aber nur den zerbrochenen Gewehrkolben und ein paar größere Betonsplitter, die sie niemals rechtzeitig erreichen würde.

Das war's, dachte sie. *Zeit zu sterben*. Sie schaute hinaus in das verhüllte Gesicht. Schatten verdunkelten die obere Hälfte und ließen nur Kinn und Mund erkennen. Ein Lächeln umspielte den zuvor noch vollkommen ausdruckslosen Mund. Auch Hunger wusste, dass Evelyns Zeit gekommen war.

Etwas kroch ihre Finger entlang und über ihre Handrücken. Ohne hinzusehen, versuchte sie es wegzuwischen, doch es klebte fest, schließlich erreichte das kribbelnde Gefühl ihre Handgelenke, umschlang sie und arbeitete sich die Unterarme hinauf. Evelyn schaute nach unten, und ihr Atem stockte. Die Farbe des trockenen, toten Dornengestrüpps auf Geißels Schwanz hatte sich von einem bräunlichen Gelb zu Grün verändert, das nun an ihrem Körper entlangwuchs und sich in alle Richtungen über den Boden und die herumliegenden Trümmer ausbreitete.

Evelyns Blick schoss wieder zu Hunger, der nun schon fast bei ihr war, sie glaubte, ein kurzes, verunsichertes Zucken in seinem Lächeln zu sehen.

Sie sah wieder nach unten, sah, wie die Ranken sich unter ihm zu einem dichten Geflecht ausbreiteten und mit atemberaubender Geschwindigkeit bis unter den Umhang vordrangen wie Schlangen, die in die Sicherheit ihrer dunklen Grube fliehen. Ihre Arme kribbelten, während ihre Hände den toten Schwanz mit neuem Leben erfüllten. Evelyn dämmerte die naheliegende Erkenntnis, dass sie die Ursache des Phänomens war, wenngleich sie nicht wusste, wie sie es anstellte. Sie betete, dass der Prozess nicht plötzlich aufhören würde.

Die Ranken breiteten sich weiter über ihre Arme und Schultern aus, wuchsen in die Höhe und streckten ihre schlangenartigen Schwänze nach der Sonne. Die Welt um sie herum war in einen grünlichen Schimmer getaucht, der von Evelyn auszugehen schien.

Hunger versuchte, den letzten zwischen ihnen liegenden Meter zurückzulegen, doch er war wie am Boden festgewachsen. Die Ranken seines toten Reittiers schlängelten sich um seine Knöchel und die Beine hinauf, wickelten sich um Hüfte und Rumpf. Von innen schnitten seine Klauen durch den ledrigen Umhang und zerfetzten ihn. Sein ganzer Körper war bereits von dem grünen Zeug umschlungen. Er krallte seine Finger in das Geflecht und riss es auseinander, doch die Löcher wuchsen sofort wieder zu. Hunger konzentrierte sich, und einige der Ranken begannen sich braun zu verfärben und abzufallen, jedoch viel zu langsam, und manche davon erfassten bereits seine Hände und schossen die Arme hinauf. Grüne Adern leuchteten auf seiner Brust und streckten sich über den Hals bis hinauf in sein Gesicht, wo sie aufleuchteten wie smaragdgrüne Blitze, die über seine Augen zuckten und sie zerspringen ließen, als wären sie aus Glas. Klirrend regneten die Splitter auf den Boden zu seinen Füßen.

Evelyn pumpte weiter ihre Lebenskraft in das Dornengestrüpp, das sie aufsaugte wie Wasser und sich bereits über die ganze Straße ausgebreitet hatte. Sie war eins mit diesen Ranken. Mit einem krachenden Geräusch zerbrachen sie das Pferdeskelett neben ihr und zermahlten es zu immer kleineren Splittern und schließlich zu Staub, bis nichts mehr davon übrig war.

Die Reben schlangen sich um Hungers Hals und breiteten sich über sein Gesicht aus. An den Stellen, an denen sie sich festhielten, durchstachen die Dornen seine Porzellanmaske, und das Gestrüpp an seinem Hals zog sich zusammen wie eine Schlinge aus Stacheldraht. So etwas wie Angst stand für einen kurzen Moment auf seinem Gesicht geschrieben, dann zerrissen ihn die Ranken. Zuerst die Überreste des Umhangs über seinen Schultern, dann folgten die Arme. Seine Augenhöhlen barsten, eine Staubwolke schoss aus ihnen heraus, aufgewirbelt von Myriaden von Heuschreckenflügeln, die in die Luft stoben, bevor ihre Bewegungen plötzlich erstarrten und ihre Chitinhüllen auf die Erde niederregneten, wo sie von dem wogenden Gestrüpp verschlungen wurden. Hunger stieß einen spitzen Schrei aus, der jäh von den Sägebewegungen der Ranken über seinem Gesicht beendet wurde. Mit einem Krachen implodierte sein Schädel, schimmernde Splitter flogen durch die Luft und zerhäckselten die Heuschrecken, die sich aus seinem offenliegenden Hals ergossen. Doch immer noch stand er auf seinen zwei Beinen, aufrecht gehalten von der schieren Masse der Vegetation, die ihn umschlungen hatte.

Evelyn musste nach Luft schnappen aus Ehrfurcht vor dem, was sich vor ihren Augen abspielte. Die Ranken an ihren Armen ließen los und glitten zurück in den scheinbar flüssigen grünen Teppich unter ihr, sodass sie aufstehen konnte. Über die Pflanzendecke hinweg ging sie zu Hungers Leiche. Sie spürte instinktiv, dass das Grün sie ihr zeigen wollte.

Jede einzelne Ader in ihrem Körper leuchtete durch die Haut, als würde kein Blut darin fließen, sondern Licht. Der Schimmer verblasste langsam, bis ihre Haut wieder ihren gewöhnlichen rosafarbenen Teint angenommen hatte.

Sie wandte sich von dem Ungeheuer ab und hörte den Lärm, mit dem seine Überreste in Stücke gerissen wurden, ausgelöscht, als hätte es nie existiert.

VIII

Adam hörte, wie Jill schrie. Das ohrenbetäubende Geräusch verbreitete beinahe körperlich spürbare Wellen von Schmerz.

Er sah aus dem Augenwinkel, wie sie erfolglos versuchte, ihren Kopf loszubekommen. Pests Hand hatte sich an ihrem Schädel festgekrallt wie eine riesige Spinne, die Fingerspitzen bis unter die Kopfhaut gebohrt. Scharlachrote Streifen schossen wie dünne Blitze über ihre Stirn, als wäre die Hand tatsächlich eine Spinne, die ihr Gift in die Wunde injiziert. Eine knotige Schwellung bildete sich auf Jills Stirn, ihre Augen schlossen sich, und ihr Kiefer sackte nach unten. Als Pest ihre knochigen Finger wieder herauszog, hockte Jill noch einen Moment lang wie benommen da, dann kippte ihr Oberkörper nach hinten weg, und sie schlug mit dem Kopf krachend auf den Asphalt.

»Hau ab!«, schrie Jake und schleuderte einen Stein nach der lebendigen Mumie. Er traf sie an der Wange und riss ein Stück Haut mit sich, sodass das linke Jochbein freilag, doch es schien sie nicht im Geringsten zu stören.

Ihre morbiden, vertrockneten Augen richteten sich auf Jake, der sie immer noch anstarrte. Ihr Zeigefinger kam unter dem Schatten ihres Umhangs hervor und gebot ihm, näher zu kommen. Wie zu einer Säule erstarrt, stand Jake da, unfähig, den Blick abzuwenden. Der zweite Stein, den er in der Hand gehalten hatte, fiel zu Boden.

»Bleib … weg …«, würgte Adam so leise hervor, dass die rostige Stimme kaum seine eigenen Ohren erreichte. Er räusperte sich, schmeckte Blut und die ranzigen Ausdünstungen der Infektion auf seiner Zunge. »Jake … zurück!«

Er versuchte sich in Jakes Richtung zu rollen, was den Schmerz in seinen Beinen von neuem aufflammen ließ. Mit einem Aufschrei streckte er die Hand nach seinem verletzten Unterschenkel aus. Er fühlte sich an, als habe sich eine klaffende Spalte darin gebildet. Seine erste Reaktion war, sie zu schließen, und er tastete in Blut und zerfallendem Gewebe nach etwas, das er greifen konnte, um dann …

Wärme strömte von seinen Fingern in den glitschigen Krater. Der brennende Schmerz wurde verdrängt von einem Kribbeln. Adam spürte, wie seine Haut sich dehnte und die Wundränder sich aufeinander zubewegten. Er konnte gerade noch seine Finger herausziehen, bevor die Wunde sich schloss, als wäre sie nie da gewesen. Das alles geschah in wenigen Sekundenbruchteilen, doch sein Verstand hatte bereits begriffen. Als er seine Finger in das Gesicht des Dämons gegraben hatte, hatte sich das Gewebe sofort in Rauch und Moskitos aufgelöst. Die gleiche Gabe, mit der er die Wunde in seinen Beinen geschlossen hatte, konnte er gegen Pest als Waffe einsetzen.

Unvermittelt packte er ihr dünnes Handgelenk. Rauch bildete sich unter seiner Handfläche und quoll in dünnen Fäden zwischen seinen Fingern hervor. Mit aller Kraft drückte er zu, umso fester, je heftiger sie versuchte sich loszureißen. Schließlich entglitt ihr Unterarm seinem Griff. Einen Moment lang war Adam verwirrt, bis er den zuckenden Stumpf sah, der aus dem Ärmel von Pests Umhang ragte. Ihre Hand lag auf dem Boden, die Finger nach oben Richtung Himmel verkrümmt, daneben ein schwelender Haufen Asche, die einmal ihr Handgelenk gewesen war.

Eine pulsierende Wärme strahlte von seinem Unterschenkel aus, wanderte sein Bein entlang und ergoss sich über das Becken in seinen Bauchraum. Die stinkenden Infektionsherde begannen sich aufzulösen. Die Schwellung in seiner Bauchhöhle klang ab, ebenso der Schmerz, und der Nebel in seinem Kopf lichtete sich, verdrängt von einer wiedergewonnenen Klarheit. Das Überraschungsmoment war auf seiner Seite, doch es würde nicht mehr lange anhalten. Er musste seinen Vorteil nutzen, sofort.

Adam griff nach Pests flatterndem Ärmel. Ein Schwall Moskitos ergoss sich aus der versengten Wunde und bildete einen lebendigen Verband über dem rauchenden Stumpf. Er zerrte Pest näher an sich heran, bis er sie auch mit seiner anderen Hand packen konnte, dann zog er sie mit aller Kraft an seine Brust. Wie in einer Umarmung hielt er sie und presste ihre Wange an seinen Hals. Pest wehrte sich nach Leibeskräften, und eine Rauchwolke stieg von ihrem Körper auf, die Adam würgen ließ. Pests verbliebene Hand fand einen Weg unter Adams Armen hindurch, und sie bohrte ihre Fingerspitzen zwischen seine Rippen. Mit einem Geräusch wie Millionen auffliegender Moskitos schrie sie in sein Ohr und grub die verfaulenden Zähne in ihrem Kiefer in das Gewebe direkt über seiner Luftröhre.

Adam schrie auf und packte ihre Kapuze. Er bekam den dünnen Haarschopf zu fassen und riss ihren Kopf nach hinten. Ihr Gesicht war vom Nasenbein abwärts mit Blut beschmiert, die wenige Haut darauf knisterte wie Speck in heißem Bratöl. Die Kopfhaut riss vom Schädel, und Pest stürzte sich knurrend wieder auf seinen Hals.

Die Hitze ihres brennenden Körpers an seiner Brust war unerträglich. Die Luft um sie herum wurde von Flammen verschlungen, der entstehende schwarze Rauch von zornigen Moskitoflügeln aufgewirbelt.

Als er ihre Zähne wieder auf seinem Hals spürte, ließ er den wild um sich schlagenden Körper los und schloss beide Hände um ihren dünnen Hals.

Pest biss noch fester zu, ihre Zähne schnitten sich durch die Muskeln, und Adam konnte sie durch den dichten Rauch nicht mehr sehen. Ihr Körper begann spastisch zu zucken, sie schlug und trat, bis sie von seiner Brust herunterrollte und neben ihm auf dem Asphalt zu liegen kam. Flammen züngelten zwischen den Nähten ihres Umhangs hervor, klein zunächst, dann immer größer, je mehr von dem zerbrechlichen Körper darunter sie verzehrten. Adam spürte Asche und verkohlte Halswirbel zwischen seinen Fingern.

Ihre Kiefer bissen noch einmal zu, dann ließ Pest endlich von ihm ab. Adam schob seine Finger in ihren Mund und drückte die Kiefer auseinander. Ihr Kopf brach entzwei. Adam hielt den Unterkiefer noch in seiner rechten Hand, während der Schädel schon zu Boden fiel und zersplitterte.

»Geht es dir gut?«, fragte Jake, der auf ihn zugelaufen kam.

»Ja«, antwortete Adam und warf den Kieferknochen in seiner Hand beiseite. »Ich glaube schon.« Der Druck in seinem Schädel war verschwunden, nur der Puls hämmerte immer noch in seinen Schläfen. Das Kribbeln in seinem Körper ließ langsam nach.

Jake stieß den am Boden liegenden Kiefer mit der Spitze seines Schuhs an, und er zerfiel sofort zu Staub und etwas, das aussah wie kleine Emailsplitter.

Adam kroch zu der Stelle, an der Jill ausgestreckt auf

dem Boden lag, die Augenlider fest zusammengepresst, die Gesichtszüge von Schmerzen verzerrt. Er legte seine Handfläche auf ihre Stirn, spürte, wie die Energie durch seine Finger floss, und beobachtete, wie ihre Züge sich langsam glätteten, bis sie schließlich ihre Augen öffnete und ihn anblickte. Rote Fäden durchzogen ihre Augäpfel, und sie schien desorientiert, aber zumindest würde sie überleben.

»Wie geht's dir, Kleine?«, fragte er und versuchte ein Lächeln.

»Ist sie tot?«, fragte Jill zurück und rieb sich die Schläfen. Adam zog seine Hand weg, damit sie sich aufsetzen konnte.

Er nickte und spähte über seine Schulter, um nach Evelyn Ausschau zu halten, die Ray bereits wieder auf die Beine geholfen hatte und ihn über einen Teppich aus grünen Ranken, die, wie er mit einem kurzen Erschrecken feststellte, sich über die ganze Straße bis zu ihm ausbreiteten, in ihre Richtung führte. Er sprang auf die Füße, fasste sie mit beiden Händen an den Wangen und küsste sie.

»Ich bin so glücklich, dass dir nichts passiert ist«, sprudelte es aus ihm heraus, während er sich ein Stück zurückbeugte. »Ich weiß nicht, was ich getan hätte, wenn …«

»Schhh«, machte sie nur und drückte ihm einen Kuss auf die Lippen.

Ein Weinen, das vom anderen Ende der Straße kam, drang an ihre Ohren.

»Da ist Missy«, rief Jake und lief auf sie zu. Selbst seine kleinen, leichtfüßigen Schritte hallten in der Totenstille um sie herum wider.

»Ich kann Phoenix nicht sehen«, sagte Evelyn flüsternd.

»Ich auch …«

Adams Worte wurden von einem Fauchen übertönt, das sich anhörte wie ein ganzes Stadion voll wütender Zuschauer. Der Boden unter seinen Füßen bebte. Er hob seinen Blick zum Himmel und schaute zur Spitze des Turms. Dort sah er einen schwarzen Schatten, in dem etwas Rotes aufblitzte.

BUCH ZEHN

I

IN DEN RUINEN VON DENVER, COLORADO

»Bitte«, wimmerte Missy und streichelte Phoenix' fahle Wange. »Bitte, verlass mich nicht.«

Seine Haut war kalt, sein Mund ausdruckslos. Seine geöffneten Augen starrten geradewegs durch sie hindurch.

»Warum hast du nicht einfach auf uns gewartet? Wir hätten das alles gemeinsam auf uns nehmen können. Du hättest nicht allein gehen dürfen. Du hättest nicht sterben müssen …«

Irgendwo tief in ihrem Inneren wusste sie, dass die anderen hinter ihr in Schwierigkeiten waren, doch sie war verloren in ihrer Trauer. Zuerst ihr Bruder, und jetzt Phoenix. Ihr blieb nichts mehr. Überhaupt nichts. Innerhalb nur einer einzigen Stunde war ihre ganze Welt zu Bruch gegangen. Hätte sie sich einfach neben Phoenix legen und sterben können, sie hätte es getan. Kein Leid mehr. Kein Schmerz. Wo immer die beiden jetzt waren, dort wollte auch sie sein.

Ihr Körper wurde taub. Sie streckte sich neben Phoenix' Leichnam aus, legte ihren Arm um seine Schultern und betrachtete durch tränenverschmierte Augen sein Profil, wie er leblos in den Himmel starrte.

Es macht es leichter für dich … später. Wenn du mich hasst, hatte Phoenix gesagt. Aber sie konnte es nicht. Nicht einmal jetzt. Und selbst wenn sie es gekonnt hätte, ihren Schmerz hätte es nicht gelindert. Er hatte es gewusst. Er hatte die ganze Zeit über gewusst, dass es sein Schicksal war, durch die Hand seines Feindes zu sterben. Was für eine furchtbare Last diese Gewissheit für ihn gewesen sein musste, und trotzdem hatte er noch versucht, ihr den Schmerz zu ersparen, hatte es vorgezogen, allein zu sterben, um ihr das Leid und die Trauer zu ersparen, die sie jetzt verspürte.

Die Welt um sie herum hörte auf zu existieren. Das Geräusch von Schritten, die über das Feld der Verwüstung auf sie zuliefen, das Fauchen, das selbst den Himmel erschütterte ... nichts davon drang durch ihren lähmenden Schmerz. Stimmen riefen nach ihr, doch sie hörte sie nicht, sie wurden übertönt von ihren unkontrollierten Schluchzern.

Hätte sie ihr eigenes Leben für Phoenix' geben können, sie hätte es sofort getan. Sie schloss die Augen und versuchte, ihn mit schierer Willenskraft wieder zum Leben zu erwecken, aber als sie sie wieder öffnete, schimmerte seine Haut nur noch wächserner als zuvor. Sie wünschte, sie könnte seine Stimme hören, und sei es nur noch ein einziges letztes Mal.

Dein Geschenk ist das größte, das ich überhaupt machen kann, das einzig Wertvolle, das ich besitze, hatte er gesagt. *Ich habe dir mein Herz geschenkt.*

Als sie sich an seine Worte erinnerte, brach sie in neuerliches Schluchzen aus, und der Schmerz in ihrer Brust wurde größer, als sie ertragen konnte.

»Und ich habe dir meins geschenkt«, flüsterte sie so nah an seinem Ohr, dass ihre Lippen die Haut berührten. Ihre Handfläche strich über seine Brust, folgte den Konturen der klaffenden Schnittwunden und blieb, ein Stück nach links versetzt, am unteren Ende seines Brustbeins liegen. »Ich liebe dich mit meinem ganzen Herzen. Es gehört dir. Meine Liebe. Mein Leben. Alles.«

Seine Brust zuckte ein ganz klein wenig unter ihrer Hand.

Missy blickte auf und sah, wie die anderen mit trampelnden Schritten auf sie zurannten.

»O Gott«, keuchte Evelyn. Sie kniete sich neben Missy und legte ihr eine Hand auf die Schulter. »Komm, Missy. Wir müssen weiter.«

Missy reagierte nur mit einem Achselzucken. Sie weigerte sich, diese letzte Umarmung zu lösen, in der sie die Liebe ihres kurzen Lebens hielt.

Wieder zuckte seine Brust, doch diesmal kam niemand trampelnd angerannt. Alle standen still um sie herum. Missy hielt den Atem an und suchte nach einem Anzeichen von Bewegung in seinem Brustkorb, und sei sie noch so winzig, untersuchte das zerfetzte Fleisch …

War das frisches Blut in dieser Wunde? Ein blasser Sonnenstrahl, der sich in der roten Flüssigkeit brach?

»Wir können nicht hierbleiben«, sagte Jake und blickte hinauf zu dem Turm, auf dem keine Spur mehr von dem glutäugigen schwarzen Schatten zu sehen war.

»Hilf mir, sie aufzuheben«, sagte Adam und stieg über Phoenix' ausgestreckte Beine weg. Er fasste Missy unter den Achseln …

»Nein!«, kreischte sie und schlug seine Hand weg.

Es war nicht nur in dieser einen Wunde. Es waren alle. Das Blut, das sich langsam wieder verflüssigte, die Wundränder, die weicher wurden.

»Hilf ihm!«, brüllte Missy Adam an.

»Ich versuch's«, war alles, was er als Erwiderung herausbrachte. Er hatte nicht die geringste Ahnung, wie seine Heilkräfte eigentlich funktionierten, und er war auch nicht in der Lage gewesen, Mare wieder zum Leben zu erwecken. So wie Phoenix aussah, war sein Leichnam nicht nur vollkommen ausgeblutet, sondern auch schon eine ganze Weile tot.

Er streckte die Arme aus, legte seine Hände neben Missys und zuckte sofort zurück. Hatte er tatsächlich eine Bewegung gespürt? Er legte seine Handflächen wieder auf Phoenix' Brustkorb. Ja. Kein Zweifel. Es war nicht mehr als eine kaum merkliche Muskelkontraktion gewesen, aber er hatte sie gespürt. Er hatte in seinem Leben genug Leichen gesehen, um sie sofort als solche zu erkennen, und Phoenix war zweifellos tot gewesen.

Seine Fingerspitzen kribbelten unter der Berührung von Phoenix' Haut, die sich zu erwärmen begann. Kam das durch die Temperatur seiner eigenen Hände, oder war es tatsächlich möglich, dass …?

Blut schoss an die Oberfläche der tiefen Wunden und quoll über die noch klaffenden Wundränder.

»Wird er …?«, keuchte Evelyn, kniete sich neben Phoenix' Kopf und legte zwei Finger an seinen Hals, um nach einem Puls zu tasten. Seine Adern traten hervor, ein dicht gewobenes Netz von einem blässlichen Blau, das immer kräftiger wurde, bis es schließlich eine leuchtend grüne Farbe annahm und sich über seinen ganzen Körper ausbreitete. Dann versanken die schimmernden, pulsierenden Adern ebenso schnell wieder, wie sie hervorgetreten waren, unter die blasse Haut. Sah sie nicht ein wenig lebendiger aus als dieses grässliche Weiß noch gerade eben?

»Bitte«, wimmerte Jake, der nervös hinter ihnen auf und ab lief und seinen Blick nicht von dem Wolkenkratzer losreißen konnte. Das Dach war leer. Zu leer. Die schwarze Gestalt musste irgendwo in den Stockwerken darunter sein – sie kam, kam, um sie zu holen. Suchend sprangen seine Augen von einem dunklen Fenster zum nächsten. »Ich kann ihn nicht mehr sehen! Wir können hier nicht länger bleiben!«

Ray drückte dem kleinen Jungen sanft die Schulter, dann kniete er sich ebenfalls neben Phoenix. Jetzt verstand er, was vor sich ging. Vorsichtig legte er seine Handfläche quer über Phoenix' Nase und bedeckte seine Augen. In dem Moment, als er seine Haut berührte, erloschen die Flammen in Rays Augen, und zurück blieben wieder nur diese furchtbaren leeren Höhlen. Hitze verbrannte seine Haut, und Flammen zuckten zwischen seinen Fingern hervor. Blitzschnell zog er seine Hand weg.

Phoenix riss die Augen auf, einen halben Meter hohe Flammen schossen aus den nach oben gerollten Augäpfeln. Langsam wanderten seine Pupillen und die rosafarbenen Ringe darum nach unten, und die Flammen erloschen.

»O mein Gott«, stöhnte Missy. »Danke. Danke.« Sie küsste Phoenix auf die Wange und drückte ihn immer wieder an sich.

Er sah sie einen nach dem anderen an, offensichtlich in dem Versuch zu begreifen, was geschehen war. Bilder blitzten auf. Wie er seinen Kopf in den Nacken warf und in den Himmel starrte, während Nägel durch seine Hände getrieben wurden. Klauen, die wie Messer durch seine Brust schnitten. Dunkelheit, keine Luft mehr. Eine grässliche schwarze Fratze mit blutroten Augen, die – rasend vor Zorn darüber, dass seine Seele dem Gefängnis seines Körpers entflohen war – Flüche in den Himmel schleuderte.

Ruckartig setzte er sich auf, Missy wurde von ihm heruntergeschleudert, und Phoenix schnappte nach Luft, schlug panisch auf seinen Brustkorb ein. Seine Haut fühlte sich an, als wäre sie über und über mit Ameisen bedeckt, die ihn kniffen, bissen und stachen. Die Schnittwunden schlossen sich unter der Berührung seiner Hände, jedes einzelne Nervenende kribbelte und erwachte dann zu neuem Leben, um die Schmerzen an sein Gehirn weiterzuleiten, die ihm im Tod erspart geblieben waren.

»Er war tot«, sagte Adam und schüttelte den Kopf. »Du warst tot.«

Phoenix kam schwankend auf die Füße. Er fühlte sich schwindelig und war verwirrt, nur ein einziger Gedanke brach durch den Aufruhr aus Erinnerungen und Gefühlen an die Oberfläche.

»Ihr müsst jetzt gehen, alle«, sagte er mit rasselnder Stimme. Er drehte sich um und blickte über Missys Schulter auf den Turm. Seine Arme und die nackte Brust überzogen sich mit einer Gänsehaut, und ein Zittern lief durch seinen ganzen Körper. »Bitte … geht jetzt.«

II

Tod trat vom Fenster zurück. In die Schatten des Thronsaals getaucht stand er da und beobachtete aus der Dunkelheit seines Verstecks, wie sie sich unten auf der Straße versammelten. Seine Augen leuchteten in einem tiefen Rot, das beinahe so dunkel war wie die Schatten um ihn herum, sein Raubtiergebiss war gefletscht vor Zorn, der Tod von Pest und Hunger eine frische Wunde in seinem Bewusstsein. Die Möglichkeit, dass sie versagen könnten, hatte er nicht im Entferntesten in Betracht gezogen. Sie hätten weit stärker sein müssen als ihre menschlichen Gegner, doch zumindest ergab jetzt alles ein wenig mehr Sinn: Der Junge war so schnell an seiner Folter gestorben, weil er seine Macht an seine Freunde weitergegeben, sie in ihnen versteckt hatte. Doch der Junge war tot. Zumindest dieser Teil seines Plans war aufgegangen. Jetzt musste er nur noch jene erledigen, die noch lebten. Sie hatten ihre Karten zu schnell auf den Tisch gelegt. Er wusste jetzt, wozu sie imstande waren, und er war bereit.

Babylon, die große Hure, ist gefallen, sie ist gefallen, eine Behausung der Teufel, Hort aller unreinen Geister und Käfig aller schmutzigen und verhassten Vögel ist sie geworden, flüsterte die arabische Stimme. Diesmal klang es, als käme sie von außerhalb, aus den dunklen Ecken des Thronsaals.

Er fauchte vor Wut und trat gegen die Knochenhaufen auf dem Boden, fand Trost in dem Geräusch der berstenden Schädel und zersplitternden Rippen. Knochenstaub wirbelte durch die abgestandene Luft. Dann zwang er sich, sich zu beruhigen, seine Gefühle zu beherrschen, und sog den berauschenden Duft der verwelkten Haut und des verwesenden Fleisches ein, das noch an den Knochen hing – den üppigen Geruch des Todes.

Er konnte die unbestreitbare Wahrheit in den Worten, die die Stimme ihm zugeflüstert hatte, nicht leugnen. Er war der Herrscher einer Wüste, ein König ohne Diener. Wenn er mit den Überlebenden fertig war, wäre die Erde ihm in der Tat untertan, doch ohne Untertanen, die er regieren konnte, war es ein schaler Sieg. Die meisten der Tiere hatten ihren Tod im Feuer gefunden. Wie lange würde es dauern, wie viele Zeitalter würden vergehen, bis jene, die noch übrig waren, sich zu etwas entwickelten, das seiner Herrschaft würdig war? Bald wäre die versengte Erde sein, doch wozu? Es erfüllte ihn mit Stolz, den Herrn geschlagen zu haben und das Chaos, das zu verbreiten er geschickt worden war, nach seinem eigenen Willen zu regieren, doch das alles war null und nichtig, wenn es niemanden mehr gab, der ihn anbetete, ihn fürchtete, ihn zum Gott machte.

Er warf den Kopf in den Nacken und riss seine Kiefer auseinander, um ein neuerliches Fauchen auszustoßen, doch dann hielt er inne.

Die hauchdünnen, durchsichtigen Lider schlossen sich über den glühenden Augen und öffneten sich dann wieder. Ein Grinsen von abgrundtiefer Bosheit umspielte seinen Mund, dann blickte Tod hinunter auf den Vorplatz zu Füßen seines Turms.

Raserei und Blutgier hatten seinen Verstand benebelt und ihn blind gemacht für das Offensichtliche. Er war so fixiert darauf gewesen, nach den Sternen zu greifen, dass er den Mond vollkommen vergessen hatte. Sein Plan war gewesen, die gesamte Menschheit auszulöschen, um in den dunklen Verliesen seines Palastes eine neue herrschende Spezies zu erschaffen. Doch auch die letzten Vertreter seiner Schöpfung waren jetzt tot, und seine Möglichkeiten, neue zu erschaffen, waren erschöpft. Seine Geschwister würden von nun an nicht mehr tun, als verfaulend im Erdboden zu versickern. Doch bedeutete das nicht, dass niemand mehr übrig war, über den er herrschen konnte.

Nicht alle Menschen würde er töten. Nur einige von ihnen. Wie Zuchtpaare würde er sie halten, damit sie sich vermehrten wie Vieh. Unter seiner grausamen Herrschaft würden sie gedeihen, und aus ihrer ständigen Angst würde er seine Kraft schöpfen. Mit ihrer Furcht würden sie ihn ehren, ihn anbeten mit ihren Schreien.

Nicht alles war verloren, wie es schien. Er hielt den Sieg immer noch fest in der Hand.

Ein heulender Wind kam auf und fuhr kreischend durch die zerschmetterten Fenster, schrie mit den Stimmen der Toten.

Tod schwelgte in diesem Ausbruch von Gottes Zorn, denn es gab nichts mehr, das irgendjemand hätte tun können, um ihn aufzuhalten.

Alles, was jetzt noch zu tun blieb, war eine letzte triviale Demonstration seiner Macht, um jene, die versucht hatten, ihm seinen Triumph zu entreißen, Ehrfurcht vor ihrem neuen Gott zu lehren.

Eine einzelne Gestalt löste sich aus dem Haufen unten auf dem Vorplatz und lief auf seinen monströsen Palast zu.

Tods grausames Lächeln wurde nur noch breiter, als er sich vom Fenster abwandte und in Richtung des Treppenhauses schritt. Er kletterte auf das Dach des Turms und nahm seinen Platz auf der Bühne ein, damit alle ihn sehen konnten.

Sollte der törichte Angreifer kommen. Vor ihren Augen würde er ihn abschlachten und dadurch sie, die Überlebenden, zu seinen Untertanen machen.

III

Er konnte sich nicht verabschieden. Nicht noch einmal. Der bloße Gedanke daran war wie ein Schwert, das ihm eine tiefere Wunde zufügen würde, als sein eigener Tod es vermochte.

Stattdessen schob Phoenix sich an ihnen vorbei und lief

zurück zu dem Platz, wo er schon einmal umsonst sein Leben gegeben hatte. Diesmal jedoch, diesmal würde es anders sein. Er wusste jetzt, was er tun musste.

Missys Schreie zerrissen die Luft, übertönten noch die Rufe der anderen.

Das mit seinem eigenen getrockneten Blut verschmierte Kreuz flog an ihm vorbei, als er zwischen Schutthaufen und dem leeren Türrahmen hindurch hinein in die Dunkelheit rannte. Er ließ sich von seinem Instinkt leiten, durchquerte die Lobby, die nur noch an den Überresten der zerstörten Einrichtung als solche zu erkennen war, und tauchte ein in einen Gang, der jetzt eher einem Tunnel ähnelte, hastete an schiefhängenden Aufzugtüren vorbei, die den Blick auf gähnende Abgründe freigaben, die zu den darunterliegenden Stockwerken führten, und rannte auf die stählerne Tür zu, die herausgerissen neben der Schwelle lag, die sie einst versperrt hatte. Dann sprintete er die Treppe hinauf, mehrere Stufen mit einem Schritt nehmend, duckte sich unter herabhängenden Metallarmierungen und Teilen der Deckenverkleidung hindurch, umging im Zickzack die Löcher, an denen die Betonstufen geborsten und herausgebrochen waren. Über allem lag der Gestank von Fäkalien – die letzten Überreste der Überlebenden, die durch den Verdauungstrakt des Schwarms gewandert waren. Nach wenigen Momenten nahm er den Gestank schon gar nicht mehr wahr, schmeckte den Staub nicht mehr auf der Zunge, der in der vollkommen bewegungslosen Luft des halb eingestürzten Treppenhauses hing. Er konzentrierte sich voll und ganz darauf, sich an dem Geländer festzuhalten und sich immer weiter nach oben vorzuarbeiten, von Treppenabsatz zu Treppenabsatz, immer höher hinauf.

Die Luft wurde von Sekunde zu Sekunde kälter, aber auch das war ihm egal. All das würde bald zu Ende sein.

Missys Schreie hallten unten in der Lobby wider, als sie endlich den Eingang zum Treppenhaus gefunden hatte. Er wollte nach ihr rufen, ihr sagen, sie solle von diesem düsteren Ort des Todes fliehen, dass nun endlich alles gut werden würde, aber er wusste, dass der Klang seiner Stimme sie nur noch schneller vorantreiben würde, und er brauchte jeden Meter Vorsprung, den er hatte. Es musste vorüber sein, bevor sie das Dach erreichte. Er konnte die Vorstellung nicht ertragen, ihr Leben zu gefährden.

Er versuchte weniger Lärm zu machen, verlagerte sein Gewicht nach vorn und lief nur noch auf den Zehenspitzen, damit das Trampeln seiner Schritte nicht bis zu ihr nach unten drang, auch wenn er keinen Zweifel hatte, dass sie bereits wusste, wo er war, und Himmel und Hölle in Bewegung setzen würde, um ihn einzuholen. Und er liebte sie nur noch mehr deswegen. Das war der Grund, warum er Tod *jetzt* gegenübertreten musste. Für Missy. Für sie alle.

Immer höher stieg er, und jeder Muskel in seinen Beinen brannte wie Feuer wegen der Anstrengung. Er durfte nicht langsamer werden, obwohl seine Lunge schmerzte und ihm immer schwindeliger wurde von der zunehmenden Höhe und der Spiralbewegung, mit der er sich hinauf in die alles erstickende Dunkelheit schraubte. Sein Körper war nicht mehr von Belang. Das wusste er seit seiner Begegnung mit dem Jenseits, jener Ewigkeit, die binnen eines Wimpernschlags an ihm vorübergezogen war, in der er so unvergleichliche Schönheit und Frieden erfahren hatte. Es war schmerzlich gewesen, als er zurück in seine zerbrechliche fleischliche Hülle geholt worden war; doch hatte er die ganze Zeit über gewusst, dass dies sein Los war, denn Stimmen, die ihm aus einem blendenden Licht entgegenwehten, das heiß und kalt zugleich war, hatten es ihm erzählt in einem Singsang, der sich anhörte wie klirrende Kristallbecher. Sie hatten ihm versprochen, dass der Tod nur ein Übergangsstadium war, die Wiederauferstehung hingegen für die Ewigkeit – ein Paradoxon, das die Möglichkeiten von Fleisch und Blut bei weitem überstieg und nur zu fassen war in der Sprache, die allein die Seele verstand. Er würde noch einmal leben, damit er noch einmal sterben konnte. Sein Opfer wiederholen, um das ewige Leben zu erringen. Doch was viel wichtiger war: Sein Tod würde Leben bringen in eine Welt, die am Rande des Untergangs stand, jene retten, für die er bereitwillig eine Million qualvoller Tode erduldet hätte, und sei es auch nur, um ihnen Hoffnung zu geben.

Doch die Zeit wurde knapp. Er konnte Tod und seine kalte Aura, die er in dem Sekundenbruchteil, in dem sich seine Pupillen zu Stecknadelköpfen verengt hatten und seine Seele in das Licht hinübergegangen war, kennengelernt hatte, bereits über sich spüren. Es war ein verhasstes Gefühl der Leere, an das er sich erinnerte aus jenen Nächten, die er in feuchtkalten Kellern mit tropfenden Rohrleitungen und an der Decke umherkrabbelnden Insekten verbracht und gebetet hatte, der Schwarm möge nicht über ihn kommen, solange er vergeblich versuchte einzuschlafen. Selbst damals hatte Phoenix gewusst, dass sie sich eines Tages gegenüberstehen würden, zusammengebracht von der unwiderstehlichen Anziehungskraft zwischen ihnen, die sie aneinanderband wie die zwei entgegengesetzten Pole eines Magneten, um eines Tages diese letzte Schlacht auszufechten, bei der es um nichts weniger gehen würde als das Schicksal der Erde.

Zehn Stockwerke unter ihm schrie Missy seinen Namen. Ihr Schmerz hallte um ihn herum in der Dunkelheit wider und holte seinen Geist zurück in die Realität, als hätte jemand einen Eispickel in seine Ohren getrieben. Ihr Schmerz fügte ihm weit schlimmere Wunden zu, als Tods Klauen es jemals gekonnt hätten.

Er wusste nicht, wie viele Stockwerke er bereits hinter sich gebracht hatte, doch er spürte, dass er bald das Ende der Himmelsleiter erreicht haben würde. Die Unausweichlichkeit, mit der er sich von diesem Dach angezogen fühlte, war überwältigend, und mit jedem seiner schwerer werdenden Schritte wurde sie stärker.

Als er über einen weiteren Treppenabsatz hastete, öffnete sich zu seiner Linken ein Durchgang, aus dem ihm in all seiner Mannigfaltigkeit der faulige Gestank des Todes entgegenschlug. Verfärbtes, verwesendes Fleisch; vergossenes Blut, der Zersetzung preisgegeben; der Staub zermahlener Knochen; Eiter und Fäkalien. Die Ausdünstungen des Verderbens trafen ihn wie ein Schlag in die Magengrube, und es dämmerte ihm, dass das Böse, mit dem er es zu tun hatte, selbst seine nicht länger eingeschränkte Vorstellungskraft bei weitem überstieg.

Er hatte Angst.

Als schwarzes Flimmern jagten die letzten Treppenstufen unter ihm vorbei, seine Gedanken wurden zu einer verschachtelten Abfolge von Bildern, die mit Lichtgeschwindigkeit an ihm vorüberrasten, und doch kostete er jeden Anblick und jede Erinnerung in vollen Zügen aus. Das Letzte, was er sah, bevor er gegen die kalte Stahltür prallte und mit der Hüfte gegen den waagrechten Türriegel krachte, war ein wunderschönes Mädchen mit rabenschwarzem Haar, das am Ufer eines Sees saß, ihre

Silhouette von der hinter ihr untergehenden Sonne in einen feurigen Strahlenkranz getaucht, ihre Beine in das kristallklare Wasser baumelnd.

Die Tür explodierte nach draußen, und Phoenix stolperte auf das Dach hinaus, der Teer unter seinen Füßen weich von der Hitze. Er blinzelte und rieb sich die Augen, um das blendende Licht der Sonne zu vertreiben, bis er schließlich etwas sehen konnte. Blauer Himmel erstreckte sich vom Horizont aus in jede Richtung wie ein endloser Ozean aus Luft.

In der Mitte des Daches blieb er stehen. Der Wind pfiff zwischen verbogenen Stahlträgern, zerfetzten Auslassschächten und Rohrleitungen hindurch und peitschte Phoenix' Gesicht mit seinen blutverkrusteten Haarsträhnen.

Direkt vor Phoenix stand, mit dem Rücken zu ihm, die schwarze Gestalt aus seinen Albträumen. Wie ein Wasserspeier hing sie am Rand der Welt und starrte mit kalten Augen auf das Eingangsportal hinunter.

»Denn wer den Wind sät«, sagte Tod mit rasselnder Stimme, »wird Sturm ernten.« Phoenix beobachtete, wie die Kreatur sich zu ihm umdrehte, sah die blutroten Augen, in denen sich einen Moment lang Überraschung spiegelte, die jedoch schnell verdrängt wurde vom Flammenschein sämtlicher Feuer der Hölle.

Flatternd blähte sich der scharlachrote Kehlsack unter Tods Kinn auf wie eine platzende Halsschlagader, dann breitete der Dämon seine Arme aus und schleuderte ein donnerndes Fauchen hinauf in den Himmel.

IV

»Bitte … geht jetzt«, waren die letzten Worte gewesen, die Phoenix zu ihr gesagt hatte. Kein *Ich liebe dich*, kein auch noch so kurzer Moment der Zuneigung. Vielleicht hätte sie dann geahnt, was als Nächstes kommen würde, was wahrscheinlich auch der Grund war, warum er davongerannt war und sie einfach hatte stehen lassen, unfähig zu begreifen, was geschah. Er hatte so schwach ausgesehen, so zerbrechlich. Sie wollte gerade ihre Arme um ihn schlingen, damit er nicht wieder hinfiel, als er plötzlich losgerannt war. Es war absurd. Gerade erst hatte sie gesehen, wie er zu den Lebenden zurückgekehrt war, und ihr einziger Gedanke war gewesen, ihn in ihren Armen zu halten und nie wieder loszulassen.

Von einer Sekunde auf die andere war er weg gewesen, nur noch ein Umriss, der, einen Schatten hinter sich herziehend, schnell kleiner wurde. So hatten sie dagestanden – sie alle – wie vom Donner gerührt, bis ihr Körper begriff, was ihr Verstand nicht fassen wollte, und sie ihm nachsetzte. Schluchzend rannte sie hinter ihm her und musste hilflos zusehen, wie er in dem dunklen Schlund des Turms verschwand.

Der Boden fühlte sich an wie flüssiger Teer, in dem ihre Füße versanken. Sie bewegte sich wie in Zeitlupe, während der Abstand zwischen ihr und Phoenix immer größer wurde. Sie hörte Schritte hinter sich, die in den gleichen Rhythmus fielen wie das Hämmern des Pulsschlags in ihren Schläfen, doch sie wagte es nicht, ihren Blick von dem Eingang loszureißen aus Angst, er könnte sich noch weiter wegbewegt haben oder gar verschwunden sein, wenn sie wieder hinsah. Sie merkte nicht einmal, wie sie den Vorplatz überquerte, das stählerne Kreuz und die Schutthaufen hinter sich ließ und eintauchte in die drohende Dunkelheit.

Sie schrie nach ihm, aber es kam keine Antwort. Ihr Sehvermögen ließ sie im Stich, als sie aus dem Sonnenlicht trat und in das immer dunkler werdende Grau der Lobby vordrang. Überall lagen Trümmer herum, die nach ihren Füßen und Knöcheln schnappten, während sie blind vorwärtsstolperte. Sie erinnerte sich, wie sie stehen geblieben war, um nach Phoenix' Schritten in der höhlenartigen Lobby zu lauschen. Doch das Einzige, was sie hörte, waren die trampelnden Schritte hinter ihr, wie sie langsamer wurden, als sie die geborstenen Fliesen der Lobby betraten. Sie riefen nach ihr, doch sie war zu sehr außer Atem gewesen, hatte zu viel Angst, irgendein Geräusch zu machen, das einen Hinweis auf Phoenix hätte übertönen können.

Was folgte, war eine Reise durch eine nahtlose Dunkelheit, unterbrochen nur von dem Knirschen der Trümmer unter ihren Füßen, die sich über Stunden um Stunden zu erstrecken schien. Die Arme nach vorn ausgestreckt, versuchte sie zu rennen, stolperte, riss sich Hände und Knie auf und kam strauchelnd wieder auf die Beine, nur um nach wenigen Schritten wieder hinzufallen, bis sie endlich das hohle Echo von Schritten im Treppenhaus über ihr hörte.

Und jetzt war sie hier, rannte stampfend Stufe um Stufe hinauf und benutzte ihre Arme, um sich am Geländer nach oben zu ziehen, wenn ihre Beine versagten. Das Blut aus den Wunden auf ihren Knien, die wegen ihrer hektischen Bewegungen immer tiefer wurden, strömte über ihre Schienbeine, und ihr Atem war nur noch ein abgehacktes Keuchen.

Peng!

Missy blieb stehen, beugte sich über das Geländer und verrenkte ihren Hals in dem Versuch, in der undurchdringlichen Dunkelheit über ihr etwas zu erkennen. War das ein Schuss gewesen? Ein schwacher Lichtschimmer ließ die durch die Luft wirbelnden Staubpartikel aufleuchten. Der Schimmer verblasste … verblasste, bis die Schatten mit dem leisen *Klick* einer sich schließenden Tür ihr Reich zurückeroberten.

»Phoenix!«, brüllte sie und stürmte mit neuer Energie weiter nach oben. Der Lichtschimmer konnte nicht mehr als zehn Stockwerke über ihr gewesen sein, eine schier unendliche Anzahl von Stufen, aber zumindest wusste sie jetzt, wie weit es noch war. Sie hatte gehört, wie Phoenix durch eine Tür gebrochen war, und der Lichtschimmer musste das Sonnenlicht von draußen gewesen sein.

Das Dach.

Phoenix war hinaus aufs Dach gelaufen, wo mit Sicherheit etwas Böses auf ihn lauerte, umgeben von den nackten Wänden des Turms mit einem Hunderte von Metern tiefen Fall als einzige Fluchtmöglichkeit.

Ihre Schritte hallten von den Wänden des Treppenhauses wider wie die einer Büffelherde in panischer Flucht. Sie war weit über den Zeitpunkt der absoluten Erschöpfung hinaus und zehrte von Reserven, von deren Existenz sie nie etwas geahnt hätte. Und dennoch kam sie nur mit unerträglicher Langsamkeit voran. Angestrengt lauschte sie auf jedes noch so kleine Geräusch unter ihren schwerfälligen Schritten in der Erwartung, jeden Moment schmerzverzerrte Schreie von oben zu hören.

Ein Gestank wie aus der Abfalltonne eines Schlachthauses sprang ihr entgegen wie ein schleimiges Tier, das über ihr Gesicht in ihre Nasenhöhlen kroch, dann sah sie endlich den letzten Treppenabsatz und stürmte weiter in den Durchgang zur Hölle.

Sie hörte, wie die anderen mehrere Stockwerke weiter unten nach ihr riefen, doch sie hatte nicht mehr genug Luft, um ihnen zu antworten. Ihre Lunge zog sich immer weiter zusammen, eingeschnürt von einer Atemnot, die sich wie eine Würgeschlange um ihren Hals und Brustkorb legte. Schweiß ließ ihre Haare am Kopf festkleben und tropfte stechend in ihre Augen.

Missy ließ die letzten Stufen hinter sich und stürzte auf den dünnen Lichtschein zu, der durch den Spalt unter der Tür zum Dach drang. Ohne auch nur einen Sekundenbruchteil lang daran zu denken, was auf der anderen Seite auf sie warten könnte, schlug sie mit ihrer Hand auf den Türriegel ein und platzte hinaus ins Freie.

»Nein!«, brüllte Phoenix, der zehn Meter vor ihr flach ausgestreckt auf dem Rücken lag. Die Augen geweitet vor Angst, streckte er einen von schimmerndem Blut überzogenen Arm nach ihr aus und versuchte aufzustehen.

Alles, woran Missy denken konnte, war, zu ihm zu rennen. Sie bemerkte den Schatten, der hinter der offen stehenden Tür hervortrat, nicht einmal, spürte nicht den eiskalten Atem in ihrem Nacken. Ihr T-Shirt blieb an etwas hängen, spannte an ihrem Brustkorb und Hals, sodass sie kaum noch vorwärtskam.

»Phoen…!«, schrie sie kreischend. Der Name endete in einem Pfeifen.

Aus dem Augenwinkel sah sie etwas Schwarzes aufblitzen, das unterhalb ihres Kinns wieder aus ihrem Blickfeld verschwand. Was auch immer sie eben noch festgehalten hatte, ließ sie wieder los, und Missy stolperte vorwärts.

Eisnadeln bohrten sich in ihren Nacken. Ihre Brust fühlte sich plötzlich heiß und nass an.

Missy versuchte noch einmal, nach Phoenix zu rufen, doch sie hatte keine Stimme mehr. Stattdessen verwandelte sich das Pfeifen in einen gurgelnden Schwall von Flüssigkeit.

Phoenix stemmte sich hoch und stürzte in ihre Richtung.

Der Boden kam schnell näher. Blut spritzte ihr entgegen wie aus Eimern. Missy hob ihre Hände an den Hals und legte sie auf die parallel verlaufenden, klaffenden Schnitte. Ihr Mittelfinger versank so tief in einem davon, dass sie den darunterliegenden Knorpel spüren konnte.

Phoenix war noch zu weit weg, um sie aufzufangen. Ein Blutschwall spannte sich bogenförmig über die noch zwischen ihnen liegenden Meter.

Missy stürzte in die Dunkelheit, hinüberbegleitet in die Vergessenheit von Phoenix' schmerzverzerrtem Schrei.

V

Phoenix spürte, wie sein Herz aufhörte zu schlagen, als sein Blick dem der Bestie begegnete. Der schwarz geschuppte Tod strahlte pure Macht aus wie ein radioaktives Isotop. Zorn. Hass. Und dennoch lag eine kontrollierte Ruhe in seiner Haltung und seinem Gesichtsausdruck, die Tods unerschütterliches Selbstbewusstsein untermauerte und keinen Zweifel daran ließ, dass er Phoenix mit derselben Leichtigkeit abschlachten würde, wie er es nur wenige Stunden zuvor getan hatte.

»Verlass diesen Ort«, sagte Phoenix, überrascht wie fest seine Stimme klang, obwohl er am ganzen Körper zitterte. »Du hast deine Aufgabe erfüllt, jetzt kehr dorthin zurück, woher du gekommen bist.«

Die Worte verwirrten Phoenix. Sie waren aus seinem Mund gekommen, doch ihr Ursprung war ihm rätselhaft. Ein Kribbeln wogte durch seinen Körper, als wäre er das Werkzeug einer Macht, die weitaus größer war als er.

Tod knurrte und ließ seine in mehreren Reihen hintereinanderstehenden, rasiermesserscharfen Zähne sehen.

»Diese Welt gehört jetzt mir«, sagte er mit einer Stimme von der Durchschlagskraft eines Erdrutsches und schlug in gieriger Erwartung dessen, was kommen würde, seine Klauen gegeneinander.

Phoenix musste schnell handeln. Es war nur eine Frage der Zeit, bis Missy das Dach erreichen und ihn verwundbar machen würde.

»Lass mich mit meinem Bruder sprechen«, sagte Phoenix.

Die Bestie lachte – ein grässliches Geräusch, wie das Husten eines Verwundeten, dessen Lunge sich mit Blut füllt.

»Alles Menschliche ist ausgelöscht. Das Werkzeug hat die Prophezeiung erfüllt. Sein Körper gehört jetzt mir allein.«

War da ein Hauch eines arabischen Akzents in Tods Stimme gewesen?

Phoenix lächelte.

Rasend vor Zorn stürzte Tod vorwärts, warf den mächtigen Kopf in den Nacken und ließ den geschuppten Kehlsack zittern. Der Junge hatte den Weg zurück aus dem Grab gefunden, und er würde ihn auf direktem Wege wieder zurückschicken. Phoenix war nur Fleisch und Blut, das Erbe der Menschen haftete an ihm, und er war nicht gefährlicher als ein Lamm. Nur würde Tod dieses Mal jede einzelne Sekunde genießen, wenn er ihn tötete. Niemand konnte ihn dieser Befriedigung berauben. Nicht dieses Mal. Nicht jetzt, da der Moment endlich gekommen war, in dem er seinen Thron besteigen würde. Sein Reich war nah.

Phoenix schloss die Augen und senkte seinen Kopf, sammelte all seine Kraft. Er hob die Arme zur Seite, und pure Elektrizität zuckte durch seine Adern, als wären sie Hochspannungsleitungen.

Tod ging in die Hocke, presste die Hände gegen den Teer des Dachs, spannte jeden Muskel in seinem Körper und wartete, bis der Junge das Kinn heben und seinen ungeschützten Hals preisgeben würde. Wie eine aufgezogene Sprungfeder wartete er darauf, sich auf seinen Feind zu stürzen.

»Deine Zeit auf Erden ist vorüber«, sagte Phoenix mit einer Stimme, die dröhnte wie Kanonenfeuer. Er riss seine Augen auf, und die rosafarbenen Ringe um seine Pupillen leuchteten vor dem dunklen Weiß seiner Augäpfel, dann rollten sie nach oben, und es sah aus, als füllten Wolken seine Augenhöhlen.

Fauchend stürzte Tod sich auf den Jungen, um ihn mit seinen Klauen zu packen, diese Augen herauszureißen, deren Blick er nur zu gut kannte. Er würde Seine Einmischung nicht dulden. Dies war jetzt Tods Reich. Und niemand, nicht einmal Gott selbst, würde ihn daraus vertreiben. Sein Blut kochte, und sein Zorn machte ihn wahnsinnig. Er fokussierte die Augen des Jungen, die Präsenz, die ihn daraus anblickte. Er wollte den schmerzerfüllten Blick sehen, die stumme Angst und das kurze Aufblitzen himmlischer Entrüstung, die sich darin spiegeln würden in jenem Sekundenbruchteil, bevor alles Leben durch die aufgeschlitzte Kehle des Jungen entwich.

Er schlug zuerst mit seinem rechten Arm zu, dann mit seinem linken, spürte, wie seine Krallen in das weiche Fleisch schnitten, fühlte die feuchte Wärme, doch nicht an der Stelle, auf die er gezielt hatte. Ohne das geringste verräterische Anzeichen war der Junge nur ein kleines Stück zur Seite gewichen, gerade weit genug, dass Tod die Schulter und nicht den Hals erwischte. Seine Klauen bohrten sich in die Knochen, und Tod schäumte über vor Wut und Raserei. Seine rechte Hand durchschlug die Schulter und ließ einen grässlichen Blutschwall auf das Dach regnen, doch als auch seine linke ihr Ziel erreichte, wusste er genau, was zu tun war. Er grub seine Finger in die Gelenkpfanne, packte mit seinen Klauen die Knochen des Schultergürtels und riss den Jungen mit der Wucht seines Angriffs von den Füßen. Als er zusammengekauert wie ein Raubtier landete, baumelte Phoenix hilflos in seinem Griff wie eine Stoffpuppe. Tod machte eine blitzschnelle Drehung und schleuderte Phoenix auf die andere Seite des Daches, lockerte seinen Griff gerade so weit, dass seine Krallen durch das weiche Muskelfleisch seines Bizeps schnitten, als er ihn losließ.

Phoenix schrie auf, dann explodierte die Luft aus seiner Lunge und er verstummte, rutschte auf dem Rücken liegend über den rauen Teer des Daches. Sein Schädel schlug mehrere Male auf dem Boden auf, bevor er endlich liegen blieb und, die Augen hilflos in den Himmel starrend, nach Luft schnappen konnte. Die Haut auf seinem Rücken war beinahe bis auf die Knochen weggerissen, und der unfassbare Schmerz in seinem Arm machte es unmöglich, auch nur einen einzigen Finger zu bewegen. Er versuchte sich aufzusetzen, doch die Schmerzen hielten ihn am Boden.

»Phoenix!«, rief Missy von weit weg, ihre Stimme gedämpft von der Stahltür.

Der Klang ihrer Stimme gab Phoenix die Kraft, seinen Kopf zu heben. Tod sah ihm direkt in die Augen und erkannte sofort den Ausdruck auf Phoenix' Gesicht.

Sein Mund verzog sich zu einem boshaften Grinsen.

Nein!, schrie Phoenix in seinem Kopf, unfähig, seine Stimmbänder zu benutzen. *Bitte, Gott. Nicht Missy!*

Rückwärts schlüpfte Tod hinein in den Schatten des metallenen Würfels, in dem sich der Zugang zum Treppenhaus befand, bis er direkt neben der Stahltür stand.

»Nein!«, krächzte Phoenix mit dem bisschen Luft, das seine Lunge erreichte. Sein Kopf wollte zerspringen, während er seine Schultern vom Boden hob und gegen seine Schmerzen ankämpfte, aber er war zu langsam ... zu langsam. Er hörte, wie trampelnde Schritte die Treppe heraufkamen, dann das Klappern des Türriegels. »Bitte ...«

Er suchte Tods Blick. Die fürchterlichen roten Augen hatten sich zu schmalen Schlitzen verengt, die scharfen Klauen hingen an der Seite seines Körpers.

»Bitte«, flüsterte er. »Nicht sie ... du kannst mich haben.«

Als Antwort fletschte Tod nur sein Raubtiermaul. Phoenix suchte in seinen Augen nach irgendeinem Anzeichen von Mitleid, dann flog die Stahltür auf, dahinter gähnte das schwarze Treppenhaus, und Tod lauerte wie unsichtbar hinter der offen stehenden Tür.

»Nein!«, schrie Phoenix mit aller Kraft, die ihm noch blieb. Missys Silhouette zeichnete sich vor der Dunkelheit des Treppenhauses ab. Das Licht der Sonne wanderte über ihre Füße und Knie immer weiter ihren Körper hinauf, bis er ihr Gesicht sehen konnte. Und in diesem einen Sekundenbruchteil spiegelten sich darin alle Emotionen, derer ein Mensch fähig ist, von Glückseligkeit über Verblüffung bis hin zu purem Entsetzen.

Phoenix schrie innerlich, stemmte sich hoch und streckte seinen Arm nach ihr aus.

Tod kam aus seinem Versteck hinter der Tür hervor und stand direkt hinter Missy, als sie auf ihn zulief. Er packte sie an der Rückseite ihres T-Shirts.

»Phoen…!«, schrie sie, dann schoss Tods schwarze Hand über ihre Schulter und glitt quer über ihren Hals. Gähnende Schlunde aus Fleisch öffneten sich, aus denen rote Springbrunnen schossen, die im Sonnenlicht glitzerten.

Die Hände auf ihren Hals gepresst, stolperte sie vorwärts, Blut sprudelte zwischen ihren Fingern hervor und lief in Sturzbächen über ihre Brust. Ihre Augen weiteten sich und hielten sich an den seinen fest, als der Schmerz ihr Gehirn erreichte und sie entsetzt begriff, was soeben mit ihr geschehen war.

»Nein!«, schrie Phoenix und zwang sich, sich hinzuknien. Auf allen vieren krabbelte er trotz seiner Schmerzen und der überwältigenden Trauer, die in unkontrollierten Schluchzern über ihn hinwegrollte, auf sie zu.

Missy stolperte noch ein paar Schritte weiter, dann sank sie auf die Knie. So kniete sie schwankend vor ihm, eine schiere Ewigkeit, wie es schien, dann brach sie zusammen. Die Hände sanken von ihrem Hals herab, machten aber keinen Versuch, ihren Sturz abzufangen. Krachend schlug ihr Kopf mit Kinn und Nase auf das Dach.

Unter ihr breitete sich eine Blutlache in alle Richtungen aus.

Schreiend kroch Phoenix auf sie zu, doch noch bevor er eine Hand ausstrecken konnte, um sie über die zuckenden Wunden auf ihrem Hals zu legen, bohrte sich etwas in seinen Rücken, das sich anfühlte wie Krallen, die sich um seine Rippen legten, und riss ihn weg. Tobend kämpfte er gegen den Schmerz an und versuchte verzweifelt, Missy zu erreichen. Tods Krallen schnitten durch Rippen und Fleisch und schleuderten Phoenix zum zweiten Mal krachend auf den Rücken. Phoenix starrte hinauf in Tods Reptilienmaul, aus dem ihm dreieckige Zähne wie die eines Weißen Hais entgegenstarrten, die Kiefer weit genug auseinandergerissen, um die Hälfte seines Kopfes zu verschlingen.

VI

Adam sprintete als Erster die Treppen hinauf und ließ Evelyn und Jill mehr als ein ganzes Stockwerk weit hinter sich. Alles, was er hören konnte, war das Getrampel von Schritten über und unter ihm, ja selbst im Inneren seines Kopfs. Die Nachwirkungen des Kampfes mit Pest machten ihm immer noch zu schaffen.

Er betete, dass Ray auf seine Worte gehört und sich mit Jake an einem sicheren Ort versteckt hatte. Wenn sie alle hier in diesem schrecklichen Wolkenkratzer sterben sollten, hätten damit zumindest diese beiden eine kleine Chance zu überleben.

Er hörte einen Knall wie von einem Schuss zwei Stockwerke über ihm und sah, wie sich Sonnenlicht dort oben in der staubigen Luft brach.

»Phoen…!«, hörte er Missys Stimme zwischen dem Fußgetrampel. Phoenix schrie auf, dann wurde seine Stimme von der wieder zufallenden Tür abgeschnitten.

»Warte«, sagte Adam keuchend zu sich selbst, als er den nächsten Treppenabsatz erreicht hatte. Konzentriert schaute er durch die Dunkelheit zu der Stelle, an der er den Lichtschein gesehen hatte, und lauschte angestrengt auf jedes Geräusch, das vom Dach hereindrang.

»Missy!«, schrie Evelyn von unten herauf.

Adam rannte die Treppen hinauf bis zum nächsten Absatz, wo ihm der Geruch eines Leichenschauhauses entgegenschlug, in dem seit Wochen die Klimaanlage ausgefallen war. Der Gestank war so intensiv, dass er seinen rebellierenden Magen nicht mehr unter Kontrolle halten konnte und dessen Inhalt sich gleich darauf über die Wand ergoss.

Noch ein Stockwerk, dann würde er vor der Tür stehen, die hinaus aufs Dach führte. Er hörte immer noch keine Stimmen von draußen, auch keinen Kampflärm, der ihm verraten hätte, ob die anderen noch lebten oder er gerade im Begriff war, in sein Verderben zu rennen. Adam ließ die letzten Stufen hinter sich und tauchte in eine Welt ein, in der alles mit der zähen Trägheit eines Traums ablief. Seine Beine bewegten sich ohne sein Zutun, und vor dem Hintergrund des schmalen Lichtstreifens unter der Tür sah er, wie seine Arme sich nach dem Riegel ausstreckten, um ihn zur Seite zu schieben. Er spürte das kalte Metall auf seinen Handflächen, dann hörte er Stahl auf Stahl scheppern und platzte hinaus in das pralle Sonnenlicht.

Missy lag auf dem Boden in einer Lache aus Blut, die auf dem schwarzen Teer glitzerte wie ein gigantischer Rubin. Ihr Schädel sah unnatürlich abgeflacht aus. Ihre Arme lagen verkrümmt unter ihrem Körper, die Ellbogen nach außen gedreht, und noch während er zusah, wurde die Pfütze immer größer.

Adam rannte zu ihr und drehte sie auf den Rücken. Missys Hals sah aus wie die auseinandergezogenen Kiemen eines toten Fisches an der Angelleine, ihre Haut war weiß wie Kreide und übersät mit dunkel verfärbten Prellungen und Blutspritzern. Mit vor Überraschung und Entsetzen weit aufgerissenen Augen starrte sie direkt durch ihn hindurch.

Blut tropfte aus ihren Nasenlöchern und Mundwinkeln, und angesichts der Menge, die sie bereits vergossen hatte, war Adam überrascht, dass sie überhaupt noch bluten konnte.

Er presste seine Hände auf ihren Hals und versuchte mit aller Macht, die Schnittwunden zu heilen, schickte all seine Energie in seine Finger. Doch er spürte kein Kribbeln, keinen Energiestrom, der durch seinen Körper floss. Die Macht, die er für kurze Zeit besessen hatte, war wieder verschwunden, so wie er es geahnt hatte. Seine Hände waren nur noch nutzlose Zangen, die vergeblich versuchten, die klaffenden Wunden zu verschließen.

Missy war tot.

Adam hob seinen Kopf, und Tränen strömten über sein Gesicht. Er begegnete Phoenix' Blick, der mit aller Macht versuchte, wieder auf die Beine zu kommen. Ein schwarzes Monster mit glitzerndem Schuppenpanzer ragte hinter ihm auf.

Als Phoenix Adams Gesichtsausdruck sah, begannen seine Lippen zu zittern, und sein Mund öffnete sich zu einem markerschütternden Schrei, der Adam schier das Herz brach.

Tod spreizte seine Klauen und hob seine Arme hoch in die Luft, dann ließ er sie so schnell herabsausen, dass Adam keine Zeit mehr blieb, Phoenix zu warnen. Blut spritzte aus seinem Rücken und ergoss sich auf das Teerdach.

Wimmernd kroch Phoenix weiter, als habe er Tod vergessen, der seine Krallen wieder und wieder in Phoenix' Rücken bohrte und die Luft mit Blut durchtränkte. Und immer noch kroch Phoenix weiter und streckte seine zitternde Hand nach Missy aus. Er war fast bei ihr, hellrote Blutstropfen hingen an seinen bebenden Fingerspitzen, streckte sich noch weiter, dann schlug Tod ein letztes Mal zu.

Adam sah die Krallen, die sich von oben in Phoenix' Augenhöhlen bohrten und die Lider durchstachen, bis sie Halt am Schädelknochen fanden. Tod hielt den Schädel fest umschlossen, Blut floss über Phoenix' Augäpfel, und immer noch kämpfte er an gegen den unsäglichen Schmerz und hoffte ... sich nur noch ein winziges bisschen weiter ... strecken zu können.

Tod riss ihn vom Boden weg und hielt ihn hoch in die Luft, dann streckte er seine freie Hand nach Phoenix' Kehle aus.

Flammen schlugen aus den Augen des Jungen und umhüllten die geschuppten Finger. Phoenix' Rücken bog sich nach hinten durch, und seine Arme wurden ruckartig zur Seite gerissen.

Blitzschnell zog die Bestie ihre Hand zurück und riss ganze Fetzen von Phoenix' Kopfhaut mit. Lange, dreckige Haarsträhnen fielen auf den Boden wie blutige Schneeflocken.

Phoenix schwebte immer noch in der Luft, seine Zehen

zeigten auf den Boden, die Handflächen waren zum Himmel gedreht.

Ein blendend weißes Licht, heller noch als die aufgehende Sonne, umhüllte ihn und zwang Adam, sich die Hände schützend vor die Augen zu halten. Dann spürte er, wie eine Hitzewelle ihn erfasste.

VII

Phoenix erlag seinem Schmerz und seiner Trauer, erlag seinem Zorn. Alles um ihn herum begann golden zu schimmern. Er sah, wie Adam sich die Hände vor die Augen hielt, und begriff, dass er selbst die Quelle des goldenen Lichtscheins war.

Tod riss seine Krallen zurück, die durch Phoenix' Augenlider schnitten und tiefe Kerben in Stirn, Schädeldecke und Nacken gruben. Doch er spürte keinen Schmerz, nicht einmal, als ihm das Blut schon über Ohren und Hals lief. Er breitete seine Arme aus und spürte, wie er immer höher stieg, weder an Erde noch Himmel gebunden. So schraubte er sich hinauf in den Himmel und blickte schließlich hinab auf das reptilienhafte Wesen unten auf dem Dach. Die scharlachroten Augen der Kreatur waren angsterfüllt, doch schon im nächsten Augenblick ließ Tod seine messerscharfen Klauen aufblitzen und fletschte knurrend sein fürchterliches Gebiss.

Phoenix konnte nur an Missy denken. Jede Sekunde, die er verlor, würde nie wieder zurückkommen. Bei diesem Gedanken packte ihn die Raserei, und er stürzte sich auf Tod. Er packte seinen Gegner an beiden Seiten des mit dicken Schuppen gepanzerten Schädels. Rauch quoll unter seinen Händen hervor.

Tod fauchte und schnitt mit seinen Krallen quer über Phoenix' Gesicht, spaltete seine Nase und zerfurchte die Wangen. Phoenix zuckte nicht einmal. Er spreizte seine Daumen ab und grub sie in Tods glühende Augen, die sofort Blasen warfen. Tod brüllte, dass selbst der Himmel erzitterte.

Mit seinen Krallen tastete Tod nach Phoenix' Kehle, schloss sie um den Adamsapfel des Jungen und drückte zu, bis sie durch Haut, Muskeln und Knorpel schnitten, doch der Junge lockerte seinen Griff nicht, sondern drückte nur noch fester zu, bis er die knöcherne Rückwand der Augenhöhlen spürte, die krachend barst und gleißende Schmerzimpulse an Tods Gehirn sandte.

Und in diesem Moment roch Tod sein eigenes Scheitern, roch sein brennendes Fleisch und das kochende Blut.

Er zog seine Krallen aus Phoenix' Hals und schlug nach allem, das in seiner Reichweite war. Blut spritzte aus Gesicht und Brust des Jungen, aber sein Griff wurde nur noch fester. Der Schmerz in seinem Kopf explodierte, als Tod spürte, wie er hochgehoben wurde. Mit den Füßen in der Luft strampelnd schlug er um sich, während seine Wirbelsäule sich immer weiter spannte bis zum Zerreißen. Er schnappte mit seinen Kiefern, fand aber kein Ziel. Er war blind, und was von seinen zerquetschten Augäpfeln noch übrig war, lief tropfend über seine geschuppten Lippen.

Phoenix stieß einen Schrei aus, einen Ausbruch des Zorns, in dem Verlust und Schmerz, Wut und Sehnsucht gleichermaßen lagen, dann riss er seine Hände auseinander.

Tod hörte ein Knacken in seinem Kopf. Ein Riss breitete sich über seine Schädeldecke aus.

Phoenix kannte keine Worte mehr, nur noch ein wildes Karussell aus Gedanken und Bildern. Missy, die in einer Lache aus ihrem eigenen Blut lag. Mare, nur noch ein schwelendes Gerippe, das auf der verbrannten Feuerbestie lag. Grabsteine am Strand, die Wache hielten über die letzte Ruhe der Toten. Die Silhouette eines Mädchens im Licht der Sonne, das seine Füße in einen glitzernden See baumeln ließ.

Hass erfüllte ihn und verbrannte ihn von innen wie siedendes Öl. Er wollte Tod nicht nur umbringen, er wollte ihn in Stücke reißen, ihm das noch schlagende Herz aus dem Körper reißen, seine Gedärme ausweiden, ihn die Schmerzen spüren lassen, die er so vielen zugefügt hatte, sein Sterben unendlich lange hinauszögern als Strafe für all das Leid, das er in die Welt gebracht hatte. Er zerrte und riss an Tods Schädel, grub seine Finger noch tiefer hinein, zermalmte Knochen und beschwor eine Symphonie aus Schmerzenslauten herauf. Der berauschende Gestank brennender Schuppen stieg in seine Nase.

Er blickte auf seine Hände, auf die Sehnen, die an seinen blutverschmierten Handgelenken hervortraten. Seine Zähne schmerzten, so fest hatte er sie zusammengepresst, jeder einzelne Muskel in seinem Körper war ein Knoten aus Hass und Wut. Die Bestie schnappte nicht mehr nach ihm. Ihre Klauen zuckten nicht mehr, sondern steckten leblos in Phoenix' Brust.

»Selig sind die Barmherzigen, denn sie werden Barmherzigkeit erfahren«, flüsterte er und ließ sich wieder auf das Dach sinken.

Phoenix ließ Tods Schädel los, und das schwarze

Ungeheuer sank auf die Knie, das Kinn leblos auf der Brust.

Phoenix schaute über seine Schulter in Adams Richtung. Der goldene Lichtschein um ihn herum verblasste, und er konnte die Angst in Adams Augen sehen. Er schaute ihn direkt an, erfüllt von Furcht. Hinter Adam sah er Evelyn in der offenen Tür stehen. Auch sie hatte denselben Ausdruck auf ihrem bleichen Gesicht. Blut tropfte von seinen Händen, als er sie vor seine Augen hob und die Werkzeuge studierte, die dieses Blutbad angerichtet hatten, als gehörten sie nicht zu seinem Körper.

Was war aus ihm geworden?

Sein starrender Blick fiel auf Tod, der sein nicht mehr vorhandenes Gesicht hob. Von seinen Augen war nur noch klebriger Schleim übrig, sein einst so furchterregender Kiefer hing schlaff nach unten und ergoss einen Schwall von Blut auf den Boden. Der Kehlsack hing faltig und leer von seinem Kinn, und seine Schuppen glänzten nicht mehr in der Sonne.

Phoenix hörte, wie das Monster in seinem Todeskampf keuchte, das blubbernde Rasseln der sich immer weiter mit Blut füllenden Lungenflügel, an dem Tod schließlich innerlich ertrinken würde.

Er blickte wieder auf seine Hände, an denen die Anzeichen der Folter und des nahenden Todes klebten.

»Bring es … zu Ende …«, keuchte Tod mit der geschwächten Stimme eines Mannes mit arabischem Akzent.

Phoenix hob sein Gesicht gen Himmel, doch die Sonnenstrahlen wärmten seine tränenüberströmten Wangen nicht. So hätte es nicht enden dürfen.

Er wandte sich von Tod ab, ging hinüber zu Missys Leiche und kniete sich hinter ihren Kopf. Er beugte sich über ihr Gesicht, sein Kinn berührte ihre Nase, dann küsste er sie sanft auf die Lippen. Tränen der Trauer und des Kummers fielen von seinem zitternden Kinn auf ihre Wangen. Er hob seinen Kopf ein kleines Stück weit und flüsterte: »Ich liebe dich mit meinem ganzen Herzen und meiner ganzen Seele.«

Er hob den Blick und sah Adam an.

»Bitte«, flehte er, »bringt sie von hier fort.«

»Phoenix …«

»Bitte, Adam.«

Adam nickte. Er schob einen Arm unter Missys Schultern hindurch und den anderen unter ihre Kniekehlen. Als er mit Missys Leichnam auf den Armen aufstand, war Phoenix schon hinüber zu der Stelle gegangen, an der Tod immer noch auf dem Boden kniete.

»Es gibt …«, sagte Tod gurgelnd, »Hoffnung … sogar im … Tod.«

Phoenix schaute noch einmal zurück über die Schulter und begegnete Adams und Evelyns Blick. Sie zögerten noch einen Moment lang, dann verschwanden sie in der Dunkelheit des Treppenhauses.

»Es tut mir leid«, flüsterte Phoenix, dann drehte er sich zu Tod um, führte seine Arme unter den Achseln der Kreatur hindurch und half ihm auf die Beine. Schließlich starrte er in das entstellte Gesicht des Bruders, den er nie gekannt hatte.

Phoenix schloss die Augen und zog ihn an sich.

Als Erstes spürte er die Hitze, dann sah er ein strahlendes Licht, so hell, dass es seinen Augen selbst hinter den geschlossenen Lidern wehtat. Das Licht dehnte sich aus, bis es sie beide vollkommen umschlang.

VIII

Jake hielt Rays Hand, und sein Griff wurde immer fester, je länger er zu dem Dach des dunkel drohenden Turms hinaufstarrte. Was zuerst nur wie ein kleines Feuer ausgesehen hatte, war immer größer geworden, und jetzt wirkte es, als wäre eine zweite Sonne dort oben auf dem Dach aufgegangen. Ihre Hitze verscheuchte augenblicklich die Kälte, die ihn umfing, und obwohl das Licht in seinen Augen schmerzte, wusste er, dass er zusehen musste und nicht eine einzige Sekunde lang wegsehen durfte. Die Lichtkugel wuchs zu einer riesigen leuchtenden Kuppel heran. Die Zeit verging, und doch stand sie still.

»Beschreib mir, was du siehst«, sagte Ray, der sein Gesicht von den warmen Strahlen liebkosen ließ.

»Es sieht aus, als würde die Sonne auf dem Dach des Gebäudes aufgehen.«

»Untergehen«, flüsterte Ray. »Es fühlt sich an wie Sonnenuntergang.«

Er zog Jake näher an sich heran, als er Schritte hörte, die sich schlurfend über den Asphalt näherten.

Jake musste die Hand vor das gleißende Licht halten, um die sich ihnen nähernden Schatten sehen zu können.

Als Erstes erkannte er Adam, der sich stolpernd, als würde er jeden Moment zusammenbrechen, mit dem Gewicht eines Körpers abmühte, den er auf den Armen trug. Evelyn hielt ihn am linken Ellbogen, stützte ihn, so gut sie konnte, während Jill hinterherhinkte und sich alle paar Schritte nach der sich immer weiter ausdehnenden Lichtglocke auf dem Dach des Wolkenkratzers umdrehte.

Jake ließ Rays Hand los und rannte auf sie zu. Schließlich erkannte er auch die leblose Gestalt auf Adams Armen: schulterlanges, schwarzes Haar; dünne Beine; Missy.

Plötzlich blieb er stehen, und sein Herz schlug immer langsamer. »Wo ist Phoenix?«

Evelyn ließ Adams Ellbogen los und hob Jake an ihre Brust. Er schlang seine Arme um ihren Hals und presste sein Kinn auf ihre Schulter. »Er ist immer noch da oben«, flüsterte sie ihm ins Ohr.

Sein Blick wanderte wieder hinauf zu dem Dach. Das goldene Leuchten hatte sich zu einer gigantischen Blase ausgedehnt, deren Oberfläche bis zum Zerreißen gespannt war. Jake glaubte, einen Umriss in der Mitte zu erkennen, einen Vogel aus Feuer, der sich in den Himmel erhob, dann war das Bild verschwunden.

Adam legte Missy auf den Boden zu Rays Füßen und bettete ihren Kopf vorsichtig auf den Asphalt. Erschöpft sank er auf die Knie, legte Zeige- und Mittelfinger auf ihre Halsschlagader und atmete erleichtert auf, als er das schwache Pochen fließenden Blutes spürte. Die klaffenden Wunden auf ihrem Hals hatten sich geschlossen und dicke, rosafarbene Narben zurückgelassen. Ihr ganzer Oberkörper war mit klebrigem Blut verschmiert, ihr Gesicht eine dunkelrote, geronnene Maske. Ihre Augen zuckten unter den Lidern, und die Wimpern zitterten, dann öffneten sie sich einen Spalt breit. Zwei blutrote Sicheln mit eisblauen Halbmonden darin leuchteten darunter hervor.

»Phoenix?«, flüsterte sie mit einer Stimme, die klang, als wäre ihre Luftröhre verstopft mit zähem Schleim.

Adam warf Evelyn einen Blick zu, dann schaute er wieder hinunter auf Missy. Er wusste nicht, was er sagen sollte.

Missy nickte schwach und ließ ihre Lider wieder sinken. Zwei einzelne, große Tränen lösten sich aus ihren Augenwinkeln und liefen ihr über die blutverschmierten Wangen.

Jill kniete sich vor Missy auf den Boden und strich ihr die Haare aus der Stirn. Die Schmerzfalten auf ihrem Gesicht glätteten sich langsam, während Jill ihre eigenen Tränen wegwischte und wieder hinauf zu der leuchtenden Turmspitze schaute.

»Ist es vorbei?«, fragte Ray.

»Ich weiß es nicht«, erwiderte Adam und strich mit seinen Fingern über die Narben an Missys Hals. Das Leuchten hinter ihm wurde noch stärker, ließ seinen Schatten über Missy hinweg an Rays Beinen hinaufklettern. Er drehte sich um und musste die Hände über seine Augen halten.

Die äußere Hülle der Lichtkugel erzitterte, dann zog sie sich plötzlich auf die Hälfte ihrer Größe zusammen, und das Gleißen konzentrierte sich auf ein unfassbar helles Zentrum, das schließlich explodierte. Alle drehten sich weg, als ein heißer Wind über sie hinwegfegte, an ihnen vorbeijagte und jeden Tropfen Feuchtigkeit auf ihrer Haut zischend verdunsten ließ. Selbst hinter ihren geschlossenen Augenlidern konnten sie das pulsierende Licht sehen, das in Wellen über sie hinwegrollte und sie umfing wie eine warme Umarmung.

Jill glaubte, Phoenix' Geruch in der Brise wahrzunehmen, und schaute hinunter zu Missy, deren Lippen sich zu einem Lächeln formten.

Der Lichtschein verblasste, und der Wind verebbte zu einem sanften Säuseln.

Jake öffnete die Augen und lockerte seinen Würgegriff um Evelyns Hals. Das Licht auf der Spitze des Turms war verschwunden, über ihnen nichts als der endlose blaue Himmel. Etwas Grünliches schimmerte oben auf dem Dach, das sich über die Ränder ergoss wie ein gefrorener Wasserfall.

»Kletterpflanzen«, sagte Jake. Er konnte regelrecht zusehen, wie sie länger wurden und sich nach dem Erdboden streckten. Dann schaute er auf die Schutthaufen um sie herum. Kleine smaragdgrüne Sprösslinge kamen aus den Spalten, drangen durch die Risse in dem aufgebrochenen Asphalt und bildeten einen scharfen Kontrast zu dem verbrannten Boden.

»Jetzt ist es vorbei«, sagte Adam und stand auf. Er ging zu Evelyn hinüber, schlang seine Arme um sie und lehnte seine Wange an Jakes Kopf. »Zeit, nachhause zu gehen.«

Aus einem Fleckchen Grün, das auf dem Schutt zu Füßen des blutverschmierten Kreuzes wuchs, spross eine kleine Knospe und entfaltete ihre Blätter zu einer purpurfarbenen Blüte unter dem azurblauen Himmel.

EPILOG

I

MORMON TEARS

Mit dem Frühling war die Erneuerung gekommen. Kiefernsprösslinge reckten ihre stacheligen Hälse aus den Felsspalten um die Höhle herum und streckten sich zu Miniaturversionen dessen, was sie eines Tages sein würden. Seetangbeete säumten das weiße Ufer des Sees, so weit das Auge reichte, bis auf das kleine Fleckchen, das sie freihielten, um das Ruderboot zu Wasser lassen zu können, das drei Meter landeinwärts auf dem Strand lag. Anfang Mai waren die ersten kleinen Fische aufgetaucht, hielten sich zwischen den Seetangblättern versteckt, bis sie genug Mut gesammelt hatten, sich ins offene Wasser zu wagen, wo sie Adam mit ihren kleinen Wellen anlockten.

Es war noch viel Arbeit zu erledigen, aber sie hatten es beinahe geschafft. Und jetzt, im späten September, als die Sonne schon merklich früher unterging und das Versprechen von neuerlichem Schneefall mit sich brachte, waren sie bereit für den Winter.

Adam stand auf halber Länge zum See im Sand und beobachtete, wie die untergehende Sonne sich in Orange- und Rottönen auf den Wellenkämmen des Großen Salzsees spiegelte. Jeden Tag war er dankbar dafür, dass er dies erleben durfte, dankbar für die in tiefster Liebe erbrachten Opfer, denen er diesen Luxus verdankte. Noch nie hatte er das Leben so sehr zu schätzen gewusst wie jetzt. Am Horizont schossen mit leisen Platschern bunte Fische aus dem Wasser und schnappten nach den Insekten an der Oberfläche, und aus dem Inneren der Höhle drang das Schreien eines Babys an sein Ohr.

Links von ihm stand die Windmühle, die er mit eigenen Händen erbaut hatte. Langsam drehten sich ihre Flügel in der kühlen Abendbrise. Rechts von ihm war der weiße Lattenzaun, der den Friedhof einfasste.

Eine Hand schob sich unter seinen Arm, und Evelyn lehnte ihren Kopf an seine Schulter.

»Wunderschön, nicht?«, sagte sie.

Er küsste sie auf den Scheitel. »Du bist wunderschön.«

Sie lächelte und schaute hinaus auf den glitzernden See.

»Wie geht es dir?«, fragte Adam.

»Im Moment kein Sodbrennen, aber es fühlt sich an, als würde die ganze Zeit eine Bowlingkugel auf meine Blase drücken.« Sie rieb mit der freien Hand ihren kugelrunden Bauch und spürte, wie eine kleine Beule, eine Ferse vielleicht, von innen gegen ihre Handfläche drückte. »Und ich glaube, er wird Fußballspieler.«

Adam lachte und zog sie an sich, stellte sich Kinder vor, die barfuß im Sand einem Ball hinterherrannten.

»Bist du sicher, dass es ein Junge wird?«

»Aber ja«, sagte sie neckisch. »Und er wird dieselben Augen haben wie sein Vater.«

»Und das Herz seiner Mutter.«

»Er wird vollkommen.«

II

Ray rührte den Eintopf, während Jake das Feuer schürte. Sie waren ein gutes Team. Ohne sein Augenlicht hatte

Rays Geruchssinn sich so weit entwickelt, dass er genau wusste, wann der Topf mit Fischstückchen, Kartoffeln und Seetang fertig war, und Jake brannte jedes Mal darauf, als Erster zu probieren, um es zu bestätigen. Der Appetit des Jungen war unermesslich, und er war seit Anfang des Sommers bestimmt fünf Zentimeter in die Höhe geschossen.

»Geh und sieh mal nach Jill, solange ich hier noch beschäftigt bin«, sagte Ray. »Schau nach, ob sie bereit fürs Essen ist.«

Jake trottete durch die Höhle und kletterte eine Leiter nach der anderen hinauf, bis er bei dem obersten Raum des Pueblos angelangt war, wo er seinen Kopf durch die Dachluke steckte. Er wollte gerade zu ihr hinunterrufen, als er merkte, dass sie schlief. *Gut*, dachte er. Sie brauchte ein wenig Ruhe. So lange, wie die Geburt gedauert hatte, würde sie wahrscheinlich einen ganzen Monat lang schlafen. Das in ein Tuch gewickelte Baby nuckelte friedlich an ihrer Brust.

Sie alle waren dankbar für die kurze Pause von dem Geschrei.

Lautlos zog sich Jake von dem Dach zurück, kletterte wieder hinunter auf den Boden der Höhle und lief zu Ray hinüber.

»Sie schläft«, sagte er.

»Gut.« Ray reichte Jake eine dampfende Schöpfkelle voll mit Eintopf.

Jake blies erst, dann presste er die Kelle an die Lippen und schlürfte lautstark.

»Der Beste bis jetzt«, kommentierte er.

»Das sagst du jedes Mal.«

»Es stimmt auch jedes Mal.«

»Du schleimst dich nur ein, weil du noch nicht rausgefunden hast, wo ich die Schokolade gebunkert hab, stimmt's?«

Jake gab sein Bestes, um sich nicht durch ein Grinsen zu verraten.

»Dacht ich's mir«, sagte Ray und fuhr dem Jungen durch die zotteligen Haare. »Mittlerweile durchschaue ich dich vollkommen.«

III

Bis zum heutigen Tag hatte Jill gar nicht gewusst, was richtige Erschöpfung war. Der Schmerz quälte sie noch unbarmherzig, aber sie musste das hier tun. Die anderen hatten sich während der ganzen Schwangerschaft einfach toll verhalten, bis zur letzten Sekunde, als sie sich an Evelyns Hand auf der einen und Missys auf der anderen Seite festkrallte, während Adams wartende Arme ihr Baby auf der Welt willkommen hießen. Alle hatten sich aufopfernd um sie gekümmert, nur ein Gesicht hatte die ganze Zeit gefehlt.

Ihre Tochter lag perfekt in ihre Arme geschmiegt, als wären sie einzig und allein für diesen einen Zweck gemacht, und Jill ging über den Strand. Sand quoll zwischen ihren Zehen hervor, als sie an Adam und Evelyn vorbeikam, die gerade hinüberschauten zu der ehemaligen Felseninsel, auf der jetzt das üppige Grün von sprießender Vegetation zu erkennen war.

Jill ging den weißen Holzzaun entlang bis zu dem Türchen, öffnete es und betrat den Friedhof. Die kleinen

Sandhügel waren im Lauf der Zeit verflacht, die schmalen Wege dazwischen wellig und ausgetreten. Sie ging bis fast ans linke Ende der Reihe, wie sie es immer tat, und setzte sich ein wenig unsicher auf den Boden, das Baby an ihre Brust gebettet. Sie hob ihren Blick zu dem marmornen Grabstein der Jungfrau Maria, die ihren Sohn auf den Armen hielt und in beinahe derselben Haltung auf dem Boden kniete, wie Jill es in diesem Moment tat.

Ein schwaches Lächeln trat auf ihre Lippen, und ihre Wimpern glänzten von Tränen.

»Hallo, Mare. Ich möchte dir jemanden zeigen«, sagte sie und drehte ihre Tochter so, dass ihr Gesicht dem Grabstein zugewandt war. Die Haut des Babys war noch ganz rot, sein Kopf noch ein wenig deformiert durch den Geburtskanal, und gerade öffnete es seine Augen, die genauso aussahen wie die seiner Mutter. Als die Kleine ihre Augen wieder schloss, lächelte sie. Das Lächeln ihres Vaters. »Das ist Mary.«

IV

Missy saß auf einem Felsen am Strand und ließ ihre Füße in das kalte Wasser hängen, in dem das Licht der untergehenden Sonne glitzerte wie auf einem Diamanten. In dem Jahr, als die alte Welt untergegangen war, war sie um mehrere Jahrzehnte gealtert, ein grauer Schopf durchzog ihr rabenschwarzes Haar, das bis fast zu ihrer Hüfte hinunter gewachsen war. Die ersten drei Monate nach dem schicksalhaften Tag auf dem dunklen Turm waren die schlimmsten gewesen. Sie hatte die Tage verschlafen und nachts hinauf in den Himmel gestarrt, wütend auf Gott, weil er ihr die beiden Menschen genommen hatte, die sie am meisten liebte, hatte sich gewünscht, sie wäre immer noch tot und müsste keinen Schmerz mehr spüren. Warum war es ihr nicht vergönnt, einfach bei denen zu bleiben, die ihr am meisten bedeuteten? Ihr war keinerlei Erinnerung geblieben an die wenigen Minuten, die sie tot gewesen war, nur manchmal, wenn sie sich auf die Sterne hoch am Himmel konzentrierte und sich in ihrer Schönheit verlor, hatte sie das Gefühl, als könnte sie die Erinnerungen greifen und festhalten, aber sie versuchte es nie. Manchmal stellte sie sich vor, wie ihr Bruder und die große Liebe ihres kurzen Lebens auf sie herunterschauten und ihr zwischen den glitzernden Sternen zuzwinkerten, und dann fühlte sie sich nicht mehr ganz so allein.

Es war nicht ein einzelnes kathartisches Ereignis gewesen, das sie aus ihrem Dämmerzustand gerissen hatte, sondern ein allmählicher Prozess, in dessen Verlauf sie nach und nach begriff, welch ein großes Geschenk ihr zuteilgeworden war: Ihr Bruder hatte sein Leben gegeben, um sie und die anderen zu retten, für dieses wunderbare Kind, das jetzt im Schoß seiner Mutter lag, die an seinem Grab saß; Phoenix hatte sich geopfert, um sie vor Tod zu beschützen, und er hatte all seine Lebenskraft auf sie übergehen lassen, damit sie leben konnte – jetzt nicht das Beste aus ihrem Leben zu machen hätte bedeutet, ihrer beider Andenken zu entehren und den letzten Beweis ihrer Liebe zu entweihen. Sie fragte sich oft, ob die Kraft, die er auf sie hatte übergehen lassen, um sie von den Toten wiederzuerwecken, Phoenix gereicht hätte, Tod zu besiegen, ohne selbst dabei zu sterben. Hätte er sie einfach tot liegen gelassen, wäre er dann noch am Leben? Lange Zeit hatte sie sich genau das vorgeworfen, bis sie begriff, dass es Phoenix' Bestimmung gewesen war, sein Leben genau so zu opfern, wie er es getan hatte. Seit dem Tag seiner Geburt war er auf dieses Opfer vorbereitet worden. Und jetzt verstand sie, dass sie sich für jeden einzelnen Tag glücklich schätzen konnte, den sie mit ihm hatte verbringen dürfen. Sie war einem genauso wunderbaren wie exotischen Vogel begegnet, und sie hatte ihn geliebt, aber es war ihr nie bestimmt gewesen, ihn zu behalten. Es war seine Bestimmung gewesen, sich aus der Asche zu erheben und in einem Feuerball in den Himmel aufzusteigen.

Und dennoch, ein Teil von ihm würde immer in ihrem Herzen bleiben, seine genauso wunderbare wie vergängliche Schönheit weiterleben in den Generationen, die noch kommen würden. Generationen, denen das Leid, das sie hatten ertragen müssen, erspart bleiben würde.

Sie blickte hinaus auf die sanften, schillernden Wellen, schaute in die Zukunft, nicht auf das Ende der Tage, die noch vor ihr lagen, sondern auf deren Anfang.

Es war an der Zeit, wieder zu leben.

BESONDEREN DANK AN:

Anna Torborg, Emma Barnes und Snowbooks, Shane Staley, Dennis Duncan, Greg Gifune, Leigh Haig, Brian Keene, Troy Knutson, Don Koish, David Marty, Dallas Mayr, Elizabeth und Tom Monteleone und die BBC-Grenadiere, Matt Schwartz, Tom Tessier sowie meine Frau und meine Familie.